모산 마을

금강

10

도시의 그늘

금강

제4부

한만수 대하장편소설

10

글누림

1. **언어** : 충청북도 영동은 남으로는 경상북도 김천, 남서쪽으로는 전라북도 무주와 접해있다. 그래서 이 지역의 언어는 경북 사투리와 전라도 사투리가 혼용되어 있는 특징을 갖고 있다. 세월이 흐르면서 이 지역의 언어도 요즈음은 표준어에 가깝게 변화되어 가고 있지만, 리얼리즘을 살리기 위해 50~60년대는 토속적 사투리를 그대로 살렸다.

2. **시대사** : 한국 근·현대사를 사실 그대로 재현하여 주요 사건과 주요 인물을 그려냈다.

3. **물가** : 당시의 물가를 고증하여 실제적으로 적용했다.

4. **지리** : 지역과 지명은 있는 그대로 드러냈다.

5. **문화 및 풍속** : 시대적 흐름에 따라 변화하는 문화 및 풍속을 사실대로 묘사했다.

제4부
도시의 그늘

제22장··· 1977년
절규 — 9
삼계탕 — 36
송호리 연가 — 58
꿈을 찾아서 — 79
떠나가는 자와 남아 있는 자 — 113

제23장··· 1978년
며느리들 — 139
깡통 차는 방법 — 167
특혜 분양 — 185

제24장··· 1979년
이웃집 여자 — 207
과거는 흘러갔다 — 241

제25장··· 1980년
떠나는 자와 남는 자 — 265
고시 패스 — 290

제1부 / 1권 2권 3권
저 혼자 부르는 영혼의 노래 | 1956~1960

제2부 / 4권 5권 6권
청맹과니의 노래 | 1961~1968

제3부 / 7권 8권 9권
구름을 벗어나려는 달 | 1969~1977

제4부 / 10권 11권 12권
도시의 그늘 | 1978~1989

제5부 / 13권 14권 15권
우리 무엇이 되어 다시 만나랴 | 1990~2000

제4부

도시의 그늘

절규

니가 진정으로 똑똑한 놈이라믄,
난중에라도 니 애비가 왜 지명에 못 살고 저세상으로 갔는지 밝히고,
웬수를 갚을 생각은 못 하고,
이기 시방 머 하는 짓여.
나무들을 없앨라믄 나부팀 없얘. 나부터 없얘, 이 못난 놈아!

5월 하순 들어서 갑작스럽게 찾아온 무더위로 이수천에는 멱을 감는 아이들이 물장난을 치고 있었다. 아스팔트에서도 뜨거운 지열이 아지랑이처럼 모락모락 피어올라서, 때 이르게 찾아온 무더위에 거리는 축축 늘어져 있었다.

검은색 레코드로얄이 부드러운 엔진 소리를 토해 내며 로터리에서 영동역 쪽으로 올라갔다. 작년 8월에 지엠코리아에서 출시한 895만 원짜리 레코드로얄은 영동에서 단 한 대뿐이다. 군수며 경찰서장이 타는 관용차는 한 등급 아래인 피아트나 크라운이다. 영동에서 웬만큼 자기 목소리를 내는 사람이면 이동하의 레코드로얄이 시내를 지나갈 때면 가던 걸음을 멈추고 윤이 반들반들 나도록 닦여 있는 차를 바라봤다.

이동하의 차를 바라보는 사람들의 시선은 각양각색이다. 이동하의 재산 정도를 알고 있는 사람은, 돈 많은 놈이 먼 차를 못 탈까, 하고 질투 섞인 부러운 시선으로 바라본다. 이동하와 정치적 색깔을 달리하는 사람들의 눈에는 탐욕스러운 전직 국회의원의 쓰레기로 보인다. 이동하 덕분에 자식이 취직을 했거나, 재판에 이겼거나, 이런저런 혜택을 받는 이들의 눈에는 도탄에 빠진 민중을 구원해 주는 구세주의 차로 보일 것이다.

검은색 레코드로얄이 영동역 광장 앞 차도에 멈췄다. 기차에서 내리는 손님들을 배웅하러 나온 차는 반대편 차선에서 기다리고 있거나, 택시 정류장을 피해서 정차했다. 하지만 검은색 레코드로얄은 택시 정류장에 버티고 있었다.

손님을 심천까지 태워다 주고 온 택시 한 대가 레코드로얄 뒤에서 경적을 울렸다. 레코드로얄이 꿈쩍도 하지 않자 운전사가 내렸다. 택시 운전사 유니폼을 입지 않고 티셔츠에 청바지 차림의 운전사는 상체가 단단했다. 한눈에 보아도 택시 운전이나 하면서 비번 날에는 건달로 사는 냄새가 물씬 풍겼다.

"야, 기수야. 잠깐!"

티셔츠를 입은 기수가 레코드로얄 운전석 옆으로 갔다. 창문을 손바닥으로 치려고 할 때 다른 택시 기사가 급하게 불렀다.

"이 새끼 누군데 우리 자리에 턱 버티고 있는 거여?"

"잠깐 일루 와 보라니께."

"왜 그랴. 형?"

기수는 동네 형뻘 되는 택시 운전사가 손가락으로 입을 가리며 급하게 부르는 손짓에 고개를 빙빙 돌리며 돌아섰다.

"어떤 새끼인데 형이 바짝 쫄아서 그라능 겨?"

"얌마, 저 차가 왜 저기 서 있겠냐?"

"딴 지역에서 온 놈잉깨 멋모르고 저기 세워 둔 거 아녀?"

"남바 좀 봐? 영동 차잖여."

"그라고 봉께, 영동 차잖여. 저 새끼 혹시 약 처먹은 거 아녀? 아니면 술 처먹은 거 아녀? 여기가 워딘데 턱 하니 자가용을 대는 거여?"

"얌마, 넌 명색이 택시 운전한다는 놈이 이동하 국회의원 차도 모르냐?"

"이동하 국회의원이라면?"

"새끼, 인제 눈치 까는구나. 이동하가 지금은 국회의원이 아니지만, 아직도 영동 바닥에서는 이거여 임마. 그랑께 얌전히 앉아 있어. 저기 차를 세워 둔 걸 봉께, 열한 시 새마을기차로 누가 오기로 한 모냥이여."

형뻘 되는 사내가 엄지손가락을 펼쳐 보이며 속삭였다.

"젠장, 까닥하면 벌건 대낮에 개망신당할 뻔했구먼."

기수는 더 이상 할 말이 없다는 얼굴로 돌아섰다. 레코드로얄이 있는 곳으로 갈 때의 기세등등한 자세가 아니다. 슬금슬금 눈치를 보며 자기 택시 안으로 들어갔다.

중앙정보부 영동지부장인 하중태는 새마을이 도착하는 것을 보고 대합실 벤치에서 일어났다. 무심코 벽에 걸려 있는 달력을 보니까 오월 이십오 일 화요일이다.

하중태는 주머니에서 고현수의 사진을 꺼냈다. 얼굴을 확인하고 나서 사진을 주머니에 넣었다. 넥타이를 매지 않은 양복 차림의 고현수가 걸어 나오는 모습이 보인다. 출입문 쪽으로 가서 걸음을 멈추고 가볍게 심호흡을 했다.

"과장님, 영동지부장 하중탭니다."

"이렇게 나오시지 않아도 되는데, 고현숩니다."

고현수는 아무 생각 없이 대합실을 나섰다. 하중태가 옆으로 따라붙으며 인사했다. 고현수는 어깨를 으쓱거리고 나서 자기보다 열 살 정도 나이가 들어 보이는 하중태 앞으로 손을 내밀었다.

"점심은 제가 대접하겠습니다."

"처남이 마중을 나와 있군요."

고현수가 검은색 레코드로얄을 바라보고 나서 하중태에게 시선을 돌렸다.

"그럼, 저녁에는 시간이 되십니까?"

"오후에는 모산 처갓집에 들렀다가 나와서 저녁에는 어머니한테 갈 생각입니다."

"그럼, 잠깐 다방에 가서 차라도 한잔……."

"저한테 뭐 부탁할 것 있습니까? 저는 본부 직원이 아니라서 별다른 힘이 없습니다."

고현수는 레코드로얄을 바라봤다. 운전석 문이 열리면서 승철이 모습을 드러냈다. 승철에게 손을 들어 보이고 나서 하중태에게 시선을 돌리고 물었다.

"부탁드릴 것은 없습니다. 명색이 제가 이 지역 보안관인데 차라도 한잔 대접해 드리는 것이……."

"그럼, 저 앞에 있는 다방에서 차 한잔 할까요? 먼저 가 계십시오. 처남에게 말하고 금방 가겠습니다."

고현수는 곧장 승철이 기다리고 있는 곳으로 빠르게 걸어갔다.

"오시느라 힘들었쥬?"

승철은 반갑게 인사하며 고현수 앞으로 다가갔다.

"사업은 잘돼 가고 있어?"

"매형이 밀어주시는 덕분에 현상 유지는 하고 있습니다."

"내가 도와준 게 뭐가 있다고 장인어른은?"

"매형 모시고 오시면 식사 같이 하시겠다며 회사에서 기다리고 계십니다."

"요즘은 서울 자주 안 올라오시는 거 같아."

"그저께 올라가셨다가 어제 늦게 내려오셨습니다."

"그렇군. 나 저쪽에 있는 다방에서 아는 사람하고 커피 한잔 하고 올 테니까, 잠깐 기다려 줄 수 있나?"

"아, 그럼은요. 여기서 기다리고 있을 테니까 천천히 오세요."

"처남도 서울 사람 다 됐네. 사투리를 안 쓰는 걸 보니……."

고현수는 승철의 등을 툭 쳐 주고 하중태가 있는 다방 쪽으로 향했다.

다방 안에서는 조용필의 <돌아와요 부산항에>가 흘러나오고 있었다. <돌아와요 부산항에>는 원래 김해일이라는 가수가 <돌아와요 충무항에>라는 곡으로 1970년에 발표했었다. 그러나 1972년 12월 25일 대연각 화재로 김해일이 숨지자, 그의 부모는 자식을 잃은 슬픔에 전국에 유통되던 음반을 모두 수거하여 소각했다. 그 후에 1972년 작곡가 황선우가 원곡 가사를 일부 수정한 <돌아와요 부산항에>를 조용필이 불렀다. 그러나 그 당시는 큰 인기를 얻지 못했다. 작년에 재일교포 고향방문단이 방문한 것을 계기로 올해 조용필이 편곡하고, 가사도 일부 수정하여 발표했다. 전국은 지금 <돌아와요 부산항에> 열풍에 휩싸여 있어서, 서울, 대전, 광주, 부산 등 어디를 가든 전파사나 다방에 가면 그 노래가 흘러나오고 있다.

"서울은 분위기가 어떻습니까?"

"지난 삼월 일 일에 명동성당에서 삼일절 미사가 끝날 때쯤에 김대중이며 문익환 목사, 함세웅 신부 같은 인물 열한 명이 민주구국선언문을 발표한 것 때문에 바쁩니다."

"그놈들은 죄다 긴급조치 구 호로 구속되지 않았습니까?"

짧은 스커트를 입은 레지가 커피 두 잔을 들고 왔다. 하중태가 고현수에게 먼저 커피를 주라고 손짓해 보이며 속삭였다.

"조총련이 명동사건을 지지한다고 떠들고 있지 않습니까? 거기다가 일본 엔에이치케이 텔레비전도 김대중을 순교자로 치켜세우고 있는 상황이라서 여간 시끄러운 것이 아닙니다. 영동은 그런 고민은 없어서 좋겠습니다."

"지방은 지방 나름대로 바쁩니다. 정치 동향도 부지런히 살펴야 하고, 민심이나 민의가 어떻게 흘러가는지도 보고를 해야 하고……. 영동에는 무슨 일이 있습니까? 반공일도 아닌데……."

"오늘 아버님 제삿날입니다. 오늘 제사를 지내고 내일 오후에 올라갈 생각입니다."

고현수는 커피 잔을 들었다. 다방에서 마시는 커피 향은 서울이나 지방이나 차이가 없다. 하중태가 커피를 마시자고 할 때는 그만한 이유가 있을 것이다. 먼저 말을 꺼내기를 기다리며 미지근한 커피를 한 모금 마셨다.

"그렇군요. 부친 생각을 하시면 가슴이 아프시겠군요."

하중태는 고현수와 다르게 커피 잔을 말끔히 비웠다. 주머니에서 일회용 라이터를 꺼내서 만지작거리며 고현수를 바라봤다.

"한때는 그랬지만 지금은 많이 적응됐습니다."

"저도 아버님이 제가 어릴 때 사고로 돌아가셨습니다. 중학교 때 돌아가셔서 한창 예민할 때라 방황도 많이 하고 마음고생이 많았습니다."

하중태가 주머니에서 거북선 담배를 꺼내니 고현수에게 갑째 내밀었다. 고현수가 한 개비 빼서 입에 물자 얼른 불을 붙여 줬다.

"사춘기 때였습니까?"

"사춘기는 지났지만, 여러 가지로 힘들었습니다. 다른 한편으로는 제 성격이 강해진 게 아버지가 일찍 돌아가셔서 그런 것 같습니다. 의원님은 내년에 출마하시는 걸로 알고 있는데요."

하중태가 담배 연기를 날리며 자연스럽게 화제를 바꿨다.

"장인어른이야 평생 정치를 하실 분 아닙니까? 여기 여론은 어떻습니까?"

"남부 삼군에서 두 명을 뽑으니까, 아무래도 좀 밀리는 편입니다. 제 생각에는 공화당 쪽으로는 옥천을 이길 수 없습니다. 잘 아시는 것처럼 옥천은 신민당이 발을 못 붙이는 지역 아닙니까? 차라리 지금부터라도 당직을 버리고 무소속으로 뛰는 것이 유리할 겁니다."

"저도 그런 쪽으로 생각해 보지 않은 것은 아닙니다. 하지만 원래 야당 기질이 없으신 분이라 설득력이 있을지는 미지수군요."

고현수는 말과 다르게 이동하에 대해서 생각해 본 적은 없었다. 명색이 중앙정보부 요원이다. 하중태가 볼 때 장인인 이동하에 대해서 그 정도의 정보는 알고 있어야 명분이 선다는 생각에 맞장구를 쳤을 뿐이다.

"만약 의원님이 생각을 바꾸신다면 제가 도와드릴 수가 있습니다."

"도와주신다면 제가 장인어른께 말씀드려서 사례는 하도록 하겠습니다. 근데 어떤 방법으로 도와 주실는지."

"이런 말을 하기는 뭐하지만, 사실 전 지금 하고 있는 일을 그만두고 싶습니다. 늘 시계추처럼 똑같은 시간에 보고서를 올리고, 근황을 살피고, 요인들이 오면 감시를 해야 하고……. 이런 일보다는 정보를 수집해서 분석하여 국회의원을 만들어 주는 일이 인생에서 활력을 줄 것 같습니다."

"이런 말씀 드리기는 뭐하지만, 공금횡령 사건하고는 관련이 없습니까?"

고현수가 지금까지와 다르게 차갑게 물었다.

"과장님께서 알고 계시는 것처럼 공금을 횡령한 것이 아닙니다. 솔직히, 저 혼자 근무하고 있는데 사업비가 나오면 얼마나 나오겠습니까? 사무실이 있는 것도 아니고, 그 흔한 차량도 지원해 주지 않습니다. 이런저런 경비를 지출하고 나서 영수증을 제대로 처리하지 않았다고 공금횡령 운운하는 건 그만두라는 말하고 뭐가 다르겠습니까?"

하중태가 생각만 해도 억울하다는 얼굴로 고개를 바짝 숙이고 빠르게 말했다.

"뭐 짚이는 것이라도 있습니까?"

고현수는 하중태의 말이 진실이라고 생각하며 물었다.

"지난번에 옥천에서 당선된 국회의원 있잖습니까. 그 새끼 선거운동을 해 준 놈이 내 자리를 노리는 것 같습니다. 김태길이라고 하는 놈은 원래는 영동 놈인데, 옥천경찰서 형사로 근무하던 놈입니다. 제가 의원님을 도와서 반드시 당선시키고 싶은 이유도 그놈 때문입니다."

"알겠습니다. 선거에서 한 표라도 도와준다는 데 싫어할 후보는 없을 겁니다. 일단 제가 잘 알아들었으니까 장인어른께 말씀을 드려보겠습니다."

고현수는 짧게 웃어 보이고 나서 일어서면서 손을 내밀었다. 하중태가 황송하다는 얼굴로 얼른 일어서서 두 손으로 고현수의 손을 잡았다.

고현수는 승철이를 앞세워서 이동하 사무실 안으로 들어갔다. 바깥 날씨는 땀이 날 정도로 더웠지만 실내는 선풍기를 틀 정도는 아니었다. 이동하는 소파에 비스듬하게 누워서 잠을 자고 있었다.

"아버지, 매형 모시고 왔습니다……."

"어! 왔구면."

승철이 조심스럽게 이동하의 어깨를 흔들었다. 이동하가 눈을 뜨고 입술의 침을 닦다가 문 앞에 서 있는 고현수를 보고 손을 번쩍 들었다.

"그동안 별일 없으셨습니까? 모산 할머님하고 장모님도 편안하십니까?"

고현수는 정중하게 인사를 하고 소파에 앉았다. 겉으로는 미소를 짓고 있지만 이동하의 얼굴을 보니까 배광일하고 이춘섭에게서 회수한 돈 구천만 원 중에서 칠천오백만 원만 돌려준 것이 생각나서 괜히 손바닥이 간지러웠다.

"그려, 어머야 안직 건강하시지. 자네 장모도 잘 지나. 애자는 어제 내려와서 영동에 있네."

이동하는 소파 팔걸이에 팔을 얹었다. 비스듬하게 앉아서 손가락 끝으로 팔걸이를 툭툭 치면서 대견스럽다는 얼굴로 고현수를 바라봤다. 고현수가 아니었으면 아얏 소리도 못하고 일억 원 돈을 고스란히 날릴 뻔했다. 다행히 고현수가 손을 써서 배광일이 횡령한 구천오백만 원 중에서 칠천오백만 원을 회수했다. 만약 경찰에 신고했더라면, 놈은 외국으로 날라버린 후라서 칠천오백만 원을 회수하기는커녕 망신만 당했을 것이다.

"승우는 학교 잘 다니고 있습니다. 고등학교 다닐 때는 두 달에 한 번도 집에 오지 않았는데, 대학생이 되고 나서는 한 달에 한 번 정도는 집에 오는 것 같습니다. 물론 저는 바빠서 얼굴 본 지가 한참 됐습니다."

"저는 일이 있어서 나가 보겠습니다."

승철은 고현수도 서울대학교 출신이고, 승우도 서울대학교에 다닌다는 것을 생각하니까 괜히 주눅 들어서 앉아 있을 수가 없었다. 소파에 엉덩이를 간신히 붙이고 앉아 있다가 일어서며 말했다.

"승우가 내후년이면 대학을 졸업하지 않는가?"

이동하가 갑자기 목소리를 낮추고 조용히 물었다.

"군대 때문에 그러십니까?"

"어떻게 알았나?"

"승우가 그것 때문에 걱정을 하더군요. 고시 패스하고 법무관 같은 걸로 가면 좋겠다고 생각하는 것 같습니다…… 아무래도 삼 년 동안 지장이 있을 겁니다."

"그래서 하는 말이 병무청에 아는 사람 있는가?"

“그거야 알아보면 얼마든지 부탁할 사람이 있을 겁니다.”

“승우를 방위로 빼 주게. 돈은 내가 얼마든지 줄 테니까, 방위로 빼서 편한 데로 보내 주게. 동사무소 같은 데는 은근히 일거리가 많은 모양이여. 검찰청이나 법원 같은 데도 근무하면서 공부할 수 있는 모양이여.”

“알겠습니다. 어렵지는 않을 겁니다. 그리고 장인어른에게 드릴 중요한 정보가 하나 있습니다.”

고현수가 일어서서 이동하 옆으로 자리를 옮겨 앉으며 속삭였다.

“뭔데? 또 정권이 바뀌기라도 하는 거여?”

“그것보다 더 고급 정보입니다. 다름이 아니라 돈을 있는 대로 긁어서 강남에 땅을 사 두시면 몇 년 후에 몇 십 배로 재산을 불릴 수가 있습니다.”

고현수는 논현동 쪽에 천오백만 원 주고 사둔 땅 가격이 세 배로 올라서 시가로 칠천만 원이 넘는다. 이동하의 돈으로 땅을 사면서 자신의 몫도 챙겨 둘 속셈으로 은근한 목소리로 말했다.

“강남이라믄, 한강 건너 쪽을 말하는 거여? 그 허허벌판에 똥밭이며 야산을 사서 머하게?”

“앞으로는 돈을 버는 데 부동산이 최곱니다. 그중에 땅은 황금알을 낳는 거위보다 더 큰 재산을 불려 줍니다. 만 원짜리 땅을 사 놓으면 십만 원, 나중에 백만 원이 되는 것은 아무것도 아닙니다.”

“그, 그게 참말여? 만 원짜리 땅이 백만 원이 될 수 있다능 기?”

“장인어른이 종로에 집을 살 때 얼마나 들었습니까? 제가 알기로는 삼백만 원 정도 주시고 산 걸로 알고 있는데 지금은 얼마나 갑니까?”

“지금 아무리 짝게 잡아도 천오백만 원?”

이동하는 무심코 대꾸를 하다가 깜짝 놀랐다. 종로에 집을 사 놓고 잘 살고 있다. 그런데도 집값은 꾸준히 올라서 다섯 배나 올랐다. 만약 그 당시 삼천만 원짜리 빌딩을 사 놓았더라면, 지금쯤은 일억 오천만 원 간다는 말이 된다.

"차, 참말로 고맙구먼. 그, 근데 가, 강남 워디다 땅을 사야 되능 겨?"

"그건 제가 알아서 사 드리겠습니다. 모산에 있는 땅도 소작인들에게 모두 팔아 버리십시오. 그 땅 백날 가지고 있어야 서울에서 백 평짜리 땅 가지고 있는 것보다 못합니다. 막말로 쌀값은 십 년 전이나 지금이나 별로 차이가 안 납니다. 하지만 서울 땅값은 십 년 전에 비해 지금은 몇 십 배나 올랐지 않습니까?"

"그, 그 말은 백번 맞는 말일세. 하지만 그 인간들이 이거, 돈이 읎잖여. 그릏다고 외상으로 줬다가는 어느 천 년에 외상값을 받었어?"

"그것도 방법이 있습니다. 농협에서 대출을 받아서 땅을 사라고 하십시오. 농협에서는 땅을 담보로 잡고 보증을 세우면 얼마든지 돈을 빌려줍니다. 소작인들도 도지로 내야 할 쌀값으로 대출을 갚을 수 있으니 공짜나 마찬가지 아닙니까. 장인어른이 불쌍한 소작인들에게 땅을 내줬다는 소문이 나면 또 송덕비를 세워야 한다고 야단들일 겁니다."

"고 서방!"

이동하는 벌떡 일어서서 고현수의 손을 꽉 움켜잡았다. 어제저녁에 돼지꿈을 꾼 것도 아니다. 오로지 저승에 있는 이병호의 도움으로 고현수가 황금알을 낳는 거위 역할을 하고 있는 것이라고 믿었다. 눈물이 콱 솟아날 만큼 기뻐서 일어서는 고현수를 힘껏 껴안았다.

"장인어른, 아무리 유능하고 정치철학이 훌륭해도 돈이 없으면 절대로 정치 못 합니다. 하지만 돈이 있으면 누구나 정치를 할 수 있습니다. 하다못해 낫 놓고 기역 자를 몰라도 국회의원이 될 수 있습니다."

"그려, 우리나라 법에 국회의원 섬 봐서 뽑는다는 말은 읊지. 돈! 돈! 돈만 있으믄 못 하는 것이 머가 있었어. 자네만 믿고 돈은 얼매든지 올려 보내 줄 테니까, 땅값이 팍팍 오를 만한 데를 골라서 땅 좀 사 봐. 알 겄지."

"그 점은 걱정하지 않으셔도 됩니다."

"자네만 믿네. 자네만 믿어."

이동하는 감격에 찬 목소리로 말을 하고 소파에 앉아서 인터폰을 눌렀다. 이내 승철의 목소리가 퍼져 나왔다.

"즘심을 워디서 먹을까? 모처럼 느 매형도 왔응께 워디 한정식 잘하는 집 알아 봐서 한 시간 후에 간다고 예약해 놔."

"장인어른, 저는 괜찮습니다. 집에 가서 먹든지, 그냥 중국 음식점에 시켜 먹는 것은 어떻습니까?"

"아냐, 우리 사위가 왔는데 짜장면이나 시켜 먹을 수 있남? 이 전무, 어여 예약해 놔…… 그 머여, 요새도 그 갈아 먹어도 시원치 않을 그 배광일 소식은 듣고 있나?"

이동하가 느긋하게 소파 팔걸이를 손가락으로 툭툭 치며 물었다.

"매달 정기적으로 연락이 옵니다. 요즘 경기도 이천에서 공사 현장 십장으로 일한다고 합니다."

고현수는 배광일과 이춘섭을 경찰에 고발하지 않았다. 배광일은 이동하가 원하는 대로 오른쪽 다리 아킬레스건을 잘라 버렸고, 이춘섭은 다행히 돈을 사용하지 않아서 돈만 회수하는 것으로 끝냈다.

"그놈 감옥에 안 집어넣은 것은 백번 잘한 일여. 막말로 초범이니께 이삼 년 살다가 풀려나면 그뿐이잖여. 외려 평생 불구로 살아감서 뼈저리게 후회하도록 만든 건 참말로 잘한 일이라는 생각이 들어."

이동하는 사위 앞이라 점잖지 못하게 쌍욕을 할 수 없었지만 마음은 그렇지 않았다. 고현수 덕분에 돈을 찾은 것은 다행이지만, 배광일의 얼굴이 떠오를 때마다 문기출 같은 놈을 시켜서 반신불수로 만들지 못한 것이 원통할 뿐이다.

"장인어른께서 판단 잘하신 겁니다. 그런 놈은 평생 동안 반성하며 살아야 합니다."

"자네, 다음 달 초에 대전 좀 내려와야겠네."

"대전이라면, 말자 처제나 영자 처제한테 뭔 일이 있습니까?"

"영자가 남자를 만나는 모양일세. 대학교 강산데, 철학 박사라고 하드만. 상견례를 하고 한 살이라도 더 먹기 전에 올해 안에 시집을 보낼 생각이네. 가가 올해 서른네 살 아닌가? 내년이면 서른다섯 살여. 노처녀도 그만한 노처녀가 읎지. 하지만 공부하느라 시집 늦게 간다는 데야 할 말 없지 않은가?"

"나이로 치자믄 말자 처제가 먼저 가야 하는 거 아닙니까?"

"그 가시나는 누굴 닮아 처먹었는지 고집이 황소고집여. 교수 자리 은기 전에는 절대로 시집 안 간다고 딱 잡아떼고 있구면."

이동하는 말자는 물론이고 영자까지 돈 주고 논문을 샀다는 말은 차마 할 수 없었다.

"딴것은 몰라도 결혼은 당사자 의견을 따라 주는 것이 중요하다고 생각합니다."

고현수는 애자의 얼굴이 생각났다. 애자를 사랑한다고 생각해 본 적은 없었다. 그저 아내이고, 성찬이 엄마라는 생각만 하며 살고 있다.

"자식 이기는 부모 읎다는 말이 그래서 생겨난 거 아녀? 머스마 놈이라믄 몽둥이 찜질이라도 해서 장가를 보낸다지만, 여식아라서 그러지도 못하고 환장하겄구먼."

"참! 장인어른한테 도움이 될 만한 사람 좀 소개시켜 드려도 되겠습니까?"

"나한테 도움이 될 만한 사람?"

이동하가 긴장한 얼굴로 깍지 끼고 있던 손을 풀고 목소리를 낮추며 물었다.

"하중태라는 사람인데……."

고현수는 비밀 이야기를 하는 것처럼 덩달아 목소리를 낮추고 하중태에 대해서 이야기하기 시작했다. 이동하의 얼굴이 조금씩 펴지고 있었다.

제사는 원래 고인이 돌아가시기 전날 지낸다. 예를 들어서 5월 25일 돌아가셨으면 5월 24일이 제삿날이다. 그러나 제사를 지내는 날이 24일 새벽 1시므로 사실은 5월 25일이 시작되는 시점에 제사를 지내게 되는 것이다.

제사를 새벽 1시에 지내는 이유에 대해서 설이 많은데 그중에 조상에게 예를 올리는 신성성(神聖性)을 들 수가 있다.

옛날에는 대부분의 동네에 모산처럼 공동 우물이 있었다. 돌아가신 분에게 지극정성을 다하기 위해 남들이 우물물을 퍼가기 전에 가장 먼저 물을 떠다가 '헌다'라 하여 숭늉을 만들어 제사상에 올렸다. 돌아가신 분에 대한 애틋한 그리움과 존경하는 마음으로 고인이 돌아가시기 전부터 기다렸다가 가장 이른 시간에, 가장 깨끗한 물로 제 지내는 것이다.

제사는 돌아가신 조상신인 혼백(魂魄)을 불러와서 대접하는 의식이다. 혼은 정신적인 영이고, 백은 육체적인 영을 의미한다. 나라의 법도가 나라마다 다르듯이 제사를 지내는 의식도 집안마다 다르다. 하지만 그 골격은 어느 집안이나 같다.

고현수의 어머니 박 여사는 애자가 처음 고병호 제사를 지낼 때 노트를 준비해서 제사상을 차리는 것부터 시작해서, 제사를 다 지내고 음복하기까지의 과정을 꼼꼼히 적으라고 지시했다.

제사상은 북쪽을 향해 차려야 한다. 한자에서 북녘 북(北) 자는 원래 등 배(北) 자에서 탄생되었다. 배(北)자는 두 사람이 서로 등을 대고 서 있거나 앉아 있는 형상의 상형문자이다.

한자를 만든 중국이나 한국에서는 집을 지을 때 겨울에 햇볕을 많이 받으려고 남향으로 짓는다. 집이 남향으로 앉으면 자연스럽게 등은 북쪽을 향하게 된다. 그래서 배(北) 자가 북쪽이라는 의미가 되었다.

대궐에서 왕이 자리에 앉거나, 관아에서 원님이 앉을 때에도 모두 등이 북쪽을 향한다. 따라서 제사를 지낼 때에도 혼백의 등이 북쪽을 향하도록 앉으니까, 자연히 제사상은 북쪽을 향하게 된다.

제사상을 차릴 때는 생선보다 고기가 비싸기 때문에 고기를 혼백의 오른쪽에 놓는다. 이것을 어동육서(魚東肉西)라 한다. 생선은 꼬리가 먹기 좋은 쪽이기 때문에 혼백의 왼쪽에 놓는데 두동미서(頭東尾西)라고 한다. 음식을 배치할 때는 살아 있는 사람에게 대접할 때처럼 좋은 음식은 혼백을 기준으로 가깝게 놓아야 한다.

"제사 음식은 혼백이 드시는 음식이기 때문에 깨끗한 재료를 써서 담백하게 맨들어야 하능 겨."

박 여사는 양반집 딸답게 애자에게 구체적으로 설명했다. 제사상에 금기시 되는 음식이 있는데 고추나 마늘을 사용해서는 안 된다. 마늘은 향이 강해서 신을 쫓기 때문이다. 붉은색 고추도 귀신이 싫어한다. 고추를 사용하지 않는 이유와 관련해 왜군이 독한 고추로 조선 사람을 독살하려고 가져왔기 때문이라는 설도 있다. 지금은 오히려 고추를 즐겨 먹게 되었지만, 고추는 임진왜란 때 일본에서 들어왔기 때문에 제사상에 사용하지 않는다는 것이다.

"생선 중에 끝에 치 자가 들어가는 생선도 사용을 금해야 하능 겨."

박 여사는 주로 비늘이 없는 생선, 넙치, 날치, 멸치, 꽁치, 갈치, 한치 등은 사용해서는 안 된다고 말했다. 예로부터 한약을 먹을 때도 비늘이 없는 생선을 금기시한다. 또 치 자가 들어가는 생선은 비린내가 강하고 비교적 흔한 생선이기도 하기 때문이다.

과일 중에 복숭아는 요사스러운 기운을 몰아내고 귀신을 쫓는 힘이 있다고 믿었다. 무당들이 굿을 할 때 복숭아 가지를 흔드는 것도 같은 이유다.

"음식을 차려 놓고는 대문과 방문을 열어 놔야 햐. 왜 그런지 아냐? 그래야 혼이 음식을 드시러 올 거잖여."

박 여사는 애자가 자칫 소홀히 할 수 있는 점까지 세세하게 알려 주려고 노력했다.

"향은 왜 피우는지 아냐?"

"잡귀신이 못 오게 피우는 거 아니에요?"

애자는 친정에서 조부의 제사를 지낼 때 이병호로부터 들은 말대로 대답했다.

"물론, 그런 것도 있겠지. 하지만 향이 타는 연기가 하늘 높이 올라가잖여. 그 연기와 냄새를 맡고 하늘에 계신 조상님들이 내려오시라고 향불을 피우는 거여. 그 옆에 모사를 담고 지프래기를 꽂아 둔 그릇을 모삿그릇이라고 하는 거여. 모삿그릇이 먼가 하믄, 땅속에 있는 혼백을 불러와야 하는데, 산소에서는 땅에 술을 부울 수 있지만 방에서는 방바닥에 술을 부울 수가 읎잖여. 그래서 땅처럼 맨든 것이여."

박 여사가 애자에게 속삭이는 사이에 고현수는 제사상 앞에 무릎을 꿇고 앉아서 모삿그릇 위에 술을 3번에 나누어 부었다. 이어서 두 번 절을 했다. 제사를 지낼 때는 3이라는 숫자가 주는 의미가 많다.

숫자에는 음양의 이치가 숨어 있다. 살아 있는 사람에게 절을 할 때는 한 번 하지만, 죽은 사람에게는 두 번을 한다. 살아 있음은 양(陽)을 의미하고, 홀수인 1도 양(陽)이기 때문이다. 반대로 죽음은 음(陰)을 의미하고 짝수도 음(陰)을 의미하는데 음과 양의 합이 3이다. 그래서 향을 분향할 때는 한 개 혹은 세 개를 꽂고, 제사상에 음식을 놓는 줄 수는 3줄 혹은 5줄이다. 생선 마리 수, 과일 수, 나물의 종류, 탕의 종류는 홀수로 놓아야 한다.

술은 석 잔을 올리고, 삼적이라 하여 적은 바닷고기의 어적, 네발 달린 짐승인 육적, 두부나 갖가지 채소로 만든 소적을 올리면 자연이 내린 음식을 고루 맛본다는 의미다. 삼색 나물의 경우는 흰색은 뿌리 나물이라 하여 도라지를 쓰고, 줄기 나물은 고사리를 사용하고, 나물은 미나리를 쓴다. 뿌리는 조상을, 줄기는 부모를, 잎은 나를 상징한다.

"자, 인제 둘이 같이 절을 햐. 우리 성찬이도 아부지 따라서 절해야지."

박 여사는 벽에 기대어 꾸벅꾸벅 졸고 있는 성찬이를 고현수 옆에 세웠다. 혼백을 불러 모셨으면 제사에 참석한 사람들이 두 번 절을 하는데, 이 절차를 참신이라고 말했다. 참신(參神)이라는 말은 제사를 지낼 때 신주에게 인사를 드린다는 뜻이다.

참신을 한 다음에는 혼백에게 석 잔의 술을 올린다. 석 잔의 술을 올리는 의식 중에 처음 바치는 술을 초헌(初獻)이라 하고, 두 번째 바치는 술을 아헌(亞獻), 마지막 바치는 술을 종헌(終獻)이라고 한다. 보통 초헌은 제주가 바치고, 아헌은 제주의 부인이, 종헌은 제주의 맏아들이 바친다.

초헌을 올릴 때는 제사를 지내게 된 연유를 설명한다. 이것을 축문이라고 하는데 고현수의 집에서는 축문을 읽지 않았다.

술을 석 잔 올린 다음에는 혼백이 식사를 하는 순서이다.

"어려울 것 읎어. 살아 있는 사람이 밥을 먹는다고 생각하면 되는 거여. 밥을 먹을 때 젤 먼저 뭐를 햐?"

"밥뚜껑을 열고, 수저를 들고, 국을 한번 떠먹고……."

"그려, 제사 지낼 때도 똑같이 하믄 되는 겨. 먼저 밥뚜껑을 열어, 그걸 개반이라고 하는 거여. 혼은 숟가락을 들 수가 읎응께, 숟가락을 밥 가운데 꽂고, 숟가락을 꽂을 때는 아무렇게나 꽂는 것이 아녀. 움푹 패인 곳이 동쪽으로 가게 꽂아야 하능 겨. 젓가락은 반찬 위에 올려놓는 거여."

"어떤 반찬 위에 올려놓으면 되나요?"

에자가 제사상 위에 가득 차 있는 떡이며 전이며 나물, 탕국에 과일들을 바라보며 물었다.

"고인의 식성을 잘 알고 있으믄, 생전에 좋아하는 음식 위에 젓가락을 놓으면 되는 거여. 식성을 모르믄 쇠고기전이라든지, 굴비나 전 같은 데 올려놓으믄 되능 겨."

박 여사는 혼백이 식사를 하도록 기다리는 것을 삽시(挿匙)라고 한다고 말했다. 사람도 밥을 먹는 시간이 있어야 하는 것처럼, 혼백에게도 식사하는 시간을 주어야 하는데, 식사를 편안하게 하시라는 뜻에서 방문을 닫아주고 나오는 것을 합문(闔門)이라고 덧붙였다. 한겨울이거나 밖에 나와 있을 사정이 여의치 않으면 가문에 따라서 병풍으로 가려 주기도 한다.

혼백이 식사를 하는 시간은 대략 밥을 아홉 수저 정도를 드실 시간이다.

혼백이 식사를 끝내면 방문을 열고 들어가서 국그릇을 치우고 숭늉을 올리는데, 대부분 숭늉 대신 찬물을 올린다. 사람이 식사를 마쳤으면 수저와 젓가락을 밥상 위에 놓지만, 제사상에서는 숭늉 그릇에 담가 둔다. 숭늉을 올린 후에는 잠시 마실 시간 동안 묵념을 한다. 이러한 의식을 헌다(獻茶)라고 한다. 중국 유교 방식인 숭늉 대신 차를 올리는 것에서 비롯된다.

묵념이 끝난 후에는 밥을 조금씩 떠서 숭늉 그릇에 세 번 넣는다. 제사가 끝난 다음에 이 물을 마시면 무섬증이 사라진다고 해서, 아이들에게 주는 경우가 많다. 혼백이 마신 물을 먹었기 때문에 무서울 것이 없다는 의미에서 연유된 것이다. 지방 혹은 가문에 따라서 숭늉에 밥과 반찬을 조금씩 넣기도 한다. 이것을 제사가 끝난 뒤 대문 바깥에 한지를 깔고 그 위에 올려놓는다. 조상신을 모시고 갈 사자를 위한 음식이다.

제사를 마치고 잘 가시라는 뜻으로 술잔을 올리고 두 번 절을 한다. 이때 제사에 참석한 모든 사람이 같이 절을 한다. 그 다음에 지방을 태우는데, 이것을 사신(辭神)이라 한다. 제사가 끝난 다음에 음식을 다른 상에 옮겨 놓거나, 상을 90도로 돌려놓는데, 철상(撤床)이라 한다. 제사에 참석한 사람들은 함께 음식을 나누어 먹는데, 제사 음식에는 복이 있다고 해서 음복(飮福)이라고 한다.

애자는 제사상을 차리거나, 제사를 지낼 때마다 친정에서는 제사의 법도 없이 즉흥적으로 그때그때 생각나는 대로 지냈다는 것을 떠올릴 때마다 얼굴이 화끈거렸었다.

어느 때는 모삿그릇에 술을 붓지 않을 때도 있고, 어느 때는 한 번만 부울 때도 있다. 참신을 할 때는 제주인 이병호 혼자 절할 때가 있고, 어느 때는 온 가족이 같이 절할 때도 있었다. 술을 석 잔 올리고 혼백이 식사할 때도 그때마다 달랐다. 어느 때는 숟가락을 국 위에 담가 놓을 때도 있었다. 숭늉 그릇에 밥을 두 번 넣을 때도 있었던 것 같기도 하고, 아예 생략할 때도 있었던 것 같았다.

"하어! 지사 지낼 때는 '밤 내놔라, 옷감 내놔라' 하는 것이 아녀. 집집마다 방식이 다른 것츠름 우리 집 전통대로 지내야 하는 거여."

그나마 이병호 죽고 이동하가 제주가 되면서, 옥천댁이 옆에서 하나하나 지적하며 시나브로 조금씩 틀을 잡아 갔다. 처음에는 그마저 이동하가 거절했으나, 해를 거듭할수록 이동하도 옥천댁의 말을 무시하지 않고 받아들이기 시작하는 중이었다.

"인제 끝났구먼……."

고현수는 제사를 지낼 때 입었던 두루마기를 벗었다. 성찬이는 하품을 길게 하며 곧바로 아랫목에 가서 누웠다. 고현수는 고병호가 생전에 입던 두루마기를 조심스럽게 옷걸이에 걸고 담배를 찾아서 밖으로 나갔다. 하늘에 별은 총총 떴다. 바람이 불 때마다 구름이 움직이는지 은하수가 숨었다가 슬그머니 밖으로 나온다.

아직 새벽이 오려면 멀었는데 마당에 서 있는 나무들이 푸르게 윤곽을 드러내고 있다. 대추나무며, 감나무, 목련 나무 등은 모두 고병호가 이 집을 지을 때 이원에 있는 묘목전에서 사다가 심은 나무들이다.

고현수는 문이 닫혀 있는 대청 앞에 쪼그려 앉았다. 지붕 높이의 감나무 가지 사이로 별들이 보인다.

"나무를 심은 이유가 뭐요? 백 년을 바라보면서 심는 것이 나무 아닙니까. 마당에 저렇게 많은 나무를 심어 놓으시고, 그렇게 쉽게 가셔도 되는 겁니까?"

군복을 입은 차림으로 특별 휴가를 나와서 어떻게 장례를 치렀는지 기억이 나지 않았다. 고병호를 따르는 당원들이 앞장서서 장례를 치르고, 타인의 장례식에 참석한 문상객 같은 기분으로 장례를 끝내고 집에 왔다. 처마 밑에 앉아서 감나무를 바라보니까 비로소 고병호의 부재가 실감 나면서 분노가 치밀어 올랐다. 감나무를 잘라 버리겠다고 도끼를 찾아 들고 마당으로 나왔다.

"현수야, 그라능 게 아녀. 느 아부지 손길이 남아 있는 나무를 도끼로

패 버리겠다는 기 인간으로 할 도리가 아녀. 느 아부지하고 인연을 끊겠
다는 생각이 읎으믄 절대로 그라는 것이 아녀. 그랑께, 이 에미를 봐서
라도 제발 참아라. 응?"

아직 삼베옷을 벗지 않은 박 여사가 달려와서 고현수가 쥐고 있던 도
끼를 잡으며 눈물을 흘렸다.

"아버지가 우릴 안 보겠다고 먼저 가 버렸잖아요. 뭔 미련이 남아 있
다고 살아서 그 고통을 받아야 하는 겁니까? 모조리 잘라 버리겠습니다.
이제 아버지는 생각도 말고 우리끼리 살아갑시다. 우리끼리 살아가려면
저 나무들부터 없애 버려야 합니다."

"이놈아! 애비 없는 자식 봤냐? 나는 그래도 영동에서 니가 젤 똑똑한
놈인 줄 알았는데, 제우 생각한 것이 아부지하고 인연 끊겠다는 거냐?
니가 진정으로 똑똑한 놈이라믄, 난중에라도 니 애비가 왜 지명에 못 살
고 저세상으로 갔는지 밝히고, 웬수를 갚을 생각은 못 하고 이기 시방
머 하는 짓여. 나무들을 없앨라믄 나부텀 없애. 나부터 없애야, 이 못난 놈
아!"

박 여사가 고현수를 끌어안고 등짝을 때리면서 숨죽여 울었다.

"어머니, 죄송해요. 죄송해요. 하지만 너무 원망스러워요. 왜 우리만
남겨 놓고……."

고현수는 도끼를 땅바닥으로 던져 버리고 박 여사를 끌어안았다. 군
대에서 내무반장으로부터 전보용지를 받았을 때부터, 장례를 끝내고 한
방울의 눈물도 흘리지 않았었다. 속이 새카맣게 타도록 참았던 눈물이
걷잡을 수 없이 쏟아지면서 하늘이 노랗게 주저앉는 것을 느꼈었다.

고병호의 제사를 처음 지내는 것도 아니다. 일가친척이 없어서 계속

혼자 제사를 지내 왔다. 제사 지내고 나서는 가슴이 꽉 막혀 버릴 것 같은 기분을 떨쳐 내려고 마당에 나와서 답답함을 식혔다. 그뿐이었다. 어느 정도 진정이 되면 아무 일 없었다는 얼굴로 대청으로 들어가서, 박 여사를 도와 제사상을 치우고 잠자리에 들었을 뿐이다. 그런데 오늘은 이상했다. 다른 때보다 고병호가 유난히 그리웠다.

아버지도 제사를 지낸 후에, 무슨 생각을 하며 담배를 피우셨을까……

처마 밑에 쪼그려 앉아서 담배를 피우다가 일어서서 마당으로 걸어 나갔다. 어둠이 고여 있는 처마를 바라보았다. 제사를 끝내고 나면 늘 오줌이 마려웠다. 박 여사가 음복을 할 상을 차리는 동안 변소에 갔다 와서 보면 고병호는 대청 앞의 뜨럭에 걸터앉거나 처마 밑에 쪼그려 앉아서 담배를 피웠다. 어둠 속에 고병호가 쪼그려 앉아서 담배를 피우는 모습이 보이는 것 같았다.

무슨 생각을 하셨을까? 회사 일? 아니면 정치?

고현수는 어둠이 눈에 익을 때까지 처마를 바라보면서 회상에 잠겼다. 군대 있을 때 갑자기 세상을 버린 고병호가, 왜 극약을 마셨는지에 대해서 일부러 깊게 생각해 보지 않았다. 잘나가던 건설 회사가 부도난 이유는, 직원들의 말에 의하면 은행에서 애초 약속과 다르게 담보와 신용 대출까지 꽉 찬 상황에서 새로운 담보가 없으면 더는 대출해 줄 수 없다고 했기 때문이라고 했다. 관광호텔만 완성되면, 그 담보 가치로도 그 몇 배의 대출을 얻을 수 있는데도 해 주지 않았다는 것이다. 원래 시설 자금 대출이라는 것이 사업의 완성도에 따라서 대출 액수가 늘어나는 것인데도 대출을 해 주지 않으니 분노를 참을 수 없었을 것이라는 정도의 말밖에 듣지 않았다. 그것도 직접 직원을 만나서 들은 것이 아니고, 박 여사의 입으로 전해 들었을 뿐이다.

중앙정보부에 근무하면서, 이런저런 업무를 수행하며 자신도 모르게 알게 된 것은, 어떤 이유에서인지는 모르지만 은행에서 고의적으로 부도를 유발시켰을 것이라는 점이다. 실제로 국회의원에 출마하면 당선이 유력한 후보의 자금줄을 막기 위하여 은행에 압력을 넣어서, 고의적으로 부도를 내는 업무도 직접 수행해 본 적 있었다.

"애비야! 머 하는 거여?"

고현수는 담배 피우는 것도 잊어버리고 처마 밑에 쪼그려 앉아 있는 고병호의 환상을 지켜봤다. 대청문이 열리고 박 여사가 부를 때서야 필터만 남아 버린 꽁초를 바닥에 버리고 길게 한숨을 내쉬었다.

"술 한잔 더 하시겠어요?"

제사상을 치우고 있던 애자가 대청으로 올라서는 고현수를 바라보며 말했다.

"당신도 한잔하겠다면 같이 마실게."

"저는 마시지 않겠어요."

"그럼, 나도 그만두겠어."

고현수는 박 여사 옆에 앉았다.

"성찬이 에미도 우리 집안 사람이 다 됐구먼. 요번 지사는 워티게 지내나 하고, 내가 한마디도 거들지 않고 가만히 지켜봉께, 담부터는 내가 읎어도 잘 지내겄구먼."

박 여사가 제사상을 정리하고 있는 애자가 들으라는 듯 말했다.

"어머님도 별말씀을 다 하시네요. 어머님이 곁에 계셨으니까 차렸지,

저 혼자서는 아직도 멀었어요."

"아녀, 배운 사람이라 그런지 하나를 알켜 주믄 열을 아는구먼. 내년 부딤은 느 시아부지 지사 지낼 때 나는 일절 상관 안 할 텅께. 니가 알아서 햐. 알었지."

"아니에요 어머님이 옆에서 알려 주셔야죠."

애자는 제사상에 있는 밤이며, 대추, 사과, 배 등을 소쿠리에 쓸어 담다가 고현수를 바라봤다. 밖에서 무얼 하다 왔는지 얼굴이 굳어 있다.

"당신도 내일 올라갈 거야?"

고현수가 애자와 시선이 마주치는 순간 자신도 모르게 물었다.

"내일이 수요일이잖아요. 여기서 어머님하고 있다가 모레 모산 가서 하루 쉬고 토요일에 올라갈게요."

애자는 고현수에게서 시선을 돌렸다. 명태며, 피등어 등 건어물을 챙기기 시작했다.

"난 괜찮응께 모산 친정에나 들렀다가 바로 서울로 올라가. 애비 밥도 챙겨 줘야 할 거 아녀."

"이번 주말에도 출근해야 하니까, 푹 쉬다 올라와."

고현수는 애자의 뒷모습을 바라봤다. 서울에서 별로 하는 일 없이 성찬이와 시간만 보내다가, 제사 준비를 하느라 그런지 어깨가 몹시 지쳐 보인다. 하지만 이내 고개를 돌리고 제사상에 있는 고병호의 사진을 물끄러미 바라봤다.

"그래도 괜찮겠냐?"

"성찬이 아버지는 집에 있는 시간보다 직장에서 보내는 시간이 더 많으신 분이에요."

애자는 과일이며 건어물이 들어 있는 소쿠리를 들고 일어섰다. 억지로 웃으며 고현수를 바라본다. 고현수의 시선을 따라서 영정 사진 속 고병호의 얼굴을 잠시 바라보다가 정지로 가기 위해 대청문을 열었다.

삼계탕

하지만 이복만이고,
이병호고 다 이 세상 사람이 아니잖유.
살아 있는 의원님이 시방이라도 맘을 바꿔 먹고
땅을 돌려주신다고 함께 반가운 거 아뉴.
막말로 안 주믄 어짤 규?

승우는 대전역사를 빠져나가서 곧장 지하도로 들어갔다. 지하도를 나가서 인숙이와 만나기로 한 커피숍 '레인보우' 앞으로 갔다. 이층으로 올라가는 계단을 오르기 전에 주머니에서 반지 케이스를 꺼냈다. 케이스 뚜껑을 열자 아무런 장식이 없는 한 돈짜리 금반지가 보였다. 반지 안에 영문으로 S.W라는 이니셜이 새겨져 있는 반지를 흐뭇한 얼굴로 바라보다가 소중하게 주머니에 넣었다.

레인보우에서 인숙을 만날 때마다 늘 오른쪽에서 두 번째 테이블에서 기다리거나 만났다. 오늘은 공교롭게도 그 테이블에만 남녀가 앉아서 정겨운 시선을 교환하며 커피를 마시고 있었다.

승우는 아쉬움을 삼키며 세 번째 자리로 가서 앉았다. 거리에는 속절

없이 햇살이 쏟아지고 있었다. 거리를 지나는 행인들의 모습은 예전에 봤을 때와 다르지 않게 보였다. 길 건너 보이는 약국이며 구둣가게, 서점의 간판들도 예전과 다름없이 한 폭의 수채화로 다가왔다. 그런데도 뭔가 달라져 있어야 한다는 생각, 예전에 창문 앞에서 바라보던 서점의 간판이 아니어야 된다는 생각 같은 것이 희미한 안개가 되어 가슴을 채우고 있는 것 같은 기분을 버릴 수가 없었다.

인숙을 만나기로 한 시간은 이십 분이 남아 있었다. 레지가 갖다 준 물을 마시면서 손목시계를 잠시 바라보다 다시 반지 케이스를 꺼냈다. 테이블 위에 올려놓고 케이스 뚜껑을 열었다. 서울에서도 반지를 사서 금은방을 나와 몇 미터 정도 걷다가 걸음을 멈추고 반지를 확인했었다. 서울역에 도착해서 기차표를 끊고 나서 확인했었고, 기차가 출발하기 전에도 케이스 뚜껑을 열었었다. 그런데 볼 때마다 금이 뿜어내는 광채가 다르게 와 닿는 것 같았다.

"여기여!"

인숙은 약속 시간에서 일 분도 빠르거나 늦지 않은 정확한 시간에 커피숍 문을 열고 들어왔다. 승우는 오늘따라 인숙의 얼굴에서 광채가 나는 것을 느끼며 다른 때와 다르게 벌떡 일어나서 큰 소리로 반겼다.

"몇 년 만에 만나는 사람츠름 왜 그랴? 남부끄럽게……."

인숙은 옆자리의 남녀를 의식하고 얼굴이 빨개지는 것을 느끼며 승우와 악수했다.

"갑자기 왜 내려온 겨? 두 달만 있으믄 방학인데."

"갑자기 보고 싶을 때가 있잖아. 그래서 내려왔구먼. 너는 갑자기 내가 보고 싶을 때가 없지?"

"왜 안 그려. 난도 갑자기 니가 보고 싶을 때가 있구먼. 하지만 참잖여. 보고 싶다고 기차 타고 서울로 뛰어 올라갈 수는 읎잖여. 사법 고시 공부는 잘되고 있지?"

"공부는 열심히 한다고 하는데, 솔직히 좀 자신이 없어."

"너 자신을 믿어 봐. 난 분명히 합격할 수 있다고 믿어 보란 말여. 그람 분명히 합격하고 말 겨."

레지가 주문한 커피를 들고 왔다. 인숙은 승우의 커피 잔에 설탕과 프림을 타 주며 부드러운 눈빛으로 바라봤다.

"인숙이 니가 날 믿어 주믄 안 되는 거여? 승우는 분명히 합격할 수 있다고 말여."

"그랴, 어려울 것도 읎지. 승우는 분명히 합격할 거여."

인숙은 조금도 망설이지 않고 미소 짓는 얼굴로 대답했다.

"고맙구먼."

승우는 인숙의 손을 잡았다. 인숙의 손에서 느껴지는 감촉이 예전의 감촉으로 와 닿지 않았다. 성숙한 여자의 체온에서 느낄 수 있는 촉촉하면서도 매끄럽고, 매끄러우면서도 여자의 연약한 숨결이 무리 없이 손끝으로 전해지는 순간 목이 잠겼다.

"갑자기 왜 그랴?"

인숙이 놀란 얼굴로 물었다.

"아, 아녀. 갑자기 목이 콱 맥혔어."

"내가 믿어 준다는 말에 감격했구먼. 내가 널 왜 좋아하는지 알아? 바로 그런 점 때문에 좋아하는 거여. 서울에 올라간 지 벌써 팔 년째잖여, 그란데도 넌 여전히 산골 소년처럼 순진무구함을 그대로 간직하고 있구면. 내가 볼 때 너는 참말로 천연기념물여.”

“내가 왜 그러는지 모르겠어?”

승우는 너를 진짜로 좋아하고 있기 때문이여, 라는 말이 목구멍 밖으로 나올 뻔했으나 참느라 속삭이는 목소리로 물었다.

“너는 원래 그랬잖여. 앞으로 판사나 검사가 돼도, 시방처럼 착한 마음 버리지 말고 정의롭게 살아 줘.”

“너는 언제까지 야학할 거여. 이번 학기가 지나면 한 학기밖에 안 남잖아. 무언가 계획해야 할 때 아녀?”

“학교 졸업하고 삼 년 이상 야학하시는 선배도 많아. 그라고 이 일은 내 일여. 내가 해야 할 일이라는 말이지.”

“내 말은 인숙이 니가 불쌍한 사람들을 위해 공부를 갈켜 주는 것도 좋지만, 너 자신의 미래도 걱정할 의무가 있다는 뜻여. 그게 모산에 있는 부모님에 대한 보답이기도 하잖아. 내 말을 흘려듣지 말고 곰곰이 생각해 봐.”

승우는 마음 같아서는 인숙에게 진규처럼 공부를 계속해서 박사 학위를 따는 것이 어떠냐고 묻고 싶었다. 하지만 인숙이도 뭔가 생각하고 있는 것이 있을 것 같아서 완곡하게 말했다.

“알았어. 니 말대로 곰곰이 생각해 볼게. 너도 공부 열심히 해서 꼭 합격하길 바려.”

인숙은 승우의 충고가 고마웠다. 하지만 자신을 기다리고 있는 야학의 학생들을 쉽게 떨쳐 버릴 수 없을 것이라고 생각했다.

“고맙구먼.”

승우는 인숙이 자신의 말을 순순하게 받아들여 주는 게 고마워서 손을 뻗었다. 인숙이 기다렸다는 듯이 손을 내밀었다. 인숙의 손을 잡았는데 조금 전의 이성적인 느낌이 와 닿지 않았다. 예전에 같은 집에 살 때의 그런 느낌이 들어서 마음속으로 적이 혼란스러웠다.

"슬슬 어디 가서 뭣 좀 먹을까? 오늘 야학하는 날이라서 일찍 들어가 봐야 하거든. 지난주쯤에 약속했드라면 시간을 바꿔서 오늘 늦게까지 있을 수 있을 텐데. 어지 갑자기 전화하니게 시간을 바꿀 틈이 읎었구면."

"야학이 그렇게 중요하냐?"

승우는 오늘 영동으로 내려갈 계획이었다. 그러나 인숙과 늦게까지 시간을 보내게 되면 내일 내려가도 상관없었다. 그런데도 인숙은 얼굴도 알지 못하는 야학 학생들 때문에 자신에게 할애할 시간이 다섯 시간밖에 없다는 말을 들으니까 화가 났다. 노골적으로 화낼 수가 없어서 따지는 목소리로 물었다.

"나한테는 야학이 중요하고, 너한테는 사법 고시가 중요하잖여."

"난 반드시 합격할 수 있구면. 서울에서 여기까지 내려온 친구를 야학 때문에 찬밥 취급함게 기분이 좀 안 좋잖여. 너 같으믄 기분이 좋겄냐?"

"내가 아까 말했잖여. 지난주에 연락했으믄 얼매든지 시간을 낼 수 있었다고 말여. 그라고 시방 한가하게 시간 보낼 때가 아니잖여. 내년에 시험이면 시방쯤 밤새워 공부할 때잖여."

인숙은 승우를 이해할 수 있었다. 팔을 뻗어서 승우의 손을 잡고 눈을 지그시 바라보며 속삭이는 목소리로 말했다.

"박인숙, 너는 시방 이 나라의 예비 법조인을 싱겁게 본 거여. 앞으로 또 이라지마. 참말로 나는 너하고 오랫동안 같이 있고 싶단 말여. 니 말대로 본격적으로 공부하기 시작하면 공부하느라 대전 내려 올 시간 만들기도 힘들어. 그랑께 앞으로는 이런 약속 안 해 줬으면 좋겠어."

승우는 인숙의 아름다운 눈을 바라보고 있으니까 어느 틈에 화가 가라앉았다.

"그랴, 약속할게. 그 대신 오늘처럼 갑자기 찾아오지 않고 미리 약속하기여."

"약속하지. 그리고 손 내밀어 봐."

승우가 주머니에 손을 넣으며 말했다.

"왜?"

"여자는 어느 손에 반지를 끼는 겨?"

"몰라, 오른손에 끼겠지. 반지 줄라고?"

"그려, 사, 사법 고시 반드시 합격할 수 있다는 기념으로 주는 거니까 평생 동안 간직해야 햐."

승우는 막상 인숙의 희고 긴 손가락에 반지를 껴 주려니까 가슴이 떨렸다. 침을 꿀꺽 삼키고 나서 인숙의 손가락에 조심스럽게 반지를 껴 줬다.

"니가 간직하지 말라고 해도 간직할 겨. 이게 얼마나 귀한 반진데……."

인숙은 반지를 낀 손가락을 펼쳐 보았다. 손가락 굵기를 알려 준 것도 아닌데 금방에 가서 직접 맞춘 것처럼 딱 맞는 것이 신기했다.

"사법 고시 합격하면 더 비싼 걸로 사 줄게."

"나는 이것으로 족햐. 워티게 마음의 가치를 돈으로 환산할 수 있겄어. 이 반지에는 니 마음이 다 들어 있잖여. 안 그려?"

"내 맘을 훤하게 읽고 있으니까 내가 할 말이 없잖여. 하지만 기다려. 내가 어떤 일이 있더라도 사법 고시 합격해서 니 앞에 나타날 테니까."

"나는 승우가 참말로 이 시대에 등불이 될 법조인이 될 수 있을 거라고 믿고 있구먼. 그렇다고 이 나라의 법조인들이 문제가 있다는 말은 아녀. 일부 법조인들이 문제를 일으키고 있기는 하지만, 정의로운 법조인들이 더 많응께 이 나라가 발전해 가고 있는 것이잖여. 내 말 무슨 뜻인지 알겠지?"

인숙은 처음으로 껴 보는 반지가 너무 예뻤다. 자신도 모르게 손가락을 펼치고 반지를 바라봐서 승우의 마음을 기쁘게 만들었다.

"배고프다. 솔직히 서울에서 대전까지 빨리 가야 한다는 생각에 점심도 걸렀거든."

승우는 인숙이 반지를 마음에 들어 하니까 대단한 일을 해낸 것처럼 가슴이 뿌듯했다. 잊고 있었던 식욕이 맹렬하게 되살아나는 것을 느끼며 일어섰다.

"참말로 사법 고시 합격해서 내 앞에 나타날 수 있는 거지?"

거리에는 노랗게 노을이 내려앉고 있었다. 인숙이 승우와 발을 맞춰 걸으면서 물었다.

"그려. 나도 한번 한다면 하는 승질이란 말여. 내가 서울대학교 간다고 하고 나서 결국 서울대학교에 갔잖여. 사법 고시도 내가 합격할 수 있다고 말했잖여……."

"나도 믿어. 너는 분명히 합격할 수 있을 거여. 내가 보장할 수 있구먼."

"정말?"

승우가 걸음을 멈추고 믿어지지 않는다는 표정으로 물었다.

"내가 시방 그짓말하는 것처럼 뵈여?"

"아, 아녀. 난 어릴 때부텀 니가 팥으로 메주를 쑨다고 해도 믿는 승질이잖여."

승우는 인숙을 꽉 껴안아 주고 싶었지만 많은 사람들이 다니는 거리라 그럴 수가 없어서 어깨를 껴안고 힘껏 힘을 주었다.

"아야! 누가 남자 아니랄깨비, 왜 이렇게 힘이 쌰."

"그람 살살 안아 줄까?"

"됐구먼. 힘 쓰는 거 봉께 배고프다는 말 그짓말이구면."

인숙은 승우를 흘겨보며 어깨를 문질렀다. 어깨를 힘주어 안는 승우의 손길은 옛날 승우의 장난기 섞인 힘이 아니었다. 남자의 품에 안겨 보지는 못했지만 성인 남자에게서 느낄 수 있을 것 같은 그런 힘처럼 느껴졌다.

순배 영감은 아침부터 몸이 개운치 않았다. 막걸리나 한잔 마시면 몸이 좀 풀릴 것 같아서 점심 무렵에 집을 나섰다.

"형님, 워디 가셔유?"

"그냥 나와 보능 겨. 집에 있으니께 당최 몸이 찌뿌등한 것이 몸살이 올 거 같기도 하고, 감기가 올 거 같기도 해서 말여……."

순배 영감이 두 손으로 지팡이를 의지하고 기운 없는 목소리로 말했다.

"그람, 의원님 댁에 가셔서 한잔해유. 가서 한잔하시믄 몸이 확 필 규."

박평래가 잘됐다는 얼굴로 순배영감 옆으로 갔다.

"의원님이 먼 술을 대접한댜? 머 존 일이 있나? 요새 선거철도 아닌
데……."

"몰라유. 저하고 형님하고 구장하고 스이 좀 보자시네유. 얼굴 표정을
봉께 머 존 일이 있으신 거 같아유."

"머 존 일이 있을까?"

순배 영감은 술을 대접한다는 말이 반갑지만은 않았다. 술이야 해룡
네 집에서 한잔 마시면 그만이지만, 이동하가 술을 낸다고 할 때는 그만
한 대가가 있을 것이라는 생각이 들었다.

"빨리 올라가유. 내가 볼 때 분명 존 일이 있으신 거 같당께유. 구장
은 집에 있을란가 모르겄네?"

박평래가 이동하 집으로 올라가는 언덕 쪽으로 방향을 틀며 말했다.

"구장, 저기 둥구나무 밑에 앉아 있구먼."

순배 영감이 걸음을 멈추고 지팡이로 너럭바위에 앉아 있는 황인술을
가리켰다.

"아여! 빨리 일루 와봐."

"먼 일이데유?"

윤길동과 앉아 있던 황인술은 저 인간이 또 뭣 때문에 날 부르냐고
생각하며 슬슬 걸어갔다.

"의원님이 구장하고 좀 올라오랴."

"의원님이유?"

황인술이 마땅치 않다는 얼굴로 박평래를 바라보다 이내 활짝 웃는
얼굴로 반문했다.

"그려, 머 존 일이 있으신개벼. 그랑께 어여 올라가 보자구."

"국회의원 선거는 내년인데 벌써부터 선거운동을 시작했는가?"

"국회의원 선거가 내년인 걸 구장은 워티게 아능 겨?"

순배 영감이 길게 숨을 몰아쉬고 나서 물었다.

"아! 임기가 육 년잉께 얼추 내년쯤 선거가 있을 거잖유."

"구장은 별 걸 다 알고 있구먼. 하긴, 구장이 그 정도도 모르믄 구장이라 할 수도 읎겄지."

박평래가 혼잣말로 중얼거리는 말에 황인술은 눈을 부릅뜨고 노려볼 수도 없고 그냥 참으려니까 숨이 막혔다. 걸음을 멈추고 박평래의 뒷모습을 뚫어져라 노려봤다.

에이, 내가 참고 말지. 날 모리믄 북망산천 갈 양반하고 다퉈 봐야 먼 소용이 있겄어.

마음을 다져 먹고 다시 걷기는 했지만 화는 쉽게 가라앉지 않았다. 저절로 주먹에 힘이 들어가서 순배 영감이며 박평래가 볼지 모른다는 생각에 뒷짐을 지고 언덕길을 올라갔다.

"내가 구장을 남달리 생각해서 하는 말인데 말여, 구장도 술을 작작 마셔. 우리만 한 이들도 거뜬히 올라가는 길을 그릏게 심들게 올라가는 걸 봉께, 술을 하도 많이 마셔서 몸속에 골병이 든 거 가텨."

박평래는 무심코 뒤를 돌아다봤다. 황인술이 노인처럼 뒷짐을 지고 언덕을 올라오는 모습을 보고 혀를 찼다.

"태수 아부지가 탁배기라도 한잔 사 줌서, 그런 말씀을 하시믄……."

황인술은 '밉지나 않지.' 라는 말은 차마 할 수가 없어서 벌개진 얼굴로 시선을 돌렸다.

"허! 나이 많은 사람이 걱정이 돼서 충고를 해 주믄, '알겠슈. 앞으로 차차 술을 줄이겠슈.' 라고 해야 옳지. 술 한잔 안 사 줬다고 나를 타박하는구먼. 형님, 형님은 워티게 생각해유?"

"의원님이 우리를 오라고 하는 이유를 참말로 모르겠나?"

순배 영감이 이동하의 집 솟을대문 앞에서 벽을 타고 뒷문 쪽으로 가면서 화제를 돌렸다.

"참말로 모르겠당께유. 하지만 아까도 말한 것처럼 머 존 일이 있능개뷰. 그라고 구장은 어째 사람이 나이가 들수록 자꾸 말을 삐딱하게 생각하능 겨. 이제 막 크는 아들도 아니고 환갑이 다 돼 가는 사람이……."

박평래는 화가 머리 꼭대기까지 난 황인술이 걸음을 멈추고 뒤통수가 뚫어져라 노려보든 말든 쪽문을 넘었다.

"어서 와유."

이동하가 옛날 이병호처럼 누마루 쪽에 앉아서 아래를 내려다보고 있다가 사랑방으로 들어가면서 반갑게 맞았다. 방에는 간단하게 술상이 준비되어 있었다.

"오랜만에 동네 어르신들이며, 구장님한테 쇠주 한잔 대접할라고 이릏게 모셨슈. 막걸리를 대접할까 하다가, 막걸리를 드시믄 집사람이 만든 삼계탕을 다 드시지 못할 것 같아서 쇠주로 했슈."

"아이구, 먼 일이 계셨는지 모르지만 귀한 삼계탕을……."

박평래는 황송해서 서 있을 수가 없다는 얼굴로 얼른 밥상 앞에 앉았다.

"허어!"

순배 영감은 그렇지 않아도 몸이 개운치 않았다. 삼계탕 냄새를 맡는 순간 몸이 감쪽같이 풀리는 것 같았다. 하지만 귀한 삼계탕을 대접할 때야 그만한 이유가 있을 것이라는 생각에 선뜻 자리에 앉지 못하고 애매한 표정을 지었다.

"아! 예, 예."

황인술은 언덕을 올라오는 동안 박평래가 머리 꼭대기까지 돋았던 화가 하얗게 증발해 버리는 것을 느끼며 입맛을 쩝쩝 다셨다.

"구장님, 어여 앉으세유. 삼계탕은 쇠주도 한 잔씩 함서 먹어야 소화가 잘 되는 법유. 어여, 지 술 한 잔씩 받으세유."

"아뉴, 아뉴. 지가 먼저 의원님한테 따라 드릴께유."

이동하가 소주병을 들었다. 박평래가 천부당만부당하다는 얼굴로 소주병을 빼앗듯이 건네받아서 이동하의 잔에 따랐다. 이어서 이동하가 뭐라고 할 틈도 없이 순배 영감이며 황인술의 잔을 채웠다.

"태수 아부지는 지가 따라 드릴께유."

"아이구, 이거 황송해서……."

황인술은 마지못한 표정으로 이동하에게 술병을 내밀었다. 박평래는 황인술의 눈이 찢어져 버릴 것처럼 이동하 모르게 자기를 노려보든 말든 합죽합죽 웃으며 양손으로 술잔을 내밀었다.

"에, 다름이 아니고 말여유. 제가 명색이 정치를 하겠다고 나선 지도 벌써 솔찮게 세월이 갔잖유. 제가 그래도 명색이 삼선 의원으로 불행하게도 선거에 떨어져서 시방은 야인처럼 살아가고 있잖유……."

"야, 야인이라믄?"

박평래가 닭다리를 뜯다 말고 순배 영감을 바라보며 속삭였다.

"아, 마음을 비우고 사셨다는 말씀여."

순배 영감이 도대체 이동하가 무슨 말을 하려고 삼계탕을 대접하는가 하면, 뜬금없이 야인 운운하는 말의 저의가 너무 궁금해서 삼계탕 맛을 모를 시경이었다.

"요 며칠 잠도 안 오고, 정치를 계속해야 하나 말아야 하나 참말로 고민을 많이 해 봤슈."

"아! 당연히 하셔야쥬. 제가 내년 선거 때는 이 한 몸이 뿌숴지는 한이 있더래도 열심히 선거운동을 해 볼 생각유."

황인술의 귀에는 이동하가 정치를 그만두겠다는 말로 들렸다. 뜨거운 고기를 급하게 삼키느라, 눈물을 쏙 빼고 나서 천부당만부당하다는 표정으로 말했다.

"구장님 말씀만 들어도 심이 나는구먼유. 근데 지가 가만히 생각해 봉께, 정치를 할라믄 우선 정치인이 되야겠다는 생각이 들데유. 무슨 야긴고 하믄, 입으로만 깨끗한 정치를 하겠다고 떠들기는 했지만, 진짜로 제가 깨끗한 정치를 실천하지 않았다는 거쥬. 아니 않았다는 말은 어폐가 있고, 못했다는 말이 맞을 거 같네유. 그래서 제가 요번에 중대한 결심을 했슈. 먼 결심을 했는고 하믄……."

세 명은 수저를 들고 있다가 혹은 삼계탕 그릇에 담그고 있다가, 고기를 소금에 찍다 멈추고 이동하의 다음 말을 기다렸다.

"우선 우리 모산 동리를 행복하게 만든 다음에, 나라를 행복하게 만들어야겠다는 생각을 했슈."

황인술은 이동하의 말을 얼른 알아들을 수가 없었다. 자고로 집안이 행복해지려면 기본적으로 쌀독에 쌀이 그득해야 한다. 송덕비를 세울 때처럼 밀가루며 보리를 또 나눠 줄라고 뜸을 들이고 있는가 하는 생각이 들어 순배 영감을 바라봤다.

"집안이 평안해야, 밖에서 하는 일이 만사형통하는 법이기는 합니다만……."

순배 영감은 뒤늦게 술잔을 들어서 천천히 마시다가 나중에 쪽 소리를 내며 빈 잔을 내려놓았다.

"제가 갖고 있는 땅을 현재 소작하고 계시는 분들한테 죄다 팔기로 했슈. 영감님 술잔이 비었구면유."

이동하는 극적인 효과를 주기 위하여 일부러 대수롭지 않다는 표정으로 말을 하고 나서 순배 영감의 잔에 술을 채웠다.

"따, 땅을 소작인에게 판다믄?"

황인술은 집에서 등 뜨시게 잠을 자고 있다가 느닷없이 이병호의 부름을 받고 계약서를 작성하고 나서 땅을 치며 후회하던 때가 떠올랐다. 그 애비에 그 자식이라고, 이 작자가 요즘 세상이 어떤 세상인데 50년대에 치던 사기를 또 치려고 한다는 생각이 불쑥 들었다. 두 눈을 동그랗게 뜨고 순배 영감과 박평래를 바라봤다. 그들은 어리석게도 영문을 모른다는 표정을 짓고 있다. 한심하다는 생각이 들어서 어디 얼마나 거짓말을 하는지 지켜보자는 생각으로 다시 이동하를 바라봤다.

"생각해 봉께, 제가 농사를 직접 짓는 것도 아니잖유. 명색이 삼선 의원 출신이 여태까지 소작농들한테 도지를 받고 있다는 것도 남들이 알면 손가락질할 일이잖유. 그래서 이 참에 땅을 죄다 소작인들에게 넘겨버릴 생각유."

"따, 땅을 파신다믄……."

박평래가 놀란 얼굴로 순배 영감을 바라봤다.

"땅을 파신다고 해도 살 사람이 돈이 있어야 살 거 아뉴?"

순배 영감이 이해가 되지 않는다는 표정으로 황인술에게 시선을 돌렸다.

"외상으로 파실 거유?"

황인술이 내 그럴 줄 알았다는 얼굴로 반문했다.

"땅이 쌀도 아니고 명태도 아닌데 워티게 외상으로 팔 수 있남유? 현금을 받고 팔 생각유. 돈 걱정은 안 해도 돼유. 제가 농협 조합장한테 미리 즌화를 해 놨슈. 땅을 담보로 하고 서로 맞보증을 스면 땅값을 대출해 주는 걸로 말유."

"대출금은 누가 갚나유?"

황인술이 비웃는 얼굴로 물었다.

"어채피 도지를 낼 거 아뉴. 도지 낼 돈으로 대출금을 갚으믄 가만히 앉아 있어도 땅 임자가 되는 거 아니겠슈?"

"어허! 이렇게 고마울 수가. 나라에서 해야 할 일을 의원님께서 실천하고 계시는구면. 참말로 이렇게 고마울 수가 없네유. 대출금 이자가 아무리 비싸다 하드래도 도지로 내야 하는 쌀값보다는 적을 터. 의원님 말씀대로만 된다면 모산은 우리나라에서 젤 살기 좋은 나라가 되고도 남겠네유."

순배 영감이 혀를 차면서 진심으로 고맙다는 표정으로 말했다.

"형님, 시방 의원님이 뭐라고 말씀을 하신 거유? 저는 당최……."

"그랑께, 땅을 담보로 하고, 저는 춘셉이 보증을 스고 춘셉이는 지 보증을 스는 맞보증을 스믄 땅 살 돈을 대출해 주겠다. 시방 이 말씀인가유?"

"구장님이 젤 정확하게 들으셨구먼유. 맞아유. 동리 사람 전체가 조합에 가서 서류를 꾸밀라믄 복잡할 거 같아서 말유. 동리 사람들만 좋다믄 날이라도 직원들한테 출장을 나오라고 즌화를 할 거유. 구장님 집에서 대출 서류에 도장 찍고 이름 석 자만 쓰면, 땅문서를 내주기로 했슈. 각자 앞으로 등기를 해 주는 것도 조합 직원들이 대신 해 주기로 했응께, 수고비로 다문 얼매씩 걷어서 주면 땅 임자가 바뀌는 거유."

"아이구! 땅을 등기할라믄 어채피 대서방에 가서 대서비를 내야 하잖아유. 그런 돈이야 및만 원을 못 주겄슈? 당장 올가실에……."

"의원님 당장 올가실에 면장님 송덕비 옆에다 의원님 송덕비도 세워야겄슈."

황인술이 내가 언제 마음속으로 배덕의 미소를 짓고 있었냐는 얼굴로 벌떡 일어섰다. 절을 하는 것처럼 두 손을 번쩍 들었다가 방바닥을 짚으며 황망해할 때였다. 박평래가 재빠르게 끼어들었다.

"그, 그려유. 태수 아부지 말씀처럼 송덕비가 문제겄슈. 동리 사람들이 집집마다 도장을 찍어서 대통령한테 편지를 보내도 부족할 판에……. 지가 새마을지도자 자격으로 당장 낼부터 진정서를 맨들겄슈. 바로 이런 것이 새마을운동이잖유. 혀, 협동 정신의 산증인! 다, 다 같이 사는 부락을 만들어 가는데 앞장서 가는 개척자! 이런 식으로 말여유."

황인술은 내 땅이 거저 생긴다는 말을 듣고 나니까 박평래가 더 이상 밉지 않았다. 말을 해 놓고 생각하니까 너무 기가 막힌 아이디어란 생각에 스스로 흡족해하며 벌렁벌렁 떨리는 가슴을 진정시키느라 술잔을 홀짝 비웠다.

"제 말 안직 안 끝났슈. 머한 말로 동리 사람들은 손 안 대고 코 푼

격이잖아유. 그래서 땅값을 시세보다 약간 올리기로 했슈. 그 점은 이해해 주실 것으로 믿어유."

"의원님, 시세보다 반 천이나 올려도 싫다는 사람 아무도 읎슈. 당연히 시세보담 땅값을 올려서 파셔야쥬."

이동하의 말에 황인술은 덜떨어진 놈처럼 앞뒤 재 보지 않고 절을 한 것이 후회가 됐다. 그럼 그렇지, 하는 생각에 스스로 빈 잔을 채우며 순배 영감의 눈치를 살폈다. 순배 영감도 무언가 생각하고 있는 것 같았다. 촐싹 맞은 박평래만 합죽합죽 웃는 얼굴로 식어 빠진 삼계탕 국물을 먹고 있다.

"반 천이나 올린다는 것은 땅을 안 팔겠다는 수작과 같은 거이고, 따지고 보믄 땅 시세라는 것이 평당 만 원짜리믄 잘 사믄 구천 원에 살 수도 있고, 많이 주고 사믄 만천 원에 살 수도 있는 거 아뉴. 그래서 시세보담 십 프로 정도는 생각을 더 해 주셔야 될 거 가튜."

"아이구, 그건 땅값을 더 받는 것도 아뉴. 십 프로야 땅을 거저 주시는 고마운 뜻에서도 우리가 먼저 생각해 줄 금액도 안 되느만유. 그 점은 눈꼽만큼도 부담 가지실 필요 읎어유. 지가 동리 사람들에게 야기하믄 죄다 찬성할 부분잉께유."

황인술은 무릎을 착 꿇고 앉아서 두 손으로 소주병을 잡아서 이동하의 빈 잔에 채우면서 황송해했다.

이튿날 새벽이다.

다른 날 같으면 새마을 노래에 이어서 국민가요라 일컫는 <잘살아보세>, <팔도강산> 등의 노래가 이어진다. 새마을 노래가 끝나고 삐익,

하며 마이크를 잡는 소리가 새벽하늘에 울려 퍼졌다.

"에, 오늘은 어젓밤에 김춘섭 씨 사랑방에서 회의한 것처름 오후 한 시에 농협 조합 서기 시 명이 출장을 나오기로 했슈. 그 전에 필요한 서류를 맨들어 놔야 하는데, 우선 인감증명서하고 주민등록등본이 필요해유. 구장한테 인감도장을 맥겨 놓은 분은 상관읎지만, 구장한테 인감도장을 맥겨 놓지 않은 분은 방송이 끝나는 즉시 우리 집으로 도장을 갖고 오시기 바랍니다. 그라면 이 구장하고 반장인 김춘셉 씨하고 윤길동 씨하고 본인의 경운기를 타고 학산에 가서 모든 서류를 떼어 올 생각입니다. 또 하나, 이따 다시 방송을 하겄지만 말유. 조합 서기들에게 수고비를 줘야 해유. 어채피 땅을 등기할라믄 대서비를 줘야 항께, 그 돈이 그 돈이라고 생각하고 집집마다 일금 이천 원씩을 이 구장한테 납부하시기 바랍니다. 만약 이 구장이 학산에 출장 갔을 때 돈을 갖고 오신 분은 집사람한테 맥겨 두시믄 차질이 읎슈. 에! 그라고 오늘은 조합 서기들이 볼일을 다 마치고 나믄, 동리 잔치를 할 생각유. 그렇게 각 집의 안사람 되시는 분들은 오늘 하루만큼은 열 일을 제쳐 두고 동리 잔치를 하는 데 적극 참여해 주시기 바랍니다. 이상 구장 황인술이 공지 사항을 말씀디렸슈. 끝."

황인술의 목소리가 뚝 끊어지고 나서 다시 삑, 하는 잡음이 나는가 하더니 갑자기 <잘살아 보세> 노래가 새벽바람을 타고 모산 하늘을 뒤흔들어 놓기 시작했다.

"해장 한잔 해유."

황인술이 언덕길에서 내려오기를 기다리고 있던 김춘섭이 말했다.

"오늘 조합 서기들 데리러 경운기 몰고 갈 사람한테 술 사 줘도 되는 거여?"

"아따, 사둔이 그까짓 탁배기 및 잔에 흔들릴 사람이유? 저기 길동이 형님도 새벽부터 나오는 걸 봉께 해장 생각이 있는개비구먼."

윤길동이 안개 속에서 슬슬 걸어오고 있는 모습이 보였다. 김춘섭은 해룡네 집으로 가려던 걸음을 멈추고 윤길동이 가까이 다가오기를 기다렸다.

"해장술 생각이 나서 내려오는개비구먼."

"구장님 목소리 들응께 딱 한 잔만 해야겠다는 생각이 드네유."

윤길동은 황인술이 묻는 말에 웃는 얼굴로 대답하며 마른 입맛을 다셨다.

"먼 일이댜? 새벽부텀."

해룡네가 우물에 물을 길러 가기 위해 물동이를 이고 나오다가 술청 앞에서 걸음을 멈추고 바라봤다.

"새벽부터 술 팔아 주니께 좋지?"

"아까 말을 들어 봉께 학산 가신다며 해장술을 찾아?"

해룡네가 술청 안으로 들어가며 혼잣말로 중얼거렸다.

"먼 말여?"

황인술이 이해가 되지 않는다는 얼굴로 김춘섭을 바라봤다. 김춘섭이 차마 말을 할 수 없다는 얼굴로 뒤통수를 긁적거렸다.

"먼 말이긴, 술 마시고 경운기 몰지 말라는 말이지."

"식전부텀 초 칠래?"

황인술이 술잔을 번쩍 들어서 해룡네에게 던져 버릴 기세로 화를 냈다.

"구장님, 승질 낼 거 읎슈. 좋은 일에는 마가 낀다고 액땜했다고 쳐유."

윤길동이 웃으면서 황인술이 들고 있는 술잔을 빼앗아 술청에 내려놓았다.

"어따, 밤새도록 빈속에 탁배기 한 잔을 채웠더니 확 도네 그려."

"난도 확 도는데, 이런 기분에 식전 술 마시는 거 아녀?

"이따, 조합 서기들하고 질펀하게 마셔 보자구."

김춘섭에 이어서 한마디씩 하며 안주로 내놓은 깍두기를 우걱우걱 씹어 먹었다.

"의원님이 참말로 땅을 내놓기는 내놓은 모양이구먼."

윤길동이 담배를 꺼내서 한 개비씩 돌리며 말했다.

"그렇께 세상은 오래 살고 볼 일이라는 말이 있잖여. 솔직히 우리끼리 하는 말이지만……."

"해룡네는 물 뜨러 안 가남?"

황인술이 갑자기 목소리를 낮추고 말을 할 때였다. 김춘섭이 황인술에게 말하지 말라는 표정을 지어 보이고 나서 해룡네를 바라봤다.

"술값은 방에 떤져 놔."

해룡네는 그렇지 않아도 물을 길러 갈 생각이었다는 표정으로 나갔다.

"이동하 그 인간, 바늘로 찔러서 피 한 방울 안 나올 작자잖여. 그런 작자가 워티게 땅을 내놀 생각을 했겄어. 안 그려?"

해룡네의 발자국 소리가 멀어지기를 기다렸던 황인술이 말했다.

"구장님은 왜 갑자기 의원님에서 그 인간으로 낙찰이 됐슈?"

"아, 몇 시간 있으믄 내가 시방 부쳐 먹는 땅이 내 땅 되잖여. 그라고 원래 그 땅이 우리 땅이었잖여. 아부지가 후지모토 그놈에게 장리쌀 먹고 등기 넘겨준 땅이잖여. 그 땅을 되찾은 이상 그 인간에게 아쉬운 것이 머가 있었어. 안 그려?"

황인술이 생각하면 생각할수록 화가 치민다는 얼굴로 술 주전자를 들었다.

"술은 이따 해유. 사둔 술 실력을 못 믿어서 그라는 기 아니고, 농협이며 면사무소 볼일 보러 가서 술 냄새 풍겨 좋을 것이 읎잖유."

"그 말은 춘섭이 말이 맞는 거 가튜. 그라고 죄는 미워도 사람은 미워하지 말라고 의원님이 시방이라도 맘을 새로 먹고 땅을 내놓겠다고 하는 건 고마운 일 아뉴? 난 그렇게 생각하는데 춘섭이 자네 생각은 어뗘?"

"난도 똑같은 생각유. 솔직히 이 동리 땅은 원래 다 우리가 주인이잖유. 순전히 이복만 농간에 속아서 후지모토에게 거저 빼앗기다시피 한 거잖유. 하지만 이복만이고, 이병호고 다 이 세상 사람이 아니잖유. 살아 있는 의원님이 시방이라도 맘을 바꿔 먹고 땅을 돌려주신다고 항께 반가운 거 아뉴. 막말로 안 주믄 어쩔 규?"

"난도 의원님을 욕하는 것이 아녀. 어지 낮에 태수 아부지하고 순배 영감님하고 의원님 집에 가서 그 말을 들었잖여. 저녁에 회의하고 집에 가서 잘라고 눈을 깜응께 자꾸 아부지 얼굴이 떠오르더란 말여. 저승에 계신 아부지가 그동안 얼매나 억울하셨으면…… 밤새도록 아부지 꿈을 꿨당께. 그래서 욱하는 승질에 한마디 해 본 거 뿐여."

"그람, 그릏지. 난 또 구장님하고 의원님하고 밤사이에 먼 일이 있었던 줄 알았구먼. 자, 배도 든든항께 어여 집으로 갑시다. 한술 뜨고 볼일 볼라믄 서둘러야 하잖유.”

윤길동이 일어서서 막걸리 값을 가겟방 안 방바닥에 내려놓으며 정겨운 표정으로 황인술의 등을 떠밀었다.

송호리 연가

온몸을 감전시켜 버린 기분에 빠져들었다.
자신도 모르게 김수애의 손을 꼭 잡았다.
김수애의 얼굴에 눈물이 흐르고 있었다.
눈가에 눈물이 그렁그렁 맺히며
그녀의 눈물이 강물 속으로 잠겨 들고 있었다.

이동하는 하중태의 얼굴을 자세히 뜯어봤다. 경찰서에서 몇 번 마주친 얼굴이다. 경찰서 형사거나, 볼일이 있어서 찾아온 사람인 줄 알았는데 정보부 요원이었다는 점이 놀랍기만 했다.

"그럼, 제 공식적인 직장은 여기……."

"그렇지. 일단 내 사무실에 특별한 볼일이 읎으믄 여기로 출근했다가 그쪽으로 와야겠지. 여기 있는 직원들은 자네를 부장이라고 부를 거여. 물론 명함도 부장으로 파 주고, 월급도 부장 월급으로 지급하고, 나중에 퇴직하게 되믄 퇴직금도 지불해 주겠네. 또 물어볼 말이 있는감?"

"아닙니다. 이제 의원님이 우리 식구들의 생명줄을 쥐고 계시니, 충성을 다하는 일만 남았습니다. 정말 감사합니다."

하중태는 이동하의 말이 끝나자마자 벌떡 일어섰다. 바닥에 무릎을 착 꿇고 앉아서 고개를 조아렸다.

"그렇게까지 할 거 읎네. 난 내 사람을 내치지 않아. 물론 배신하지 않는다는 단서가 붙어 있기는 하지. 시방 사무실에 있는 사무장하고 비서도 여기 직원으로 등록돼서 매달 월급이 나가고 있는 걸 봐서 모르겄는가?"

이동하는 하중태가 마음에 들어서 흡족하게 웃으며 담배를 꺼냈다. 담배를 입에 물자 하중태가 얼른 라이터를 내밀었다.

"자, 슬슬, 내가 국회의원이 될 수 있는 방법이 궁금해지기 시작하구먼."

"먼저, 공화당을 탈당하셔야 합니다."

"시방 먼 말을 하고 있는 거여? 우리나라에서 정치를 할라믄 무조건 여당 쪽에 붙어야 한다는 거는 시 살 먹은 어린아도 알고 있는 사실인데?"

"제 말 끝까지 들어 보십시오. 지난 선거에서 옥천의 무소속 후보가 당선되지 않았습니까? 그게 무엇을 뜻하는 겁니까? 이쪽 지방은 야당 세가 강하다는 증명이 아닙니까?"

"자네는 정보 계통에 근무해서 뭣 좀 알고 있는 것 같았는데 그기 아니구먼. 암만 야당 세가 강해서 내가 지난 선거에서 멱국을 먹었다 쳐도 말여. 기본적으로 야당은 선거운동을 하는 데 많은 제약이 따른다는 말일시. 고무신 한 짝도 못 돌린단 말여."

이동하가 담뱃재를 털다 말고 실망했다는 얼굴로 몰아쳤다.

"학교에서는 이등도 열심히 공부하면 일등이 될 수 있지만 선거에서 이등은 필요가 없습니다. 무조건 백 프로 일등을 해야 합니다."

하중태는 당황하지 않았다. 에어컨이 팽팽 돌아가고 있어서 사무실은 기분 좋을 만큼 서늘했다. 이동하야 흥분을 하든 말든 반듯하게 앉아서 차근차근 말했다.

"그럼 시방 하 부장 말은 내가 무소속으로 나가면 담 선거에서는 백 프로 당선될 수 있다는 거여?"

"무소속으로 나가시면 두 마리 토끼를 잡을 수 있습니다."

"두 마리 토끼라?"

"우선 당선 가능성이 높습니다. 의원님은 고향에 있는 땅을 모두 소작 인들에게 내놓으셨습니다. 신문에 대서특필 되고 방송에도 나왔지 않습 니까? 지금 의원님의 인기는 상한가라는 겁니다. 하지만 공화당에 있으 면 그 인기가 백 프로 빛날 수가 없습니다. 무소속으로 뛰시면 지금보다 더 인기가 올라 갈 겁니다. 게다가 당선된 다음에 적당한 기회를 봐서 다시 공화당에 입당하시면 됩니다."

하중태가 눈을 빛내며 말했다.

"허! 난 그저 내 고향 사람들이 행복하게 사는 것이 필생의 꿈이여. 명색이 정치인이라는 사람이, 지 고향 사람들을 소작농으로 두고 있는 게 모순이라는 걸 뒤늦게 깨달았다 이거여."

이동하는 땅 판 것을 생각하면 저절로 웃음이 나왔으나 억지로 참으 며 길게 담배 연기를 내뿜으며 천장을 바라봤다. 모산에 있는 땅은 평균 한 마지기당 이십만 원에 처분했다. 땅 백 마지기가 있을 때는 굉장한 부자 같더니 모두 처분해 봐야 이천만 원이 채 되지 않았다. 그 돈에다 팔천만 원을 더해서 서울의 강남 논현동과 말죽거리라 불리는 양재동,

서초동 등지에 작게는 이백 평 크게는 천오백 평의 땅을 몇 필지 사 놨다. 고현수의 말에 의하면 일 년만 있으면 최소한 두 배로 오른다고 한다. 삼 년 있으면 다섯 배, 열 배까지 뛸 수 있다는 것을 생각하면 땡볕에서 손가락이 갈고리가 되도록 농사를 짓겠다고 대출받아서 땅을 인수한 모산 사람들이 한심하기만 했다.

"의원님의 정신이 바로 야당 정신이라는 겁니다."

"난 원래 야당 출신여. 자네는 아는지 모르겠지만, 내가 이래 봬도 자유당이 한창 끗발 오를 때 자유당 탈당하고 민주당으로 나서서 당선된 사람일세."

이동하는 잘게 웃으며 하중태를 바라봤다. 역사는 언제나 대의명분을 위해서 소의명분은 희생시켜 왔다. 지역을 발전시키려면 여당 의원이 되어야 한다. 선거 밑천을 뽑아내는데도 무조건 여당이 되어야 유리하다. 그것은 대의명분이고, 지역 구민들의 야당 성향은 소의명분이라는 생각에 잘게 웃었다.

"더 중요한 것이 있습니다."

"돈 들어가는 일여?"

이동하가 주먹을 말아서 잔기침을 하고 조용하게 말했다.

"돈이 들어가는 것에 비하면 대가는 엄청나게 큽니다."

"돈에 비해 대가는 크다. 담배 한 대 피우겠는가?"

이동하가 몹시 궁금하다는 얼굴로 담배를 내밀었다.

"의원님께서 다음 선거에 당선되시고 나면, 최소한 공천 문제에서만큼은 자유로워야 합니다. 그러기 위해서는 옛날처럼 혼자 뛰어서는 안 됩니다. 의원님 스스로 정치적 뜻을 같이하는 의원들을 모아서 파벌을 만들어야 합니다. 무슨 말이냐면, 의원님을 따르는 계파를 만들어야 최소한 공천에서 자유로워진다는 겁니다. 또 그렇게 해야 신문이나 텔레비전에 의원님의 얼굴이 자주 비쳐 집니다. 지역구 군민들한테는 그만큼 더 인기 있는 의원님이 될 수 있습니다."

하중태는 이동하를 만나기 전에 수십 번이나 더 연습해 두었던 말들을 실타래 풀 듯 풀어갔다.

"그건 좋은 생각일세, 하지만 그기 쉽지만은 않드라구. 나처럼 촌에 올라가서 그 쟁쟁한 사람들을 워티게 통솔하겠나. 그 사람들 축에 끼는 것만 해도 감지덕지해야지."

이동하는 언젠가 원갑룡한테 물었다가 민망함만 되돌려 받았던 것이 생각나서 쓰게 웃었다.

"방법이 전혀 없는 것은 아닙니다. 오히려 의원님이 가까이 하던 사람들이 그 방법을 차단했을 겁니다. 제 생각에는 아마, 의원님들이 그 사람들한테 많은 혜택을 줬기 때문일 것입니다."

"그람, 하 부장은 방법을 알고 있다는 야기여?"

이동하가 잘게 웃다가 말고 기대된다는 얼굴로 물었다.

"일단 대학부터 졸업하셔야 합니다. 그담에는 대학원에 등록하셔서 정치학 석사와 박사를 따십시오. 그때가 되면 저절로 의원들이 모여들게 될 겁니다. 의원님께서 국회 부의장도 되실 수 있고, 국회 의장도 되실 수 있다는 말씀이 되겠지요."

"내가 이 나이에, 우리 승우처럼 대학을 가라는 거여? 체력장을 하고, 예비고사를 보고? 또 가방 들고 대학에 댕기라는 거여?"

이동하가 너무 어이가 없어서 기도 안 막힌다는 얼굴로 벌떡 일어섰다. 창문 앞으로 가서 마당을 잠깐 바라보다가 돌아서서 하중태를 노려봤다.

"아까 돈이 좀 들어간다고 했지 않습니까?"

하중태는 동요하거나 당황하지 않고 이동하의 시선을 피하지 않았다.

"그람, 돈으로 박사 학위를 산단 말여?"

이동하가 조금은 이해가 된다는 얼굴로 소파에 앉아서 담배를 눌러 껐다.

"정치하시는 분들이 언제 학교에 가고 공부해서 학위를 땁니까?"

"하긴, 하 부장 말을 듣고 봉께 쪼끔 이상한 구석이 있긴 햐. 국회의 원들 중에 박사 학위 땄다고 무슨 예식장 같은 데서 잔치를 벌일 때가 종종 있었어. 그려, 그 사람들이 학교에 댕긴다는 말은 들어 본 적이 읎 구먼. 근데 자랑스럽게 박사 학위복을 입고 앞에 앉아 있었다는 걸세. 나도 몇 번 참석해서 부조를 했구먼. 자네가 그 방법을 알고 있다는 야 기여?"

"돈이 필요할 뿐입니다. 방법은 많은 걸로 알고 있습니다."

하중태가 표정이 없는 얼굴로 대답했다.

"내가 사람을 잘못 봤구먼. 명함을 하 부장으로 파능기 아니라 하 상 무로 파야겠구먼. 자네는 참 능력 있구먼. 앉은자리에서 부장에서 상무 로 승진했으니까 말여."

"제가 능력 있는 것이 아니고, 의원님이 능력이 많으시니까 저를 승진 시켜 주셨잖습니까."

"내가 이래 봬도 특급으로 승진시켜야 할 사람이 누군지 분별하는 힘 은 있구먼. 자, 인제 구체적으로 선거 틀 좀 짜 볼까? 아니지. 우리 이랄 것이 아니라 어디로 옮겨서 한잔함서 차분히 야기 좀 해 봅세."

이동하가 일어서서 하중태의 어깨를 두들기며 말했다.

"내년 십일월이나 십이월쯤에 국회의원 선거가 있는 걸로 알고 있습니다. 술은 선거 끝난 다음에 마시겠습니다. 그보다는 당장 기자회견 자료부터 만들어야 합니다. 공화당 조직을 갖고 선거운동을 할 수는 없지 않습니까?"

"하 상무 참말로 진국이구먼. 하지만 오늘은 더 이상은 진급을 안 시킬 생각이네. 그 대신 술값을 주도록 하지."

이동하는 고현수가 국회의원 선거에 정말로 필요한 인물을 소개시켰다는 생각에 너무 기분이 좋았다. 주머니에서 지갑을 꺼내 오만 원짜리 수표를 내밀고 소파에 앉았다.

"감사합니다. 집에 가서 집사람한테 의원님이 주신 돈이니까 값지게 쓰라고 하겠습니다."

하중태는 망설이지 않았다. 벌떡 일어나서 이동하가 내미는 돈을 받아서 얌전히 접어 지갑 안에 넣었다.

"그려, 가족과 함께 시간을 보내는 것도 존 일여. 집에 갈라믄 우선 일의 순서부텀 들어 볼까? 그랑께, 하 상무 말은 심기일전하는 기분으로 야당 조직을 새로 만들자 이거여? 그람 경찰에서 가만히 안있을 긴데?"

"그 반대입니다. 지금까지 공화당에 목을 매고 있던 후보자가 의원님 자리를 재빠르게 꿰찰 것입니다. 즉 의원님이 무소속으로 나서든 말든 신경 쓸 필요가 없다고 생각할 것입니다."

하중태는 이동하가 무소속으로 출마한다면 반기는 사람이 많을 것이라고 판단하면서도 내색하지 않았다.

"그것도 일리가 있구먼. 일단 조만간 무소속으로 내년에 출마할 것을 알리라 이거여?"

"그래야, 신문에 날 것이고 야당 쪽에서도 움직일 것 아닙니까?"

"존 생각이구먼. 고향의 소작인들을 모두 해방시켜 준 행복 전도사 이동하, 정당을 탈당하고 무소속으로 백의종군하겠다. 머 이런 식으로 기자회견을 하믄 서울에 있는 신문에도 나겄구먼. 그람 그 머어, 기자회견을 할라고 하믄 워티게 해야 하는 거여. 기자들을 죄다 식당으로 모아서 봉투를 한 개씩 노와 주믄 되는 건가?"

"맨 입으로 하는 거보담은 주머니를 풍족하게 해 주면 더 좋은 기사가 나갈 것으로 믿습니다. 원래 한국말은 '아' 다르고 '어' 다르지 않습니까?"

"좋아, 필요한 돈은 나한테 말만 하게. 그 대신 기자들한테 웃음거리가 안 되게 해야 하는 건 잘 알고 있겠지?"

"이 지역 기자들은 제가 잘 알고 있으니까 그런 점에 대해서는 걱정하지 않으셔도 됩니다. 그리고 조직은 우선 영동, 옥천, 보은에 있는 제 정보원이었던 친구들을 주축으로 만들어 가겠습니다."

하중태가 말을 하고 있는데 노크 소리와 함께 승철이 들어왔다. 이동하가 잠깐 가만히 있으라는 표정을 지어 보였다. 승철은 책상 옆에서 하중태의 말이 끝나기를 기다렸다.

"머여?"

"아부지가 보자고 하시던 여자 친구가 왔습니다."

승철이 이동하 옆으로 가서 작은 목소리로 말했다.

"그려, 그려, 인제야말로 천군만마를 얻은 기분이구먼. 우리, 내년 선거 끝나고 나서는 반드시 국회로 입성하자구. 내가 국회로 들어가게 되믄 자네가 보좌관을 해 줘야겠네. 자네 같은 정보통을 진작 은었다면 지난번에 낙선을…… 아녀, 전화위복이라는 말이 있잖은가. 내가 자네 같은 인재를 은을라고 시방까지 맘고생 했구먼. 오늘은 이만 집에 가서 푹 쉬고 낼부텀 당장 지구당 사무실로 출근하게."

"네, 그럼 내일 뵙겠습니다."

하중태는 승철의 여자가 왔다는 말에 얼른 일어섰다. 정중하게 인사하고 이동하를 바라봤다. 생각하고 있던 것보다 속이 트였다. 자신의 말만 잘 듣는다면 얼마든지 국회의원에 당선될 수 있을 것이다. 이동하의 당선은 자신의 출세와 직결된다는 생각이 들면서 뿌듯한 기분으로 돌아섰다.

"잠깐!"

이동하가 문을 열고 막 나가려는 하중태를 불러 세웠다.

"야가, 내 큰아들여. 잘 알고 있겠지만 회사를 책음지고 있구먼. 이 전무, 인사햐. 앞으로 나를 도와서 내가 국회로 들어갈 수 있도록 큰 역할을 할 사람여. 직책은 상무로 줬구먼."

"처음 뵙겠습니다. 중앙정보부에 근무했던 하중태라고 합니다."

"말씀 놓으세요. 저는 이승철이라고 합니다. 앞으로 잘 부탁드립니다."

승철은 하중태가 중앙정보부에 근무했다는 말에 고현수의 얼굴이 떠올랐다. 고현수의 소개로 왔다면 보통 인물이 아닐 것이라는 생각에 정중하게 악수를 청했다.

"아버지, 저 사람은 믿을 만해유?"

하중태가 나간 후에 승철이 조심스럽게 물었다.

"느 매형이 소개해 준 사람잉께, 옛날의 배광일 같은 놈하고 틀릴 거여. 하지만 절대로 믿어서는 안 되는 거여. 이 세상에서 믿을 만한 사람은 오직 내 자신뻮에 읎다는 걸 명심햐. 그렇게 알고 그 아가씨 좀 보자."

이동하는 은밀한 목소리로 말하고 승철을 바라봤다. 말을 해 놓고 생각해 보니 오랜만에 승철에게 가슴을 울릴 수 있는 진실한 말을 했다는 생각이 들었다.

"처음 뵙겠습니다. 김수애라고 합니다."

승철의 안내를 받고 김수애가 사무실 안으로 들어왔다.

"승철이한테 말 많이 들었구먼. 어여 거기 앉지."

이동하는 부드럽게 웃으면서도 김수애의 위아래를 빠르게 훑어보았다. 길게 웨이브를 한 머리에 얼굴은 보통의 도시 여자처럼 희다. 투피스 차림에 하이힐을 신은 키는 보통의 키다. 눈꼬리가 약간 밑으로 처진 모습이 어딘지 모르게 옥천댁을 닮은 것처럼 보이기도 했다.

"감사합니다."

김수애는 조심스럽게 소파에 앉아서 핸드백을 무릎 위에 올려놓았다.

"승철이 애비 되는 사람잉께, 말을 놔도 되지?"

승철이 말없이 김수애의 맞은편 소파에 앉았다. 이동하가 승철에게 잠깐 시선을 돌렸다가 부드럽게 물었다.

"네, 당연히 말씀 놓으셔야죠."

김수애가 허리를 약간 숙여 보이며 미소를 지었다.

"그래, 요새는 뭐를 하고 있능 겨?"

"여성지를 만드는 회사에 다니고 있어요."

"여성지라믄, 여자들이 보는 잡지를 말하는 거여? 주간여성이라든지 주부생활 그런 거?"

이동하가 승철에게 시선을 돌리고 물었다.

"아부지, 그런 시시한 잡지가 아닙니다. 우먼센스라고 고급 여성지입니다. 주로 여류 명사들을 만나서 취재하고 기사를 쓰고 있다고 합니다."

"그렇구먼. 그런 데는 월급을 얼매씩이나 주능가?"

"얼마 되지 않습니다."

김수애는 경력이 붙어서 세금을 공제하기 전에 십만 원이 넘는 월급을 받는다. 하지만 이동하의 눈에는 대단치 않은 금액이라는 생각에 겸손하게 말했다.

"한 십만 원씩 타능 겨?"

"아부지, 월급이 중요한 것은 아니잖아요. 저하고 결혼하게 되면 어차피 기자직은 사표를 내야 하잖아요."

"그려, 그건 니 말이 맞구먼. 부모님은 뭐를 하시나?"

"장사를 하고 계십니다. 두 분께서……."

"아, 사업을 하시는구먼."

"슈퍼를 하십니다. 그렇게 크게 하지는 않지만, 저희 팔 남매 공부시킬 정도는 버세요."

김수애는 지금까지 부모가 슈퍼를 한다는 점에 단 한 번도 부끄러움을 느껴 본 적이 없었다. 오히려 새벽부터 문을 열어서 통금 전까지 장사하며 팔 남매를 공부시키고 있다는 점을 자랑스럽게 생각하고 있었다.

월급을 공개하지는 못하지만 부모의 직업에 대해서는 자신 있다는 생각에 여유 있는 목소리로 말했다.

"슈퍼를 하시는구먼. 럭키나 미도파 같은 대기업 체인은 아닐 테고, 워디 지방 슈퍼체인회사를 운영하시는가?"

이동하는 슈퍼를 운영한다는 점에, 그것도 자신 앞에서 자랑스럽게 말하고 있다는 점에 기분이 상했다. 승철이 아무리 들례의 자식이지만 자신의 호적에 들어 있는 아들이다. 상대를 무시해도 어느 정도가 있지, 감히 슈퍼집 딸이 고개를 빳빳하게 들고 슈퍼가 무슨 자랑거리나 되는 것처럼 말하는 것이 화가 나서 비꼬는 표정으로 물었다.

"아니에요. 슈퍼체인회사는 마진이 적으시다며 독자적으로 시장 안에서 운영하고 계세요."

"장사는 잘되는개비구먼. 슈퍼로 팔 남매를 교육시키시는 걸 봉께."

이동하는 김수애와 초면인 자리라는 것을 알면서도 피식 웃으며 담배를 입에 물고 불을 붙였다.

"돈을 많이 버시지는 못합니다. 하지만 새벽부터 문을 여셔서 열심히 노력하시는 덕분에 저희 형제들이 편하게 공부하고 있습니다."

승철은 김수애가 당당하게 부모님을 내세우는 점이 부러웠다. 이상하게 옥천댁이 아닌 들례의 얼굴이 떠올랐다. 그 점이 혼란스러워서 자신도 모르게 고개를 숙이고 숨을 힘껏 들이마셨다가 내쉬었다.

"왜 그려?"

이동하가 승철의 갑작스러운 행동이 눈에 거슬려서 굳은 표정으로 물었다.

"아, 아무것도 아닙니다. 점심때 직원들하고 짜장면을 시켜 먹었는데 그것이 잘못됐는지……."

"소화제를 드시지 그랬어요?"

김수애가 걱정스러운 표정으로 말했다.

"아녀, 금방 괜찮아지겠지."

승철이 억지웃음을 지으며 이동하를 바라봤다.

"내가 볼 때 약을 먹어야 할 거 같구먼. 어여 나가 봐."

"괜찮습니다."

"아가씨도, 같이 나가 봐. 난중에 또 볼 기회가 있겠지."

이동하는 더 이상 볼 필요가 없다고 생각하면서도 얼굴 가득 웃음을
머금었다.

"그럼, 다음에 또 뵙겠습니다."

김수애는 이동하의 웃음이 진실하게 와 닿지 않았지만 내색하지 않고
일어섰다.

"내가 말 안 해도 알아서 잘하겠지만 영동까지 내려왔응께, 머 맛있는
거 좀 사 멕이고 올려 보내."

이동하가 승철의 등 뒤에 대고 말했다.

"네, 알겠습니다."

승철이 밖으로 나간 후에 이동하는 곧바로 인터폰을 들었다. 인터폰
을 받는 여직원에게 승철을 사무실로 들여보내라고 말했다.

승철이 의아해하는 얼굴로 들어왔다. 이동하가 가까이 불러서 작은
목소리로 다짜고짜 물었다.

"남자 대 남자끼리 말해 보자. 너, 저 아가씨한테 책음질 일 했냐?"

"그런 일은 없습니다만……."

승철이 당혹스러운 얼굴로 말꼬리를 흐렸다.

"아가씨가 밖에서 기다리고 있응께 본론만 야기하겠다. 내가 국회의원 선거에서 떨어져서 이런 데서 이렇게 앉아 있응께, 너도 내가 우습게 보이냐?"

"무슨 말씀이신지?"

"니가 날 우습게 안 보면, 워티게 감히 저른 아가씨를 내 며느릿감이라고 소개시켜 줄 생각을 했냐 이 말여?"

"저런 아가씨가 아니고 아버지 며느리이기 전에, 제 아내가 될 사람입니다."

승철이 어이가 없어서 헛웃음을 짓고 나서 분명한 목소리로 말했다.

"감히 뉘 앞이라고 눈을 똥그랗게 뜨고 말대꾸하는 거여?"

이동하는 승철의 눈빛에서 들례의 눈빛이 겹쳐지는 것을 느꼈다. 바깥 사무실까지 목소리가 새어 나가면 누워서 침 뱉기라는 생각에 엉덩이를 들썩이며 눈을 부릅떴다.

"죄송합니다."

승철은 생각 같아서는 김수애는 저처럼 청강생이 아니었고, 어머니가 둘인 자식도 아니라고 쏘아붙이고 싶었다. 하지만 이동하의 목소리가 커져서 좋을 것이 없다는 생각에 화를 눌러 참으며 고개를 숙였다.

"니가 생각이 있는 놈이라면, 이 애비가, 제우 시장에서 슈퍼나 하는 놈하고 사둔을 맺게 할 생각 못 할 겨. 좌우지간 책음질 일 안 했당께 다행이다. 설령 책음질 일을 했다고 해도, 내가 분명히 말하지만 슈퍼 쥔하고 사돈 맺을 생각은 읎다. 장차, 내가 이 나라의 국회 의장이 될 수도 있는데 사람들이 그걸 알아봐라. 국회의원들이 날 믿고 따르겠냐? 니 매형은 기침 한 번만 하믄 날아가는 새도 떨어트릴 수 있다는 중앙정보부에 댕기고 있잖여. 영자도 박사하고 결혼시킬 생각여. 그라고 말자는 대학에서 강의를 하고 있고, 승우도 시방 고시 공부를 하잖여. 승우가 사법 고시에 합격하믄 서울 장안에서 내로라하는 집과 사둔을 맺을 거 아녀. 근데 집안의 장남이라는 놈이 제우 시장에서 장사하는 집 딸하고 혼인했다고 하믄 그기 무슨 망신이여. 내 생각에 내 사둔은 최소한 큰 회사 사장이나, 대학교수나, 군수쯤은 돼야 한다. 그라고 앞으로는 내가 니 신붓감을 알아볼 팅게, 오늘은 그쯤만 알고 어여 나가 봐. 아가씨가 기다리겄다."

이동하는 한동안 잊고 있었던 들레의 얼굴이 자꾸 눈앞에 어른거리는 것 같아서 고개를 돌렸다.

"알겠습니다."

승철은 만화가의 꿈을 접는 것은 참을 수 있었지만, 평생을 같이할 아내까지 이동하의 기호에 맞춰야 한다는 것은 참을 수 없었다. 화가 난 얼굴로 고개를 돌리는 이동하에게 꾸벅 인사를 하고 돌아섰다.

"어릴 때부터 만화책만 좋아하드니, 만화 같은 짓만 골라서 하고 있구먼. 근본도 읎는 집안의 딸을 신붓감이라고 소개를 하믄, 맘먹고 내 얼굴에 먹칠을 하자는 거하고 머가 달라……."

이동하는 화가 풀리지 않는 목소리로 중얼거렸다. 순간 승철은 아버지가 들레를 초주검이 되도록 마구잡이로 짓밟던 어린 시절의 밤이 떠올랐다. 우뚝 멈춰 서 팩 뒤돌아서며 김수애의 근본을 물어본 적 있냐고, 쏘아붙여 버리고 싶은 충동이 숨을 멎게 했다. 하지만 눈물이 핑 돌아서 뒤돌아서지 못하고 천천히 앞으로 나갔다.

"결혼하는 거냐?"

김수애는 재오의 옆자리에 앉아 있었다. 승철이 밖으로 나오는 것을 보고 재오가 웃는 얼굴로 다가가서 물었다.

"해야지."

"하면 하는 것이고, 안 하면 안 하는 거지, 해야지가 뭐냐?"

재오가 이해할 수 없다는 얼굴로 물었다.

"나, 오늘 안 들어올 거여. 그렇게 알고 있어."

승철은 대답 대신 재오의 어깨를 가볍게 껴안아 주고 나서 김수애와 마당으로 나갔다.

승철은 마당에 주차해 있는 검은색 브리사Ⅱ의 조수석 문을 열어 주었다. 김수애가 황송하다는 얼굴로 차에 올라타서 물었다.

"선배한테도 이런 면이 있었어요?"

"어떤 면?"

승철이 키를 키 박스에 꽂아 돌리며 물었다.

"선배는 한 번도 나를 먼저 택시에 태워 준 적이 없었잖아요. 항상 탈 테면 타고, 말 테면 말라는 식으로 행동했고, 나는 그런 면이 좋아서 선배를 죽어라 쫓아다녔고……"

"내가 그랬나? 여기서 삼십 리쯤 가면 강이 있어. 양산강이라고 하는데 금강 상류거든. 강물을 그냥 먹어도 될 정도로 아주 맑고 깨끗햐. 거기 가서 바람 좀 쐬자."

승철이 마차다리 쪽으로 차를 몰면서 말했다.

"선배 시간 괜찮아요?"

"아버지가 오늘은 너한테 모두 할애하라고 하셨거든?"

"아버님이 제가 마음에 드신데요?"

김수애는 승철의 옆모습을 바라보며 물었다.

"아버지가 반대하신다면 나하고 결혼 안 하려고 그랬어?"

승용차가 마차다리 위로 올라섰다. 승철은 창문을 열었다. 이수천에서 아이들이 발가벗고 목욕하는 모습이 한눈에 들어온다.

"선배님은 아버님이 반대하시면 저하고 결혼 안 하실 생각이에요?"

"내가 물었잖아."

승철은 학산 방향으로 차를 몰며 굳은 얼굴로 말했다.

"선배님을 사랑해요. 그래서 선배님을 불행하게 만들고 싶지 않아요."

김수애는 직감적으로 이동하가 반대하고 있다는 것을 알았다. 기차를 타고 내려오면서 그 생각을 해 보지 않은 것은 아니다. 만약 반대한다면 가슴이 아플 것이라고 생각했었다. 하지만 막상 승철의 표정에서 반대를 읽고 나니까 슬픔보다는 괴로움이 앞섰다.

"내 말에는 여전히 대답하지 않는군. 아버지가 반대하면 나하고 결혼하지 않을 생각이었어?"

승철은 아리랑고개의 오르막을 올라가서 옆자리의 김수애를 바라보지 않았다. 멀리 길 양쪽으로 근위병처럼 서 있는 미루나무 가로수를 바라보며 말했다.

"그 대답은 벌써 했잖아요. 선배님의 불행을 보고 싶지는 않다고……."

김수애는 어쩌면 이것이 승철과의 이별 여행이 될지도 모른다는 생각에 슬픔이 조금씩 차오르는 것을 느꼈다.

"내가 너하고 결혼하는 것이 불행이라고 생각해?"

"선배는 불행할지 모르지만 저는 행복이라고 생각해요. 하지만 선배를 힘들게 하고 싶지는 않아요."

"내가 왜 불행하다고 생각하지?"

"저 때문에 부모님이 반대하는 결혼이 행복할 리 없잖아요."

"내가 그렇게 생각하지 않는다면?"

"그게 무슨 뜻이죠?"

"수애와 결혼하는 것이 행복이라면?"

"선배가 그렇게 생각한다면……."

김수애는 더 이상 말을 이을 수가 없었다. 핸드백을 열고 손수건을 꺼내 눈물을 닦느라 고개를 숙였다.

"너하고 결혼하겠어. 이 세상 모든 사람들이 반대하더라도, 난 김수애와 결혼해. 왜 그런지 알아?"

승용차가 갈치고개를 지나서 일직선 도로가 나타났다. 승철이 속도를 높이면서 물었다.

"왜요?"

"난, 수애와 결혼하는 것이 가장 행복하니까."

"고마워요."

김수애는 핸들을 잡고 있는 승철의 손등을 덮으며 눈물을 삼켰다.

승철은 아무 말 없이 운전만 했다. 마포에서 강으로 들어가는 길목으로 접어들었다. 길목 끝에 주막집이 보였다.

"강이 아름답지 않아?"

승철은 주막집을 지나서 강가에 차를 세우고 밖으로 나갔다.

"강이 참 맑네요. 속이 다 들여다보여요."

"학산에서 학교에 다닐 때 저 위에 있는 솔밭으로 소풍을 갔었어. 김밥을 먹고 나서 목이 마르면 다들 바지를 걷어붙이고 강물 안으로 들어가 손으로 물을 떠서 먹었어. 나룻배가 있어서 배를 타고 강을 건너가 보기도 했지."

승철은 바위에 걸터앉았다. 쓸쓸한 얼굴로 멀리 송호리를 바라보면서 혼잣말로 중얼거리듯 말했다. 학산에서 국민학교에 다닐 때 봄, 가을로 십리 길을 걸어서 송호리로 소풍을 갔다. 하지만 일 학년 때부터 옥천댁이 따라온 적은 단 한 번도 없었다. 학산에 사는 아이들 중 아버지가 공무원이거나, 제법 살 만한 집에서는 어머니가 따라와서 선생님들과 둘러앉아 김밥을 먹고 술을 마시기도 했다. 그런 집 아이들이 부러운 적은 단 한 번도 없었다. 충분한 돈이 있어서 소풍을 따라온 장사치들에게서 장난감을 사고, 아이스케키를 사 먹고, 사이다를 마음대로 사 먹을 수 있어서 부러워할 틈이 없었다.

"그러고 보니 강 건너에 소나무가 참 많네요."

김수애는 승철의 옆에 앉았다. 승철이 영동역으로 마중을 나왔을 때만 해도 기분 좋은 얼굴이었다. 자신이 사무실에서 기다리고 있을 때 이동하 사무실로 들어가서 무슨 말을 들었는지 표정이 어둡다. 이유를 알고 싶었지만 승철이 힘들어할 것 같아서 묻지 않기로 했다.

"송호리에 있는 소나무나 저기 눈앞으로 보이는 소나무들은 여기서 난 게 아냐. 조선 시대 어떤 원님이 지금은 이북인 개성에서 묘목을 가져다 심었다고 하드만……."

승철은 송호리 쪽을 바라보던 시선을 거두지 않았다. 옥천댁이 시간이 없거나 바빠서 동행하지 않았을지도 모른다는 생각이 들었다. 들레가 학산에 버티고 있어서, 아니면 선생들이나, 학부형들의 시선이 거북해서 동행을 안 했을 것이라는 생각이 들었다.

"저 소나무들도 생각이 있다면 고향이 그립겠네요"

"나는 만화가가 되고 싶었어. 만화를 정말 엄청 좋아했거든. 그래서 고등학교 다닐 때까지 틈만 있으면 만화를 그렸어. 수업 시간에도 책이며, 노트, 책상 어디든 만화를 그렸어. 만화에 나오는 주인공들을 그리고 있는 순간은 아무 생각도 나지 않았어. 지금 생각해 보면 내가 지금까지 살아오는 동안 만화를 그리는 순간이 가장 행복했던 것 같아……."

"그럼 만화를 잘 그리겠네요?"

"어느 정도는 그릴 수 있지."

"그럼 아직 늦지 않았다고 생각해요. 만화가가 되면 되잖아요. 어느 책에서 읽었는데, 자기가 좋아하는 일을 직업으로 삼으면 오십 프로는 성공한 것과 같다고 하더군요"

"난 대학에 가기보다는 만화가가 되고 싶었어. 하지만 아버지 밑에서는 만화가가 될 수 없어서 회사에 다니고 있는 중야."

"선배, 난 선배가 이렇게 약할 줄 몰랐어요. 선배는 어린애가 아니잖아요. 선배의 인생은 선배가 책임져야 하지 않을까요?"

김수애는 승철이 만화가가 되고 싶다는 말을 처음 들었다. 쓸쓸한 얼굴로 강물을 바라보고 있는 승철의 모습이 너무 안쓰러워서 꼭 껴안아 주고 싶었다. 하지만 강변도로를 달려가는 차들이 많았다. 승철의 손을 잡으며 눈물을 흘렸다.

승철은 김수애의 말이 전류처럼 온몸을 감전시켜 버린 기분에 빠져들었다. 자신도 모르게 김수애의 손을 꽉 잡았다. 김수애의 얼굴에 눈물이 흐르고 있었다. 눈가에 눈물이 그렁그렁 맺힌 그녀의 눈물이 강물 속으로 잠겨 들고 있었다.

꿈을 찾아서

물품 보관함 앞에 도착한 수애는
청바지 주머니에서 열쇠를 꺼내 보관함을 열었다.
어깨끈이 긴 스포츠 백과 숄더백이 들어 있었다.
승철이 스포츠 백을 꺼내 자신의 어깨에 메고,
숄더백은 김수애에게 내밀었다.

날씨가 더우면 손님도 줄어든다. 팔봉은 손님이 썩은 생선에 모여드는 파리 떼처럼 꼬일 줄 알고 지난 7월 초에 들여놓았던 에어컨을 원망스러운 표정으로 바라보다 꺼 버렸다. 대신 구석에 있는 선풍기를 거실 가운데 갖다 놓고 틀었다.

"그까짓 전기세 얼매나 한다고? 손님 한 명만 잘 받으면 몇 개월 치 전기세는 그냥 떨어지는데."

김 법사가 팔봉을 째려보며 일어나서 다시 에어컨을 켰다.

"선풍기만 틀어 놔도 시원하잖유. 손님들이 있는 것도 아니고……."

팔봉은 김 법사가 못마땅하기는 하지만 내색할 수 없었다. 혼잣말로 궁시렁거리며 신문을 펼쳤다.

"천호동에서는 약발이 끝난 거 같아. 강 건너 화양리 같은 데로 이사를 가든지 해야지……."

김 법사는 팔봉이 보고 있는 신문 중에 사회면을 빼서 펼쳐 들고 혼잣말로 중얼거렸다.

"그랄 것이 아니라, 법사님이 머리를 깎을 생각은 없슈?"

팔봉이는 그렇지 않아도 김 법사에게 말은 안했지만 요즘처럼 손님이 하루에 한두 명씩 왔다가는 차 기름값도 빼지 못한다는 생각을 하고 있었다. 그래서 혼자 나름대로 이 궁리 저 궁리 하고 있던 중이어서 기다렸다는 듯이 물었다.

"나보고 머리를 깎으라면, 중 행세라도 하라는 말인가?"

김 법사가 신문에서 눈을 떼지 않고 어이없다는 얼굴로 피식 웃었다.

"범사님이 머리를 안 깎으믄 가만히 앉아 있어도 돈이 저 혼자 걸어 들어오는 수가 있슈?"

팔봉은 에어컨을 틀어 놨는데 선풍기까지 돌릴 필요가 없다는 생각으로 일어섰다. 바쁘게 선풍기를 끄고 나서 김 법사 옆에 앉았다.

"돈에 다리라도 달렸나, 저 혼자 걸어 들어오게?"

김 법사는 관심 없다는 표정으로 중얼거리며 신문을 손가락으로 짚어 가며 읽기 시작했다.

"법당 차려 놓고 용한 스님이 왔다고 소문나면, 신자들이 알아서 불전함에 돈을 늘 거 아뉴. 또, 점 봐 주고 돈 뜯어내는 것보담, 스님처럼 즘잖게 인생 상담해 주고 점 값을 받는 게 아니라, 대웅전을 신축할 때 보시하믄 부자가 된다, 부처님 복장을 바꾸는 데 시주하믄 부자가 된다, 장사를 새로 시작할라믄 모월 모일 모시에 개업하믄 가게가 미어터진다,

자식 대학에 합격시킬라믄……."

"그러니까?"

김 법사가 신문에서 눈을 떼고 팔봉이를 바라봤다.

"인제 감이 좀 잡혀유?"

"그러니까 합법적으로 돈을 뜯어내자 이거구먼. 거, 괜찮은 생각이긴 한데 절을 질라면 이게 있어야 하잖아. 요새 땅값이 하루가 다르게 오르는 통에, 작은 암자라도 질라면 돈 몇 백만 원은 우습게 들어갈 건데……."

김 법사가 손가락으로 동그라미를 만들어 보이며 말했다.

"지가, 그 생각도 미리 해 뒀슈. 절을 새로 질 거 읎이, 삼각산 같은데 있는 시시한 암자처름 말유. 봉천동이나 홍제동 같은 산동리 꼭대기에 있는 판잣집을 세 은으믄 돼유."

"그래도, 명색이 절인데 기와집은 되어야 하잖아. 판잣집에 절이라고 간판만 붙이면 신도들이 몰려올까?"

"아, 시작은 원래 그렇게 한다고 하데유. 외려 더 좋데유. 신도들이 열심히 시주해서 이 집을 허물고 번듯한 대웅전을 겨야, 신도들 모두 집안에 우환이 읎고 부부지간의 금슬이 좋아지고, 장사하는 사람은 장사가 번창될 거라고 하믄, 돈뭉치를 싸 들고 올 규."

"그려, 세상에 집안이 좋아지고 부자가 된다는데 돈 몇 만 원 아까워하는 사람은 없겠지."

"그라고 말유……."

팔봉이 갑자기 목소리를 낮추고 김 법사 앞으로 바짝 붙어 앉았다.

"또, 뭐 좋은 수가 있나?"

"스님이 영험하다고 소문나믄, 이쁜 여자 신도들이 환장을 한대유. 좋은 씨를 받을라구유."

"난 정관수술 했는데? 보건소 직원이 아파트 입주권을 준다고 떠들고 다니길래, 친구들 몇 명이랑 단체로 보건소 찾아가서 정관수술을 받았단 말여."

김 법사는 여자 신도들이 환장을 한다는 말에 아랫도리가 은근히 뻐근해지는 것을 느끼며 웃었다.

"그람, 법사님은 씨 읎는 수박이란 말유?"

팔봉이 놀란 얼굴로 물었다.

"원래 수박 먹을 때 씨는 뱉어 내고 먹잖아."

"우리 집 근방에서 쌀가게를 하는 김 씨가 그라는데 정관수술이라는 것을 하믄 정력이 약해진다고 하든데?"

"내가 돼지여? 불알을 까게. 그리고 보건소 직원이 그러는데 정력하고는 아무런 상관이 없다고 하든데 뭐. 오히려, 밤일 할 때 귀찮게 고무 봉지 찾고 머 할 거 없이, 그냥 그대로 직진하면 되니까 얼마나 편한지 몰라. 마누라도 임신할까 봐 걱정 안 해도 되고 말여."

김 법사가 엄지손가락을 손가락 사이에 넣어 보이며 히죽 웃었다.

"그라고 봉께, 그건 편하겠네유. 그란데, 참말로 정력하고는 아무런 상관이 읎데유?"

"상식적으로 생각해 보게. 정관수술을 해서 정력이 나빠지면 조선 시대 환관처럼 근력이 없어진다는 것인데, 근력이 없어지면 일을 못 한다는 말이잖아. 순전히 가족계획 차원에서 정관수술을 하는 것만은 아니라고 하데."

"인구는 막 늘어나고, 땅은 좁고 해서 한 집에 둘만 낳기 운동으로 가족계획을 하는 걸로 알고 있는데유?"

"아까도 말했잖아. 정관수술을 하면 절대로 애 낳을 일이 없다고 말여."

"그럼, 여신도들한테 암만 육보시를 해도 뒷감당할 일 읎다는 말하고 같은 거유?"

팔봉이 은근한 목소리로 물었다.

"인제 보니, 나보담 한 수 위네. 그렇게 좋은 머리를 갖고 겨우 가마니 장사나 하고 있었다는 게 믿어지지 않는데?"

김 법사는 팔봉의 등을 툭툭 치며 잘게 웃었다.

"내 참, 가마니가 아니고 무시로 장사를 했었다고 및 번이나 말씀디렸잖유. 그라고, 무시로 장사라고 다 똑같은 무시로 장사가 아뉴. 이래 봬도 한 달에 및 십만 원씩 땡길 때가 흔했슈."

팔봉이 어깨를 반듯하게 피고 천장을 바라봤다.

"가마니 장사든 무시로 장사든, 엉덩이나 궁둥이처럼 그게 그거지. 문제는 내 상식으로는 가마니 장사나 무시로 장사를 정상적으로 해서 한 달에 몇 십만 원씩 벌 수가 없다는 거지."

"그 말은 일절로 끝내유. 머리를 깎을지 말지부텀 결정해유. 여기서는 법사님 말대로 약발이 떨어졌는지 날이 갈수록 손님이 떨어지고 있잖유. 이러다가는 차 할부금도 못 내서 압류당할 판유."

"쇠뿔도 단김에 빼랬다고 당분간 여기 문 닫고, 절을 차릴 장소를 알아보러 다니자구. 그럼 절 이름은 뭐라고 짓지?"

"그것도 지가 생각해 뒀슈. 관음사라고 짓는 거유."

"자네, 관음의 뜻이 먼지 알기는 아는가?"

김 법사가 팔봉을 다시 봤다는 표정으로 물었다.

"고향에 계신 어머가 열심히 불공을 드리는 분이잖유. 어머가 그라시는데 관음이라는 말은 관세음보살이라는 뜻이래유."

"내가 생각할 때 관세음보살에서 '세' 자를 빼고 쓰는 말 같구먼. 볼 '관' 자에다 소리 '음' 자를 써서 관음이라고 하는 거 같군."

"범사님 한문은 은제 그렇게 배웠슈?"

"학교에서 세월 보낼라고 옥편 좀 들여다봤지."

"학교를 댕겼슈? 어디까지 댕겼슈?"

"거, 거기까지는 알 필요 없고, 하여튼 당장 내일부터 시간 있을 때마다 관음사를 차릴 방법을 연구해 보자구. 관음사를 창건하면 자네는 앞으로 사무장이 되는 거네. 자네까지 머리를 깎을 수는 없잖아. 안 그려?"

학교는 교도소의 은어다. 김 법사는 자신도 모르게 말해 놓고 나서 더 듬거리며 화제를 바꿨다.

서울로 올라가는 이동하를 태운 레코드로얄이 회사에서 출발해서, 옥천고속도로 톨게이트에 접어들 시간이 됐을 무렵이다. 승철은 책상 서랍 안에 미리 준비해 둔 봉투를 들고 이동하 사무실로 들어갔다.

항상 느끼는 점이지만 이동하의 사무실은 이동하가 버티고 앉아 있을 때는 강한 생명력을 내뿜는다. 책상은 윤이 번들번들하고, 소파의 가죽은 질감이 살아나서 금방이라도 황소가 벌떡 일어나 문을 박차고 뛰어나갈 것처럼 위압감을 풍긴다. 하지만 이동하가 부재할 때의 사무실은 역장 혼자 근무를 하는 간이역에서, 기차를 통과시키기 위해 역장이 철로 변에 서 있을 때의 빈 사무실처럼 쓸쓸해 보인다.

아버지 죄송합니다.

승철은 봉투를 책상 서랍에 넣어 두었다. 편지 봉투에는 이동하가 서랍을 열면 금방 볼 수 있도록 '승철 올림'이라는 글자를 써 놓았다. 마호가니 책상은 장인이 만든 것이어서 미닫이가 부드럽다. 오늘따라 책상을 닫을 때의 소리가 유난히 크게 사무실을 울린다. 마지막으로 이동하의 자리에 앉고 싶은 충동이 불꽃처럼 살아 올랐으나 애써 눌러 앉히며 밖으로 나갔다.

"이 과장은 나하고 대전 좀 같이 가자."

"대전?"

재오는 승철의 갑작스러운 말에 의아해하며 일어섰다. 평소 같았으면 하루 전쯤 출장이 있을 것이라고 예고를 해주었다.

"다녀오세유."

"조심해 댕겨 오서유."

"늦을지도 모르니까, 퇴근 시간 되면 모두 퇴근해요"

승철은 직원들이 일어서서 인사하는 말에 자연스럽게 대꾸를 하고 마당으로 나갔다.

"운전은 니가 해라."

승철이 키를 재오에게 내밀었다.

"대전에는 무슨 일로 가는데?"

재오가 브리사의 시동을 걸면서 물었다.

"우선 충북은행으로 가자."

"대전에서 누굴 만나는지 모르지만, 점심 값 정도는 나한테 있어. 큰

돈 아니면 일단 내가 지불할게."

"나, 오늘 떠난다."

"떠나다니?"

"영동을 뜬다는 말여."

"그람?"

재오는 너무 놀라서 하마터면 좌회전을 하다 옆에 있는 전신주를 받을 뻔했다. 간신히 비켜서 차선으로 접어들었다.

"너한테는 말을 하고 떠나야 할 것 같아서 말해 두는 거여. 내가 없어지면 너도 어차피 여기 계속 있을 수 없잖아. 아버지가 퇴직금을 줄 리도 없으니까. 내가 어느 정도 줄 테니까 서울로 올라가. 건설회사 경력이 있으니 서울 같은 데서는 더 좋은 회사에 취직할 수 있을 거야. 그리고……."

"잠깐! 난 퇴직금 필요 없어. 솔직히 고등학교 출신인데, 너 때문에 과장으로 특채된 거 아니냐. 몇 년 정도 놀고먹을 정도 돈은 저금해 놨어. 그래서 하는 말인데, 니가 왜 떠날 수밖에 없는지 이유를 말해 주면 안되냐? 난 그 이유를 아는 것으로 퇴직금 대신 할게."

충북은행까지의 거리는 5분도 채 되지 않는다. 재오가 은행 앞에 차를 세우고 승철의 말을 막았다.

"수애와 결혼할 거야. 그리고 만화가가 될 생각이야. 그게 내가 떠나는 이유야. 됐냐?"

"사장님이 결혼을 반대하고 있구나?"

"그보다는 만화가가 되고 싶은 것이 더 커. 난 반드시 유명한 만화가가 될 수 있어. 아니, 수애를 위해서라도 꼭 해야 해."

"수애를 많이 사랑하는구나?"

"내 인생을 열어 준 여자거든."

"수애도 같이 떠나기로 찬성했어?"

"수애가 동행하지 않는다면 떠날 이유가 없잖아. 여기서 잠깐 기다려. 은행 직원들한테 네 모습까지 보여서 좋을 것이 없잖아."

승철은 재오의 등을 툭툭 쳐 주고 나서 길게 심호흡을 했다. 유리 밖으로 영동 시내 전경이 들어온다. 길에 가로수로 서 있는 감나무에는 가지가 부러질 정도로 감이 풍성하게 열려 있다. 날씨가 추워지기 시작하면 감나무잎도 노랗고 빨갛게 단풍이 들 것이다. 올해는 빨갛게 매달린 감을 보지 못할 것이라는 생각이 들면서 씁쓸한 웃음이 나왔다.

"왜?"

재오가 승철이 갈등하고 있을지도 모른다는 생각에 짤막하게 반문했다.

"아냐, 나 들어갔다 올게."

승철은 재오에게 싱긋 웃어 보이고 나서 차에서 내렸다. 바람이 후끈거릴 정도로 더웠다. 더위가 한풀 꺾여야 감이 빨갛게 익을 것이라고 생각하며 브리사 뒷자리에 미리 준비해 둔 가방을 꺼내 들고 은행 안으로 들어갔다.

"지점장님은 어디 가셨습니까?"

승철은 낯익은 창구의 행원들에게 눈짓으로 인사하고 곧장 안으로 들어갔다. 지점장실 문이 닫혀 있는 것을 확인하고 차장 옆자리에 앉으며 물었다.

"요즘 실적도 안 좋은데 삼천만 원이나 빼 가시니까, 자리에 앉아 있을 틈이 있습니까? 예금 예치하러 가셨습니다.”

차장이 여 행원을 불렀다. 커피 두 잔을 타 오라고 지시하고 나서 무겁게 말했다.

“지점장님한테 못 들었습니까? 월말에 오천만 원 예치하기로 한 거?”

승철이 여느 날처럼 의자에 앉아서 다리를 꼬고 팔짱을 끼며 점잖게 말했다.

“그런 말씀은 안 하시던데요?”

승철의 말에 차장의 얼굴이 금방 밝아졌다.

“제가, 그 말을 깜박했나 봅니다. 말일에 오천만 원 들어옵니다.”

지불계 주임이 승철의 앞으로 왔다. 승철이 가방을 내밀었다. 지불계 주임이 가방을 들고 금고 안으로 들어가는 모습을 지켜보며 자신 있게 말했다.

“어휴, 그렇게만 해 주신다면 제가 가만있겠습니까? 태평관에 모셔서 지점장님하고 같이 가서 거하게 한잔 사 드려야지.”

“거하게 한잔 안 사도 됩니다. 서로 돕고 살아야죠”

여 행원이 커피를 들고 왔다. 승철은 여 행원에게 가볍게 고개를 숙여 보이고 커피 잔을 들었다.

“내년에 선거가 있죠? 의원님이 이번에는 당선되실 것 같습니다. 공화당에 계실 때보다 당적이 없으니까 오히려 인기가 더 좋아진 것 같습니다.”

“저도 그렇게 믿고 있습니다.”

지불계 주임이 돈 가방을 들고 왔다. 차장의 책상에 내려놓고 가방의 지퍼를 열어 보였다.

"확인해 보시죠"

지불계 주임 대신 차장이 만 원짜리로 천만 원씩 묶은 뭉치 3개를 확인해 보고 나서 말했다.

"제가 은행을 못 믿으면 누굴 믿겠습니까?"

승철은 가볍게 헛기침을 하고 나서 지퍼를 닫았다. 절반 정도 마시던 커피를 마저 마시고 나서 일어섰다.

"얼마를 찾았냐?"

재오가 차에 올라타는 승철에게 물었다.

"삼천만 원이야. 삼백만 원은 너한테 줄게."

승철은 양심의 가책을 느끼지 않았다. 이 길로 영동을 떠나면 이동하 성격에 더 이상의 지원은 없을 것이다. 퇴직금이자 최소한의 유산을 미리 상속받은 걸로 생각하면 마음이 편했다.

"나도 몇 년간 버틸 돈은 있다고 했잖아. 오히려 네가 더 많은 돈이 필요할 거야. 어디로 갈지 모르겠지만 나중에 돈 필요하면 전화해. 너, 설마 나하고 연락 끊고 살려는 건 아니겠지?"

재오가 긴장한 얼굴로 말을 하다가, 갑자기 생각났다는 표정으로 승철을 바라봤다.

"내가 사라지면 너도 여러 가지로 힘들 거야. 최소한 일 년 정도는 연락 끊고 지낼 생각여. 안정되면 내가 서울 한번 올라갈게. 만약 지금 사는 곳에서 이사를 가드라도, 새 주인에게 이사 간 집 연락처를 남겨 두면 만날 수가 있잖아."

"그 점은 걱정 안 해도 돼. 대전역으로 갈 거냐?"

"이 돈을 가지고 다닐 수는 없잖아. 대전역 근처에 있는 조흥은행에

이 돈을 입금할 생각이야. 그 다음에 대전에서 새마을호를 타고 서울로 갈 생각이야. 서울역에 내리면 수애가 기다리고 있을 거여."

"어니로 갈 생각인지는 모르지만 맨몸으로 이렇게 떠날 수는 없잖아."

재오가 시동을 걸면서 말했다.

"트렁크에 내가 살아가는 데 필요한 옷과 몇 가지 물건을 가져온 가방이 들어 있어."

"그렇게 완벽하게 준비했다면 최소한 어제쯤 귀뜸 정도는 해 줄 수 있었잖아."

재오가 대전 가는 방향으로 핸들을 틀며 말했다.

"너를 위해서야. 좋은 일도 아닌데 네가 알아 둬서 좋을 게 없잖아. 앞으로 만날 기회는 얼마든지 있고……"

승철은 이수천 건너로 보이는 영동 시내를 바라봤다. 로터리로 가는 길의 감나무 가로수가 낯익게 다가오지 않고 낯설게 멀어져 간다.

"지금이라도 생각을 바꿔 먹을 수는 없겠지?"

재오는 대전까지 가려면 기름을 더 넣어야겠다고 생각했다. 멀리 주유소가 보였다.

"홀가분해. 모든 것을 놓고 가니까……"

승철은 팔짱을 끼며 눈을 감았다. 더 이상 말하고 싶지 않았다. 후회하고 싶지도 않았다. 앞으로도 후회하지 않으려면 열심히 만화를 그려서 만화가로 성공하는 수밖에 없다는 생각이 들면서 옥천댁의 얼굴이 떠올랐다.

어머니……

이 길을 언제 다시 밟게 될지 모른다. 어쩌면 영영 돌아오지 못할지도 모른다는 생각이 들었다. 이렇게 쫓기듯 도망가는 신세가 될 줄 알았다면 영동에 사는 동안 모산에서 출퇴근할걸, 하는 후회가 파도처럼 밀려와서 뒤를 돌아다봤다. 차가 산모퉁이를 돌아가면서 영동 시내가 더 이상 보이지 않았다.

새마을호가 서울역에 도착했다. 기차에서 내린 승철은 옷 가방을 어깨에 멨다. 승객들과 함께 기차에서 내려 대합실로 올라가는 계단 쪽으로 걸어갔다. 계단을 가득 메운 사람들처럼 묵묵히 계단을 올라가서 개찰구 앞으로 갔다.

"여기!"

김수애가 청바지에 티셔츠를 입은 차림으로 손을 들어 보였다.

"언제 나왔어?"

"한 시간 전쯤."

"가방은?"

"저기 물품 보관함에 있어요."

김수애는 승철의 팔짱을 끼며 얼굴을 바라봤다. 예상하고 있던 것보다 얼굴이 어둡지 않아서 다행스러웠다.

물품 보관함 앞에 도착한 수애는 청바지 주머니에서 열쇠를 꺼내 보관함을 열었다. 어깨끈이 긴 스포츠백과 숄더백이 들어 있었다. 승철이 스포츠 백을 꺼내 자신의 어깨에 메고, 숄더백은 김수애에게 내밀었다.

"지하철을 타고 가요."

김수애가 지하철 쪽으로 방향을 틀면서 말했다.

"우리 행복하게 살자."

승철은 일단 강원도 황지로 들어갈 생각이다. 그곳에서 한 달 정도 시간을 보내며 영동의 동정을 살피다가 다시 서울로 올라올 계획을 갖고 있었다. 자신도 모르게 김수애의 손을 힘주어 잡으며 속삭였다.

"행복하지 않을 이유라도 있나요?"

"나는 괜찮아. 근데 너는 형제들도 많고 부모님이 고생하시잖아……."

"형제들이 많으니까 한 명 정도 이탈해도 괜찮을 거예요. 오히려 선배가 문제지."

"난 괜찮아. 내 동생이 내 몫까지 해내고 있거든. 게다가 서울대학교 출신에 중앙정보부에 다니고 있는 매형도 있고……."

서울역의 지하철 매표소 앞은 발 디딜 틈 없을 정도로 사람들이 꽉 찼다. 승철이 보기에 자신처럼 목적이 있어서 타려는 사람들보다는 시골에서 지하철을 타기 위해 관광을 온 사람들이 더 많아 보였다. 지난 8월 16일 시험용으로 설치한 승차권 자동판매기 두 대가 있었으나 그 앞에는 사람들이 없었다. 승철은 매표소 앞에 줄을 서지 않고 자동판매기 앞으로 갔다. 한 대당 420만 원씩 주고 일본에서 수입한 자동판매기에는 십 원짜리, 오십 원짜리, 백 원짜리를 넣게 되어 있었다.

"청량리까지는 사십 원이에요."

승철이 자동판매기 앞에서 낯설어 하는 모습을 본 김수애가 얼른 동전 투입구에 백 원짜리 한 개를 집어넣었다.

지하철 안은 승철이 학교 다닐 때 아침 등교 시간의 버스보다 더 많은 사람들이 타고 있었다.

"이럴 줄 알았으면 버스나 택시를 탈걸."

승철이 간신히 지하철 안으로 들어가서 김수애에게 속삭였다.

"이게 좀 고생이 되기는 하지만 가격이 싸고 빠르잖아요."

승철은 김수애의 말에 할 말을 잃어버렸다. 손잡이를 잡고 지하철이 출발하기를 기다렸다.

"그랑께, 시방 여기가 땅속이란 말여?"

중절모를 쓰고 두루마기를 입은 60대 남자가 남이야 듣든 말든 큰 소리로 말했다.

"아까, 우리가 땅속으로 내려왔잖여. 그다음에 위로 올라가지는 않았응께, 땅속이 맞는 거지."

"참말로 세상 희한하게 좋구먼. 손바닥만 한 두더지도 아니고, 이렇게 큰 기차가 땅속을 달린다고 하면 선들의 최가는 안 믿을 겨."

"아, 그래서 서울 가 본 놈보다 안 가 본 놈이 이긴다고 하잖여. 기차 귀경 안 해 본 놈이 발통이 쇠가 아니고 고무로 됐다고 우기는 것츠름 ...."

"벌써 다 왔남?"

"아까, 스피카에서 나오는 말 안 들었어? 여기는 시청이 있는 데잖여."

"좌우지간 올봄에 지게 지고 산에 나무하러 간 황 영감은 이른 귀경을 못 해서 저승에서 먼 재미로 산다?"

"썩을, 박칠보는 진작에 지하철 타 봤다잖여. 즈 아들이 만리동인가 워디 살고 있어서, 지하철도 타 보고, 창경원도 귀경했다고 술만 들어갔다 하면 축음기처럼 떠드는 거 못 들었어."

"그런가?"

중절모의 목소리는 지하철이 시청역에 도착하면서 멈췄다. 그 대신 전동차가 멈추면서 승객들이 한쪽으로 일제히 쏠리며 내지르는 비명이 여기저기서 흩어져 나왔다. 시청역에서는 내리는 승객들만 있고 타는 승객들은 소수였다. 그 덕분에 한결 공간이 넓어졌다.

종착역인 청량리역에 도착한 승객들 중 관광을 온 승객들은 다시 서울역으로 가기 위해 매표구가 있는 쪽으로 우르르 몰려갔다. 승철과 김수애는 태백선 기차를 타기 위해서 지하철 역사를 나와서 기차역사 쪽으로 들어갔다.

고현수는 영동역에서 내리자마자 곧장 택시를 타고 이동하의 개인 사무실로 향했다. 창문 밖으로 시선을 돌렸다. 언제 봐도 영동은 조용한 소읍이다. 거리를 지나는 행인들도 바쁠 것이 없다는 얼굴로 한가하게 걷는다. 가로수인 감나무 밑 의자에 앉아서 한가하게 태극선 부채를 부치고 있는 노파, 가게 앞의 평상에서 대낮부터 소주를 마시고 있는 노동자 풍의 중년들 얼굴에도 넉넉한 취기가 묻어 있다.

"아이구, 오셨습니까?"

고현수가 사무실 문을 열고 들어가자 책상 앞에 앉아서 꾸벅꾸벅 졸고 있던 여도환이 깜짝 놀라며 일어섰다. 커다란 덩치에 어울리지 않게 빠르게 책상 앞을 벗어나서 90도로 인사했다.

"의원님은 안에 계십니까?"

고현수가 바지 뒷주머니에서 손수건을 꺼내 얼굴의 땀을 닦으며 이동하 사무실을 턱으로 가리켰다.

"아뉴. 금방 들어오신다는 즌화가 왔었슈. 머 찬 음료수라도 드릴까유? 송 비서는 워디 갔댜? 그라고 하 상무님은 워디 가셨댜?"

여도환이 손을 슥슥 비비며 송미향의 빈자리와 하중태의 자리를 번갈아 바라봤다.

"어이구! 과장님 오셨습니까?"

여도환이 덩치에 어울리지 않게 허둥거리고 있을 때 변소에 갔던 하중태가 반갑게 웃으며 고현수 앞으로 다가갔다.

"잘돼 가십니까?"

"뭐가요?"

하중태가 고현수가 내미는 손에 악수를 하며 반문했다.

"저희 장인어른 의원 만들기 말입니다."

고현수가 의자에 앉으며 웃었다.

"공화당에서 탈당하고 무소속으로 뛰겠다고 기자회견을 한 후에 지지율이 올라가고 있는 중입니다."

"시방, 겁나게 인기가 좋아유. 이럴 줄 알았으믄 지난번에 이등 하셨을 때 진작 당적을 버리셔야 했는데……. 좌우지간 상무님이 오신 후로는 의원님도 살맛 나시는 거 가튜. 요새는 힘이 팍팍 나시는지, 겁나게 많이 활동을 하셔유."

여도환이 냉장고에 들어 있던 음료수를 한 잔만 컵에 담아서 고현수에게 내밀었다. 의자를 끌어다 하중태 옆에 앉아서 하중태의 말이 끝나자마자 끼어들었다.

"영동이 원래 여당 쪽인데, 언제부터 야당으로 돌아섰습니까?"

"민심이라는 것이 원래 럭비공 같아서 어디로 튈지는 아무도 모르는 거 아닙니까?"

"상무님이 겁나게 즘잖게 말씀을 하시는데유. 지가 볼 때는 상무님이 요소요소에 뿌려 놓은 사람들 심이 큰 거 가튜. 영동뿐만 아니라, 옥천,

보은까지, 심지어는 속리산 꼴짜기에 있는 동리까지 사람을 심어 놨드라구유."

고현수는 그렇지 않아도 목이 마르던 참이었다. 음료수를 단숨에 비워 버렸다. 여도환이 얼른 일어나서 빈 컵을 받으며 너스레를 떨었다.

"의원님이 적극적으로 뛰시니까 결과가 좋게 나오고 있습니다. 저는 그냥 보좌만 해 드리고 있을 뿐입……."

하중태는 이동하가 들어서는 것을 보고 말꼬리를 흐리며 일어섰다.

"저 왔습니다."

고현수도 얼른 일어서서 이동하에게 인사했다.

"바쁜 사람을 오라고 한 거 아닌지, 모르겠구먼. 송 비서는 워디 간 겨?"

"아까, 의원님 나가시고 나서 금방 나갔는데 워딜 갔는지 모르겠구먼유."

"들어오믄, 선한 얼음물 좀 가져오라고 햐. 하 상무도 따라 들어오지."

이동하는 하중태에게 눈짓을 해 보이고 자기 사무실 문을 열었다. 사무실 안에 들어서자마자 양복 윗도리를 벗어 들고 옷걸이 앞으로 갔다. 뒤따라 들어간 하중태가 얼른 양복을 받아서 옷걸이에 걸었다.

"대관절 위탁하믄 좋겠나?"

이동하는 소파에 앉았다. 에어컨을 트는 하중태를 잠깐 바라보다 소파에 앉는 고현수에게 다짜고짜 물었다.

"성찬이 엄마 말로는 편지를 써 놓고 갔다고 하던데……."

"망할 놈의 편지……."

이동하는 혼잣말로 중얼거리며 뚱뚱한 몸을 일으켰다. 책상 앞으로 가서 서랍을 열었다. 승철이 써 놓고 간 편지를 꺼내 들고 소파에 앉았다.

고현수는 입술을 가볍게 깨물고 편지 봉투 안에 들어 있는 편지지를 꺼내서 읽기 시작했다.

불효자 승철이 아버님께 처음으로 편지를 씁니다.

첨으로 쓰는 편지가, 불효막심한 편지라서 가슴이 아픕니다. 하지만 넓으신 아량으로 이해해 주시기를 빕니다.

저는 참말로 만화가가 되고 싶습니다. 훌륭한 만화가가 되려면 부득이 아버님 곁을 떠날 수밖에 없습니다. 만화가가 되려면 지금보다 더 만화를 잘 그려야 합니다. 몇 년이 걸릴지는 모릅니다.

그동안 만홧가게를 하든지, 작은 서점이라도 해서 먹고살 돈이 필요했습니다. 그래서 부득이 회사 돈 삼천만 원을 찾아가지고 갑니다. 만화가로 성공하면 반드시 갚을 겁니다. 그때까지는 집에 들어가지 않을 생각입니다.

아버님, 부디 이 못난 아들의 청을 들어주시기 바랍니다. 서울에 계신 매형을 통해 저를 찾을 생각은 하지 말아 주시기 바랍니다. 매형이 맘만 먹으면 저를 찾아낼 것으로 믿습니다. 그러나 만약 아버님께서 돈이 아까워 매형을 시켜서 저를 찾아내신다면, 저는 죽고 말 겁니다. 그러니 제발 저를 찾지 말아 주시기 바랍니다.

다시 한번 말씀드립니다만, 제가 만화가로 성공하면 집에 들어가겠습니다. 그때까지 안녕히 계십시오.

불효자 승철 드림

추신 : 제가 집을 나가는 이유가 들례라는 여자 때문은 절대 아닙니다. 저는 그 여자를 어머니로 생각하지 않습니다. 저에게는 어머니는 한 분밖에 안 계십니다. 어머님과 승우하고 누나들에게도 잘 이해시켜 주시면 고맙겠습니다.

고현수는 편지를 다 읽고 나서 편지지를 다시 봉투 안에 집어넣었다. 가볍게 한숨을 내쉬고 나서 이동하를 바라봤다.

"들례라는 여자가 누군지는 알겠지?"

"성찬이 엄마에게 들었습니다."

고현수가 앞자리에 앉아 있는 하중태의 눈치를 살피며 작은 목소리로 말했다.

"대관절 워딕하면 좋겄나. 그릏지 않아도 요새 일거리가 줄어들어서 고민인데, 자식 놈까지 파투를 놓고 있응게 사람 돌겄네. 돌겄어. 근데 얼음물은 왜 안 갖고 오는 거여. 송 비서가 읎으믄 저라도 갖고 와야지……."

이동하는 연신 입술을 핥으며 인터폰을 들었다. 그와 동시에 문이 열리면서 송미향이 얼음물을 들고 들어왔다.

"워딜 갔다 온 겨?"

"문방구에 좀 갔다 왔어요 볼펜하고 뭣 좀 살라고……."

송미향은 이동하가 묻는 말에 하중태를 바라보며 말했다.

"워딜 갈 때는 사무장한테 말 좀 하고 댕겨."

이동하는 점잖게 말하며 송미향을 바라봤다. 몸을 섞는 것과 일은 엄연히 별개다. 점잖게 말했지만 계속 근무에 태만하면 눈물이 쏙 빠지도록 혼을 내야겠다고 생각했다.

"명심하겠습니다."

송미향은 이동하를 바라봤다. 이동하는 점잖은 목소리와 다르게 화가 난 눈빛이지만 겁날 것 없다고 생각하며 생긋 웃었다.

"제 생각에는 그냥 두는 것이 좋을 것 같습니다."

송미향이 밖으로 나간 후였다. 얼음물을 한 모금 삼키고 난 고현수가 무거운 목소리로 말했다.

"하 상무 생각은 워뗘?"

"이런 말씀 드리기 뭐합니다만. 고생 좀 하는 것도 괜찮다고 봅니다. 돈이라는 것이 제가 직접 벌어야 아깝다는 걸 아는 법입니다. 전무님은 아직 그 나이가 되도록 돈을 벌어 본 적이 없는 걸로 알고 있습니다."

"하 상무 말이 틀린 말은 아녀. 문제는 이놈이 삼백만 원도 아니고 삼천만 원이나 갖고 달아났단 말여. 그 돈 다 쓰고도 정신을 못 차리면 어짜겠어? 당신 말대로 돈 한 푼 지 손으로 안 벌어 본 놈이라, 돈은 물 쓰듯 할 거 아녀?"

이동하가 물 마신 컵을 탁자 위에 소리 나게 내려놓으며 하중태를 노려봤다.

"장인어른 제 생각에는 승철이 처남이 쉽게 돈을 쓸 거 같지는 않습니다. 성찬이 엄마 말 들으니까, 만화를 잘 그린다더군요. 만화가가 되지 않는 이상은 집에 안 들어올 겁니다. 또 요즘 만화만 잘 그려도 대접받습니다. 신문마다 만화가가 한 명씩 있지 않습니까? 신문에 사컷 만화를 안 그리고, 대본소용 만화만 그려도 잘 먹고 산답니다. 대우도 받고요."

고현수가 다시 물 한 모금을 마시고 나서 조용한 목소리로 말했다.

"고 서방 말은 이 회사가 만화가보담 못하단 말여?"

이동하는 장차 국회 의장이 될 텐데 아들이 겨우 만화가라면 내 체면이 뭐가 되겠냐고 말하고 싶었다. 하지만 아직은 시기상조라는 생각에 화를 참는 목소리로 물었다.

"승철이 처남을 집으로 데리고 왔다고 칩시다. 또 나가면 그때는 어쩌시겠습니까?"

고현수가 묻는 말에 이동하가 대답을 하기 위해 막 입을 열려고 할 때였다. 노크도 없이 옥천댁이 황망한 얼굴로 들어왔다.

"고 서방이 웬 일여?"

옥천댁이 소파에서 일어서는 고현수를 바라보고 놀란 얼굴로 물었다.

"내가 불렀잖여, 승철이 땜시……."

"그랬구먼, 근데 대관절 즌화로 한 말이 무슨 말유? 승철이가 편지를 써 놓고 집을 나갔다는 말이 참말유?"

"고 서방이 눈앞에 와 있는 것을 보고도 묻는 거여?"

"아이구, 어무니! 이 일을 어쩐댜. 큰일 났구먼, 큰일 났어. 이 일을 어쩐댜."

하중태 옆자리에 앉자마자 옥천댁은 모산에서부터 참고 있었던 눈물을 봇물 터지듯 터트려 버렸다. 그녀답지 않게 소파를 치면서 울었다.

"장모님, 진정하세요"

"고, 고 서방, 자네 사람 잘 찾는다고 했지. 자네가 우리 승철이 좀 찾아줄 수 있겄지? 그래서 시방 내려온 거지."

옥천댁은 얼른 일어서서 고현수 옆자리에 옮겨 앉았다. 고현수의 두 손을 잡고 얼굴 가득 눈물이 범벅이 된 얼굴로 말했다.

"에이, 그 지랄로 승철이를 감싸고 둥께, 그놈이 세상 무서운 줄도 모르고 만화가가 되겠다고 그 큰돈을 들고 도망치지."

이동하가 담배를 입에 물고 벌떡 일어섰다. 옥천댁을 잠시 노려보다가 더 이상 보기 싫다는 얼굴로 창문 앞으로 가서 담뱃불을 붙이고 밖을 바라봤다.

"시방 머라고 했슈? 만화가가 되겠다고 집을 나간 거유?"

"편지에 그렇게 써 있습니다. 만화가로 성공하기 전에는 절대로 집에 들어오는 일 없을 거라고 말입니다."

"그려, 워녕 그려. 승철이 가가 생각 읎이 사는 아녀. 아부지라는 사람이 자식이 만화가가 되겠다고 하믄 밀어주지는 못할망정, 애써 그린 그림을 박박 찢어 버렸응께, 가가 얼매나 가슴이 찢어지도록 아팠으믄 인제사 집을 나갔을까. 편지는 워딨능 겨?"

옥천댁이 손수건으로 눈물을 닦으며 하는 말에 고현수는 이동하를 바라봤다.

"편지 그 위에 있잖여, 당신이 금지옥엽 키운 승철이가 쓴 편징께 한 번 읽어봐. 그놈이 얼매나 독한 놈인지 잘 알 수 있을 겨."

하중태는 가족 일에 자신이 앉아 있을 필요가 없다는 생각에 슬그머니 일어서서 밖으로 나갔다. 고현수가 응접탁자 위에 있는 편지 봉투를 잡아끌었다. 편지지를 꺼내서 옥천댁의 손에 들려 줬다.

세상에, 이놈이, 들례 땜시 얼매나 맘고생을 하고 있었을까…….

옥천댁에게는 승철이 돈 삼천만 원을 가지고 갔다는 내용은 눈에 들어오지 않았다. 들례를 엄마로 생각하지 않는다는 내용과 만화가로 성공하겠다는 글만 눈에 들어왔다. 승철이 들례의 존재를 알고 있을 것이라는 짐작은 진작부터 했었다. 그러나 막상 눈으로 확인하고 나니까 가슴이 에이도록 아팠다.

이럴 줄 알았으믄 내가 직접 말을 해줬어야 하는 건데, 날 얼매나 원망을 했을까…….

옥천댁은 처음부터 다시 편지 내용을 읽기 시작했다. 위에 내용은 건성으로 읽혀지다가 추신 부분에 와서는 오열할 것 같아서 숨을 삼키고 천천히 읽기 시작했다. 미운 정도 정이다. 들례를 얼마나 원망을 하고 있었으면 어머니를 그 여자라고 불렀을까, 라는 생각이 드는 순간 눈물이 줄줄 흘러서 턱을 타고 바닥으로 떨어졌다.

"그래도, 그놈을 싸고돌 겨?"

이동하가 창문 밖을 바라보고 있다가 돌아서서 옥천댁에게 차갑게 물었다.

"당신은 대관절 워티게 하고 싶길래, 자식이 집을 나갔는데도 그렇게 무심하게 말을 한데유?"

"당신은 워틱하믄 좋겄어?"

이동하가 소파에 앉아서 다리를 꼬며 물었다.

"워틱하긴유? 자식이 집을 나갔으믄 응당 찾아야 되는 거 아뉴? 고 서방, 설마 자네도 장인어른처름 생각하는 거는 아니겄지?"

고현수는 옥천댁이 묻는 말에 난처한 표정으로 이동하를 바라봤다.

"고 서방이 뭐라고 하든, 승철이 그놈은 내 눈 밖으로 난 놈이여. 사업도 시원찮게 돌아가고 있는데 돈을 삼천만 원씩이나 들고 튄 놈이여. 그놈을 자식이라고 걱정하고 있단 말여."

"고 서방도 대답을 안 하는 걸 봉께, 이미 결단이 난 모양이구먼. 승철이 친구 재오는 워딨슈?"

"워디 있긴 워딨어? 시방은 사무실에 있지만 쫓아낼 참인데……."

이동하는 승철이 재오에게는 어디로 간다는 말을 했을 줄 알았다. 그래서 재오를 불러 갖은 협박을 해 봤지만 끝까지 모른다고 발뺌하고 있다. 데리고 있어 봤자, 승철에게 계속 이곳 상황을 알려 줄 것이라는 생각에 사표를 받을 작정이다.

"재오도 승철이가 워디로 갔는지 모른대유?"

"재오 그놈이 불었으믄 벌써 찾으러 갔지."

"그렇겠쥬. 하지만 재오를 쫓아내믄 안 돼유. 승철이가 즈 아부지한테 즌화하기는 어려워도 재오한테는 연락을 할 뀨."

"그놈을 쫓아내든 데리고 있든 사장인 내 맘잉께, 상관하지 말어."

"장인어른, 재오는 데리고 있는 게 좋을 것 같습니다. 승철이가 목돈을 들고 나갔으니 돈이 떨어지면 재오에게 전화가 올 것입니다. 그때를 생각해서 일도 잘하고 하니까 그냥 데리고 계시는 것이 어떻겠습니까?"

고현수가 잠자코 앉아 있다가 조심스럽게 말했다.

"그놈은 내 눈 밖에 난 놈여. 두 번 다시는 볼 일이 읎을 겨. 하지만 자네가 그릏게 말한다믄, 나중에 똥이 될지 된장이 될지 모릉께 일단 사표는 보류하지."

"재오도 모른다믄 내가 직접 신문에 내는 한이 있드래도 찾아 나서는 수뻭에 읎겄구먼."

"신문에 머라고 낼 낀데?"

이동하가 가소롭다는 표정으로 옥천댁에게 물었다.

"머라고 내긴유. 모든 걸 용서할 팅게 어머한테 연락하라고 내야쥬.

연락이 오믄 내가 찾아가서 무슨 수를 내든지, 집으로 델고 올 팅게 그쯤만 알아 둬유."

옥천댁은 이미 이동하와 고현수는 승철을 찾지 않는 쪽으로 결정을 내렸을 것이라고 짐작했다. 더 이상 앉아 있어 봤자 이동하의 심기만 건드려서 큰 소리밖에 나지 않을 것이라고 생각하며 일어섰다.

전주식당은 하루 중에 오후 3시쯤이 가장 한가하다. 오늘은 비가 잘금잘금 내려서 얼큰한 콩나물 해장국이 생각나는 날이다. 그런데도 손님들이 오늘은 전주식당에 가지 않기로 약속이나 했는지, 한 명도 오지 않았다. 순길이 엄마와 영식이 엄마는 일찌감치 저녁 장사를 준비해 놓고 식당 의자에 앉아서 마늘을 깠다.

"은행에 좀 댕겨와야겄슈."

영식이 엄마가 주방 안으로 들어가 손을 씻고 나와서 민초예에게 말했다.

"뭐하러?"

"논산 친정에 돈 좀 송금할라고유."

"그려, 저녁 손님 오기 전에 어여 갔다 와."

민초예는 영식이 엄마의 얼굴을 가만히 바라본다. 아침에 출근할 때는 루주를 바르지 않았던 것 같은데 어느 틈에 루주를 발랐다. 영식이 엄마의 주 업무는 설거지다. 설거지하는 여자가 은행에 가는 데 루주를 바르면 안 된다는 법은 없다. 그런데도 어딘지 모르게 요염한 향기를 풍기는 것 같은 점이 이상할 뿐이었다.

"사장님······. 동사무소에 등본 좀 떼러 갔다 와야겠습니다."

최 군이 우산을 들고 와서 쭈볏한 표정으로 말했다.

"얼릉 갔다 와."

민초예는 아무 생각 없이 고개를 끄덕이며 순길이 엄마를 바라봤다. 순길이 엄마의 표정에 미소가 번지고 있다. 무언가 재미있는 것을 생각하다 저절로 번지는 미소가 아니다. 어떤 비밀을 알고 있는 여자가 혼자 웃는 회심의 미소처럼 보였다.

저것들이?

민초예는 최 군이 나간 밖을 내다봤다. 최 군의 모습은 보이지 않고 실비가 내리고 있다. 길을 걸어가는 행인들 중에 우산을 쓴 이도 있고, 쓰지 않은 이들도 있다.

"순길이 어머도 알고 있구면."

"머, 머를 알고 있는데유?"

순길이 엄마가 마늘을 까다 말고 흠칫 놀란 얼굴로 민초예를 바라봤다.

"난도 진작부텀 알고 있었구면."

"사장님이 먼 야기를 하시는 줄 모르겠네유?"

"나는 그래도 순길이 어머는 믿고 있는데, 자꾸 딴소리할 텨?"

민초예는 순길이 엄마는 영식이 엄마와 최 군의 사이를 알고 있다고 짐작했다. 거짓말하지 말라는 표정을 지어 윽박질렀다.

"그람, 사, 장님도 영식이 어머하고 최 군 사이를 알고 계셨슈?"

순길이 엄마가 다시 웃음을 깨물며 물었다.

"내가 알고 있응께 묻는 말이잖여."

"어젯밤에 퇴근하고 먼 일이 있었는지 둘 사이가 안 좋아유. 사랑쌈을 하는 것은 아닌 거 같고 먼 문제가 있는지 서로 신경질만 내고 있드라구유."

"언제부티 둘이 그런 사이였어?"

"한참 됐슈. 꼬리는 최 군이 먼저 쳤슈. 영식이 어머가 애기 엄마 같지 않고 처녀처름 날씬하게 생겼다느니, 누군지 모르지만 영식이 어머를 데리고 가는 놈은 화투로 치면 삼팔광땡을 잡은 거나 마찬가지라는 둥, 영식이 어머는 대관절 식당에서 혼자 뭘 먹길래 하루가 다르게 이뻐지냐는 둥 입에 발린 말을 해대니까, 열 번 찍어서 안 넘어가는 나무 읎다는 말처름 언진가부터 둘 사이가 수상쩍어 뵈기 시작하드라구유."

"그람. 시방 둘이 바깥에 나간 것이 밖에서 만나 먼 야기를 할라고 나간 거구면."

"십중팔구."

순길이 엄마는 과부와 총각이 만나는 것이 생각만 해도 재미있다는 얼굴로 쿡 웃었다.

영식이 엄마와 최 군은 나갈 때는 시간 차를 두고 나갔으나 들어올 때는 같이 들어왔다. 나갈 때와 다르게 둘의 얼굴에 화색이 묻어 있다. 민초예가 보기에 밖에서 만나 일이 잘된 것처럼 보였다.

"나갈 때는 따로 나가드니, 들어올 때는 같이 들어오는구면?"

민초예가 손금고를 열고 무엇을 찾는 척하면서 혼잣말로 중얼거렸다.

"요, 앞에서 만났슈."

영식이 엄마는 얼굴이 빨개져서 빠르게 주방 안으로 들어갔다. 최 군은 능청맞게 손을 흔들어 보이며 의자에 앉았다.

"영식이 어머하고, 최 군은 나 좀 보자. 순길이 어머는 손님 많이 오믄 이층으로 소리 햐.”

민초예는 미소를 지으며 카운터에서 나왔다. 주방 앞으로 가서 일하는 척하고 있는 영식이 엄마에게 손짓을 하고 나서 밖으로 나갔다.

“머, 치울 것이 있슈?”

민초예는 이층으로 올라가서 차를 준비했다. 영식이 엄마하고 최 군은 무얼 하고 있는지 차를 끓일 동안에도 오지 않았다. 순길이 엄마한테 무슨 말인가 듣고 나서 대책을 숙의할 것이라는 생각이 들어서 웃음이 나왔다. 한편으로는 그들이 진짜 서로 사랑하고 있다는 생각이 들어서 부럽기도 했다.

남자하고 여자하고 사랑을 하믄 눈에 뵈이는 것이 읎다고 하든데……

텔레비전 드라마나 라디오 연속극에 보면 사랑을 하면 눈이 먼다고 한다. 부잣집 아들이 아버지와 절연하고 사랑하는 여자와 떠나는 장면은 흔히 볼 수 있다. 대학을 나온 부잣집 딸이 국민학교만 나온 남자와 같이 도망가서 동거 생활을 하는 드라마도 봤다. 하지만 드라마일 뿐이고 라디오 연속극일 뿐이다. 사랑을 하게 되면 아이가 있는 과부도 처녀처럼 아름답게 보이기 때문에 둘이 서로 좋아할 것이라는 생각이 들었다.

“머, 치울, 것이 있슈?”

노크 소리가 끝나고 최 군이 먼저 들어섰다. 고개를 똑바로 들지 못하고 더듬거리고 있는데 영식이 엄마가 빨개진 얼굴로 들어서서 최 군 뒤에 숨었다.

“안직 저녁 손님 올 때가 아니잖여. 할 말도 있고 해서 차 한잔 하라구 불렀구먼."

민초예는 영식이 엄마가 미안해하지 않도록 가능한 부드러운 목소리로 말했다.

"수, 순길이 엄마한테 말 들었슈. 우리 사이를 사장님도 알고 있으시다고……."

최 군은 민초예의 맞은편에 앉았다. 무심히 양반다리를 하고 앉았다가 무릎을 꿇고 앉으며 고개를 숙였다.

"둘이 무슨 사이여?"

민초예는 최 군이 직설적으로 말하니까 마음이 편했다. 최 군에게 차를 내밀며 부드럽게 말했다.

"서, 서로 좋아하고 있는 사이유."

최 군이 손톱을 만지작거리며 옆에 앉은 영식이 엄마를 바라봤다.

"영식이 어머도 최 군을 좋아하는 겨?"

민초예가 오른손으로 찻잔을 들어서 왼쪽 손바닥으로 받치고 영식이 엄마를 바라봤다.

"저도……."

"그람, 최 군 집에서도, 최 군이 영식이 어머를 좋아하고 있다는 걸 알고 있겠구먼."

"지, 집에서는 몰라유."

"그람, 언지 말할 거여?"

"나, 나중에."

"나중에 언지?"

"기회를 봐서……."

민초예의 질문에 최 군은 당황한 얼굴로 영식이 엄마를 바라봤다.

"지, 집에다 말했다고 하지 않았어?"

영식이 엄마가 파랗게 질린 얼굴로 최 군을 바라봤다.

"말할 생각이라고 했잖여. 기회가 되믄……."

최 군이 혀로 입술을 핥으며 당황스러운 얼굴로 영식이 엄마와 민초예를 번갈아 바라봤다.

"최 군, 내 말 좀 들어 봐."

민초예가 미소를 띤 얼굴로 최 군의 시선을 잡아끌었다.

"예……."

최 군은 민초예가 웃고 있지만 무서웠다. 혀로 입술을 핥고 나서 침을 꿀꺽 삼키고 민초예를 바라봤다.

"한 가지만 묻겄어. 내가 알기루는 둘이 알고 지낸 지가 일 년이 넘었구먼. 말이 일 년이지 일 년이믄 짧은 세월이 아녀. 그동안 영식이를 몇 번이나 봤남?"

민초예는 의식적으로 최 군의 얼굴을 바라보지 않았다. 고개를 숙이고 차를 한 모금 마신 후에 영식이 엄마를 바라봤다.

"무, 무슨 말씀이세유?"

최 군은 영식이 엄마를 바라봤다. 영식이 엄마가 놀란 눈으로 시선을 얼른 민초예에게 옮겼다. 찻잔을 내려놓은 민초예의 표정은 여전히 미소를 띠고 있다. 그런데도 가슴이 철렁 내려앉아서 떨리는 목소리로 반문했다.

"집에는 기회가 읎어서 말을 못 했다고 칠 수 있지만, 영식이 어머를 좋아항께 영식이는 몇 번 만나 봤을 거 아녀? 몇 번이나 만나 본 거여?"

"여, 영식이를 만나 본 적이 한 번도 없슈. 외려 어쩌다 영식이 야기를 하믄 괜히 승질을 내거나……."

최 군의 말이 끝나기도 전에 민초예가 손바닥으로 최 군의 뺨을 휘갈겼다. 느닷없이 뺨을 맞은 최 군의 얼굴이 획 돌아갔다. 이어서 최 군의 멱살을 움켜잡고 등을 후려갈기기 시작했다.

"너, 이놈! 영식이 어머가 그렇게 만만하게 뵈이는 거여? 서방 먼저 보내고 어떡하든 살아 볼라고, 하나밲에 읎는 자식 친정으로 보내고, 식당 방에서 독수공방으로 청춘을 보내는 영식이 어머를 불쌍하다 동정해 줄 생각은 못 하고, 총각이라는 신분을 앞세워서 노리개로 삼아? 이 짐승만도 못한 놈아! 여자가 그리우면 딴 데 가서 찾아볼 일이지. 천하에 불쌍한 영식이 어머를 갖고 놀아! 너 같은 놈은 두 번 다시 상대하기 싫응께, 당장 나가!"

민초예는 자신의 과거를 보는 것 같아서 손이 아프도록 최 군의 등짝이며 머리, 옆구리를 손이 닿는 대로 두들겼다.

"사, 사장님. 제가 언지 영식이 엄마를 갖고 놀았슈. 저도 다 생각이 있슈!"

최 군이 민초예를 확 밀어붙이며 벌떡 일어서서 주먹을 쥐고 부르르 떨었다.

"너 이놈, 워디서 배워 처먹은 버릇인지 모르겄지만 잘하믄 사람 치겄다. 니놈이 볼 때 내가 타작 끝난 들판에 서 있는 허수아비처럼 보이냐? 니놈이 영식이 어머를 진짜로 좋아한다믄 장가갈 생각도 해야 할 거 아니냐. 영식이 어머한테 장가를 갈라믄 하나밲에 읎는 피붙이를 당연히 만나 봐야 되는 것이 사람의 도리 아니냐. 그런데도 영식이를 한 번도 만나 보지 않았다는 거는 장가갈 생각이 읎었던 거 아니냐?"

"에이!"

최 군은 민초예의 말에 뭐라고 대꾸할 수가 없었다. 주먹질을 했다가는 목척시장에서 소문난 이필수에게 뼈도 못 추릴 것이다. 그래도 화를 참을 수가 없어서 오른쪽 발을 번쩍 들어서 방바닥을 쾅 소리가 나도록 밟고 나서 도망치듯 밖으로 나갔다.

"최, 최 군!"

영식이 엄마가 당황한 얼굴로 일어서서 다급하게 불렀다.

"영식이 어머, 잠깐 앉아 봐."

민초예가 싸늘한 목소리로 불렀다.

"워틱하겠다는 거여? 논산에 있는 자식한테 부끄럽지도 않은 겨? 하루라도 빨리 돈 벌어서 자식하고 같이 살 생각은 못 하고…… 영식이 어머를 한낱 노리개로 생각하는 최 군하고 시방 머 하자는 거여?"

영식이 엄마는 밖으로 나가지도 못하고, 거실 바닥에 앉지도 못하고 엉거주춤한 표정으로 민초예를 바라봤다. 민초예는 여간한 일 가지고는 직원들한테 큰 소리를 낸 적이 없었다. 영식이 엄마가 깜짝 놀라 뒷걸음을 칠 정도로 싸늘한 표정으로 노려보며 말했다.

"자, 잘못했슈……."

"외롭겠지……. 한창 남자를 알 나이에 남들처럼 출퇴근을 하는 것도 아니고, 식당 방에서 살면서 죽어라 일만 하는 신세가 따분하고 외롭기도 하겠지……. 그렇다고 자식 부끄러운 짓을 하믄, 대관절 앞으로 워티게 살겠다는 거여. 떡 줄 놈은 생각도 안 하는데 자식 내팽개치고 최 군하고 살림이라도 차리겠다는 거여? 살림을 차릴 놈 같았으면 영식이를 열 번도 더 봤어야 하는데, 안직까지 얼굴 한번 안 본 최 군이 머가 답답해서 살림을 차리겄어. 남자라는 동물이⋯⋯."

민초예는 말을 하다 보니까 마치 스스로를 꾸짖는 꼴로 변히고 있다는 생각이 들어서 슬그머니 목소리를 줄였다.

"정 남자가 그리우면 정식으로 혼인할 상대를 찾으란 말여. 그기 영식이한테 떳떳한 일여. 그럴 자신이 없으면 딴생각지 말고 영식이 하나만 생각하면서 살아. 당장이라도 영식이를 데리고 오겠다면 내가 워디방 한 칸 은어줄 모양잉께 이번 주 공일이라도 이사를 햐. 어채피 핵교 보낼라믄 논산보다는 대전이 낫잖여."

"고, 고마워유."

영식이 엄마는 더 이상 할 말이 없었다. 눈물을 철철 흘리면서 민초예 앞에서 큰절을 했다.

떠나가는 자와 남아 있는 자

이 세상에 태어나서 단 한 번도 느껴 보지 못한 어머니의 품 안이
그러할 것 같다는 생각이 들었다.
참고 참았던 설움이 벅차올라서
대문 앞에서 남편이 누워 있는 상여를 보내는 여인네처럼
가슴이 터져 나가는 목소리로 어이고, 어이고, 어이고 곡소리를 토해 냈다.

대중서점은 보통 밤 10시가 넘으면 불이 꺼진다. 손님이 밤 10시까지 오는 것은 아니다. 언제부터 인지 회사에서 늦게 퇴근하는 월급쟁이 몇 명이 술 냄새를 풍기며, 혹은 기대에 찬 눈빛으로 들어와서 소설책 몇 권씩을 사가기 때문이다.

"이 책은 나온 지 몇 개월 되지 않는데 벌써 여기로 팔려 왔습니까?"

나이는 30대 초반으로 보이는데 60대 후반처럼 머리가 벗어진 남자가 에밀 아자르의 『자기 앞의 생』을 책꽂이에서 빼내며 흥분한 목소리로 물었다.

"아마, 그 책은 본인이 직접 산 것이 아니고 선물 받은 책일 겁니다.

그 후에 선물 받은 사람하고 사이가 틀어졌거나, 이사를 하면서 버린 책일 가능성이 많습니다. 외국 사람들은 이사를 갈 때 책을 제일 먼저 챙긴다고 하던데, 한국 사람은 이사 가기 전에 책하고 신문지부터 제일 먼저 버립니다. 그게 문화의 차이죠."

종업원은 여덟 시쯤 퇴근했다. 혼자 책을 정리하고 있던 사장이 담배를 빼 물며 말했다.

"내 눈에는 이사 갈 때 버리고 간 책들이 왜 안 보이는지 모르겠습니다. 이 책 얼맙니까?"

대머리가 아직 새 책인데도 습관처럼 먼지를 닦으며 물었다.

"어디 봅시다. 문학사상 출판사는 알아주는 출판사 아닙니까? 칠백 원만 내십시오."

책의 정가는 천 원으로 되어 있다. 문학을 좋아하는 사람들은 책값을 깎지 않는다. 사장은 대머리가 들고 있는 책을 받았다. 책의 표지를 펼쳐 보고 나서 도로 대머리에게 내밀었다.

"헌책인데 무슨 칠백 원씩 받습니까? 칠백 원 주고 남이 보던 책을……. 여기 보십시오. 생일을 축하 하며 오빠로부터, 라는 글씨가 쓰여 있지 않습니까? 이런 책을 누가 칠백 원씩 내고 삽니까? 오백 원만 받으세요."

"단골이시라 오백 원에 드리는 겁니다."

사장은 처음부터 오백 원을 받을 생각이었다. 대머리가 내미는 오백 원을 받았다. 바지 뒷주머니에 있는 지폐 뭉치를 꺼냈다. 그 안에 있는 오백 원짜리 사이에 집어넣어서 바지 뒷주머니에 넣었다.

"선데이서울 서비스 되죠?"

"선데이서울도 원래 백 원씩 받는 겁니다."

"에이, 단골인데."

"단골 두 분만 받았다가는 서점 문 닫겠네."

사장은 다시 산더미처럼 쌓여 있는 책 앞으로 가서 분류하기 시작했다.

"담에 또 오겠습니다."

대머리가 기분 좋은 얼굴로 서점을 떠났다. 사장은 더 이상 손님이 없을 것이라는 생각에 분류하던 책 무더기를 전부 서점 안으로 들여놨다. 처마 밑에 있는 만화며, 주간지, 여성지 등은 그대로 두고 천막으로 덮었다. 천막이 쉽게 벗겨지지 않도록 밧줄로 묶은 후에 서점 안의 불을 끄고 셔터를 내렸다.

대중서점의 불이 꺼지고 삼십 분쯤 경과한 시간이다. 여자 두 명과 남자 세 명이 어디선가 나타났다. 그들은 불 꺼진 대중서점 앞에서 각각 다른 방향으로 서서 동태를 살폈다.

"따라오는 사람은 읎는 거 같쥬?"

"내가 볼 때는 없는 것 같구먼유."

"그럼, 어여 들어갑시다."

그들은 긴장한 목소리로 속삭이고 나서 반딧불 야학이 있는 지하 계단으로 들어갔다.

"미행하는 사람들은 없었나요?"

인숙은 그들이 모두 들어온 다음에 빠르게 속삭였다.

"우리가 요 위 서점 앞에서 살펴봤는데 따라오는 사람은 읎는 거 가튜."

"그래요, 저녁 안 먹었쥬? 제가 집에서 김밥을 좀 싸 왔거든유. 라면 하고 드세유."

인숙은 구석에 있는 석유곤로 앞으로 갔다. 보글보글 물이 끓고 있는 냄비 안에 라면을 집어넣고, 스프를 넣었다. 라면이 끓는 동안 교실 책상 여러 개를 붙였다. 그 위에 신문지를 깔고 집에서 싸 가지고 온 김밥이며 반찬을 내놓았다. 라면을 덜어 먹을 수 있도록 종이컵 다섯 개를 늘어놓고 있는데 강훈구가 라면 냄비를 들고 왔다.

"선생님들도 같이 드시쥬?"

동명전자 노조 위원장인 윤한수가 긴장한 표정으로 강훈구와 인숙을 번갈아 바라봤다.

"우린, 아까 먹었슈. 어여 드셔유. 선배, 내가 바깥 동정 좀 살피고 올게."

"같이 나가자."

강훈구는 동명전자 노조 간부들이 부담 없이 늦은 저녁을 먹을 수 있도록 인숙을 따라 바깥으로 나갔다.

"인숙은 바깥으로 나가지 않고 두 계단을 남겨 놓고 멈췄다. 바깥을 살펴봤으나 통금 시간이 가까워져서 그런지 인적은 없었다. 멀리서 아득하게 야경꾼들이 예비 사이렌을 앞두고 딱따기를 울리는 소리가 바람결에 들려왔다.

"안 추워?"

강훈구가 인숙이 옆에 바짝 붙어 서서 속삭였다.

"추우면 선배가 안아줄 텨?"

"내 품이 얼마나 따뜻한지 느끼게 해 줄게."

인숙의 말이 끝나자마자 강훈구가 재킷 지퍼를 내렸다. 재킷 자락을 활짝 벌려서 인숙을 껴안았다.

"어머머, 참말로 안는 겨?"

"안아 달라며?"

"누가 보믄 어짤라구?"

인숙은 강훈구를 흘겨보며 출입문 쪽을 바라봤다. 빛이 바깥으로 새어 나오지 않게 틈새를 검은색 스펀지로 막아 놔서 칠흑처럼 캄캄하다.

"보긴 누가 봐. 우리밖에 없는데."

강훈구는 품 안에 갇혀 있는 새처럼 몸을 웅크리고 있는 인숙의 어깨를 잡은 손에 힘을 주었다.

"별들이 보잖여."

"별? 그러고 보니, 하늘에 있는 별을 본 지도 참말로 오래됐구먼. 언제 별을 봤는지 기억이 안 나."

"어머님이 계신 고향에는 별들이 많을 거 아녀유?"

"고향에 가믄 어머니 얼굴만 봐야지, 별을 볼 시간이 있나. 지금도 별보다는 인숙이 얼굴 보기 바쁘잖아."

"입에 발린 말이라고 하지만 기분 나쁘지는 않구먼유. 시방쯤 라면 다 먹었겠쥬?"

"슬슬 내려가 볼까? 내 손 잡아."

강훈구는 인숙의 손을 잡고 어둠을 더듬어서 한 계단씩 아래로 내려가기 시작했다.

"덕분에 포식했구먼유."

냄비 안에는 국물 한 방울도 남아 있지 않았다. 윤한수가 한결 느긋해진 표정으로 말했다.

"커피 한 잔씩 타 드릴께유."

인숙은 커피포트의 전원 스위치를 누르고 일회용 컵을 늘어놓았다.

"자, 슬슬 시작해 볼까요?"

강훈구가 신문지를 치우고 나서 의자에 앉으며 말했다.

"죄송해유. 우리 땜시 감옥에 갈지도 모르는데……"

사무국장으로 내정된 배정자가 인숙이 내미는 커피를 두 손으로 받으며 말했다.

"강 선배가 감옥 가는 것이 무서우면 이 자리에 있지도 않았을 거유. 오늘까지 총 몇 명이나 가입을 했슈?"

인숙이 자기 몫의 커피를 들고 의자에 앉아서 윤한수에게 물었다.

"사무직 빼놓고 현장에서 근무하는 생산직 직원들 백이십 명 중에 칠십세 명이 가입했슈."

윤한수가 조직부장 성백일에게 눈짓을 보냈다. 성백일이 얼른 가방을 열고 조합원 가입 원서 뭉치를 꺼내 강훈구 앞으로 내밀었다.

"백이십 명 중에 칠십세 명이면 몇 프로여?"

강훈구가 혼잣말로 중얼거리며 가입 원서를 살펴보기 시작했다.

"얼른 계산해 봐도 육십오 프로가 안 되는구먼. 최소한 팔십 프로는 넘겨야, 조합 승인이 난 후에 와해되지 않아유."

인숙이 커피 한 모금을 천천히 삼키고 나서 배정자를 바라봤다.

"더 노력하면 팔십 프로 정도는 채울 수 있지 않습니까?"

"문제가 좀 있슈……"

강훈구가 묻는 말에 윤한수가 말꼬리를 흐렸다.

"딴 사람들이 조합을 만들라고 하나유?"

인숙이 짐작 가는 것이 있다는 표정으로 물었다.

"맞아유. 조립 반장을 하는 허준호라는 사람이 있슈……."

"충청도 서산 사람인데 회사에 불만이 엄청 많았던 사람이거든유. 근데 회사에서 원래 있던 조립 반장을 내보내고, 허준호를 조립 반장 자리에 앉혔슈. 그라고 나서 사람이 백팔십도 바뀌었슈."

홍보부장인 김순자가 말을 꺼내다, 배정자가 뒤를 이어서 보충 설명했다.

"회사에서 무슨 보장을 받았구먼유."

인숙이 말을 하고 나서 강훈구에게 시선을 돌렸다.

"비밀이 새어 나갔을 확률도 전혀 무시할 수 없겠네요. 조립 반장이 뭘 잘못해서 사표를 낸 겁니까?"

강훈구가 노조 설립 서류를 하나하나 체크해 나가다 말고 고개를 들고 김순자를 바라봤다.

"우리가 알기로는 잘못한 것이 없슈. 웃기는 건 사표를 낸 조립 반장하고 시방 조립 반장 허준호가 같은 고향 사람이라는 거유. 그라고, 그 허준호를 취직시켜 준 사람이 쫓겨난 조립 반장이라는 점유."

"한마디로 은혜를 배신으로 갚은 셈이구먼."

김순자와 배정자가 차갑게 웃으며 말을 주고받았다.

"명절 때는 고향에 내려갈 거 아뉴? 그람 무슨 낯짝으로 얼굴을 볼지 몰라……."

"그런 인간이 노조를 만들겠다고 설쳐대는 걸 보면, 회사를 확 그만두고 싶당께."

윤한수와 성백일도 기가 막힌다는 얼굴로 한마디씩 했다.

"잠깐, 나한테 좋은 생각이 났슈."

인숙이 조용한 목소리로 시선을 집중시켰다.

"강 선배, 내가 볼 때 그 허준호라는 사람이 어용 노조를 만들려는 거 같은데, 선배 생각은 어뗘유?"

"무슨 징조는 안 보이나요?"

인숙이 묻는 말에 강훈구가 성백일을 바라보며 물었다.

"조립반이 한 스무 명 돼유. 지난주에 조립반 전체가 관광버스를 타고 금산 워디에 있는 대둔산에 단합 대회를 갔다 왔슈. 조립반원들 말을 들어 보니까, 대둔산에 가서 산에는 올라가지 않고 산 밑에서 하루 종일 먹자판만 벌이고 왔다고 하데유. 그 돈을 죄다 조립 반장이 냈다고 하는데, 뻔한 수작 아뉴?"

성백일이 막 입을 열려고 할 때 윤한수가 먼저 말했다.

"그럼 다른 반도 곧 단합 대회를 가겠네요?"

"제가 이 회사 들어온 지 올해로 딱 팔 년째유. 그동안 단합 대회 '단' 자도 못 들어 봤슈. 열 시까지 야근하면 저녁을 먹어야 하잖유. 저녁 먹는 그 삼십 분도 야근 시간에서 빼 버리는 사장유. 그것만이 아뉴. 원래 일요일 날은 특근이라서 두 덩어리 반을 주잖유. 하지만 우리 회사는 두 덩어리밖에 안 줘유. 그것도 점심시간 한 시간은 빼고 준당께유."

사무직원들의 월급은 정액으로 정해져 있다. 생산직 직원들은 시간당 임금으로 계산한다. 한 시간에 천 원이면 하루 여덟 시간을 일해서 팔천 원이 된다. 야근을 하면 한 시간만 일해도 삼십 분을 더 쳐준다. 두 시간을 일해도 세 시간을 쳐주는 것이다. 덩어리는 하루치 일당을 말한다.

휴일에 출근하면 통상 이틀 반 치 일당을 쳐주는 것이 통례다. 김순자가 홍보부장답게 회사의 부조리한 점을 흥분한 얼굴로 말했다.

"지금 노동의 권리를 찾기 위해 노동조합을 설립할라고 하는 거잖유. 중요한 점은 그 조립 반장인가 하는 사람이 먼저 노조를 설립하면 안 된다는 거쥬. 그래서 하는 말인데, 그 사람하고 친하게 지내는 사람들이 많남유?"

인숙이 일회용 컵을 착착 접다가 말고 물었다.

"옛날에 조립 반장이 아닐 때는 회사에 대한 불만을 많이 터트리니까 동조하는 사람들이 좀 있었던 거 가튜. 요새는 반장이니까 대놓고 싫다고 할 수 없으니까 모르쥬. 하지만 대둔산에 단합 대회를 갔다 와서는 소금 먹은 놈이 물 찾는다고 반장님, 반장님 하면서 따라 댕기는 사람들이 좀 있는 거 가튜."

"용접 반장이 그라는데, 그저께는 각 반장들을 불러내서 중앙동에 있는 싸롱에 가서 술을 마셨다고 하데."

윤한수가 말을 끝내자마자 성백일이 갑자기 목소리를 낮추며 말했다.

"회사에서 사주하고 있는 것이 틀림없네유. 제 생각에는, 은혜를 배신으로 갚은 점을 집중적으로 공략하면 될 거 같네유."

인숙이 백지에 메모를 하면서 조용히 말했다.

"어떤 식으로 공략해유?"

김순자가 물었다.

"제 생각에는 조립 반장도 지금 가입 원서를 받고 있을 겁니다. 하지만 우리가 먼저 구청에 신고하면, 그쪽은 무용지물이 됩니다. 그 점을 염두에 두고 조립 반장이 친구를 배신한 점을 집중적으로 홍보하면 효과가 있을 겁니다. 객지에서 만난 친구도 아니고, 아까 어느 분이 말씀하신 것처럼 고향에 가면 얼굴을 뻔히 볼 사인데 배신한 것 아닙니까? 객지에서 만난 사람은 헌신짝처럼 여길 겁니다."

"내 생각도 강 선배 생각하고 같아유. 그 조립 반장은 회사의 시나리오대로 움직이는 꼭두각시유. 그런 사람이 노동조합을 설립하믄, 아주 대놓고 노동 착취를 할 것이 틀림없을 거유. 그랑께, 그 사람 인간성이 안 좋다는 점을 집중적으로 부각시키는 것이 중요해유. 그라고 시방보다 더 속도를 늘려서 최소한 칠십 프로 이상은 확보를 해야 난중에 안심할 수 있슈."

"서류는 완벽하군요. 조합원 수를 늘리는 거만 남았는데, 비밀이 지켜져야 합니다. 조합원을 늘리는 쪽에만 신경을 쓰다 보면 비밀이 새어 나갈 수도 있습니다. 비밀이 새어 나가면 회사에서는 강경책을 쓸 겁니다. 노동조합 신고를 못 하게 하려고 일단 간부들부터 쫓아낼 겁니다. 간부들이 없으면 남은 조합원들은 선장 없는 배에 타고 있는 것과 같습니다. 하루아침에 어용 노조에 편입될 수 있으니까 죽 쒀서 개 주는 꼴이 될 수 있다는 겁니다."

인숙의 말에 이어서 강훈구가 긴장한 얼굴로 말했다.

"일대일로 회원을 늘려 나가고 있으니까 비밀이 새어 나갈 확률은 희박해유."

"조립 반장도 인간인데, 고향 친구를 배신하고 싶었겠슈? 돈 때문에 배신한 거쥬. 일대일로 포섭한다고 해도, 사람 맘은 아무도 모르는 거유. 그랑께 우리는 노동조합이 없어서 이렇게 손해를 보고 있는데, 사장은 노동조합이 없어서 막대한 이익을 보고 있다. 우리 통장으로 들어와야 할 돈을 사장이 합법적으로 가로채고 있다는 식으로 홍보를 해야 한다는 거쥬. 제 말 무슨 뜻인지 알겠쥬?"

"그러니까, 노동조합에 가입하는 것은 두 번째 문제고, 우리가 억울하게 착취당하고 있다는 점을 집중적으로 말하라는 뜻이잖유."

인숙이 하는 말을 심각하게 듣고 있던 김순자가 반문했다.

"그렇쥬. 가입을 권유하는 사람의 말을 듣고, 우리도 노동조합이 있어야 되겠다는 생각을 하게끔 분위기를 조성하라는 말씀 아녀유?"

"맞아유. 그래야 비밀을 누설하는 사람이 안 생겨유. 그러지 않고, 단순히 조합원 수를 늘리는 데만 신경 쓰다 보면, 친구 따라 강남 간다는 식의 가입자가 생긴다는 거쥬. 그런 사람은 쉽게 비밀을 털어놓을 수 있다는 말잉께, 명심해야 할 거유."

인숙은 벽에 걸려 있는 시계를 봤다. 어느 틈에 열두 시가 넘었다. 통금이 풀릴 때까지 회의를 해야 한다는 결론이다.

"가수원 쪽에 유림산업이라는 주물공장이 있습니다. 거기는 비밀이 새어 나가서, 사장이 노조 간부들을 모두 경찰에 업무방해죄로 신고했습니다. 결국 재판에서 업무방해죄가 아니라고 판결을 받기는 했지만, 노조 간부들이 재판을 받는 동안 어용 노조가 먼저 설립 신고를 해 버렸습니다. 결국 노조 간부들은 모두 쫓겨나고, 노동력 착취가 더 심해진 케이스입니다. 거기는 노조 간부를 하고 싶은 사람이, 간부가 되지 못하니까 인사과장을 만나서 모두 불어 버렸습니다. 설립 신고서가 접수되고 등록되기까지 단 한 순간도 긴장을 늦춰서는 안 된다는 거죠."

"알겠습니다. 선생님 말씀 명심하고 완벽하게 진행시키도록 할게유."

윤한수가 강훈구의 손을 잡고 힘을 주면서 긴장한 표정으로 말했다.

"그런데, 선생님들은 왜 이렇게 위험한 일을 하세유? 저희들이야 생존에 관한 문제니까 밤잠을 안 자가면서도 노동조합을 맨들어야 하지만, 선생님들은 대학까지 나오셔서 좋은 데 취직할 수 있잖아유."

인숙은 야참으로 먹을 고구마를 찌기 위해 일어났다. 낮에 손질해 두었던 고구마를 담은 양은솥을 석유곤로 위에 얹었다. 사무국장 배정자가 인숙을 바라보고 있다가 강훈구에게 시선을 돌렸다.

"우리도 배우지 못했다면 여러분들과 똑같은 고민을 하고 있을 겁니다. 여러분들보다 조금 더 배웠기 때문에 이런 일을 하고 있습니다."

"참말로 존경스럽구먼유. 딴 사람들은 배웠다는 걸 갖고 유세나 부리고 앉아 있는데……."

김순자가 그윽한 시선으로 강훈구를 바라보며 혼잣말로 중얼거렸다.

"근데, 두 분이 서로 사랑하는 사이처럼 느껴지는데……."

인숙이 물 묻은 손을 타월로 닦으며 의자에 앉았다. 배정자가 인숙과 강훈구를 번갈아 보며 웃는 얼굴로 말했다.

"강 선배가 저를 좋아하고 있는 것은 분명한 사실유."

"그럼, 박 선생님은 강 선생님을 안 좋아하신다는……."

"그럴 수도 있고, 안 그럴 수도 있고……. 고구마는 우리 집에서 농사를 진 거유. 먹어 보시믄 아시겠지만 엄청 맛있을 거유. 아마 밤보다 더 맛있을 거유."

인숙은 강훈구가 서운하다는 표정으로 자신을 바라보는 것을 느끼며 은근슬쩍 능청을 떨었다.

학산에서 양산으로 가는 그릿고개 같은가 하면, 영동 가는 길에 있는 갈치고개 같기도 한 고개다. 길옆에는 빨갛고 파랗고 노란 코스모스들이 흐드러지게 피어 있었다. 어찌 보면 코스모스가 아니고 빨간 접시꽃 같기도 했다.

시상에, 코스모스는 가을에 피는 꽃이잖여. 그려, 코스모스가 아니고 접시꽃잉께 여름에 피는 거지. 아녀, 저기 참말로 접시꽃인가?

민초예는 먼지 한 점, 티끌만 한 얼룩도 묻어 있지 않은 하얀색 옥양목으로 된 치마와 저고리를 입고 있었다. 맨발인데도 발바닥에 닿는 모래며 자갈들이 뜨겁지가 않았다. 살금살금 걸어서 길가에 흐드러지게 피어 있는 꽃을 만져 보았다. 코스모스도 아니고 접시꽃도 아닌 것이 향기가 나지 않았다.

이게 꽃이여?

민초예는 향기가 나지 않는 꽃은 모란밖에 없는 걸로 알고 있었다. 그런데 모란도 아닌 꽃이 아름답기는 양귀비꽃 못지 않는데 향기가 없었다. 그 꽃이 마치 자신의 신세인 것만 같아서 눈물이 났다. 얼굴이 뜨겁도록 눈물이 줄줄 흘렀으나 마음은 아프지가 않았다. 오히려 웃음이 나왔다. 우습지도 않은데 웃음이 나왔다.

"가자!"

어디선가 굵직한 남자 목소리가 들려서 고개를 돌렸다. 문기출이 군인처럼 군복에 군화를 신고 총을 들고 차갑게 웃고 있었다.

"어딜 가유?"

"어딜 가긴, 흑산도로 가야지."

"거긴 안 가기로 했잖유."

"그때는 안 가기로 했지만 시방은 가야 하능 겨. 안 가믄 내 총에 죽는 수가 있응께 어여 가자."

"갈 때는 가드래도 승철이를 보고 가야 하잖유. 잠깐 기달려유."

"여긴 신작로여. 신작로에 승철이가 워딨어."

"여기서 승철이를 만나기로 했단 말유. 우리 기문이하고 같이 오기로 했슈."

"기문이? 승철이는 알겠는데 기문이는 뉘여?"

"내 아들유, 내가 열 달 몸 아파서 내 몸으로 난 아들이란 말유. 당신은 모를 겨. 암, 모르고말고 남정네가 워티게 여자가 아를 낳는 고통을 안댜. 기문이는 내 젖을 멕여서 키웠구먼. 내가 밥을 씹어서 미음을 맨들어 멕여 키웠단 말여. 오줌 싸고 똥 싸믄 기저귀 갈아 줌서 내 손, 이 손으로 내가 키웠단 말일쎄. 왜 그런 기문이를 못 만나게 하능 겨. 난 죽어도 기문이를 만나 봐야 햐. 만나서 잘못을 빌고 싶구먼. 기문아, 어머가 잘못했어. 어머가 내 입 하나 건사할라고 핏덩이 같은 너를 고아원에 보냈구먼. 어머는 인두겁을 뒤집어쓴 짐승 같은 년이여. 하지만 워턱하냐? 미워도 어머고, 이뻐도 어머고, 웬수가 져도 어머 아니냐……."

"이 썅! 먼 사설이 그렇게 길어, 빨리 앞장서, 내 승질 돋우지 말고!"

문기출이 갑자기 하늘에 대고 총을 갈겨대기 시작했다. 총소리가 탕탕탕 들려오지 않고 이상하게 교회 종소리처럼 들려왔다. 문기출이 총을 든 손을 늘어트리고 킬킬거리며 웃기 시작했다. 웃음소리가 점점 멀어지면서 교회 종소리가 더 크게 들려왔다.

즌화가 왔는가?

민초예는 전화벨이 요란하게 울리는 소리에 눈을 떴다. 창문 밖은 아직 캄캄하다. 하지만 방 안의 윤곽이 어렴풋하게 보이는 것을 보니 얼추 새벽이 가까워졌다는 것을 느낄 수 있었다.

이 새벽에 워디서 즌화가 온댜……

새벽에 올 전화가 있다면 이필수가 서대전역에 도착했다는 연락일 것이다. 하지만 요즘 이필수는 발을 끊은 지 삼 개월이 넘는다. 가끔 안부가 궁금하기도 하지만 연락할 때가 없어서 마냥 기다리고 있을 수밖에 없는 상황이다.

"대전 보살님이유?"

"정 보살님 아녀유?"

전화를 건 사람은 뜻밖에도 원통사의 정 보살이다. 민초예는 알 수 없는 불안감이 창문 밖을 깜깜하게 만드는 것을 느끼며 자세를 바로잡고 앉았다.

"새벽에 전화해서 곤히 잠든 사람을 깨운 것은 아닌가 모르겠구먼유."

"혼자 사는 사람이 새벽에 일어나면 어뚷고, 밤을 꼴딱 새우면 워떻데유. 스님은 안녕하시쥬?"

민초예는 정 보살이 꼭두새벽에 전화를 할 때는 그만한 이유가 있을 것이라고 생각했다. 갑자기 목이 말랐다. 물을 마시려면 거실에 나가야 한다. 스님이 어디가 아프신가, 하는 생각에 목이 말라도 참고 일부러 너스레를 떨었다.

"스님이야 너무 건강해서 탈이쥬. 딴것이 아니고 황지 보살님이 가셨구먼유. 가족들을 알 수 있으면 그쪽으로 연락을 할 터인데, 알고 있는 것처럼 가족에 대해서는 함구했었으니까……"

"관세음보살, 관세음보살 나무아미타불……. 가신 분이야 때가 되셔서 가셨겠지만, 정 보살님이 상심이 크시겠구먼유. 날이 새는 대로 올라갈

게유."

민초예는 언젠가 이런 전화를 받게 될 날이 오리라는 것을 짐작하고 있었다. 전화를 받게 되면 얼굴을 모르는 생모의 죽음을 통보받았을 때처럼 가슴이 찢어지도록 슬프게 흐느낄 줄 알았다. 하지만 이상하게도 눈물이 나지 않았다. 텔레비전으로 누가 죽었다는 뉴스를 봤을 때처럼 감정의 동요가 일어나지 않았다. 조용히 수화기를 내려놓으니까 참고 있었던 갈증이 밀려왔다. 천천히 일어나서 거실로 나갔다.

대관절 머가 다르다는 건지…….

거실에는 어제 잠을 자러 들어가기 전 그대로이다. 거실 중앙에 있는 앉은뱅이 다탁 위에는 작은 양은 주전자와 물컵이 있었다. 그 옆에는 박하사탕이 들어 있는 손바닥만 한 소쿠리, 텔레비전 진열대 밑에 있는 두루마리 휴지, 세금고지서라든지 전기료 납부서, 수도 요금 통지서 등이 들어 있는 파란색 박카스 상자, 그 옆에 있는 신신파스와 옥도정기, 귀이개며 손톱깎이가 들어 있는 반짇고리, 구석에 있는 걸레, 현관 앞에 있는 파란색 슬리퍼와, 흰색 고무신, 가죽 구두, 심지어 지난 11월 달력을 넘기다가 스프링 부분에 귀퉁이가 찢겨 나간, 벽걸이 달력. 어제와 다르게 변한 것이 단 한 가지도 없었다. 그런데도 마음 한구석에서 마른 갈대가 바스락거리는 소리가 들리는 것 같았다.

그려, 산다는 것이 다 그런 거이지, 머.

민초예는 양은 주전자에 있는 물을 천천히 따랐다. 물을 마시기 전에는 목이 탈 것처럼 갈증이 밀려왔으나 막상 물을 보니까 갈증이 감쪽같이 사라졌다. 물을 한 모금 마시고 나서 컵에 있는 물을 물끄러미 바라본다. 가만히 보니까 컵 안에 실오라기 같은 것이 가라앉아 있다. 옷에서 떨어졌는지 원래 컵에 붙어 있었는데 덜 씻겼는지, 그도 아니면 나비처럼 어디서 날아와 가라앉았는지도 모를 일이다. 하지만 아무래도 상관없었다. 물은 이미 마셨고, 실오라기인지, 티끌인지도 모르는 그 침전물 때문에 먹은 물을 토해 낼 생각도 없었다. 그저 물을 마셨고, 얼마간의 물이 컵에 남았을 뿐이라고 생각하니까 쓸쓸한 웃음이 나왔다.

쫌 있으믄 날이 새겄구먼…….

민초예는 창문 유리를 바라봤다. 캄캄한 어둠이 묻어 있던 창유리가 청색으로 변해있다. 조금 있으면 청색이 가라앉고 뿌연 안개가 창유리를 더듬고 있을 것이다. 그때쯤이면 부지런한 두부 장수가 딸랑딸랑 종을 치며 두부를 팔고, 신문 배달을 하는 소년이 골목을 뛰어가는 소리가 들려올 것이다. 살아 있다는 증거다. 살아 있으니까 두부 장수가 흔드는 종소리를 들을 수 있고, 신문팔이 소년이 골목을 뛰어가며 흘려 내는 땀냄새 베인 발걸음 소리를 듣게 될 것이다.

황지 보살은…….

황지 보살은 오늘 새벽 일도 스님이 새벽 예불을 하며 두들기는 목탁 소리를 듣지 못했을 것이다. 정 보살이 아침 공양을 짓기 위해 찬바람 속을 다니며 쿨럭이는 기침 소리도, 요사 뒷문에서 들려오는 굴참나무며, 오리나무나 소나무들이 서걱거리며 새벽을 여는 소리도 듣지 못했을 것이다. 아니 들으려도 들을 수가 없을 것이라는 생각이 들면서 눈시울이 뜨거워졌다. 그러나 눈물은 나지 않았다.

민초예는 희뿌연 젖빛 안개가 도심을 휘돌 즈음에 두꺼운 겨울 스웨터에 목도리를 하고 밖으로 나갔다. 문을 잠그고 문고리에 손목에 끼고 다니는 염주를 걸어 두었다. 아홉 시쯤에 출근하는 순길이 엄마가 보면 민초예가 새벽같이 절에 갔다는 것을 알게 될 것이다.

　새벽 버스에는 손님들이 없었다. 썰렁한 기운이 감도는 버스 안에서 창문 밖을 무심히 바라봤다. 그러고 보니 새벽 버스를 타 본 적은 처음이다. 새벽 버스를 타야 할 만큼 바쁠 일도 없었고, 새벽에 달려가야 할 만큼 급한 일이 생긴 적도 없었다. 라디오에서 뉴스가 흘러나오고 있었다.

　'이리역 폭발사건 합동조사반 서정각 대검특수부장은 십오 일 수사 결과를 공식 발표했습니다. 이번 사고는 한국화약호송원의 신 모 씨의 실화에 인한 것으로 밝혀졌으며, 북한에 의한 대남테러공작일 가능성은 찾지 못했다고 밝혔습니다. 신 모 씨는 사고 당일 오후 다섯 시가 조금 넘어 역 앞 음식점에서 저녁을 먹고 소주 두 홉들이 한 병을 마시고 화차에 돌아왔다고 합니다. 다이너마이트 상자 위에 촛불을 켰는데, 이 초는 사고 당일인 십 일 오후 일곱 시에 논산에서 이십 원을 주고 산 것이며, 논산 이리역의 열차 안에서 삼 센티 정도 사용하고 십이 센티가 남았다고 합니다. 오후 일곱 시쯤 잠이 들었는데 자다보니 얼굴이 화끈해서 일어났다고 합니다. 이미 이때는 다이너마이트 상자 네다섯 개에 불이 붙어 타고 있는 상황이었다고 합니다. 너무 당황해서 불길을 잡기 위해 덮고 자던 침낭으로 십여 차례 두들겼으나 불길은 번지기만 하고 침낭도 인화되어 얼굴에 화상을 입었으며, 이미 때가 늦었다는 생각에 불이야, 라고 소리를 지르며 차에서 내려 도망갔다고 합니다.

　신 모 씨가 화차에서 탈출한 순간을 처음으로 목격한 사람은 삼 호 입환선의 열차를 뺀 뒤 사고 화차에서 오십오 미터 떨어진 이 호선에 있던 조차수 김 모 씨라고 합니다. 김 씨는 신 모 씨의 고함 소리를 듣고 화차 밑을 기어 건너가 이십일 미터 떨어진 보선사무소의 조역 채 모 씨에게 연락했고, 채 씨는 인터폰으로 오백 미터 떨어진 북방의 간수 초소에 북쪽에 있는 입환기에 연락해 화재 난 화차를 격리시키라고 지시하고 경찰에 신고하는 순간 폭발음이 들렸다고 합니다.

한편 지난 십일월 십 일 인천에서 광주로 가던 한국화약의 화물열차인 제1605호 열차는 당시 정식 책임자도 없이 다이너마이트와 전기 뇌관등 40톤의 고성능 폭발물을 싣고 이리역에서 출발 대기 중 폭발 사고가 났습니다. 이 사고로 이리역에는 지름 30미터, 길이 10미터의 거대한 웅덩이가 파였고, 이리 시청 앞까지 파편이 날아가는 등 주변 반경 500미터 이내의 9,500여 채에 달하는 건물이 대부분 파괴되어 9,973명의 이재민이 발생했습니다. 사망자는 59명, 부상자는 1,343명에 달하고 철도관계 종사자 16명이 순직했습니다. 이상 케이비에스 라디오 김덕훈 기자였습니다……'

"에이, 철부지도 아니고 화약 위에 촛불을 켜 놓는다는 것이 말이나되능 겨?"

뉴스를 듣던 60대 남자 승객이 모두 들으라는 목소리로 혀를 찼다. 민초예는 인간의 목숨이란 막상 운을 다하게 되면 하루살이 못지않게 덧없다는 생각이 들어서 우울하기만 했다.

원통사로 가는 월암리에서 내렸을 때는 눈발이 휘날리고 있었다. 올들어 처음 내리는 첫눈이다. 원통사로 올라가는 길에는 찹쌀가루를 드문드문 뿌려 놓은 것처럼 눈이 깔리고 있었다. 바람이 불면 나뭇가지에 앉았던 눈이 바람에 실려서 히잉! 당나귀 울음소리를 내며 얼굴을 아프게 때렸다. 중간쯤 올라가니까 손은 시렵지만 목도리가 더울 정도로 몸에서 땀이 났다.

원통사 마당에는 한 주검이 요사에 누워 있다고 상상할 수 없을 만큼 평화롭게 눈이 내리고 있었다.

민초예는 요사로 들어가기 전에는 대웅전 앞으로 갔다. 대웅전이라는 글씨를 바라보며 허리를 깊숙이 숙여 삼배를 하고 나서 천천히 몸을 돌렸다. 요사 앞에는 여자의 것으로 보이는 흰 고무신 두 켤레와 검은 고무신 두 켤레, 여름에 신는 여자용 파란색 슬리퍼 두 켤레가 있었다. 한 켤레는 산 자의 것이고, 다른 하나는 망자의 것이리라.

"오셨구먼."

민초예가 요사 앞에서 빨갛게 언 주먹을 말아 쥐고 잔기침을 했다. 기다렸다는 것처럼 요사 방문이 열리고 정 보살이 모습을 드러냈다.

"빨리 서둘러 온다는 것이……."

민초예는 정 보살에게 합장을 해 보이고 나서 눈빛으로 스님은 어디 계시냐고 물었다.

"스님 방에 계셔유. 산 사람한테 먼저 인사를 드리는 것이 옳겠쥬. 간 사람이야 움직이지 않을 테니까……."

"보살님은 이럴 때도 농담이 나오시니 좋겠슈."

민초예는 일도 방 앞으로 가서 가볍게 잔기침을 하고 작은 목소리로 "스님, 저 왔슈."라고 불렀다.

"들어오시게."

"저, 들어가유."

민초예는 고무신을 벗고 일도의 방문을 열었다. 방 안에서 뜨거운 기운이 얼굴을 확 덮는다. 일도에게 가볍게 합장을 해 보이고 나서 윗목에 앉았다. 일도는 차를 마시려고 준비하고 있던 중이었다.

"정 보살 하는 말이 돌아가신 줄도 몰랐다능 겨. 새벽에 내가 예불드리러 가는 시간에 잠이 깨서 봉께 암만해도 느낌이 이상했다고 하더구면. 그래서 불을 키고 봉께, 잠을 자는 것처럼 편안하게 눈을 감고 계시드랴. 그래도 이상해서 코에 귀를 대봉께 암 소리도 안 나는 걸 보시고 내가 새벽 예불이 끝나기를 기다렸다가 말씀하시더군. 황지 보살님이 돌아가신 것 같더라고 말여."

일도 스님은 가을에 따서 정 보살이 가마솥에 덖어서 만든 국화차를 타서 민초예에게 먼저 내밀었다.

"불쌍한 양반⋯⋯. 세상에서 젤 불쌍한 양반이 객지에서 돌아가신 분이란 생각이 드느만유."

"제 부모를 객지에 버린 자식들여. 그 자식들 앞에서 눈을 감는 것보담, 대전 보살님 보살핌을 받으면서 먼 길을 가신 것이 훨씬 행복한 일이지. 짐승도 자기가 죽을 때를 아는 법일세. 하물며 만물의 영장이라는 사람이 자기 죽을 날을 모를까. 그런데도 오죽했으면 당신이 갈 날이 얼마 안 남았다는 것을 알았을 텐데도 가족에 대해서 입을 다물고 있었을까⋯⋯. 다, 숙명이여⋯⋯. 황지 보살이 등에 지고 갈 숙명이란 말일씨⋯⋯."

일도 스님은 눈을 감고 염주를 굴리며 마음속으로 관세음보살을 읊조리고 나서 찻잔을 들었다.

"자식들이 배웅하지 않으믄 쓸쓸해서 워티게 혼자 갈 수 있겠슈. 지라도 정성껏 배웅을 해 줘야겠구먼유. 장례는 워티게 치를 작정유?"

"화장을 해서 절에서 삼 년은 모실 생각이네. 신문에 광고를 내서 유족들을 찾아볼 생각여. 장례비 걱정은 말고 나중에라도 인사나 하러 오라고 말여."

"스님, 그거 참말로 좋은 생각이네유. 광고비가 얼매나 들지 몰라도 돈 걱정은 하지 말고 오늘이라도 당장 광고를 내는 것이 좋겠슈. 자식들은 설령 안 볼지 몰라도, 일가친척들이 보게 되믄 연락을 할 거잖유. 가능한 크게 내믄 좋겠슈. 그래야 눈에 잘 띌 거잖유."

"그건 내가 알아서 할 팅게, 정 보살한테나 가 봐. 간 사람은 간 사람이지만 아침 공양도 드셔야 할 거 아니겄어."

"알겠구먼유. 하여튼 돈 걱정은 하지 말고 황지 보살님이 저승에서 서운하지 않도록 신경 좀 써 주셔유."

민초예는 뜨거운 차를 마저 마셔 버리고 일어섰다. 일도 스님에게 가볍게 합장을 해 보이고 나서 밖으로 나갔다.

"아침 안 드시고 왔쥬? 잠깐만 기달려유.·다 돼 가니께."

공양간에서 정 보살이 얼굴을 내밀고 입김을 날리며 말했다.

"아침 생각이 없슈……."

민초예는 뜨거운 차를 한 잔 마시니까 아침을 먹고 싶은 생각이 들지 않았다. 정 보살에게 합장을 해 보이고 나서 요사 안으로 들어갔다.

불쌍한 양반…….

황지 보살은 아랫목에 누워 있었다. 살아 있을 때와 다른 게 있다면 이불로 머리를 덮어 버렸다는 점이다. 민초예는 태어나서 처음으로 보는 한 삶의 주검이 조금도 두렵지 않았다. 황지 보살 머리맡으로 가서 침을 삼킨 뒤 천천히 이불을 목까지 끌어내렸다.

황지 보살은 숨을 안 쉬고 있는 것 같지 않았다. 양쪽 볼도 살짝 홍조로 물들어서 살아 있을 때보다 더 젊어 보였다. 이마의 주름살도 살아 있을 때는 말라서 햇빛을 받으면 마른 가죽처럼 번들거렸다. 그러나 어제저녁에 얼마나 잘 먹었는지 모르지만 오늘은 주름살이 통통하게 살이 찐 것처럼 보였다. 민초예는 황지 보살을 한참 동안 바라보고 있다가 슬그머니 어깨를 잡고 흔들며 속삭였다.

"보살님, 주무세유? 보살님. 저 왔슈. 대전 보살 왔슈. 눈 좀 떠 봐유……."

이 멍청한 양반아! 제우 이렇게 갈라고, 즈 어머를 흔신짝처름 내삐리는 자식들을 죽는 그 순간까지 감싸고 있었던 거여! 이 멍청한 양반아, 그까짓 자식이 머라고 그 자식을 키울 때 똥걸레 빨아감서 금이야 옥이야 키웠던 거유! 이 양반아!

민초예는 아무리 흔들어도 황지 보살이 눈을 뜨지 않는 것을 보고 그녀의 가슴에 엎드리며 울음을 터트렸다.

어무니도 천 리 타향 객지에서 이렇게 가셨을까. 자식을 얼매나 낳으셨는지 모르지만, 죽는 그 순간 내 생각을 하셨을까. 내 이름이 민초예라는 것은 알고 계실까. '민초예야, 보구 싶구먼. 우리 민초예 워티게 살고 있을까. 이 어머를 원망하며, 일 년 삼백육십오 일 눈물로 밤을 지새우지는 않을까. 겨울이 가고 봄이면 어김없이 꽃이 피는데, 우리 어머는 봄이 수십 번 와도 왜 안 오시느냐고 창꽃이 피고 개나리가 필 때마다 피울음을 울지는 않을까.'라는 생각이 나면서 울음이 입 밖으로 새어 나오기 시작했다.

"보살님, 보살님, 눈 좀 떠 봐유. 민초예가 왔는데 왜 눈을 안 뜨는 거유. 보살님……."

민초예는 한번 울음이 입 밖으로 나오자 막혔던 봇물이 터진 것처럼 눈물이 멈추지 않았다. 가슴이 터지도록 울어도, 겨울 산새들이 놀라서 후다닥 도망을 가도록 울고 또 울어도 눈물이 나왔다.

"보살님, 진정하셔. 진정햐."

공양간에 있던 정 보살이 놀라서 방으로 뛰어 들어왔다. 민초예를 껴안으며 우는 아이를 달래듯 토닥거렸다.

"보살님, 사는 것이 하룻밤 새 안녕이라고 이렇게 허무한 거인데, 늦가을에 나무에서 떨어지는 낙엽보다 더 허무한 거인데. 황지 보살님은 뭐가 그리 급해서 잘 있으라는 말도 안 하시고 가셨데유."

정 보살이 입은 스웨터는 추운 바깥에 있다 와서 그런지 차가웠다. 민초예는 차가운 정 보살의 품에 안겨 아이처럼 우는 동안에 그녀의 품 안이 언제부터인지 따뜻해지고 있다는 것을 느꼈다. 그 따뜻함은 이 세상에 태어나서 단 한 번도 느껴 보지 못한 것이었다. 아마 어머니의 품 안이 그러할 것 같다는 생각이 들었다. 참고 참았던 설움이 벅차올라서 대문 앞에서 남편이 누워 있는 상여를 보내는 여인네처럼 가슴이 터져 나가는 목소리로 아이고, 아이고, 아이고 곡소리를 토해 냈다.

제23장

1
9
7
8
년

며느리들

순영이 일회용 맥스웰커피 넉 잔을 담은 쟁반을 들고
방으로 들어가며 정명자의 눈치를 살폈다.
조만간 형님이 될 사람이 커피를 내오고 있다.
당연히 얼른 일어나서 쟁반을 받아야 하는데
정명자는 광성이 옆에 앉아서 고개만 쳐들고 있다.

음력설이 지나고 첫 토요일이다.

황인술은 아침을 먹고 열 시쯤에 경운기를 몰고 학산으로 갔다. 경운기를 중학교 앞에 세워 놓고 걸어서 이발소에 들어갔다.

"모산 구장님, 오늘 영동 나갈 일 있슈?"

방학인 데다 겨울이어서 이발소 안에는 손님이 한 명밖에 없었다. 머리를 깎고 면도까지 한 남자가 거울을 바라보며 코털을 깎고 있었다. 문 사장한테 이발소를 인수한 팽 씨가 소파에 앉아서 연탄난로 쪽으로 가랑이를 벌리고 신문을 보다가 일어섰다.

"영화배우 최은희가 일월 십사일날 납치됐다는 거 알고 있남."

"홍콩에서 납치 됐다고 하데?"

팽 씨가 중얼거리는 말에 코털을 깎는 남자가 거울을 보며 말했다.

"신문에서 봉께 북괴에서 납치했을 가능성도 있다고 하는데, 워티게 생각햐?"

최은희는 1백여 편의 연극과 3백여 편의 영화에 출연을 한 한국 최고 여배우다. 팽 씨는 면도날을 들고 벽에 걸려 있는 가죽벨트를 잡아 당겼다. 그 위에 쓱쓱 문지르면서 거울 속으로 보이는 황인술을 바라봤다.

"김일성 아들 김정일이가 그렇게 영화를 좋아 한다잖여. 하지만 신문에서 읽어 봤겠지만 제우 세 명이 납치를 했겠어? 납치를 할라믄 북괴 공작원 열 명은 동원시켜야 한다고 하잖여."

"일월 십사일날 납치가 됐는데, 왜 인제사 신문에서 떠든댜?"

황인술은 최은희가 납치되었다는 사실은 금시초문이다. 모산에 가면 김춘섭이며 윤길동에게 말을 해야겠다고 생각하며 물었다.

"한국에서는 납치 되었던 것을 모르고 있었던 거지. 일월 이십일날 한국으로 오기로 했는데 안 옹게 그때부터 거기서는 아는 사람들을 통해 찾아 댕겼나 벼."

"별일도 다 있구먼. 내가 알기루는 안양에 있는 무슨 예술학교가 최은희 거라고 하든데, 누가 재산을 노리고 납치를 했나?"

"재산을 노리고 납치를 했으면 한국에서 하지, 그 먼 홍콩에서 납치를 했겠어?"

황인술이 혼잣말로 중얼거리는 말에 팽 씨가 면도날로 신문지를 잘라 보며 반문했다.

"하긴 그려. 철준이는 안 뵈이네?"

황인술이 고개를 끄덕이다 문득 생각났다는 얼굴로 물었다.

"담배 피러 나갔나 벼."

"철준이도 담배 피우나?"

"내 참, 구장님 나이 먹는 것만 생각하고 철준이 나이 먹는 거는 생각 안 하나 벼."

"하긴 요새는 머리를 박박 깎은 중학생 놈들도 담배를 피우는 세상잉 게, 철준이 담배 피우는 건 당연하겠지. 텔레비를 들여놨구면."

황인술이 라디오가 있던 자리를 차지하고 있는 소형 텔레비전을 바라 보며 말했다.

"저 아래 이발소가 새로 생겼슈. 그 집에서 턱 하니 텔레비전을 설 치하는 바람에, 우리도 별수 없이 중고 한 대 들여놨슈."

"중고는 얼매씩 해유?"

"오만 원 줬는데 방송이 케이비에스뱍에 안 나와유."

"원래 영동 지역이 난청 지역이라고 하데유. 우리 동리도 텔레비전 있 는 집이 있는데 잘 안 나온다고 하데."

황인술은 의자에 앉기 전에 거울을 바라봤다. 머리가 희끗희끗하다. 새삼스럽게 나도 나이를 먹기는 먹는 모양이구면, 이라는 생각이 들었다.

"장 깎는 대로 깎아 드릴까유?"

팽 씨가 마른 수건으로 황인술의 목을 감았다. 이발용 가운에 묻은 머 리카락을 털어 내고 목에 감으며 거울을 바라봤다.

황인술은 거울 안으로 보이는 달력을 바라봤다. 2월 달력인데도 한복 을 곱게 차려입은 영화배우가 고궁으로 보이는 정원에서 눈꽃이 피어 있는 나뭇가지를 바라보고 있는 사진이다. 광일네도 한때는 영화배우처 럼 예쁘지는 않았지만 젊은 새댁이던 시절이 있었던 것이 생각났다. 그

러나 이내 광일네 얼굴이 지워지면서 목을 꼭 끌어안고 끙끙거리는 봉
산댁의 얼굴이 생각나 자신도 모르게 물었다.

"염색하는 데는 얼매씩여?"

"염색료야 이발비하고 별도로 천 원씩 받잖유. 머 존 일 있슈? 염색을
다 하게, 내가 볼 때는 새치가 쫌 있기는 하지만 안직 염색할 머리는 아
닌데……."

팽 씨는 머리를 깎기 전에 바리캉에 묻은 머리카락을 머리솔로 털어
냈다. 칼날이 잘 움직이도록 기름도 쳤다.

"오늘 둘째 며느릿감이 오는 날이잖여. 사는 형편도 궁색한데 시아부
지라는 작자가 얼굴이라도 젊어 보여야 희망이 보일 거 아녀."

"아따, 둘째 보고 시집오는 거이지. 시아부지 보고 시집오나?"

"하나만 알고 둘은 모르는 말이구면. 요새 아가씨들은 약아빠져서 말
여. 시댁에서 뭘 도와주믄 지들도 시댁에 도움을 줘야 한다는 생각에 아
싸리 시댁 도움 안 받을라고 하잖여. 사는 것도 궁색한데 시아부지까지
늙어 뵈면, 저것들이 장차 우리한테 손이나 벌리지 않을까 하고 이리 재
보고 저리 재 보느라 정신이 없단 말여."

"하긴 구장님 말씀을 듣고 봉께 틀린 말이 아니구면유. 요새는 세상이
말세여. 말세. 요새 서울에 퇴폐 이발소가 유행이라는 말 들어 봤슈?"

팽 씨가 바리캉으로 황인술의 뒷머리를 깎다가 거울 앞으로 갔다. 기
름을 더 치고 나서 다시 머리를 깎으며 물었다.

"퇴폐 이발소라니? 이발소에서 먼 짓을 한다는 거여?"

"이발소에 커텐으로 칸막이를 해 놓고 여자 면도사가 면도를 해 준다
잖유. 옷을 야리꾸리하게 입고 말여유."

"읍내 가도 여자 면도사들이 면도를 해 주잖여. 근데 칸막이는 읎던데?"

황인술이 눈을 지그시 감고 물었다.

"이발하는 것이 무슨 비밀이라고 칸막이를 하겄슈."

"그람 칸막이를 해 놓고 면도사가 먼 짓을 한다는 거여?"

"안마를 해 준다잖유."

"요새 서울에는 머리도 안마를 해 주나?"

"그기 아니고 요기를 중점적으로 안마해 준대유. 그것도 의자를 눕혀 놓고 남자 손님 배 위에 올라가서……."

팽 씨는 철준이가 언제 들어올지 몰라서 바깥에 신경을 쓰며 손가락으로 황인술의 넓적다리를 쿡 찔렀다.

"머셔! 그람?"

"그렇다니께유."

팽 씨가 황인술이 말을 하지 않아도 뭔 생각을 하고 있다는 표정으로 말했다.

"세상이 말세긴 말세구먼. 내가 얼매나 배뽀가 쎄냐면 말여. 칠십 년도 초에 부산 무슨 공동묘지에 움막을 짓고 사는 놈이, 죽은 사람 뼈를 절구통에 빠숴서 신경통하고 관절염에 특효약이라며 팔 년 동안이나 팔아먹었다는 말을 듣고도 놀라지 않은 사람여. 근데, 헝겊때기 한 장을 걸쳐 놓고 옆에서 그 짓을 한다는 것이 말이나 되는 거여 접붙이는 개돼지도 아니고?"

황인술은 또 봉산댁의 뽀얀 살이 생각났다. 언젠가 여름에 그릿고개 위에 있는 뽕밭에서 뽕나무 가지를 깔고 누운 봉산댁의 허벅지를 하얗게 비추는 햇빛이 자신의 턱에 가려 그림자를 드리웠다. 아랫도리가 묵직해 져서 침을 꿀꺽 삼키며 물었다.

"개돼지야 새끼를 낳을 목적이나 있지, 이발소에서 여자가 남자 배 위에서 먼 목적이 있겠슈. 하나 벢에 읎지."

"원래 꾼밤하고 여자는 옆에 있으믄 먹게 되는 거여. 근데 대관절 그렇게 해 주고 얼매씩이나 받는 다는 겨?"

"왜유, 구장님도 한번 가 볼라구유? 호텔에 있는 이발소는 삼만 원씩이고, 종로나 태평로 같은 시내에 있는 이발소에서는 이만 원씩 받는대유. 요새 쌀 한 가마니에 얼매유?"

"통일벼를 심고 나서는 요새 쌀이 남아돌께, 작년 십이월부텀 십사 년 만에 쌀 막걸리도 나오잖여. 설 전에는 일반미 팔십 킬로 한 가마니에 이만 사천팔백 원씩 했는데, 설이 지났응께 쫌 내렸겄지."

"텔레비서 봉께 인도네시아에도 쌀을 십만 톤이나 빌려 준다고 하든데, 아직도 쌀값이 비싸구먼."

"팽 사장은 평생 쌀 안 사 먹는 사람처럼 말하네?"

"우리야, 돈 버는 족족 마누라한테 수금을 당하니께, 쌀값이 얼맨지, 보리쌀이 얼맨지 알 턱이 읎슈. 가끔 마누라 모르게 삥땅 친 돈으로 막걸리를 사 먹응께, 쌀 막걸리 한 되가 이백십 원이라는 것벢에 몰라유."

팽 씨는 문이 열리는 소리에 거울을 바라봤다. 담배를 피우러 나갔던 철준이 손이 시린지 쓱쓱 비비며 들어온다.

"이발하러 오셨슈?"

"사둔 총각, 요새 존 일 있나 벼. 신수가 훤하네?"

황인술이 거울 안으로 철준을 바라보며 말을 걸었다.

"요새 철준이 연애하잖유."

"에이, 사장님도 연애는 무슨 연애유. 밤에 심심항께 한 번씩 만나는 거 갖고."

철준은 팽 씨의 말에 얼굴을 붉히며 난로 앞 소파에 앉았다. <주간경향>이며 <선데이서울>, <주간여성> 등이 쌓여 있는 주간지 뭉치를 끌어당겼다. 표지의 제목만 대충 훑어보며 옆으로 던지다 선데이서울을 펼쳐 들었다.

"때가 되믄 장가를 가는 것이 부모에게 효도하는 길여. 우리 광성이 놈은 오늘 즈 색시 될 아가씨를 데리고 온다드만."

"그람. 양장점에 댕긴다든 그 정명자 씬가 하는 그 아가씨를 데리고 오남유?"

철준이 선데이서울 표지를 넘기다 말고 허리를 펴며 물었다.

"나도 모르는 아가씨 이름을 사둔총각이 워티게 안댜?"

"언지부텀 광성이 형이 정명자 씨하고 결혼할 거라고 자랑을 했었는데, 여즉 모르고 있었단 말유?"

"요새 양복점 경기가 말이 아니랴. 양복을 사 입는 사람 열 명 중에 여덟아홉 명은 기성복 집에서 사 입는댜. 그랑께 언지부텀 장가가겠다는 말은 있었는데 벌이가 시원찮응께 자세한 말은 안 하드만. 나도 물어볼 염치도 읎고 해서 지가 입 뗄 때까지 기다리고만 있었구먼. 헌데 올헤는 어하튼 유월 안에는 무슨 수가 나도 장가를 가야겠다는 거여."

"에이, 속도위반했구먼. 속도위반 안 했으믄 그런 말이 안 나오지."

팽 씨가 바리캉을 거울 앞 카운터 위에 올려놓았다. 솔을 들고 와서 머리카락을 털며 싱긋이 웃었다.

"나나, 즈 어머도 같은 생각을 하고 있구면. 하지만 직접 물어보지는 않았구면. 딴 일도 아니고, 아를 낳는 일은 지가 말 안 해도 열 달이면 세상이 다 알게 되어 있잖여."

"그라지 않아도 광성이 형이 지난 슬에 만났을 때 그러데유. 요새 경기가 안 좋아서 정명자 씨가 이왕 늦은 거 전세라도 얻을 돈 벌면 그 때 결혼하자고 했대유. 그런데 광성이 형이 가만히 봉께, 차일피일 미루다가는 영 놓치고 말 것 같은 생각이 들더래유. 그래서 영화 구경시켜 준다고 해 놓고 극장 마지막 표를 끊었대유. 극장에서 나옹께 열시 반인가 그런데…… 아뉴. 암것도 아뉴. 지가 시방 무슨 말을 하고 있는지 모르겠네유."

철준은 신이 나서 실실 웃는 얼굴로 말하다가 거울 안으로 보이는 황인술의 표정이 점점 굳어지는 모습을 뒤늦게 바라봤다. 그는 친구들 사이나 또래끼리 해야 하는 말을 어른, 그것도 어렵디어려운 사돈어른에게 자랑삼아 늘어놓고 있다는 걸 깨닫고 얼굴을 붉히며 고개를 숙였다.

"참, 여자 꼬시는 방법은 우리 클 때나 요즘 젊은 애들 때나 변한 것이 하나도 읎구면. 우리도 여자 꼬실라믄 통행금지가 있는 대전 같은 데 데리고 나가서 영화를 봤거든."

"염색은 안 할 셈여?"

황인술이 팽 씨가 면도까지 끝내고 수건으로 어깨며 등의 머리카락을 탁탁 털어주는 모습을 바라보며 신경질적으로 물었다.

"염색을 츰 해 보시니까 모르셨구면. 하얀색 까운은 염색약이 튀잖유, 그래서 까만색 까운을 써야 해유."

팽 씨는 카운터 밑의 선반에서 까만색 가운을 꺼내 탈탈 털어서 황인술의 목에 맸다. 양귀비 염색약 병을 꺼내 카운터 위에 올려놓았다. 염색할 때 사용하는 그릇에 덜어서 밥 먹을 때 사용하는 수저로 착착 이기기 시작했다.

"어! 춥다"

황인술은 이발소에서 나오니까 머리까지 깎은 뒤라서 몸서리가 쳐지도록 추웠다. 이럴 때는 따끈하게 데운 대포 한 잔에 얼큰한 콩나물국 한 그릇을 먹으면 속이 뜨뜻하다. 하지만 지금쯤 광성이와 아가씨가 버스 정류장에서 기다리고 있을 것이라는 생각에 서둘러 삼거리로 향했다.

"아부지가 어떻게 오셨슈?"

황인술은 차부상회 대합실로 들어가자마자 난롯가에 서 있는 광성이를 발견했다. 무릎을 덮는 모직 코트를 입고 있는 여자가 광성의 여자라는 생각이 들어서 얼른 말이 나오지 않아 주춤거렸다. 그 사이에 광성이 놀란 얼굴로 물었다.

"너야말로 여기서 뭐 하는 거여?"

"양산 가는 뻐스 기다리고 있쥬. 참, 인사드려. 우리 아부지여. 아부지, 지가 말씀드린 아가씨유. 정명자라고……."

"아이구. 참말로 이쁘구먼. 그라고 광성아 나 좀 보자."

황인술이 보기에 정명자는 깨끗한 양장점에서 근무하는 아가씨라 그런지 얼굴도 뽀얗고, 옷을 입은 매무새도 도시 여자들처럼 멋지다. 집에서 출발할 때만 해도 머리를 깎고 경운기에 태워서 탈탈거리며 집으로 데리고 가려 했다. 하지만 그렇게 대접하기에는 아가씨가 너무 예쁘다는 생각에 광일의 손을 잡고 구석으로 갔다.

"양산 가는 뻐스를 타고 가도 다리거리에서 걸어가야 할 거잖여. 그라지 말고 택시를 맞춰서 가라. 초행길에 감기라도 걸리믄 너를 얼매나 원망했겄냐?"

"에이, 대전에서부텀 말했슈. 우리 집에 갈라믄 영동에서 양산 가는 뻐스를 바로 타믄 다릿거리에서 내려야 하지만, 무주 가는 버스를 타게 되믄 학산 삼거리에서 내렸다가 양산 가는 완행뻐스를 타고 가다가 다릿거리에서 내려 다시 한참 걸어 들어가야 한다고 말여유."

"너, 모산까지 갈 택시비가 읎냐?"

황인술이 정명자를 등으로 가리고 서서 한심한 표정을 짓고 있다가 은근하게 물었다.

"그, 그건 아니지만……."

"알았다. 그람 일단 아가씨 데리고 나와라. 내가 택시 잡아 줄 모양이니까."

황인술은 광성이가 요즘 벌이가 시원치 않다고 하더니 택시비도 없을지 모른다는 생각이 들었다. 광일이 손을 놓고 대합실 밖으로 나갔다. 마침, 술에 취했을 때 한 번씩 이용하는 김 기사가 대기하고 있었다.

"우리 아들 모산까지 태워 줘. 차비는 내가 담에 나와서 줄 모양잉께."

"알았슈. 아드님이 워디 있슈?"

"저기 나오느만."

황인술은 정명자와 함께 대합실 밖으로 나오는 광성을 손짓으로 불렀다.

"아부지는유?"

광성이가 빠르게 걸어와서 택시 탈 생각은 하지 않고 서 있는 황인술을 바라봤다.

"나는, 볼일이 있어서 한 시간 후에 갈 모양잉께 어여 타."

"날도 추운데 웬만하믄 다음에 볼일 보고 시방은 택시 타고 들어가시
쥬."

"아녀, 난중으로 미룰 약속이 아녀."

황인술은 뒤로 물러서서 정명자의 등을 밀며 어서 타라는 얼굴로 말
했다.

"아버님, 이이 말대로 같이 택시 타고 들어가세유."

케이크 상자를 든 정명자가 황인술 뒤로 물러서서 얌전하게 말했다.

"아부지, 엔간하면 담에 나와서 볼일 보셔유. 오늘 명자 씨도 있는데
아부지가 집에 안 계시면 안 되잖유."

광성이 먼저 차에 타려다 정명자의 말을 듣고 뒤돌아서서 조수석 문
을 열었다.

"어허! 오늘 꼭 봐야 할 일인데……."

황인술은 정명자가 아버님이라고 부르는 말에 더 이상 거부할 수가
없었다. 경운기는 내일이라도 걸어 나와서 끌고 가는 수밖에 없다고 생
각하며 차에 올라탔다.

택시는 양산 쪽으로 방향을 틀어서 천천히 앞으로 나가다 본격적으로
속력을 올렸다. 황인술은 중학교 앞에 세워 놓은 경운기를 바라봤다. 경
운기 구입한 후로는 모산에서 걸어 나온 일이 드물다. 내일 찬바람을 맞
으며 경운기를 찾으러 십 리 길을 걸어올 것을 생각하니까 벌써부터 추
웠다.

황인술의 집에는 구정을 쇠고 산 넘어 모리에 있는 친정에서 머물다
가 온 광일의 아내 순영이 와서 점심 준비를 하고 있었다.

"도련님, 어서 와유."

"형수님 고생 많으시네. 인사해유, 앞으로 동서가 될 정명자. 이짝은……."

광성이 순영에게 반갑게 정명자를 인사시키려고 하자 황인술이 옆구리를 쿡 찔렀다.

"왜유?"

"넌, 온 식구를 죄다 길바닥에서 인사시킬 생각이냐? 아까 차부상회에서는 나한테 인사시키드니, 시방은 마당에서 느 형수를 인사시킬 셈여?"

"그, 그게 아니고……."

광성이 황인술의 꾸중에 뭐라고 말하지 못할 때 광일네가 고무신을 꿰신는 둥 마는 둥 달려 나왔다.

"아따, 암 데서나 시키고 방에서 정식으로 인사하믄 되지. 별걸 가지고 다 따지고 있네. 새애기 될 사람 앞에서. 춥지? 얼릉 들어가자."

광일네는 황인술을 빠르게 흘겨보고 나서 정명자가 들고 있는 케이크 상자를 받으며 살갑게 말했다.

좌우지간 저놈의 여편네 푼수 떠는 것은 모산이 아니라, 학산면 전체에서도 둘째가라믄 서운할 겨.

황인술은 처음 방문하는 정명자 앞에서 큰 소리를 낼 수는 없었다. 정명자를 감싸 안듯이 껴안고 총총걸음으로 방을 향해 걸어가는 광일네를 눈이 아프도록 노려볼 수밖에 없었다.

"장수야, 느 작은엄마 될 사람이다. 얼릉 인사햐."

"아, 안녕하세유……."

광일네가 호들갑을 떨며 하는 말에 아홉 살배기 장수가 얼른 일어나서 고개를 까닥 숙여 보였다. 아랫목에 앉아 있던 장수 여동생 미나는 낯선 눈빛으로 정명자를 바라보며 장수 곁으로 가서 손을 잡았다.

"아, 예, 예······."

정명자는 광일네의 갑작스러운 말에 당황한 얼굴로 더듬거리며 방으로 들어갔다.

어디로 마실을 보내든지 해야지, 먼 실수를 할지 모르겠구먼. 하지만, 장차 시어미 될 사람인데 마실을 보낼 수도 없는 일이잖여······.

황인술은 담배나 한 대 피우고 가야겠다는 생각으로 담뱃불을 붙이며 광일네를 바라봤다. 갈수록 태산이라고 하더니 딱 그 말대로 푼수를 떨고 있는 광일네를 노려보던 시선을 거두고 담배 연기를 날렸다.

"오느라 수고 많았구먼······."

담배를 피우고 방으로 들어간 황인술은 뭐라고 할 말이 얼른 생각나지 않았다. 이럴 줄 알았으면 마당에서 담배를 피울 때 장차 둘째 며느리가 될 정명자에게 할 말이나 생각해 둘걸, 하고 후회하며 아랫목에 앉았다.

"점심을 할라면 한 삼십 분 기달려야 해유. 오시느라 추웠을 것인데, 그동안 커피나 드셔유."

순영이 일회용 맥스웰커피 넉 잔을 담은 쟁반을 들고 방으로 들어가며 정명자의 눈치를 살폈다. 조만간 형님이 될 사람이 커피를 내오고 있다. 당연히 얼른 일어나서 쟁반을 받아야 하는데 정명자는 광성이 옆에 앉아서 고개만 쳐들고 있다.

"머 하는 거여. 장차 느 형님 될 사람이 커피를 들고 오믄 얼른 일어나서 받아야지······."

순영의 얼굴빛이 굳어지는 것을 눈치챈 광일네가 정명자의 무릎을 툭 쳤다.

"아! 예, 예……."

정명자가 당황한 얼굴로 엉거주춤 일어나서 쟁반을 받았다.

"손님인데, 오늘은 그냥 대접을 받지……."

황인술은 말과 다르게 썩은 새끼도 쓸데가 있다는 말처럼 광일네도 시어머니 노릇을 할 때가 있구먼, 이라는 생각에 웃었다.

"아녀유. 오늘은 손님잉께 앉아서 받아유."

순영은 정명자가 당황하든 말든 황인술 앞에 쟁반을 내려놓고 뒤로 물러섰다.

"그려, 오늘은 손님잉께 그냥 앉아서 받아도 되겠다. 어여 마셔 봐. 우리 큰며느리가 도시에서 직장 생활을 해서 그런지 커피 타는 솜씨가 보통은 넘구먼."

황인술이 체면을 차리느라 커피 잔을 들기도 전이었다. 광일네가 커피 잔을 냉큼 들어서 정명자에게 권했다.

"그래, 우리 광성이 말을 들어 봉께, 시방 여동생하고 대전에서 자취하고 있다고?"

황인술은 광일네에게 커피 쟁반을 내동댕이치고 싶었지만 애써 화를 눌러 참으며 점잖게 물었다.

"동생은 고등학교 댕기고 있슈."

"그람, 언니가 시집을 가믄 워턱한댜? 하긴 여자닝께 하루 세 끼 끓여 먹는 것은 지장 읎겄구먼……."

광성이가 보충 설명하는 말에 광일네가 혼자 묻고 혼자 대답했다.

"고향이 금산 쪽이라고 했나? 부모님은 장사를 하시고?"

"네, 인삼이랑 약초 장사를 하고 계셔유."

황인술이 묻는 말에 정명자가 커피 잔을 만지작거리며 대답했다.

"인삼이랑 약초 장사를 하믄 사는 건 지장 읎겠구먼. 내가 아는 학산 사람도 인삼 장사를 해서 돈 많이 벌어서 영동에 집도 사고 했다든데. 학산은 금산하고 가까워서 시방도 인삼전이 영동, 학산, 무주 중에서 젤 크거든!"

"큼! 어여 커피 마셔. 커피가 참 맛나네."

황인술은 광일네의 말이 어디로 튈지 몰라서 잔기침을 하며 시선을 끌었다. 광일네와 시선이 마주치는 순간 이를 악물어 보이며 입조심하라는 표정을 지어 보였다.

"츰에는 많이 힘들었대유. 하지만 시방은 먹고살 만큼 장사가 잘된대유."

"그람, 집에서는 언지 결혼식을 올려도 준비하는 데 큰 문제는 읎겠구먼."

황인술이 듣던 중 반가운 말이라는 얼굴로 말했다.

"양력으로 유월 안에는 어떤 일이 있어도 결혼식을 올려야 한다고 즌화했었잖여. 아라도 밴 겨?"

광일네가 황인술이 인상을 쓰던 말던 정명자에게 은근한 목소리로 물었다.

"어머두 참! 구월이믄 손자를 본대유. 배불러서 결혼식을 올릴 수는 읎잖유."

"워녕 그려, 느 아부지도 똑같은 말을 하드니 그런 일이 있었구먼. 그람 이달이라도 당장 날을 잡아서 느 친정으로 사주단자를 보내야겠구먼. 장수 할아부지, 날짜는 언지 잡으믄 좋겄슈? 아니 그런 거는 순배 영감 님이 잘 잡아 중께, 난중에 순배 영감님한테 물어보믄 되겄구먼……."

황인술은 점심상이 들어오기 전에는 광일네의 말이 끝나지 않을 것 같았다. 못마땅하다는 내색도 할 수 없어서 잔기침으로 말을 끊어 버리고 물었다.

"큼! 결혼식이야 언제 올리든 느덜 급한 대로 치르면 좋지만, 장차 워티게 먹고살 생각여? 요새 양복점이며 양장점 경기가 영 안 좋다고 하든데, 뭔 딴 방도라도 있능 겨? 안 그람 형편이 필 때까지 계속 밀고 나갈 생각여?"

"명자 씨 집에서 옷 가게를 하나 내준다고 하데유. 요새 기성복이 잘 빠지기는 하지만 싸이즈가 일률적이라 고쳐 입는 사람들이 많잖유. 옷 고치는 기술이야 둘 다 있응께 수선 집하고 같이 하믄 그럭저럭 먹고살 수 있을 거 가튜."

"아이고머니나, 대전 같은 데서 영 변두리가 아니면 가게 전세가 보통은 넘을 건데, 그걸 느 처갓집에서 해 준다고 했단 말여?"

광일네는 가게를 내줘서 먹고살게 해 준다는 말은 반가웠지만, 이러다 둘째 자식을 사돈댁에 뺏기는 것은 아닌가 하는 생각에 황인술의 눈치를 살피며 물었다.

"허어, 이런 일이 일어날 수가 있나? 죽 쒀서 개를 줘도 분수가 있지. 그람 국민핵교 졸업하고 군대까지 갔다 와서 시방까지 배운 양복 기술은 죄다 헛거란 말여?"

황인술은 정명자의 집에서 도와준다는데 반대하고 싶지는 않았다. 오히려 손뼉을 치며 반기고 싶었다. 하지만 시아버지가 시어머니처럼 촐싹거리면 무게 없이 보일 것이라는 생각에 짐짓 한탄하며 무릎을 쳤다.

"추세가 그런 거유. 양복점에서 한 벌 맞춰 입을 돈이믄 기성 양복점에서 세 벌을 사 입을 수 있는데, 그렇다고 양복 기지 질이 나쁜 것도 아뉴. 외려 더 고급유. 손님들이 읎다 봉께 수공비는 더 올라갈 수벆에 읎슈. 옛날에 세 벌, 네 벌 뽑는 시간에 한 벌 뽑응께 여간 정성을 드리는 것이 아니잖유."

"허! 손님이 읎으면 외려 싸게 맞춰 줘야 하는데, 니 말을 들어 봉께 다른 가겟세라도 빼고 즌기세라도 줄라믄 그럴 수도 읎는 사정이구먼. 그람, 양복 기술은 영 접은 거여?"

"대전 시내에 있는 양복점 삼분의 일은 문을 닫았슈. 그 많은 양복 기술자들이 다 워디로 갔겠슈? 그나마 기술이 좋은 사람은 양복 맨드는 공장에 취직을 하고, 돈 좀 번 사람은 세탁소 겸 수선소를 열고, 내가 아는 사람 중 한 명은 양복 맨드는 기술하고 아무런 상관읎는 만홧가게를 하고 있는 형편유."

"한심할 한 자가 따로 읎구먼……."

황인술은 양복 기술자만 되면 평생 먹고사는 데 지장이 없을 줄 알았다. 이렇게 세상이 바뀔 줄 알았다면 차라리 운전 학원에 보내서 택시 운전을 시키는 것이 백번 나았다. 택시 운전 십 년을 하면 개인택시 자격증이 나온다고 한다. 학산에는 모두 세 대의 개인택시가 있다. 모두들 사는 것이 쏠쏠하다고 한다. 그도 아니면 철준이처럼 이발 기술을 배우게 했으면 지금쯤 자격증을 땄을 것이다. 이래저래 십 년 공부가 말짱 도루묵이 됐다고 생각하니까 마음이 편치 않았다.

"큰며느리 친정아부지도 상견례 할 때 입은 옷이 양복 파는 가게에서 산 옷이라고 하지 않았슈? 당신도 양복점에서 맞차 입은 것이 아니고 영동에 있는 가게서 사 입었응께, 광배한테 할 말 읎는 거 아뉴?"

"짝은형 왔구먼."

황인술이 방정맞게 지껄이는 광일네에게 한마디 하려는데 밖에서 광배의 목소리가 들려오더니 방문이 열린다.

"워디 갔다 오능 겨?"

광성이 얼른 일어서서 손을 내밀었다.

"어디 갔다 오긴, 철재네 집에서 놀다 오는 길이지……."

광배는 광성의 손을 반갑게 잡으면서 정명자를 내려다봤다.

"인사혀. 내가 말한 막내 동생여. 이쪽은 장차 느 형수가 될 명자 씨여."

광성의 말이 떨어진 후에야 정명자가 엉거주춤 일어나서 두 손을 앞으로 모으고 말없이 고개를 숙여 보였다.

"반갑네유. 경운기 타고 왔슈?"

광배가 황인술에게 물었다.

"태, 택시 타고 왔구먼."

황인술이 쓴웃음을 지으며 대답했다.

"잘하셨구먼유. 이렇게 이쁜 형수님을 초행길에 탈탈거리는 경운기를 타고 오시게 할 수는 읎쥬. 앉아유. 참말로 반갑네유."

광배는 정명자가 민망해할까 봐 일부러 너스레를 떨면서 방문 앞에 앉았다.

"일단 장가를 가믄 처갓집도 한 식구가 되는 겅께, 어려울 때 도움을 받는다고 누가 머라 할 사람은 읎겄지. 그릏다고 시방 결정을 내리자는 것은 아녀. 안직 결혼식이 남았응게 초곤히 생각해 보면 더 좋은 수가 나올 수도 있겄지. 설마 사람이 하는 일인데, 더 좋은 일이 안 있겄냐?"

황인술은 결혼할 때까지 기다려 봐야 기댈 데라고는 서울에서 미장원을 하는 금순이뿐이다. 다만 얼마라도 도와 달라고 부탁하는 수밖에 없다고 생각하면서도 은근하게 자신감을 내비쳤다.

"느덜은, 아를 및이나 날 생각이냐? 느 형은 아를 더 낳고 싶어도 보건소에서 정관수술을 해설랑, 미나 동생을 낳고 싶어도 못 난다드라. 난 두엇은 더 낳았으믄 좋겄는데 말여."

"할머니, 정관수술이 머여?"

광일네 옆에 앉아서 광일네의 손가락을 만지작거리고 있던 미나가 눈을 말똥말똥하게 뜨고 물었다.

"광배야, 장수하고 미나 데리고 윗방에 가서 놀아라."

미나가 묻는 말에 광일네는 당혹스러운 기색을 감추지 못했다. 주책이라는 표정으로 광일네를 바라보던 황인술이 점잖게 광배를 불렀다.

4월 1일에는 예비군의 날 제10주년 기념식이 군청 강당에서 개최될 예정이다.

이동하는 며칠 전에 예비군의 날 기념식에 참석해 달라는 전화와 초청장을 받고 난 후부터 시간만 있으면 축사 연습을 했다. 원고는 하중태가 써 주었는데 아무리 읽어 봐도 토씨 하나 뺄 수 없을 정도로 훌륭했다. 문제는 올해 국회의원 선거에 나갈 사람이 창피하게 원고를 읽으며 축사할 수는 없다는 점이다. 원고를 완벽하게 암기하고 기념식장에 나가야 하는데 나이가 들어서 그런지 쉽게 외워지지 않았다.

"시방부텀 축사를 할 모양잉게 잘 들어 보게."

지성이면 감천이라고 며칠 동안 시간이 있을 때마다 외웠더니 기념식을 하는 당일 아침에는 어느 정도 자신이 생겼다. 하중태와 여도환, 송미향을 관중으로 앉혀 놓고 큼, 소리를 내며 목소리를 가다듬었다.

"에! 전 국회의원 이동하입니다. 저는 뜻한 바 있어서 시방은 무소속으로 출마할 계획을 하고 있습니다. 오늘 사월 일 일 예비군의 날 십 주년을 맞이하여 기념 대회에 참석해 주신 영동군수님 이하, 여러 내외빈 여러분들에게 감사의 말씀을 드립니다. 또한, 에……. 이 행사 준비를 위해 수고해 주신 군청 직원 분들에게도 감사의 말씀을 드립니다.

에……. 지금으로부터 육십칠 년 전인 천구백십 년 팔월 이십구 일 총리대신 이완용과 일본 육군 대신 데라우치 마사타케(寺內正毅) 삼 대 통감 사이에 비밀리에 체결된 합병 조약, 바로 경술국치(庚戌國恥) 이후 우리나라 국민은 비통한 일본의 식민지로 전락했습니다.

에……. 또한, 천구백사십오 년 팔월 십오 일 이 나라가 해방되었지만, 아직도 일제의 잔재가 많이 남아 있다는 것은, 나라를 위해 국회의원으로 활동했던 제가 볼 때는 매우 불행한 일이라 할 수 있습니다.

그런 데다 지난 천구백육십팔 년 일월 이십일 일 김신조 일당 서른한 명이 청와대를 습격하러 넘어 왔습니다. 두 번 다시 이 땅에 그런 치욕이 있어서는 안 된다는 생각에, 박정희 대통령 각하께서 시방으로부터 십 년 전인 바로 오늘 향토예비군을 창설시키셨습니다.

에……. 그리고 이건 제가 선거운동을 하자는 것도 아니고, 제 개인적인 의견입니다만, 우리 영동군민들도 일치단결하여 영동을 발전시킬라면, 영동 물을 먹고 살았던 사람이 국회의원으로 나와야 하는지, 아니면 옥천군이나 보은군 사람이 돼야 하는지 심사숙고하셔야 할 것으로 믿습니다.

끝으로 다시 한번 강조하자면. 우리 영동이 옥천이나 보은보다 발전하려면, 군민 여러분이 하나가 되어 일치단결로 매진하는 길이 최선의 방법입니다. 끝으로 여러분 가가호호에 행복이 철철 넘치기를 진심으로 기원하며 이만 물러가겠습니다. 감사합니다."

이동하는 연단에 올라서 있는 연사처럼 정중하게 인사하고 나서 아이처럼 씩 웃었다. 하중태를 비롯해서 여도환과 송미향이 손바닥이 아프도록 박수를 쳤다.

"제가 원고를 읽어 봤는데 한 자도 빠트리지 않고 완벽하게 외웠습니다. 이제 조금 있다 우황청심환이나 한 알 먹고 군청에 가시면 참석한 사람들 모두가 감동할 겁니다."

"의원님, 참말로 잘하셨슈. 군청 직원들이 위디로 표를 던져야 하는지 확실하게 알 거라고 생각해유."

"원고가 긴데 한 말씀도 안 빠트리고 잘하셨어요 존경스러워요, 의원님. 저는 그만큼 외우라면 죽었다 깨나도 못 외워요."

여도환에 이어서 송미향도 반짝이는 눈빛으로 이동하를 그윽하게 바라보며 미리 준비해 둔 물컵을 들고 이동하 앞으로 갔다.

"한 번 더 해 볼까?"

이동하가 물을 단숨에 마셔 버리고 아이처럼 기분 좋은 얼굴로 물었다.

"아닙니다. 잘하셨습니다. 그리고 원고가 연단에 있으니까 갑자기 생각이 안 나시면 슬쩍슬쩍 원고를 보고 읽어도 누구 하나 눈치채지 못할 겁니다. 막말로 군수님은 원고를 보고 읽을 거 아닙니까?"

"그려, 내가 선거를 한두 번 한 것이 아닌데 요새처럼 원고를 왼 적은 한 번도 읎었어. 그냥 써 준 원고를 읽어도 박수만 잘 나오드만."

이동하는 하중태의 말이 맞다고 생각했다. 우황청심환이나 미리 먹고 나서 열 시까지 군청에 가면 된다고 생각하며 자기 사무실로 들어갔다.

"의원님, 본격적으로 조직을 만들 생각입니다. 우선 남부 삼군에 등산회를 조직할 겁니다. 여기 자세한 계획서를 만들어 왔습니다."

이동하를 따라서 사무실에 들어간 하중태가 준비해 간 파일을 책상 위에 펼쳐 보였다.

"음……."

이동하는 담배를 입에 물었다. 하중태가 얼른 담뱃불을 붙여 줬다. 이동하는 담배 연기를 날리며 의자에 앉아서 파일을 펼쳤다.

등산회는 각 면에서 열 명씩 모집하는 걸로 되어 있다. 각 면에 열 명씩이라면 한 리(理)에서 한 명씩이라는 결론이다. 읍 지역에서는 동 별로 다섯 명씩 해서 오십 명이다. 한 군에서 백오십 명을 모집해서 한 달에 한 번씩 등산을 가기로 계획되어 있었다. 등산회 이름은 송산회다. 등산을 가는데 필요한 자금은 한 군에서 관광버스 3대를 대절하는 비용 8만 원씩에 50명의 도시락과 음료수 가격 5만 원에 기타 비용 2만 원씩 해서 1회 15만 원이다. 등산 계획은 4월부터 12월까지이다. 한 군에 8개월씩 160만 원, 영동, 옥천, 보은 3개 군의 합계가 500만 원에서 20만 원 빠지는 480만 원이니까 큰 금액은 아니라는 결론이 났다.

"선거는 십이월잉께 시월까지만 운용해야 하는 거 아녀."

"공식적으로는 선거하고 상관없는 단체라 상관없습니다."

"그랑께, 이 사람들이 막상 선거가 시작되믄 각 리책이라는 거여?"

"그렇습니다. 그러기 위해서는 지금부터 철저하게 관리해야 합니다. 물론 본격적으로 시작되면 운동비도 쥐어 주어야 합니다. 요즘 사람들 실탄을 안 주면 절대 안 움직입니다."

"사전 선거운동 한다고 걸릴 일은 읎겠지?"

"군책이 모든 책임을 지는 걸로 했습니다. 순수한 친목회 모임이라고 말입니다."

"군책한테 돌아가는 거는 머여? 군책한테도 수당을 쥐야 하능 겨?"

"물론 따로 등산회 관리비를 줘야 합니다. 막말로 산에 올라갔다가 내려오는 길에 주막에 들러 한 잔하자고 하면 어떡합니까? 큰돈은 못 써도 저녁 값하고 술값은 들고 가야죠."

"그걸로 될까?"

이동하가 재떨이에 담배를 눌러 끄면서 미덥지 않다는 표정으로 반문했다.

"오월에 통일주체대의원 선거가 있습니다. 면책은 면책대로, 군책은 군책대로 조직을 만들어 놓으면 나쁠 것은 없습니다. 그 점을 부각시켜 놨으니까 큰돈은 들어가지 않을 것으로 판단됩니다."

"역시, 하 상무는 정보 계통에 근무했던 사람이라 머가 달라도 다르구면. 이를테면 누이 좋고 매부 좋다는 식이구면. 좋아, 추진햐. 오늘 기념식 끝나고 직원들하고 특별하게 한잔해야겠구먼. 그랑께, 오늘이 본격적으로 선거 출정식을 하는 날이라 이거여. 오늘 저녁에 한잔하면서 염기복을 대신할 사람도 한번 찾아보자구."

이동하는 만족한 얼굴로 일어섰다. 당장 할 일은 5월에 있을 통일주체국민회의 대의원에 내 사람을 뽑는 것이 중요하다. 다행인 것은 장시훈은 나름대로 활동을 열심히 해서 재선이 충분하다. 문제는 염기복이라는 놈이다. 놈이 은혜를 원수로 갚아도 유분수지, 공화당을 탈당하니까 나 언제 봤느냐는 식으로 거리에서 봐도 팽 돌아서서 먼 산을 바라보기 일쑤다. 다른 사람을 내보내야 하는데 염기복만 한 인물이 없다는 게 걱정이다.

"염기복은 제가 약점을 잡아 놓은 것이 있으니까, 걱정 놓으셔도 됩니다."

"참말여?"

이동하가 슬슬 군청에 갈 시간이 됐다는 생각으로 문을 열다 말고 돌아섰다.

"로터리에 있는 길다방 레지하고 그렇고 그런 사이입니다. 살림은 안 차렸지만, 레지가 낙태 수술을 한 병원을 알고 있습니다. 의사 놈을 협박해서 낙태를 했다는 진단서도 확보해 뒀습니다."

"그건 너무 치사한 짓 아녀? 외려 역풍을 맞을 수도 있잖여."

이동하는 들례 얼굴이 생각나서 하중태를 굳은 표정으로 바라봤다.

"염기복을 협박해서 이번 통일주체국민회의 대의원에 출마 포기를 이끌어 낼 생각입니다. 아니면 의원님 선거운동을 돕든지, 둘 중에 하나는 선택할 것입니다."

하중태가 이동하 옆으로 가서 귓속말로 속삭이며 차갑게 웃었다.

"그런 방법이 있었구먼. 아무튼 말썽 안 나게 잘해야 햐. 선거에서 여자 문제는 민감한 벱여."

이동하는 하중태의 방법대로라면 선거에서 들례가 거론되지는 않을 것이라는 생각에 등을 쳐주고 밖으로 나갔다.

군청 강당에는 전 직원들이 의자에 앉아 있었다.

이동하는 총무과장의 안내를 받으며 연단 위로 올라갔다. 군수며 경찰서장, 교육장, 세무서장, 우체국장 등이 앉아 있었다. 기관장들은 인사를 하는 둥 마는 둥 엉거주춤 고개만 숙여 보이는데 장시훈과 염기복이 벌떡 일어나서 정중하게 인사를 했다.

총무과장의 사회로 기념식이 시작되었다. 먼저 국민의례 순서로 국가에 대한 맹세가 시작되었다. 이어서 순국선열에 대한 묵념이 시작됐고, 애국가를 합창하는 것으로 국민의례가 끝이 났다.

"다음은 여순창 영동군수님의 예비군의 날 기념사가 있겠습니다."

총무과장의 말이 끝나자 중앙에 앉아 있던 군수가 일어났다. 그는 원고를 말아 쥐고 강연대로 가기 전에 경찰서장하고 교육장 앞에 가볍게 고개를 숙여 보였다. 이어서 장시훈과 염기복을 향해 돌아서서 미소를 지어 보였다. 이동하는 바라보지도 않고 곧장 강연대 앞으로 갔다.

"에, 친애하는 영동군민 여러분, 그리고 바쁘신 와중에도 제……"

영동군수는 원고를 읽느라 잠시 말을 끊었다. 이동하는 자신을 초가집 개 취급하는 군수의 뒤통수를 노려보느라, 군수가 무슨 말을 하는지 들리지 않았다. 그저 웅웅거리는 소리로만 들려왔다.

군수의 기념사가 끝나고 총무과장이 경찰서장을 호명했다. 경찰서장도 이동하에게까지는 경례를 하지 않았다. 교육장은 일부러 이동하 앞까지 와서 인사를 했다.

배운 사람이라 머가 달라도 다르구먼. 저런 사람이 있어야 이 나라 예의범절이 살아나는 법여……

이동하는 교육장의 이름이 안칠수라는 것을 잊지 않기 위해서 연설 원고에 이름을 적었다. 교육장은 올해 정년퇴직을 하는 걸로 알고 있다. 내년에 국회의원에 당선되면 영동군 문화원장이라도 시켜 줘야겠다고 결심했다.

"다음은 장시훈 통일주체국민의회 대의원님의 기념사가 있겠습니다."

이동하는 교육장의 기념사가 끝나고 당연히 다음은 자신의 차례가 올 것이라는 생각에 마지막으로 원고를 점검하다 고개를 번쩍 들었다. 장시훈도 자신의 귀를 믿지 못하겠다는 표정으로 이동하를 바라봤다.

"장 의원님."

군수가 허리를 앞으로 숙이고 작은 목소리로 장시훈을 불렀다.

"죄송해유."

장시훈은 군수가 부르는데도 그냥 앉아 있을 수가 없었다. 이동하에게 귓속말로 속삭이고 나서 강연대 앞으로 나갔다.

이것들이 나를 개망신 시킬라고 일부러 불렀구먼. 안 그라면 삼선 의원 출신을 이 지랄로 대접해 줄 리는 읎지. 어디, 두고 보자. 총무과장이지 멋대로 시훈이부텀 부를 리는 읎고, 군수의 농간여. 당장 고 서방을 불러서 혼쭐내든지, 짤라 버리든지 해야지.

4월 초라서 강당 안이 더울 정도는 아니다. 오히려 난방을 피우지 않아서 서늘하다. 그런데도 너무 화가 나니까 이마에 진땀이 맺혔다.

"다음은 염기복 통일주체국민의회 대의원님의 기념사가 있겠습니다."

이동하는 염기복까지 앞세우는 소리를 듣는 순간 너무 화가 나서 눈앞이 뿌옇게 변하는 것 같았다.

아녀, 호랭이 굴에 물려 가드래도 정신만 차리믄 살 수 있다고 했어. 내가 치욕을 당하고 정신을 놓으믄, 담 국회의원 선거에도 당선된다는 보장을 할 수 읎어. 군청 직원 놈들이 앞장서서 연설도 지대로 못 하는 놈이라고 선전하고 댕길 거 아녀……

눈을 질끈 감고 마음을 가다듬으려고 해도 좀처럼 진정이 되지 않아서 손바닥에 땀이 촉촉하게 배어 나왔다.

"다음은 전 국회의원이신 이동하 씨의 기념사가 있겠습니다."

이동하는 민의원에 당선되고 나서는 이름자 뒤에 씨 자를 붙여서 들어 본 적이 없다. 눈을 감고 화를 삭이느라 심호흡을 했다. 두 번째로 이동하 씨라고 부를 때서야 자신을 호명하고 있다는 것을 알고 눈을 번쩍 떴다.

이동하 씨? 이놈들이 아주 죽을라고 작정을 했구먼!

생각 같아서는 연단을 박차고 나가고 싶었지만 올해 선거가 있다. 속은 부글부글 끓고 있지만 사람 좋게 웃어 보이며 일어섰다. 다른 사람들처럼 군수나 경찰서장을 향해 인사를 하지 않았다. 안칠수 교육장에게는 인사를 하는 대신 손을 들며 웃음을 지어 보였다.

"에! 이동하유……"

강연대 앞에 서니까 수백 개의 눈이 한눈에 빨려 들어왔다. 고개를 숙이고 있는 사람, 목젖이 보이도록 하품을 하는 사람, 옆 사람과 뭐라고 소곤기리는 사람, 뒤에 앉은 사람과 귓속말을 하기 위해 고개를 뒤로 길게 빼고 있는 사람, 엊저녁에 무엇을 했는지 오전부터 꾸벅꾸벅 졸고 있는 사람, 어떤 말을 하려는지 똑똑하게 듣고 말겠다는 눈빛으로 말똥말똥 바라보는 사람 등 온갖 군상들이 다 보였다.

"그러니까!"

이동하는 너무 화가 나서 아침에만 해도 글자 하나 틀리지 않고 모두 외웠던 원고 내용이 한 자도 떠오르지 않았다. 그렇다고 임기응변으로 기념사를 할 수 있는 능력도 없다. 이럴 때는 체면이고 자존심이고 무시해 버리고 원고를 그대로 읽는 수밖에 없다고 판단했다.

"끝으로 여러분 가가호호에 행복이 철철 넘치기를 진심으로 기원하며 이만 물러가겠습니다. 감사합니다."

원고를 읽는 것에 집중하느라 속을 꽉 채우고 있던 분노가 어느새 하얗게 녹아 버렸다. 마지막 줄에 이르러서는 원고를 읽지 않고 관중들을 바라보며 점잖게 인사했다. 그러자 눈으로 보고도 믿기지 않는 상황이 일어났다. 군수가 기념사를 했을 때보다, 경찰서장의 차례 때보다 더 우렁차고 요란한 박수 소리가 강당 천장을 들썩거리게 만들었다.

"감사합니다."

이동하는 만족한 얼굴로 강연대에서 돌아섰다. 강연대에 올 때와 다르게 군수며, 경찰서장, 하다못해 우체국장, 소방대장에게까지 가볍게 고개를 숙여 보이고 자기 의자에 앉았다.

"의원님, 워짜믄 그렇게 연설을 잘하셔유?"

우체국장이 연단 위로 나가고 나서 장시훈이 놀랐다는 얼굴로 이동하에게 속삭였다.

"큼!"

이동하는 장시훈을 흘끔하더니 정면을 바라보았다. 연단 아래로 내려다보이는 군청 직원들 거의 대부분이 우체국장의 기념사를 듣지 않고 딴짓을 하고 있는 것처럼 보여서 기분이 매우 좋았다.

깡통 차는 방법

한동리 사람으로 충고 하나 해 주겠네.
이럴 때일수록 판단을 잘해야 되능 겨.
당선에 눈이 멀어서
이 돈 저 돈 끌어다 출마하믄 당선이 돼도 걱정이고,
떨어지믄 두말할 거 읎이 깡통 차는 거지 머.

저녁 8시 무렵에 온 남자 손님 두 명은 40대 중반이다. 친구 사이로 보이는 둘은 콩나물 해장국을 안주 삼아서 소주를 세 병이나 마셨다. 두 명이 소주 세 병을 마셨으면 목소리가 커지고, 괜히 웃음이 헤퍼지면서 주변 손님들을 의식하지 않기 마련이다. 그런데도 둘은 시종일관 작은 목소리로 대화를 주고받으며 술을 마셨다. 손님들이 썰물처럼 밀려가고 둘만 남았을 때도 목소리가 커지지 않았다.

"계산은 내가 할 겨."

곱슬머리가 바지 주머니에서 지갑을 꺼내며 말했다.

"아녀! 이 사람아, 지난번에는 니가 했응께 요번에는 내가 할 겨."

까만 티셔츠를 입은 남자가 곱슬머리를 밀쳐 내며 카운터 앞으로 나섰다.

"너, 임마. 그런 식으로 세상 살면 안 되는 거여."

"이 새끼, 술 잘 처먹고 인제 취하나? 시방 먼 소리를 하는 거여!"

"누가 계산을 하믄 어뗘유. 아무나 하세유."

민초예가 볼 때 그들은 카운터 앞에 와서 비로소 술이 취했는지 목소리가 거칠어지기 시작했다. 의자에 앉아 있다가 일어서면서 웃는 얼굴로 중재에 나섰다.

"사장님, 그게 아닙니다. 내가 오늘 기분 좋아서 술 한잔 사기로 했거든유. 근데 이놈이 지난번에는 내가 샀응께, 오늘은 지가 산다고 하잖유."

곱슬머리가 까만 티셔츠를 뒤로 밀어내고 침을 튀기며 앞으로 나섰다.

"임마, 나도 좀 계산하면 안 되냐?"

"너는 계산할 자격이 읎는 놈여."

"어려! 이 자식 사람 은근히 무시하네?"

"술값을 계산할라믄, 술을 마시기 전에 먼저 말을 해야 하는 거여. 너는 첨에 말을 안 했응께 자격이 읎는 거여. 그렇게, 정 술을 사고 싶으면 기분 좋은 날 잡아서 니가 먼저 나한테 전화햐. 알겄지?"

"에이, 내가 너하고 또다시 술 마시나 봐라."

까만 티셔츠가 화를 내며 먼저 밖으로 나갔다.

"저놈 저래도 나중에 술 마시자고 하면, 밥 먹다가도 뛰어올 놈유."

곱슬머리는 내가 언제 화를 냈느냐는 듯이 빙글빙글 웃으며 지갑에서 돈을 꺼내 내밀었다.

"얌마! 너 또 나한테 졌지?"

"에이, 아까 너 변소 갔을 때 내가 얼른 계산을 하는 건데……."

"우리 포장마차에 가서 딱 한 병만 더 깔까?"

곱슬머리가 까만 티셔츠와 어깨동무를 하며 정겹게 말했다.

"좋아. 그 대신 요번에는 내가 계산을 하는 거다?"

민초예는 40대 중반으로 보이는데도 아이들처럼 어깨동무를 하고 어둠 속으로 사라져 가는 그들을 바라봤다.

저런 사람들처럼 지내는 사이를 친구라고 하는 모양이구면.

세상을 살아오면서 친구를 사귀어 본 적이 없었다. 친구를 사귈 겨를도 없었지만 친구를 필요로 할 줄도 몰랐다. 나이 들어가고 있다는 것이 이런 것일까. 요즘은 부쩍 누구에겐가 마음속에 담겨 있는 말을 허심탄회하게 털어놓고 싶을 때가 많았다.

팔자겠지…… 이렇게 살라는 팔자겠지……

언제부터인지 마지막 손님이 나가고 나서는 쓸쓸한 바람이 서성거리는 문밖을 한참 동안 바라보는 습관이 생겼다. 순길이 엄마와 영식이 엄마가 설거지를 끝내고 식당 청소까지 마치고, 내일 새벽에 오는 손님을 받을 수 있도록 식탁을 깨끗하게 닦는다. 휴지통 안에 휴지를 채우고, 수저통에 뜨거운 물에 삶은 젓가락과 수저를 담고, 소금통이며, 간장통, 후추통을 보충할 때까지 넋을 잃어버린 여자처럼 밖을 응시했다.

들레는 승복을 입은 스님이 불쑥 문 앞에 나타나는 순간 눈을 껌벅거리며 바라보았다. 스님 옆에는 단발머리를 한 계집아이가 서 있다. 다 늦은 시간에 웬 스님이 해장국을 드시러 오시는구면, 이라고 생각하며 스님의 얼굴을 자세히 바라봤다. 일도가 빙그레 웃는 모습을 보고 깜짝 놀라며 카운터 밖으로 나갔다.

"어머! 스, 스님이 이 시간에 웬일이시래유?"

"보살님이 갑자기 보고 싶어서 연락도 없이 이렇게 불쑥 찾아왔네."

"아이구, 무슨 연락이 필요해유. 오시고 싶으시믄 언제든 오시믄 되지. 가만있어 보자. 스님이 이런 데 늦은 시간에 앉아 계신 모양을 딴 사람이 보면 쫌 그렇고 함께 이 층으로 올라가유."

민초예는 순길이 엄마에게 대충 정리했으면 퇴근하라 말하고 밖으로 나갔다.

"나는 여기도 편한데……."

일도는 미안한 표정을 지으며 민초예를 따라서 이 층으로 올라갔다.

"워디서 오시는 질인지는 모르겠지만, 오늘은 늦으셨응께 여기서 주무시고 가셔유."

"나는 이 근처 여관이나 여인숙에서 자고 아침 일찍 올라가 봐야 한다네."

"여기가 불편해서 그래유?"

민초예는 여자 혼자 사는 집에 스님이 자고 가는 것을 다른 사람들이 이상하게 바라볼 것이라는 생각이 들었다.

"너무 잘해주시는 점이 불편하다네."

"그람, 주무시고 가셔유. 어채피 어디서 주무시든 아침 공양은 하고 가셔야 하실 거잖유. 아래층 식당 방에서 자는 직원이 있응께, 지가 이따 아침 공양 준비하라고 시켜 놓을께유. 오랜만에 스님한테 밤늦도록 좋은 말씀도 듣고 얼마나 좋은지 모르겠네유."

"아까 어디서 오는 길이냐고 물었잖은가?"

일도가 민초예가 묻는 말에는 대답하지 않고 불쑥 운을 뗐다.

"아 참, 이 시간까지 워디서 계시다 오시는 거유? 그리고 야는 누구유?"

"지금 화장터에서 오는 길이라네."

"신도 분 중에 누가 돌아가셨슈?"

"이 애 이름이 김유정이라고 한다네. 유정이 양친이 부부 싸움 끝에 집에 불을 질러서 저세상으로 갔다네. 집안이 괜찮은 것도 아니고, 유정이 아부지가 학교 소사일을 하면서 겨우 끼니만 챙길 정도라서 하루아침에 천애 고아가 되어 버렸다네."

일도가 옆에 앉아 있는 유정의 머리를 쓰다듬으며 부드럽게 말했다. 유정은 고개를 푹 숙이고 손가락으로 방바닥에 원만 그리고 있었다.

"일가친척도 읎슈?"

민초예는 그때서야 유정의 얼굴을 뜯어봤다. 나이는 일고여덟 살 정도, 단발머리를 한 얼굴은 예쁘장하다. 손톱에 때가 까맣게 끼어 있는 것으로 보아 사는 형편이 고달파 보였다.

"한 동리에 할머니가 살고 있다네. 마침 할머니 집에서 잠을 자고 있어서 오늘 이 자리까지 올 수 있었지. 만약 부모와 함께 있었다면 지금쯤 구천을 떠돌고 있었을 테지. 나무아미타불 관세음보살……."

일도는 생각만 해도 유정의 처지가 불쌍하다는 표정으로 바라보다가 염주를 굴리며 짐깐 염불을 했다.

"어짜, 및 살인지 모르겠지만. 니 신세도 참말로 앞날이 막막하겠구먼. 즈녁은 먹은 겨?"

민초예는 유정의 신세가 자신의 어린 시절과 같아 보여서 젖은 목소리로 중얼거리다가 물었다.

"저녁은 화장터까지 따라갔던 동리 이장님과 새마을지도자하고 몇몇이 먹었다네. 문제는 유정이 할머니가 유정이를 보살필 능력이 없다는 점이라네. 고아원 같은 데 보낼 수밖에 없지만, 동네 사람들이 하나같이 아가 나이치고는 너무 착하고 영특하다며 고아원에 보내지 말고 어디 믿을 만한 집에 맡겨 달라고 부탁하지 않겠는가. 그 누구라도 유정이 하는 짓을 보면 금방 정을 주면서 친딸처럼 키우게 될 거라고 동네 사람들이 입을 모으기에 여기로 왔다네."

일도의 말이 끝나자 유정이 일도를 바라본다. 눈물이 그렁그렁한 눈으로 일도를 바라보다가 이내 고개를 떨궜다. 눈물이 방바닥으로 뚝뚝 떨어졌으나 소리를 내지 않았다. 어깨를 들먹거리지도 않았다. 방바닥에 떨어진 눈물을 손바닥으로 닦아 바지에 문지르기를 반복했다.

"그람?"

민초예가 놀란 얼굴로 유정을 바라봤다. 나이가 정확하게 몇 살인지 모른다. 하지만 화장터에서 오는 길이라면 자신의 처지가 막막하다는 점을 알고 있을 것이다. 그래서 펑펑 울고 싶을 것이다. 그런데도 이를 악물고 있는지, 울음소리를 속으로 삼키고 있는지 소리가 나지 않는다. 고개를 숙이고 있어서 자세히 알 수는 없지만 필경 어린 나이지만 피를 토하는 슬픔을 억누르고 있을 것이라는 생각이 들면서 가슴이 먹먹해지도록 아팠다.

"물론, 부모 얼굴을 기억 못 하는 갓난아기도 아니고, 올해 국민학교 일 학년짜리를 선뜻 맡기는 힘들다는 걸 알고 있다네. 하지만 둘이 서로 의지하며 살면 좋은 일이 많이 생길 거라고 믿네."

"유정이라고 한 겨?"

민초예가 유정이 앞으로 바짝 붙어 앉았다. 두 손으로 고개를 숙이고 있는 유정의 얼굴을 들어 올렸다. 얼굴 가득 눈물이 번들거리고 있는 모습을 보는 순간 근원을 알 수 없는 엄청난 크기의 슬픔이 왈칵 밀려오는 것을 느끼며 침을 꿀꺽 삼키고 젖은 목소리로 물었다.

"예, 김유정……."

"유정이 나한테 어머라고 부름서 이 집에서 살 수 있었어?"

"말, 잘 들을께유. 고, 공부도 열심히 하고……. 시, 심부름도 잘할 수 있슈."

"아이고, 부처님도 야속하시지. 이렇게 눈치가 빤한 아를 세상에 남겨두고, 왜 부모를 데리고 갔냐. 내가 은제 너한테 심부름 시키겠다고 했냐? 누가 너더러 어떤 집에 가믄 말 잘 들어야 한다고 시킨 거여? 공부를 못하믄 및 개월 못 살고 쫓겨날 팅게 공부 잘해야 한다고 언질이라도 준 겨? 니가 세상을 알믄 얼매나 안다고, 여물지도 않은 입에서 워티게 그른 말이 나온다냐. 여하튼 나하고 살자. 내가 어머가 되어 줄 팅게 나하고 살자. 이 어머가 공부시켜 주고, 철 따라 이쁜 옷도 사 주고, 배가 아프믄 밤새도록 니 옆에 앉아 배를 문질러 줄 터이고, 누가 너를 때리믄 이 어머가 쫓아가서 혼내 줄 거여. 만화책 보고 싶으믄 어머한테 언제든 말하믄 돈을 줄 것이고, 소풍 갈 때는 사이다며 김밥에 달걀을 싸 줄 팅게 이 어머하고 살자. 내 힘이 닿는 한 세상에서 둘도 없이 잘해 줄 팅게 이 어머하고 천년만년 같이 살자."

민초예는 어린 유정의 얼굴에서 손기문의 얼굴이 겹쳐지는 것을 느끼며 와락 껴안았다. 손기문에 대한 그리움이 칼날로 다가와서 가슴을 후

벼 파는 것 같아서 꺽꺽 울며 손기문에게 하고 싶은 말들을 늘어놓았다.

"나무아미타불 관세음보살……."

일도는 민초예가 마음껏 울도록 내버려 두었다. 마음속에 담아 두고 있던 슬픔을 털어내야 유정과 더 한 몸이 되어 잘 살아갈 것이라고 생각하며 눈을 감고 천천히 염주를 굴리기 시작했다.

시훈은 긴장한 얼굴로 이동하 사무실로 들어섰다. 사무실 안에는 송미향 혼자 한가하게 거울을 보면서 눈썹을 손질하고 있었다.

"어머, 의원님 오셨네요."

송미향이 반가운 목소리와 다르게 무표정한 얼굴로 인사했다.

"세 시에 만나기로 약속을 했는데유."

시훈이 사무실 안을 두리번거리며 혼잣말로 중얼거렸다.

"약속하셨다면 금방 들어오실 거예요. 지금 건설 회사에서 회의 중이거든요. 커피 한잔 드릴까요?"

"커피보다 시원한 냉수나 한 잔 줘유. 인제 사월 말인데 바깥 날씨가 한여름처럼 더워유."

시훈은 사무실을 두리번거리다가 여도환의 책상 위에 있는 신문을 들고 소파가 있는 곳으로 갔다.

"선거가 다음 달 십팔일이라면서요? 등록은 하셨어요?"

송미향이 냉장고 안에 들어 있던 시원한 보리차를 컵에 따라서 시훈에게 내밀었다.

"오월 사일까지 등록을 해야 하잖유. 등록을 해야 하나, 말아야 하나, 고민유. 그것 땜시 의원님하고 상의 좀 드릴라고 왔슈."

시훈은 단숨에 컵을 비워 버리고 신문을 펼쳤다. 1면에 KAL 여객기가 파리에서 앵커리지로 오는 도중 소련으로부터 요격을 받고 무르만스크에 비상 착륙했다는 기사가 나와 있다. 지난 20일 비상 착륙을 한 후로 텔레비전이며 라디오에서 뉴스 시간마다 톱뉴스로 다루는 기사라서 별로 관심이 없었다. 일본인 1명을 포함해 2명이 사망하고 13명이 부상당했다는 것, 승객과 승무원 110명이 미 판암(PANAM) 특별기 편으로 출발해 핀란드 헬싱키와 동경을 경유하여 귀국한다는 간추린 기사만 읽고 넘겨 버렸다.

"어머! 출마만 하시면 당선이 되신 것이나 마찬가지일 텐데 왜 고민을 하세요?"

송미향이 빈 컵을 들고 이해할 수 없다는 표정으로 물었다.

"그럴 사정이 있슈……."

시훈은 마음속으로 길게 한숨을 내쉬며 사회면을 펼쳤다. 사회면에는 '아리송한 KAL 비상 착륙'이란 헤드라인 기사가 한눈에 들어온다. 강제 착륙은 기상 좋아 소련 영공 침범 가능성 희박, 하이재킹은 교신 뚝 그치고 기수마저 돌려 의문, 기체 고장이라면 더 가까운 그린란드 공항 갔어야, 이상 자기는 베테랑 조종사 상식선에서 이해 안 가, 라는 고딕체 글씨가 눈에 들어온다. 사회면을 넘겨도 KAL 비상 착륙에 관한 기사다. 벽시계를 보니 3시 20분이다. 이동하가 올 시간이 됐다고 생각하면서도 신문을 뒤적거렸다. '주헌 미군 철수 1년 연기'라는 기사가 눈에 띄었으나 그냥 넘겨 버렸다.

"의원님 오시나 봐요"

시훈은 송미향이 의자에서 일어서며 하는 말에 보던 신문을 접고 얼른 일어섰다. 문이 열리면서 뚱뚱한 이동하가 손수건으로 이마의 땀을 닦으며 들어온다.

"어!"

시훈이 이동하에게 두 손을 옆구리에 착 붙이고 직각으로 인사를 했다. 이동하는 손만 번쩍 들어 보이고 나서 곧장 자기 사무실 쪽으로 향했다.

"의원님, 시원한 물 한 컵 드릴까요?"

"좋지, 일루 따라와."

이동하는 송미향이 묻는 말에 시선을 돌리지 않고 곧장 사무실 문을 열고 들어갔다.

"바쁘신데 귀찮게 해 드려서 죄송해유⋯⋯."

시훈은 죄인처럼 잔뜩 움츠린 자세로 들어와 조심스럽게 소파에 앉아서 이동하의 눈치를 살폈다.

"등록 준비는 항 겨?"

송미향이 물컵을 들고 들어왔다. 이동하는 말없이 물을 반 컵 정도 비웠다. 천천히 잔을 내려놓고 나서 소파 팔걸이에 두 팔을 얹고 테이블 위에 있는 서류를 펼쳤다. 하중태와 아침에 회의했던 내용들이다. 건성으로 종이를 넘기면서 시훈을 바라보지 않고 물었다.

"그게⋯⋯."

"왜? 포기하고 싶나? 내 경험으로 볼 때 포기는 빠를수록 좋아. 괜히 후보 등록하는 당일까지 미적미적하다 포기하믄, 당사자도 기분이 안 좋겠지만 바라보는 식구들은 물론이고, 선거운동 하는 사람들도 맥 빠지는 법잉께."

이동하는 의식적으로 시훈을 바라보지 않았다. 그동안 시훈이 군청이며, 경찰서나 학교 등에서 수의계약으로 적지 않은 도움을 준 것은 사실이다. 하지만 단 한 번도 공짜로 받아들인 적은 없었다. 계약서에 도장을 찍는 당일 정확히 이익금의 5%를 커미션으로 줬다. 덕분에 시훈도 쌀가게로 버는 것 이상으로 많은 돈을 벌었다. 헌데 놈이 제가 잘나서 대의원이 됐고, 제가 능력이 좋아서 관공서 출입을 하게 된 걸로 착각하는 경향이 있다. 한마디로 배은망덕한 놈이다. 더 기고만장하게 설치기전에 버릇을 고쳐 놓는 것이 중요하다고 생각했다.

"그게……."

시훈은 나름대로 여론을 조사해 봤다. 사람들을 많이 상대하는 택시 운전사들이라든지, 이발소, 식당, 동네 반장 등을 통해서 조사한 바에 의하면 당선이 확실시되고 있다. 문제는 선거 자금이 부족하다는 점이다. 아무리 여론이 좋아도 선거운동원들이 뛰어다니지 않으면 당선은 물 건너간다. 이동하만이 그 방법을 알려줄 것이라는 생각에 찾아왔지만 얼른 입이 떨어지지 않았다.

"하긴 출마를 한다고 해도 지난번에는 읍내에서 두 명을 뽑았는데 요번에는 한 명만 뽑응께, 선거자금이 갑절로 들겠구먼. 엔간하믄 등록을 포기하는 것도 나쁘지 않겠구먼."

이동하는 일어섰다. 책상 위에 있는 볼펜을 들고 서류를 체크하는 척하면서 혼잣말로 중얼거렸다.

"그래서 고민유, 대의원 선거에 출마할라믄 돈이 많이 들고 포기하믄, 당선될 것이 뻔한데 포기했다고 지지자들이 엄청 욕할 거 아뉴."

"그런 일이 있었구먼. 정치 선배로서 한 동리 사람으로서 충고 하나

해 주겠네. 이럴 때일수록 판단을 잘해야 하능 겨. 당선에 눈이 멀어서 이 돈 저 돈 끌어다 출마하믄 당선이 돼도 약점이 많이 잡혀서 걱정이 고, 떨어지믄 두말할 거 읎이 깡통 차는 거지 머. 내가 그런 사람 많이 봤거든. 그래서 정치가 마약보담 무섭다고 하는 거여."

"통일주체국민회의 대의원이 무슨 정치인인가유?"

"틀린 말은 아녀. 정치인이 아닌데, 군수며 경찰서장 같은 사람이 정 치인 대우를 해 줌께 문제지."

"저, 저한테 머 서운한 감정이 있슈?"

시훈이 마른침을 꿀꺽 삼키고 나서 조심스럽게 물었다.

"내 말 똑똑히 들어. 사람하고 개하고 머가 다른지 아나? 개는 저를 낳아 준 에미를 물어뜯어도 용서가 된다는 거여. 왜냐? 개새끼니께. 하 지만 사람은 달라. 사람은 은혜를 모르면 배은망덕한 놈이라고 내쳐 버 리고 인간 대접을 안 해 주는 볍여. 사람이 인간이 아니믄 머가 되겠 어?"

"개, 개가 되겠쥬."

"잘 알고 있구먼. 인간 같지도 않은 사람을 개 같은 놈이라고 부르는 이유를 잘 알고 있는 놈이, 그동안 통일주체국민회의 대의원이라고 어 깨에 힘주고 깨춤을 추고 댕겼나?"

이동하는 이병호에게 상대방이 약해 보이면 두 번 다시는 고개를 들 지 못하도록 사정없이 짓밟아야 한다고 배웠다. 그래야 두 번 다시 허튼 생각을 하지 않을 것이라고 배운 점을 시훈에게 써 먹었다.

"제, 제가 언지 깨춤을 췄다고 그래유. 암것도 모르는 제가 그나마 사 람 행세를 하게 된 것이 죄다 의원님 덕분이라는 걸 단 한 번도 잊은 적이 읎슈, 제 말을 정 못 믿겠으믄 당장 쌀가게에 즌화해서 식구를 대 드릴게유. 지는 참말이지 밥상머리에 앉을 때마다 열 번에 다섯 번은 의원님 덕분에 우리가 이만큼 살게 되었다는 말을 교회 댕기는 사람들 주기도문 외듯이 했슈."

시훈은 이동하가 뭔지 모르지만 오해를 해도 단단히 하고 있다는 생각에 입안이 마르도록 빌었다.

"밥상머리 앉을 때마다 열 번에 다섯 번씩은 내 은혜를 되새긴다는 놈이 제우 한다는 짓이, 예비군의 날 기념식 때 나보담 먼저 기념사를 하는 거였어?"

"그, 그건 총무과장이 저를 먼저 불렀기 땜시……."

"야, 이 새꺄! 은혜를 모르면 개새끼만큼도 못한 뱁여. 평소에는 군청에서 큰소리 빵빵 치던 놈이, 제우 총무과장이 부르니께 나갔다는 것이 말이나 되는 뱁여. 설령 그 새끼가 눈깔이 뻐서 널 불렀다고 쳐. 이동하 의원님이 먼저 기념사를 하는 것이 정상 아니냐고 그 잘난 주둥이로 왜 말 못 햐?"

"의, 의원님. 사무실 안에 있을 때와 수많은 직원들이 보는 연단에서는 기가 죽어서 말이 안 나왔슈. 하지만 앞으로 또 그런 일이 있으믄 그때는 틀림읎이, 총무과장을 불러서 단단히 주의를 주겠슈. 아니, 기념사나 축사, 격려사 같은 것을 할 기회가 있으믄 제가 책임지고 검토하겠슈. 순서가 워티게 되냐고……."

"이 새끼, 이거 알고 보니 순 저질이구먼. 하긴 머리통에 든 것이 있어야 생각이 있는 거지. 개가 방에서 잔다고 사람 되는 것은 아니잖여. 배운 것도 읎는 놈잉께 생각하는 것이 그 정도뱁에 안 되지. 야, 이 새깨. 시방 내가 예비군의 날 기념식 때 일 땜시 너한테 이라는지 알고 있는 거여?"

이동하는 계속해서 예비군의 날 기념식 때 서운한 감정을 털어놓으면 쩨쩨한 놈이 될 것 같았다. 슬그머니 말머리를 돌리며 노려보았다.

"아, 아닙니다. 그기 아니고……."

"그기 아니라면, 이기라는 거여? 똑똑히 들어. 염색장이 아들 장시훈!"

이동하는 갑자기 화를 확 내니까 뒷목에서 전기가 흐르는 것처럼 짜르르한 통증이 왔다. 뒷목을 잡고 고개를 숙였다.

"예, 예. 말씀만 해 주셔유. 의원님 말씀이라면 화약을 들고 불 속이라도 뛰어들 준비가 됐슈."

"야, 시훈아. 너도 생각이 읎는 놈은 아니잖여. 내가 너한테 대의원을 왜 시켰다고 생각하냐?"

이동하는 화를 내면 혈압이 오른다는 생각에 길게 숨을 내쉬었다. 시훈이 진땀을 흘릴 정도로 설설 기는 모습을 보고 목소리를 한껏 낮췄다.

"그야, 의원님하고 암만해도 한 동리 사람잉께 이무롭게 지낼 수가 있고 팔도 안쪽으로 꾸부러진다는 말처름 먼 일이 있을 때마다 의원님 편을 들어줄 수가 있잖아유."

"그걸 아는 놈이 평소에 안부 즌화 한 통 읎어? 여기 앉아 있는 이동하가 니놈이 필요할 때만 즌화를 받아 주는 즌화 교환수여?"

"주, 죽을죄를 졌슈. 앞으로는 수시로 안부 즌화를 드리겄습니다. 참말유. 아부지 어머를 두고 맹세하겄슈."

시훈은 돌이켜 보니까 단 한 번도 안부 인사를 한 적이 없다는 것을 깨달았다. 손이 발이 되도록 빌며 용서를 구했다.

"중요한 것은 미래여. 원래 과거는 고달픈 벱이거든. 하지만 미래까지 고달프게 살 거라는 생각을 갖고 있으믄 동냥이나 하는 걸뱅이나 다름 읎지. 시훈이 자네가 충분히 반성했을 줄 믿고, 한 가지 묻겠네. 딴 동리 사람도 아니고, 우리끼리니께 단도직입적으로 묻겠네. 돈은 얼매나 끌어 모을 수 있겄나?"

이동하는 남은 물을 마저 마셔 버렸다. 백지에다 볼펜으로 줄을 쪽 긋고 나서 시훈의 얼굴을 바라봤다.

"지난 선거 때 천만 원이 들었슈. 그때는 다행히 모아 둔 돈도 있었고, 서울 동생이 밀어줘서 큰 문제 읎이 치뤘슈. 문제는 그동안 열심히 돈을 모았는데 제우 동생이 밀어준 돈을 갚고 낭께, 요번 선거 치를 돈이 읎다는 거쥬."

"그래서 워틱할 생각이여?"

"사람이 죽으라는 벱은 읎다고, 진천 사는 처남이 요번에 농협 조합장이 됐슈. 그래서 천만 원을 대출해 준다고 하데유. 그래도 돈 천만 원은 더 있어야 선거를 치를 수 있을 거인데……."

"자네 처남이 암만 조합장이 됐다지만 그 큰돈을 빌려 준다고 했단 말여?"

"제가 대의원이 되고 나서, 마누라가 사모님 소리 듣고 살았잖아유. 비록 쌀장사를 하지만 자식들이 댕기는 학교에 가도 교장 선생님이 직접 나와서 인사를 하고, 읍사무소에 먼 서류를 띠러 가믄 줄 서서 기다릴 필요 읎이, 호적계장이 직접 나와서 서류를 떼 주는 맛에 길들었잖유. 그런 데다 처남은 우리 마누라 말이라믄 깜빡 죽거든유. 요번에도 대의원에 당선만 되믄 그까짓 천만 원쯤 당장 갚을 수 있다고 큰소리치니께, 그담날 당장 돈 들고 찾아왔슈."

"내조를 상당히 잘하시는구먼. 돈이 부족하면 동생한테 갚은 돈을 다시 빌리믄 되잖여."

"그기 말유…… 동생은 빌려 주고 싶은데, 제수씨가 영 안 된다고 말리는 통에……."

"자네가 믿음을 안 줘서 그려. 자네 마누라처름 큰소리 빵빵 치란 말여. 그 돈을 두 배로 불려 준다고 해 봐. 워티게 두 배로 불려 줄 수 있느냐고 물으면, 군유지를 싸게 불하받아서 제 가격에 팔면 시 배는 받을 수 있다고 큰소리를 치란 말여."

"그 방법은 알고 있는데유. 만약 떨어지믄 워티게 되는 거유?"

"떨어질 거라고 생각하믄 출마 안 하는 것이 좋아. 수단과 방법을 가리지 말고 당선이 되야 하는 거여. 선거에서 일등은 모든 것을 용서받지만, 이등은 암만 똑똑하고 대단해도 용서를 못 받는 거여. 무슨 말인고 하면, 선거에서 일등을 하면 빌린 돈을 안 갚아도 되지만, 선거에서 지면 빌린 돈에다 이자까지 쳐서 갚아야 한다는 거지. 자네 같으믄 돈을 빌려서 안 갚는 것이 좋겠어? 아니믄 이자까지 쳐서 갚고 싶겠어?"

"그야, 당연히 안 갚고 싶겠쥬."

"좋아, 해답은 은었구먼. 조직은 내가 다시 한 번 정비해 줄 모양잉께, 열심히 해 봐. 단! 틀림읎이 당선될 것이라는 믿음을 단 한순간도 잊어버리믄 안 되는 거여. 그렇게 알고 어여 나가서 열심히 해 봐."

이동하는 시훈의 손을 잡고 일어섰다. 친구처럼 어깨동무를 하고 문 앞에까지 걸어가서 어깨를 툭툭 쳐 주고 내보냈다.

시훈은 곧바로 걸어서 집 쪽으로 향했다. 햇볕이 오늘따라 한여름 못

지않게 뜨거웠다. 택시를 타면 기본요금밖에 안 나오는 거리지만, 선거 자금 때문에 한창 민감해 있는 아내를 자극해서 좋을 것이 없다는 생각에 바쁘게 걸었다.

"영호 아부지, 워티게 됐슈? 의원님이 돈 좀 빌려 준대유?"

시훈은 더운 길을 바쁘게 걸어왔더니 목이 말랐다. 쌀가게에 들어가 자마자 곧장 부엌으로 갔다. 수도꼭지를 열고 물을 한 대접 받아 마셨다. 뒤따라온 진천댁이 한시가 급하다는 얼굴로 물었다.

"진천 처남 돈 갖고 안 된대. 동생 돈도 빌리랴."

"동생 돈을 빌리라믄? 서울 삼촌 돈을 빌리라는 거유? 동서가 그 돈은 집 지을 돈이라고 절대 안 된다고 했잖유."

진천댁은 맥이 빠진 얼굴로 가겟방 문턱에 앉았다.

"의원님이 하시는 말씀이, 군유지를 싸게 불하받아서 제값에 팔믄 시 배를 남길 수 있다고 하믄 얼른 빌려 줄 거라고 하드만."

"의원님이 참말로 그런 말씀을 하셨어유?"

진천댁이 금방 생기가 도는 얼굴로 반문했다.

"내가 읎는 말을 하겠어?"

"그람, 얼른 삼춘한테 즌화해 봐유, 두 배로 불려 준다는데 안 빌려 주겠슈?"

"내가 하는 것보담, 당신이 제수씨한테 해 봐. 동생은 원래 빌려 주기로 한 거잖여. 제수씨가 안 된다고 해서 못 빌린 거지."

"알았슈. 지난번처름 그냥 빌리는 것도 아니고, 두 배로 불려서 갚아 준다는데도 안 빌려 주믄, 앞으로 인연 끊고 살자는 거나 마찬가지쥬. 딴 일을 하겠다는 것도 아니고, 등록만 하믄 당선이 확실한 대의원 선거 치르는 데 쓰는 돈이잖유."

　진천댁은 망설이지도 않고 책상 앞에 앉아서 수화기를 들었다.

　"쉽지 않을걸."

　"세상에 돈 싫다는 사람 봤슈?"

　진천댁은 싱긋 웃으며 경훈의 아내 오숙자가 근무하는 미용실 전화번
호를 꾹꾹 눌렀다.

특혜 분양

머리가 좋으면
부상을 당할 만한 작업에 끼어들지 않는다.
머리가 나쁘면 몸이 힘들다는 말도 그래서 생겨났을 것이다.
그런 놈들은 제가 실수했다는 점을
잘 알고 있기 때문에 도의상 치료비만 줘도 그만이다.

바람이 불지 않아서 사과나무에 왕겨를 뿌리기에는 좋은 날이다.

상규네는 아침 일찍이 삼태기를 들고 과수원으로 나갈 준비를 했다. 바람이 불 때마다 둥구나무에서 떨어지는 빨갛고 노란 단풍잎들이 콩새 떼처럼 무리를 지어서 비상했다.

"같이 가자."

상규네가 방천길 쪽으로 돌아서 가려는데 박평래가 부르는 소리가 들렸다.

"아버님, 왱기 뿌리는 일은 저 혼자 해도 돼유. 그냥 십에 들어가서 쉬셔유."

상규네는 걸음을 멈추고 돌아섰다. 박평래가 지게에 바지게를 얹고 막 골목에서 나오고 있는 모습이 보였다.

"왱기는 개볍잖여. 놀기 삼아 하지 머."

"당장 오늘 내로 해야 하는 바쁜 일도 아니잖유. 날 해도 되고, 모리 해도 되는 일잉께 지가 츤츤히 할 팅께 어여 들어가셔유. 그러다 감기라 도 걸리시믄 어머님이 걱정하셔유."

"감기라믄 느 시어머가 겨울이믄 아주 달고 살지만 나는 이 나이가 되도록 감기 한번 걸려 본 적 읎다. 어여 가자."

박평래는 상규네의 말을 한 귀로 흘려보내고 부지런히 걸었다. 방천 길에서 동네로 들어오는 길은 새마을 사업으로 시멘트 포장을 했다. 비 가 올 때는 좋은데 눈이 오거나 맑은 날에는 어디 딴 나라 길을 걷는 것 같은 기분이 가끔 든다. 사람은 무릇 흙을 밟고 걸어야 하는데, 발바닥 에 와 닿는 감촉이 딱딱한 것이 안 좋다. 또 눈이 내리면 시멘트가 얼어 붙어서 쉽게 녹지 않는 바람에 해룡네 집에 막걸리를 마시러 갈 때 여 간 조심스러운 것이 아니다.

"아따, 그놈의 왱기 바라보기만 해도 좋구면."

왕겨는 어제 박태수가 일하는 합동 정미소에서 5톤 트럭으로 한 트럭 이나 부려 놨다. 방천길에 올라선 박평래는 산처럼 쌓여 있는 왕겨를 바 라보며 흐뭇하게 웃었다. 저놈들을 사과나무 밑에 뿌려두면 겨울에 비 를 맞고 눈을 맞으며 썩어서 거름이 될 것이다. 사과나무가 긴 겨울 동 안 흠뻑 적신 거름의 힘으로 씨알 굵은 사과를 매달 것을 생각하니까 왕겨를 바라보기만 해도 좋다.

"바쁜 것 읎으니께, 천천히 쉬셔유."

과수원 한쪽 구석에는 블록 벽돌로 쌓은 다섯 평 남짓한 창고가 있다.

사과를 쌓아 두기도 하고, 과수원 농사를 짓는 데 필요한 사다리며, 손수레, 비료 등을 넣어 두는 곳이다. 상규네는 삼태기를 들고 창고 앞으로 갔다.

"그려, 난 담배 한 대 피우고 시작할란다."

박평래는 왕겨 더미 앞에서 지게를 내려놓았다. 왕겨를 담은 마대가 이슬에 젖어 축축하다. 마대 자루 한 개를 끌어당겨서 바닥 부분을 하늘로 올려놓으니까 축축하지 않다. 그 위에 걸터앉아서 담배를 꺼냈다.

"올게는 사과 값이 션찮았지?"

상규네가 바퀴가 한 개만 달린 손수레를 끌고 왔다. 박평래가 왕겨 마대를 손수레에 싣고 있는 상규네를 바라보며 물었다.

"봄에 꽃 필 적에 여간 가물었슈? 너무 가문께 꽃이 안 핑께 사과가 매달릴 이유가 읎잖유. 게다가 작년까지만 해도 대만에서 바나나를 수입해 오는 조건으로 사과 만 오천 상자에서, 이만 상자를 수출했다잖유. 올해부텀 바나나 수입이 자유화돼서 대만 수출이 막혔다잖유."

상규네는 손수레를 끌고 가서 사과나무 밑에 왕겨 마대를 내려놓고 뒤돌아섰다. 빈 수레를 끌고 왕겨 더미 앞으로 가며 말했다.

"너는 신문도 안 보는 사람이 워티게 그런 거까지 알고 있냐?"

"신문 볼 필요 읎슈. 아침저녁으로 라디오 뉘우스만 열심히 들어도 세상 돌아가는 형편을 알 수 있잖유."

"나두 뉘우스는 열심히 들을라고 해도, 맨날 그기 그 소리 같고, 그기 이 소리 같아서 무슨 말인지 당최 모르겄더라. 구장이 그라는데 사람들이 사과 대신 귤을 찾는 것도 문제라고 하데. 학산 장날 가 보믄 사과보담 귤이 더 많이 나왔다능 겨. 게다가 귤은 값도 쌍께 사 먹기도 쉽잖여.”

“우리는 십오 킬로 상자당 사천 원씩에 냈잖유. 근데 지난주에 인자가 겨울옷을 한 벌 사 준다고 하도 성화길래 영동에 나갔었잖유. 그때 봉께 과일 가게에서 죄다 오천 원 이상 붙여 놨드라구유. 우리 과수원에서 내는 것하고 똑같은 홍옥 사관데 말유.”

“재주는 곰이 부리고 돈은 떼놈이 번다는 말이 있잖여. 농사꾼들은 쎄가 빠지도록 일만 하고, 돈은 장사꾼들이 버는 벱여.”

박평래는 낫을 들고 일어섰다. 상규네가 사과나무 밑에 갖다 놓은 마대를 묶은 짚과 새끼를 풀었다. 나무 밑에 둥글게 뿌렸다.

“그렇다고 방법이 전혀 읎는 거는 아뉴. 우리도 직접 영동 가게에다 사과를 내면 최소한 차비는 빠질 꺼유.”

“그려, 먼 수를 내도 내야지. 두 눈 똑바로 뜨고 등신 소리 들을 필요는 읎지.”

왕겨 한 마대로 사과나무 세 그루에 거름을 줄 수 있다. 박평래는 왕겨가 남은 마대를 질질 끌고 다른 나무 밑으로 가서 비웠다. 왕겨를 비운 마대는 다시 사용하기 위하여 착착 접었다. 나중에 한꺼번에 걷어가기 위해 사과나무 밑에 내려놓고 다음 나무 밑으로 갔다.

오후에는 햇볕은 좋은데 바람이 살살 불기 시작했다. 그러나 사과나무 밑에 뿌린 왕겨가 날아갈 정도는 아니라서 일은 할 만했다. 오후 세 시경이 되니까 바람이 오전처럼 잦아들었다.

“아버님, 출출하실 텐데 해룡네 가서 탁주라도 한 되 받아 와야겠슈.”

“즘심 먹을 때 한잔했는데 귀찮게스리, 머할라고……”

박평래는 상규네의 말을 듣고 나니까 막걸리 한 잔이 간절했다. 바람이 없으니까 햇볕도 좋았다. 마대에 남은 한 줌의 왕겨까지 탈탈 털어내며 말꼬리를 흐렸다.

상규네가 빠른 걸음으로 막걸리 한 되를 받아 왔다. 박평래는 마시기 좋을 만큼 알맞게 데운 막걸리 한 잔을 달게 비웠다. 안주로 가져온 마른 멸치를 된장에 찍고 있는데 삑, 거리며 둥구나무에 걸려 있는 스피커가 울었다.

"먼 공지 사항이 있는감?"

"글쎄유……."

상규네는 대접에 막걸리를 조금 따라서 목을 축이며 귀를 기울였다.

"에……. 모산 구장 황인술입니다. 시방, 박태수의 처 되시는 상규 어머는 빨리 여기로 와서 즌화를 받으시길 바랍니다. 다시 한 번 말씀드리겠습니다. 상규 어머는 영동병원에서 즌화가 와 있응께 어여 빨리 즌화 받으러 오시길 바랍니다."

스피커에서는 더 이상 황인술의 목소리가 흘러나오지 않았다. 그러나 박평래와 상규네가 마주 보고 있는 공간에는 괴괴한 바람이 불고 있었다. 둘은 약속이나 한 것처럼 동그랗게 뜬 눈을 끔벅거리며 바라보기만 할 뿐 말을 하지 않았다.

"시, 시방……. 너더러 즌화 받으라고 하는 말 아니냐?"

"그, 그런 거 가튜. 그, 근데 병원에서 먼 즌화래유?"

"그, 그걸 워티게 내가 아냐. 빠, 빨리 즌화를 받아 봐야 알지."

상규네는 막걸리 잔을 내려놓았다. 치마끈을 단단하게 동여매고 빠르게 방천길로 올라섰다. 영동병원에서 전화가 왔다면 누군가 영동병원에 있다는 말이 된다. 그 누군가는 영동 사는 사람일 것이다. 영동 사는 사람은 합동정미소에 근무하는 박태수밖에 없다. 방앗간은 옛날부터 사람이 많이 다치는 곳 중 하나다. 왜정 때는 불을 때서 끓는 물의 수증기를 이용해 발동기를 돌렸다. 발동기는 시동 거는 방법이 경운기와 비슷하다. 피스톤이 하나밖에 없는데 플리에다가 손잡이를 끼우고 발동기 코를 열어 놓고 돌리다가 속도가 붙으면 레버를 젖힌다. 그럼 탕탕거리며 돌아간다. 그때 피대라 부르는 커다란 벨트를 얼른 발동기에 걸어야 하는데, 이때 옷소매 같은 것이 딸려 들어가서 팔을 잃어버리거나, 심지어 목숨을 잃는 경우가 많았다. 양산에 있는 방앗간에서 일하는 김 뭐라고 부르는 누구는 스무 살 때 피대에 팔을 잃어버렸고, 학산의 모정말에 사는 방앗간 주인은 떡을 빼는 작은추석날 아침이 제삿날이 되고 말았다는 소문이 돌았다.

"시방, 즌화 받으러 가는 질여?"

해룡네가 황망한 걸음으로 걷고 있는 상규네를 따라붙으며 물었다.

"그려."

상규네는 해룡네를 바라보지도 않고 빠르게 걸었다. 둥구나무거리에는 스피커 소리를 들은 철용네가 궁금하다는 얼굴로 서 있었다.

"먼 일이댜?"

철용네도 상규네를 따라붙으며 물었다.

"어머님, 먼 일이래유?"

상규 아내 이옥순이 네 살짜리 기수 손을 잡고 골목에서 뛰어나오며 물었다.

"글씨."

상규네는 울 것 같은 얼굴로 기수를 바라보고 나서 언덕길을 황망한 걸음으로 올라갔다. 숨을 내쉴 틈도 없이 황인술의 집이 있는 골목 안으로 접어들었다. 모리댁도 골목에 나와 서 있었다.

"아! 여보세유, 여기 박태수 처 되시는 분이 왔응께 즌화 바꿔 줄께유."

전화는 황인술의 집 안방에 있었다. 상규네는 광일네의 안내를 받으며 안방으로 들어갔다. 안방에서 기다리고 있던 황인술이 수화기를 들고 먼저 말했다.

"사, 상규 아부지가 병원에?"

상규네가 수화기를 받으면서 마른침을 삼켰다.

"그건 안직 모르겄슈. 얼릉 즌화 받아 봐유."

"아! 여보세유. 지가 박태수 안사람 되는 최분순이라는 사람유. 왜 그란데유?"

"안녕하셔유, 저는 합동정미소에서 소장님하고 같이 일하는 털보라고 부르는 사람유. 즌화하게 된 것은 다름이 아니라, 소장님이 크게 다쳤구먼유. 그래서 여기 영동병원에 입원했슈. 그랑께 빨리 병원으로 와 주셔야겄슈."

"어, 얼매나 다쳤슈? 그 양반이?"

"생명에는 지장이 웂슈."

"생명에 지장이 웂다믄?"

상규네는 생명 운운하는 말에 눈앞이 아득해지는 것을 느꼈다.

"그랑께, 얼른 나와 보셔유. 시방 수술 중유."

"수, 수술 중이라뉴?"

상규네는 수술 중이라면 다쳐도 크게 다쳤을 것이라는 생각에 수화기를 잡은 손에 힘을 주며 놀란 목소리로 물었다.

"저, 저도 자세히는 모르겄슈. 의사 선생님이 나오셔야 자세하게 알수 있슈. 그랑께 빨리 나오셔유. 여기서 택시를 보낼까유?"

"아뉴. 여하튼 빨리 나가 볼 팅게 그동안 부탁 좀 드려유."

상규네는 힘없이 수화기를 내려놓으며 일어섰다.

"태수가 다쳤대유?"

황인술이 상규네를 따라 일어서며 물었다.

"그렇다네유. 시방 빨리 병원으로 오래유."

"그람, 학산까지 경운기를 타고 가유. 태수가 다쳤다믄 나도 병원에가 봐야겄구먼."

황인술이 내가 지금 이러고 있을 때가 아니라는 얼굴로 서둘러 입고 있던 재킷을 벗어 버렸다.

"많이 다쳤댜?"

철용네가 방에서 나오는 상규네를 붙잡고 물었다.

"시방 수술 중이랴."

마당에는 언제 왔는지 십여 명의 사람들이 모여 있었다. 상규네는 애써 담담한 얼굴로 대답하며 그들 사이를 헤집고 골목으로 나갔다.

"뭐라냐?"

박평래가 등구나무거리에서 순배 영감하고 담배를 피우고 있다가 황망한 걸음으로 내려오는 상규네의 앞을 가로막았다.

"애비가 다쳐서, 시방 수술 중이래유. 그래서 시방 병원으로 가 봐야겄슈. 구장님이 경운기로 태워다 준다고 했슈. 아버님은 일단 집에 가서 쉬셔유. 지가 병원에 도착해서 자시한 내용은 즌화로 알려 드릴 팅게."

"아녀, 난도 같이 가야겄다."

박평래는 반쯤 피우던 담배를 자신도 모르게 떨어트렸다. 갑자기 눈앞이 캄캄해져서 휘청거렸으나 이내 중심을 잡고 상규와 함께 살고 있는 집 쪽으로 허둥지둥 걸어가기 시작했다.

황인술이 경운기를 몰고 둥구나무거리에 도착했다. 미리 나와 있던 박평래며 순배 영감, 변쌍출과 상규네는 경운기 적재함에 올라탔다. 뒤늦게 소식을 들은 김춘섭이 뛰어나와서 막 출발하려는 황인술의 옆자리에 앉았다.

"거, 거기 서 봐. 나도 가야지. 내가 안 가믄 누가 가능 겨!"

청산댁이 헐레벌떡 뛰어나와서 막 출발하는 경운기 뒤에서 두 팔을 허우적거렸다.

"그냥 가."

황인술이 경운기를 멈추려는 기미가 보이자, 박평래가 벌떡 일어서서 황인술의 어깨를 치며 말했다.

"아이구, 우리 아들이 수술을 받는다는데. 즈 어머는 놔두고 애먼 사람들만 데리고 간다!"

청산댁은 점점 멀어져 가는 경운기를 바라보며 발로 땅을 치며 울음을 터트렸다. 철용네와 몇몇이 청산댁을 위로하며 박태수의 집으로 데리고 갔다.

"걱정 미리. 워디를 다쳤는지 모르겠지만 수술하고 있다고 했응께, 그머서, 고칠 수 있다는 말과 같은 말 아니냐."

상규네는 적재함 앞에 쪼그려 앉아서 손잡이를 잡고 고개를 숙인 채눈을 감고 있었다. 박평래가 하는 말은 탈탈거리는 엔진 소리에 묻혀 잘 들리지 않았다. 무조건 알았다고 고개를 끄덕이고 나서 다시 고개를 숙였다.

"뻐스는 한 시간 후에 있다는데 워짜쥬?"

황인술은 학산 삼거리 공터에 경운기를 주차시켰다. 황인술보다 먼저 경운기에서 내려 차부상회로 뛰어갔던 김춘섭이 되돌아와서 상규네와 박평래를 번갈아 봤다.

"어짜긴, 택시를 타고 가야지."

황인술이 상규네 말을 들어 볼 필요도 없다는 얼굴로 개인택시 앞으로 갔다. 자주 이용하는 김 기사 택시 앞에서 빨리 오라고 손짓했다.

"택시에는 네 명뺵에 못 타는데?"

김 기사가 택시에 타려는 사람들의 숫자를 헤아려 보고 나서 난처한 표정을 지었다.

"시방 사람이 다쳐서 병원에 가는 길여. 그까짓 사람 한 명 더 태웠다고 벌금 나오믄 내가 책음질 겨. 자, 제수씨는 앞에 타셔유. 그라고 우리 느이는 뒤에 끵겨서 타믄 되겄네."

황인술이 일사불란하게 상규네를 앞자리에 태웠다. 뒷자리에는 박평래부터 태웠다. 그다음에 자신이 올라타고 김춘섭에게 올라타라고 손짓했다. 몸매가 마른 변쌍출과 순배 영감을 억지로 태운 다음에 출발하라고 숨찬 목소리로 외쳤다.

"하여튼 교통순경한테 걸려서 딱지 맞게 되믄 구장님이 책임지셔."

김 기사는 하는 수 없다는 얼굴로 택시를 출발시켰다.

택시가 빠르게 영동을 향해 달려가는 동안 차 안에 탄 사람들은 누구 하나 입을 열지 않았다. 자리가 좁아서 뒤를 향해 앉은 순배 영감과 변쌍출은 쪼그려 앉아 있어서 무릎이며 허리가 아파 견딜 수가 없었다. 그러나 내색할 수 없어서 치통을 앓는 사람처럼 잔뜩 인상을 쓰고 서로 다른 방향으로 고개를 돌린 채 차창 밖으로 빠르게 스쳐 가는 미루나무들을 바라봤다.

"크게 다치지는 않았을 뀨……."

황인술도 순배 영감 때문에 다리를 뻗을 수가 없었다. 다리를 직각으로 구부리고 있었더니 저려 왔다. 무릎을 문지르면서 박평래를 바라봤다.

"나도 그렇게 믿고 있구먼. 이날 이때까지 남한테 털끝만큼도 피해 주지 않고 살았응께, 크게 다칠 리는 읎겄지."

박평래는 문 쪽을 향해 앉아서 간신히 엉덩이만 걸치고 있었다. 연신 무릎을 문지르다 상규네의 뒷모습을 바라봤다. 무얼 생각하고 있는지 모르지만 말 한마디 하지 않는다. 뭐라고 한마디라도 해 주면 마음이 좀 편해지겠는데 오늘은 아무 말 없는 상규네가 야속하기만 했다.

택시에서 내린 일행이 영동병원 쪽으로 바쁘게 걸어가려고 하는데 갑자기 길을 가던 사람들이 모두 멈춰서 로터리 '오포대' 철탑이 있는 쪽을 바라봤다. 오포대에 매달려 있는 스피커에서는 애국가가 흘러나오고 있었다.

"왜들 저라능 겨?"

"시방 여섯 싱께 구, 구기 강하식을 하잖유. 얼른 우측 기슴에디 손을 얹어유."

순배 영감이 묻는 말에 황인술이 부동자세로 서서 오른손을 왼쪽 가슴에 얹으며 속삭였다.

시방, 바빠 죽겠는데…….

상규네도 엉거주춤 서 있다가 황인술처럼 부동자세로 서서 왼쪽 가슴에 손을 얹었다. 눈앞을 보니, 무거워 보이는 책가방을 든 국민학생 두 명도 멈춰 서 있었다. 모자를 쓴 군인은 오포대를 바라보며 거수경례를 하고 있었다.

"언지부터 이런 뱁이 생긴 겨?"

"지난 시월 일일 국군의 날부팀 생긴 뱁이잖유. 전에는 극장에서만 애국가가 나왔는데, 시방은 방송에서도 여섯 시만 되믄 애국가가 나와유."

국기 강하식이 끝나고 나서야 정적에 잠겨 있던 도로가 다시 살아 움직이기 시작했다. 황인술은 순배 영감이 묻는 말에 빠르게 대답하며 영동병원 쪽으로 향했다.

영동병원에 도착한 상규네는 카운터에서 수술실이 어디 있는지 물었다. 이 층에 있다는 말을 듣고 엘리베이터를 이용하지 않고 이 층으로 뛰어 올라갔다. 멀리 수술실이라는 아크릴 간판이 보였다.

"모산서 오셨슈?"

수술실 앞에서 서성거리고 있던 털보가 상규네를 보고 물었다.

"수술은 언지 끝난대유?"

"아까, 의사가 잠깐 나왔을 때 물어봤슈. 거의 다 되어 가니께 한 시간 정도만 있으믄 끝난대유."

"어딜 수술한다는 말은 안 들어 봤슈?"

"아까는 놀랠깨비 즌화로는 말씀디리지 않았는데 말여유. 사실, 이쪽 팔이 피대에 빨려 들어갔슈. 피대를 새로 갈아 끼우다 옷소매가 빨려 들어가는 바람에……. 마침, 컨트롤 박스 앞에 직원이 서 있어서 얼른 즌기를 꼈으니 망정이지…… . 안 그랬으믄 참말로 큰일 날 뻔했슈."

"그, 그렇구먼유."

상규네는 다리가 후들거려서 서 있을 수가 없었다. 벽에 기대어 비틀거리다가 벤치에 털썩 주저앉았다.

"에미야, 에미야 정신 차려. 아이구, 이걸 어쩌. 너까지 정신을 못 차리믄 나는 워쩌라구. 에미야!"

박평래는 상규네가 정신을 놓아 버린 줄 알고 깜짝 놀라며 손을 잡고 흔들다가 스르르 눈을 감고 혼절해 버렸다.

"수, 수술을 하믄 모, 목숨은 구할 수 있슈?"

황인술이 털보 앞에 입안이 바짝 마른 목소리로 물었다.

"얼굴은 멀쩡해유. 팔만 피대에 빨려 들어갔슈. 피대에 빨려 들어간 왼쪽 팔이 완전히 으스러져서 여기 밑으로는 절단해야 한대유."

털보가 자기 왼쪽 팔꿈치를 손바닥으로 자르는 흉내를 냈다.

"그람, 목숨은 지장이 읎다는 말인개비구먼."

변쌍출이 안도의 한숨을 내쉬고 나서 박평래 옆으로 갔다.

"아여, 한시름 놨구먼. 다친 사람한테 머라고 하기는 머하지만 말여. 생명에는 지장이 읎다는 거여. 여기 이쪽 팔만 절단이 났다능 겨. 그랑게 정신 차리고 뭣 좀 마셔. 이런 데는 동전을 느면 커피가 나오는 기계가 있다고 하든데…… ."

변쌍출이 박평래를 흔들다 말고 안절부절못하는 얼굴로 발을 동동 굴렀다.

"차, 참말유? 새, 생명에는 지장이 읎고 팔만 그릏게 됐다는 거유?"

벤치에 축 늘어져 있던 상규네가 눈을 번쩍 뜨고 변쌍출을 바라보며 물었다.

"저이가 태수를 방앗간에서 여기까지 데리고 왔다잖여. 직접 데리고 왔응게 빈말이 아녀."

"아이구, 고마워라. 아이구, 고마워라. 팔만 워티게 됐다믄 얼마나 다행인지 모르겄네요 아버님, 너무 걱정하지 마셔유. 두 다리가 읎는 사람도 잘만 살아가는데 팔 한 짝 읎는 거는 아무것도 아녀유."

"아버님, 우리 철용이도 잘만 살아가잖유. 여기 커피 빼왔응게 이거 드시고 정신 좀 차려유."

김춘섭이 커피 자판기에서 커피 두 잔을 빼 왔다. 한 잔은 상규네에게 내밀고 나서 박평래를 흔들었다.

"암만해도 안 되겄네. 요 근처에 약국이 있잖여. 거기 가서 청심환 두 개만 사 오게."

순배 영감이 박평래 옆에 앉았다. 평소 들고 다니는 손바닥 절반 크기의 침통을 꺼냈다. 침 한 개를 꺼내서 소독이 되도록 머리에 긁었다. 박평래의 왼쪽 손을 잡고 엄지손가락 끝의 혈에 침을 놓았다. 검은 피가한 방울 맺히면서 박평래가 꿈틀거렸다. 오른손도 같은 위치에 침을 놓으니까 휴, 하고 길게 한숨을 쉬면서 눈을 떴다.

"우, 우리 며느리. 며느리 워디 갔어?"

"아버님 저 여기 있슈. 애비는 생명에 지장이 읎다고 항께 너무 걱정하지 마셔유……."

"차, 참말여?"

"이 사람아, 이 상황에서 빈말할 사람이 워디어. 참말이고말고, 태수를 방앗간에서 데리고 온 사람이 직접 말했구먼. 팔 한쪽만 못 쓰게 됐고 다른 쪽은 멀쩡하다고 말여."

순배 영감이 김춘섭에게서 받은 커피를 박평래의 손에 쥐어 주며 말했다.

"아이구, 이기 모두 니가 착하게 산 덕분여. 니가 착하고 열심히 살았응께 저만치에서 끝냈지……."

박평래는 눈물을 뿌리며 상규네를 위로하다가 하중태가 벤치 앞으로 다가오고 있는 것을 보고 말을 끊었다.

"혹시, 정미소 소장님 부친 되십니까?"

"그, 그런데유?"

박평래가 자신도 모르게 벌떡 일어서며 대답했다.

"이동하 의원님이 보내서 왔습니다."

"아이구, 그러셔유."

박평래는 얼른 커피를 벤치에 내려놓고 상규네의 어깨를 툭 쳤다. 어서 일어나서 인사하라는 눈짓을 보냈다. 두 손을 앞으로 모아서 송구스럽다는 표정으로 하중태를 바라봤다.

"저는 이동하 의원님 밑에서 일하는 하중태라고 합니다."

하중태가 품에서 명함을 꺼내 박평래에게 내밀었다.

"바, 바쁘실 텐데 여기까지……."

박평래는 두 손으로 공손하게 명함을 받아서 상규네에게 내밀었다.

"제가 원무과에 들러서 자세하게 알아봤습니다. 팔이 장애를 입을 수 있다고 하더군요. 원래 의원님이 직접 오셔야 하지만 지금 서울에 계십니다. 의원님이 바로 병원에 가 보라고 하셔서 제가 달려왔습니다. 치료비 문제는 전부 의원님이 책임지겠다고 하셨으니까 걱정하지 마시기 바랍니다. 그리고 병원에 계시는 동안 이것저것 필요한 것이 있을 거라며 우선 이 돈을 전해 주라고 하셨습니다."

"아, 아뉴. 태수가 잘못해서 다친 건데……. 이런 걸 주시믄 워틱해유."

하중태가 품에서 봉투를 꺼냈다. 박평래는 봉투를 받지 않으려고 황인술 뒤로 숨었다.

"혹시, 소장님 사모님 되십니까? 의원님이 드리는 돈이니까 받으세요."

"아, 아녀유. 아버님이 안 받으시는데 제가 워티게 받아유. 전 못 받아유."

"제가 수술 끝날 때까지 기다리면 좋겠는데, 요즘 선거 때문에 정신이 없습니다. 일단 이 돈은 소장님 가족에게 전해 주시기 바랍니다. 저는 의원님이 내려오시면 다시 들르겠습니다."

하중태는 자신을 에워싸고 있는 사람들을 둘러보더니 황인술에게 봉투를 건네주고 나서 정중하게 인사를 하고 돌아섰다.

이동하는 선거 사무실의 소파에 비스듬하게 누워서 고현수와 통화를 하고 있었다.

"그랑께, 젤 짝게 오른 땅이 오십 프로 이상은 올랐다는 말이지? 알았구먼. 내년까지는 최소한도로 배 이상은 오르겠구먼. 수고했어. 담에 또 연락함세."

전화를 끊고 나니까 너무 흥분돼서 저절로 몸이 자지러들었다. 작년에 강남에 사 놓은 땅 중에 적게 오른 것은 50%, 많게 오른 땅은 200%까지 올랐다. 일 억을 투자해서 가만히 앉아 일 억 원 이상을 벌었다는 결론이다. 돈 벌기가 이렇게 누워서 식은 죽 먹기보다 쉽고, 땅 짚고 헤엄치기인 줄 알았다면 진작 눈을 떴어야 했다.

가만있어 보자. 건설 회사를 백날 해 봤자, 강남에 땅 사 놓고 또 땅을 사는 것이 백배 난 거 아닌지 모르겠구먼.

자고로 돈을 벌려면 노력을 해야 한다. 최소한 은행에 예금을 하는 수고스러움이 있어야 이자를 받을 수가 있다. 그러나 땅은 그렇지가 않다. 땅은 분명 죽어 있는 물질에 불과하다. 그런데도 일단 등기만 해 놓으면 생명력이 있는 것처럼 저 혼자 무럭무럭 자란다. 이거야말로 요술 방망이라는 생각이 들면서 또 웃음이 나온다.

이동하는 스스로 생각해 봐도 민망할 정도로 큰 소리로 웃어 젖히고 나서 두리번거렸다. 사무실 안에 혼자밖에 없다는 것을 새삼스럽게 확인하고 신문을 끌어당겼다.

지난 7월 1일 검찰에서 발표한 압구정동 현대아파트 분양을 둘러싸고 특혜를 받은 220명에 대해 건설업체의 청탁에 대한 대가로 분양 받았는지, 투기 목적으로 매매한 사실이 있는지를 정밀히 조사한다는 기사가 나와 있다.

원갑룡 의원하고 박광호 의원 이름이 빠져 있는 걸 봉께 그분들도 중앙에서는 별 끗발이 읎구먼…….

특혜 분양을 받은 사람은 서울시 정무시장을 비롯하여 정계, 관계에 걸쳐 총망라되어 있다. 평당 44만 원짜리를 계약만 하면 두 배인 88만 원이 되는 요술 아파트다. 국회의원 이름 중에 원갑룡과 박광호가 없다는 점은 지난 7월 1일 신문을 보고 나서 알았다. 원갑룡이야 요즘 국회의원이 아니라서 이해 할 수 있지만, 박광호가 명단에 없는 것이 이상했다. 그 후로도 현대아파트 특혜 분양 사건이 신문에 날 때마다 습관처럼 들여다본 것은 나중에라도 그들 이름이 끼어 있을지 모른다는 기대감에서였다.

나도 서울 가서 아파트 건설 사업이나 해 볼까? 아녀. 일단 국회의원에 당선되고 나서 생각해 볼 문제여. 낙선 의원 출신이 서울 가서 사업한다고 하믄 도망가는 줄 알 겨.

현대건설에서 사원용 아파트로 허가를 받아 놓고 220명에게 특혜 분양을 했을 때는 그만큼 보이지 않는 곳에 손을 쓰면 더 많은 돈이 남기 때문일 것이다. 아파트 건설 사업이 그만큼 전망이 있다는 증거로 볼 수 있다. 하지만 아직은 때가 아니라고 생각하며 신문을 밀어 버렸다.

이동하는 박태수의 상태를 확인하러 간 하중태가 올 시간이 됐다고 생각하며 시간을 확인하려고 했다. 그때 하중태가 노크 소리와 함께 들어왔다.

"의원님 다녀왔습니다."

"수고했구먼. 얼매나 다쳤는가?"

"왼쪽 팔이 정미소 벨트에 빨려 들어가서 완전히 바스러졌다고 합니다. 담당 의사는 수술 중이라서 원무과장을 만나서 물어보니까, 최소한 삼 개월 이상 입원해야 한다고 합니다. 그래서 치료비 걱정은 하지 말고 해 놓고, 우선 필요한 데 사용하라며 의원님이 주신 십만 원을 주고 왔습니다."

"팔 한쪽이 날아갔다고?"

이동하는 인상을 쓰며 생각에 잠겼다. 정미소에서 직원이 처음 다친 것은 아니다. 가대기를 하다가 허리를 다쳐서 지팡이를 짚고 다니는 직원도 있고, 팔목이 날아간 직원도 세 명 정도 된다. 그 밖에 전기에 감전돼서 반신마비가 된 직원도 있다. 잊을 만하면 한 번씩 사고가 터진다는 생각에 신경질적으로 반문했다.

"생명에는 아무런 지장이 없답니다. 그냥 팔만 절단되는 사고는 흔한 거 아닙니까?"

하중태가 소파에 조심스럽게 앉으며 이동하의 눈치를 살폈다.

"나도 한두 번 본 사고는 아녀. 하지만 박 소장 부친이 우리 집하고 각별한 사이거든. 딴 직원들보담은 더 생각해 줘야겠구먼. 나는 워디 갔다고 했는가?"

이동하는 안전사고를 당한 직원들은 하나같이 머리를 쓸 줄 모르고 몸으로 세상을 사는 사람들이라고 생각했다. 머리가 좋으면 부상을 당할 만한 작업에 끼어들지 않는다. 머리가 나쁘면 몸이 힘들다는 말도 그래서 생겨났을 것이다. 그런 놈들은 제가 실수했다는 점을 잘 알고 있기 때문에 도의상 치료비만 줘도 그만이다. 하지만 국회의원이라는 신분 때문에 이 년 치 월급을 주는 것으로 모두 합의를 했다. 박태수는 박평래의 충성심도 있고 하니 삼 년 치를 줘야겠다고 생각했다.

"의원님은 서울에 계신다고 했습니다. 서울에서 내려오시면 들르겠다고 말입니다."

"선거 땜시 거기 갈 시간이 될란지 모르겠구먼."

"의원님, 병원에 입원한 환자들이 거의 유권자들입니다. 이 기회에 한 번 들러서 환자들과 악수라도 한 번씩 하면 도움이 될 것 같습니다."

"맞아, 내가 그 생각을 못 했구먼. 당장 내일이라도 한번 들러 봐야겠구먼. 박태수 문제는 그렇게 해결하기로 하고, 선거 야기부터 해 보자구.

요번에는 몇 명이나 나올 거 같나?"

"영동에서는 윤상배 의원이 출마하지 않는 것으로 확정됐습니다. 그 대신 윤상배 아들이 출마한다고 합니다."

"민주 정의당에서는 누가 나오는 거여?"

"옥천 사람인데 건설부 차관 출신인 최철구라는 사람이 영동에서 무슨 행사가 있을 때 명함을 돌리며 다니고 있습니다. 그 밖에 세 명이 더 있지만 조무래기들이라 거론할 필요가 없습니다."

"윤상배 자식은 나이가 몇 살이여?"

"마흔한 살이라고 하는데 윤상배가 위원장으로 있는 한국국민당 지역구를 물려줬다고 합니다. 직업은 윤상배가 운영하는 회사 사장입니다. 주소도 작년에 영동으로 이전했다고 합니다. 이름이 윤석중이라고 합니다."

"웃기는 놈들이구먼. 지역구를 자식에게 물려준 윤상배 그 늙은이도 웃기는 작자지만, 영동에 목욕탕이 어디 있고, 표고 골목이 어디 있는지도 모르는 놈이 국회의원으로 나서겠다고 설치는 것도 웃기는 일 아녀?"

이동하는 가소롭다는 표정으로 웃으며 소파에 비스듬하게 누워 다리를 꼬고 천장을 바라봤다. 다른 후보들은 걱정할 필요가 없다. 이번에는 윤석중이라고 하는 놈이 맞상대다. 놈은 제 아버지의 후광 덕분에 조직은 어느 정도 짜여 있을 것이다. 하지만 정치 초년생이다. 윤상배가 정면으로 나서서 선거운동을 총괄하지 않는 이상 충분히 승산이 있다는 생각에 소리 없이 웃었다.

제24장

1
9
7
9
년

이웃집 여자

임을 봐야 뽕을 딴다는 말이 있잖아요.
허구한 날 통금 오 분 전에 집에 들어오잖아요.
토요일부터 일요일에는 거래처 손님들하고
낚시, 골프, 화투 쳐 주느라 집에 붙어 있는 날이 없구요.
생과부라는 말 들어 봤어요? 생과부…….

애자는 어깨를 덮는 숄을 걸치고 베란다로 나갔다. 잿빛 하늘은 잔뜩 내려앉았다. 그 하늘 밑으로 성찬이가 빨간색 가방을 등에 메고 걸어가고 있는 모습이 보인다. 또래의 계집아이가 뒤에서 부르는 소리에 성찬이 멈춘다. 계집아이는 성찬이와 같은 학교 3학년으로 203호 사는 은행원의 딸이다.

영은이? 아니, 은영이라고 불렀던가?

그러고 보니 지난해였다. 아파트 마당까지 성찬이를 배웅 나갔다가 계집아이의 엄마와 함께 커피를 한 잔 마셨던 적이 있다. 여자도 상고를 졸업하고 결혼하기 전까지 은행에 다녔다고 했다. 그래서인지 아파트 내부가 검소했다. 텔레비전이며 전축에 냉장고도 아파트 평수에 맞는 것을 샀다는 생각이 들었다.

"성찬이라고 했죠? 우리 은영이가 그러는데 공부도 잘한다고 들었어요. 학교 보낸 다음에는 뭘 하시며 시간을 보내세요?"

"그냥, 책 좀 보다가……. 드라마를 보기도 하고"

애자는 커피를 한 모금 마셨다. 검소한 가구들과 다르게 그녀가 내놓은 커피는 국산 커피가 아니다. 일부 커피 애호가들만 마신다는 원두커피다. 그리고 보니 진열장에는 양주가 가득 차 있다. 그녀가 입고 있는 허름한 티셔츠도 논노상사가 수입을 해서 파는 프랑스산 디오르다. 백화점에 가면 삼십만 원 이상 주어야 하는 셔츠라는 생각이 드는 순간 은영이 엄마가 다시 보였다.

"너무 고독하게 사신다……. 백화점 쇼핑 같은 것은 안 하세요? 저는 외로울 때마다 백화점에 쇼핑하러 가요"

"쇼핑?"

애자는 처녀 때부터 쇼핑 같은 것하고는 거리가 멀었다. 영자와 말자는 틈날 때마다 백화점으로 가서 유명 브랜드의 옷을 사는 걸 좋아했다. 하지만 애자는 브랜드 옷이 아니라 디자인이나 컬러가 마음에 들면 시장에서도 서슴지 않고 옷을 사는 편이다. 그래서 일부러 쇼핑을, 그것도 주부가 쇼핑을 즐긴다는 말이 낯설게 들렸다.

"네, 쇼핑 모르세요? 백화점에 가서 물건 사는 거 말이에요"

"은영이 아버지가 돈을 잘 버는 모양이죠?"

"대출 담당 대린데 생기는 돈이 좀 있는 거 같아요. 성찬이 아버지는 어디 다니세요? 잘 보이지 않는 것 같은데……."

"혹시 아시는지 모르겠네요. 중앙정보부라고 말이에요. 거기 과장으로 다니고 있어요."

애자는 은영이 엄마가 은근히 남편 자랑을 하는 통에 자신도 모르게 고현수의 직업을 털어놔 버리고 말았다.

"주, 중앙정보부에 다니신다구요?"

은영이 엄마는 남편이 중앙정보부에 다닌다는 말에 소름이 쫙 끼치도록 애자가 위대해 보였다.

"잘 알고 계시는군요. 나중에 저도 초대 한번 하겠어요. 오늘 커피 잘 마시고 가요."

애자는 은영이 엄마가 파랗게 질린 얼굴로 바라보는 눈빛을 냉정하게 떨쳐 버리고 밖으로 나갔다.

전화벨이 울렸다.

애자는 천천히 거실로 들어가서 소파에 앉기 전에 텔레비전 전원 스위치부터 눌렀다. 벽시계는 여덟 시 반을 가리키고 있다. 이 시간에 전화 올 사람은 없다. 고현수는 일곱 시에 출근했고, 모산 옥천댁에게는 보통 열 시에서 열한 시 사이에 전화가 온다.

"에미냐? 나여."

전화를 건 사람은 뜻밖에도 이동하다. 어제 오후에 서울에 올라왔는데 영동으로 내려가기 전에 오랜만에 점심이나 같이 먹고 싶다는 전화였다.

"성찬이가 오늘 오전 수업이잖아요. 집에 와서 점심 드시는 거 어때요?"

"그것도 나쁠 거 읎지."

이동하는 점심시간에 맞춰 오겠다며 전화를 끊었다.

애자는 수화기를 내려놓고 냉장고 문을 열어 봤다. 특별하게 대접할 반찬거리가 눈에 보이지 않았다. 아쉬운 대로 해물탕이라도 만들려면 슈퍼에 다녀오는 수밖에 없었다.

슈퍼는 아파트 근처에 있었다. 애자는 슈퍼 안으로 들어가서 카트를 끌고 곧장 매장 안으로 들어갔다. 해산물 코너로 가고 있는데 은영이 엄마가 건너편에서 카트를 끌고 오다가 멈추고 반갑게 불렀다.

"어머, 사모님. 이 시간에 슈퍼에 오시다니……."

애자는 무심코 은영이 엄마 카트를 봤다. 소주가 대여섯 병이나 들어 있다. 햄이며, 소시지, 어묵, 계란 등 조리가 간편한 식재료가 많았다.

"집에서 무슨 잔치하세요?"

"아! 이거요. 그냥 사다 두는 거예요. 은영이 아빠가 가끔 집에서 찾거든요. 그럼 담에 봐요. 언제 초대 한번 해 줘요. 커피 타임."

은영이 엄마는 싱긋 웃으며 얼른 애자 곁을 지나쳐서 카운터 앞으로 갔다.

"날씨 풀리면 한번 초대할게요."

애자는 건성으로 대답하고 수산물 코너로 갔다. 매운탕을 금방 끓일 수 있도록 조개며, 꽃게, 조기 등이 랩으로 포장이 되어 있는 것을 샀다. 그 밖에도 양파며, 미나리, 두부 등을 덤으로 사서 들고 카운터 앞으로 갔다.

"점심때 손님이 오시기로 한 모양이죠?"

"시골에서 친정아버님이 점심시간에 오시기로 했어요."

애자는 먼저 간 줄 알았던 은영이 엄마가 카운터 앞에서 기다리고 있다가 하는 말에 성의 없이 대답했다.

"그럼, 저희 집에서 커피 한잔 하고 가실래요? 아직 점심시간이 되려면 멀었잖아요."

"다음에 마시죠."

애자는 집에 가 봐야 특별하게 할 것도 없으면서 고개를 가로저었다.

"성찬이 동생은 언제 볼 생각이에요? 아무리 공무원이지만 둘까지는 낳을 수 있잖아요."

은영이 엄마가 걸음을 옮기며 물었다.

"은영이 동생은 계획 있어요?"

애자는 할 말이 없어서 반문했다.

"임을 봐야 뽕을 딴다는 말이 있잖아요. 허구한 날 통금 오 분 전에 집에 들어오잖아요. 토요일부터 일요일에는 거래처 손님들하고 낚시, 골프, 화투 쳐 주느라 집에 붙어 있는 날이 없구요. 생과부라는 말 들어 봤어요? 생과부……."

은영이 엄마는 자조적인 미소를 지으며 말했다.

"요즘 생과부가 많다는 말 들은 적 있어요. 방송이나 신문에서도 많이 언급하잖아요. 남편들이 새벽부터 직장에 나가서 주말까지 일하는 통에, 아내들은 남편이 있어도 과부처럼 산다고 해서 생긴 말이잖아요."

애자는 문득 은영이 엄마가 남처럼 느껴지지 않았다. 오랜 세월 동안 속마음을 주고받던 친구처럼 느껴져서 싱긋 웃었다.

"해외에 취업해서 나갔다면 차라리 견딜 만하겠어요. 어차피 휴가 때나 돼야 들어오거나, 만기가 돼야 들어오니까요. 하지만 아침에 출근한 사람이 허구한 날 통금 오 분 전, 그도 아니면 외박을 한다고 생각해 보세요. 성찬이 아빠는 공무원이니까 퇴근 시간이 늦지 않죠? 아마, 주말에 은영이 아빠처럼 거래처 접대하는 일도 없을 거예요"

"저도 사정이 같아요. 성찬이 아버지 하는 일이 워낙 특수한 일이라서 일주일에 이삼 일은 꼭 안 들어오거든요. 한두 해도 아니고 벌써 몇 년째 남남처럼 살다 보니……. 어머! 내가 지금 무슨 말을 하고 있는지 모르겠네요."

"동병상련이라는 말이 있잖아요. 가끔 베란다에서 성찬이 엄마가 걸어오는 모습을 보면 왠지 외롭게 살고 있을 것이라는 생각이 들더군요 정말 커피 한잔 하고 가시지 않을래요?"

은영이 엄마가 아파트 입구에서 걸음을 멈추고 물었다.

"그럼, 실례 좀 할까요?"

애자는 미소를 지으며 고개를 끄덕거렸다.

"우리 친하게 지내요. 은영이하고 성찬이가 친하게 지내는 것처럼……."

은영이 엄마는 엘리베이터를 이용하지 않고 계단을 통해 이층으로 올라가며 말했다.

"그래요"

애자는 말을 해 놓고 생각해 보니 아파트에 사는 여자들과 별로 친하게 지내지 않았다는 것을 깨달았다. 고현수와 결혼하기 전에는 여자의 몸이지만 술도 멋대로 마셨고, 친구들과 여행도 자주 다녔다. 늘 친구들과 어울려 다니느라 세월을 어떻게 보냈는지 모를 지경이었다. 그러던 것이 고현수 그늘 밑으로 들어가서는 이웃과 왕래도 하지 않은 채 하루종일 아파트 안에서 금붕어처럼 살았다는 생각이 들었다. 일부러 그렇게 살겠다고 생각해 본 적은 없었다. 고현수가 그렇게 살라고 강요한 것도 아니다. 사랑하는 남편 고현수를 생각하며 하루를 보냈고, 그가 퇴근하기를 기다리며 통금까지 시간을 보내다 보니 시나브로 그렇게 되어 버렸다는 생각이 들면서 자신도 모르게 쓸쓸한 웃음이 얼굴 전체로 퍼져 나가는 것을 느꼈다.

은영이 엄마가 아파트 문 앞 바닥에 슈퍼에서 사 온 것들을 내려놓았다. 옆에 서 있던 애자가 그것을 들었다. 비닐봉지는 소주가 몇 병 들어 있어서 그런지 꽤 묵직했다. 소주병을 내려다보며 물었다.

"은영이 아빠가 매일 늦게 온다면서 소주는 언제 마셔요?"

"사실, 그 술들은 제가 마시는 거예요. 전 양주는 독해서 못 마시거든요."

그녀는 민망하게 웃으며 애자가 들고 있는 비닐봉지를 받아 들고 아파트 안으로 들어갔다.

"그럼, 커피보다 소주나 한 잔씩 할까요? 사실 저도 성찬이 아버지가 집에 들어오지 않는 날은 가끔 한 잔씩 하거든요."

애자는 은영이 엄마를 따라서 자연스럽게 주방으로 들어갔다. 은영이 엄마가 슈퍼에서 사 온 것들을 식탁 위에 올려놓았다. 애자는 의자에 앉으며 방금 한 말이 스스로도 놀랄 정도로 자연스러웠다고 생각했다.

"어머, 우린 알고 보니 외로운 술꾼들이군요. 사실 저도 오전에 술을 마셔요. 오후가 되면 다 깨거든요."

은영이 엄마는 소주잔이 아닌 맥주잔 두 개를 들고 식탁 앞에 앉았다. 소주 뚜껑을 따서 절반 정도 따랐다.

"그러고 보니 우린 서로 이름도 모르면서 술잔을 나누고 있네요. 저는 이애자라고 해요. 애자, 촌스럽죠? 대학 다닐 때 알았는데 우리 고유의 여자 이름에는 '자(子)' 자가 없대요. 왜정 때 창씨개명을 하면서 수많은 여자들이 영자, 순자, 길자, 정자 등 이름에 아들 '자' 자를 썼다고 들었어요."

"저도 이름이 순자예요, 박순자. 누가 그러는데 우리나라 여자 이름 중에 최소한 이백오십만 명의 여자 이름 끝에 '자' 자가 붙었다고 하데요. 나이는 서로 비슷한 거 같은데……."

박순자가 소주 안주로 오이를 썰어서 접시에 내놓았다. 오이를 찍어 먹을 고추장 접시를 들고 와서 의자에 앉으며 말꼬리를 흐렸다.

"우리 성찬이나 은영이를 보면 서로 나이가 비슷한 거 같은데 굳이 나이를 밝힐 필요가 있나요? 나이를 밝히면 족보를 만들어야 하고, 그럼 또 언니 동생으로 갈려야 하고 복잡하잖아요."

"어머! 애자 씨, 어쩜 대학생 같은 말투로 말을 하세요. 하긴, 성찬이 아빠가 중앙정보부에 근무하실 정도니까 애자 씨도 대학을 졸업하셨겠네요."

"그이는 서울대를 나왔어요. 한동안 고시 공부를 하다가 뜻대로 안 되니까 그쪽으로 취직했어요."

"어머머, 고시 공부를 하셨다면 서울대하고도 법대를 나오셨군요. 저는 여상을 나왔어요. 우리 은영이 아빠도 상고를 나왔고요. 은영이 아빠가 하는 말이 요즘 은행에 대학 졸업한 사람들이 많이 입사한대요. 은영이 아빠가 은행에 들어갈 때만 해도 거의 상고 출신들만 뽑았었거든요. 근데 대학을 졸업하고 입사한 행원들은 급수가 다르대요. 한마디로 출세가 보장된 셈이죠. 남편은 지점장이라도 해 먹고 퇴직하려면 지금부터라도 피 터지게 일하지 않으면 안 된대요."

"아무리 노력해도 빽이 없으면 승진이 안 된대요"

애자는 쓸쓸하게 웃으며 맥주잔을 들었다. 유리잔 안으로 보이는 투명한 액체를 바라보면서 침을 삼켰다.

"은영이 아빠도 그런 말을 자주 해요. 요즘은 능력이 사십 프로고 빽이 육십 프로라구요. 같은 지점 내에서도 줄을 잘 잡으면 당좌나 대출 쪽으로 돌고, 줄이 없으면 대학을 나오고 능력이 있어도 예금 쪽으로만 돈대요. 술맛 나는 이야기 아니에요?"

박순자는 애자를 향해 고혹스러운 미소를 지어 보이고 나서 소주를 천천히 마시기 시작했다. 애자는 유리잔을 빨고 있는 그녀의 입술을 가만히 바라보다가 술잔을 들었다. 심호흡을 한 후에 그녀처럼 천천히 잔을 비웠다.

"대출 쪽이나 예금 쪽이나 다 같이 은행 업무 아닌가요?"

"이상하게도 은행에서 예금 거래를 할 때는 고객에게 수수료를 지불하지 않으면서 대출 거래를 할 때는 오히려 수수료를 받는다는 거죠. 지점장은 아무래도 수수료의 일부분을 챙겨 주는 부하 직원을 좋아할 수밖에 없잖아요. 출세하려면 결국 대출 쪽에서 많이 근무하는 것이 좋고……"

박순자는 빈 잔에 스스로 술을 따랐다. 남은 술을 들고 애자에게 더 마실 거냐고 눈짓으로 물었다.

"출세! 출세! 대관절 출세의 의미가 뭐예요?"

애자는 더 이상 마시지 않겠다는 표정으로 빈 컵을 손바닥으로 막고 우울하게 물었다.

"성찬이 아빠는 서울대를 나왔잖아요. 출세하는 데 걸림돌은 없겠군요. 서울대를 나왔으니까 앞날이 고속도로처럼 보장되어 있잖아요 노력하지 않아도 저절로 승진하고, 출세하고 아우! 부러워. 나도 서울대 출신이랑 결혼할걸…… 농담이에요 한번 결혼한 여자가 남편이 고등학교 출신이라고 시댁에 되돌려 줄 수는 없잖아요"

박순자는 냉장고 문을 열고 안을 들여다보다 사과 한 개를 꺼냈다. 식탁 앞에 앉아서 과도로 사과를 깎으면서 수다를 떨었다.

"언제, 본격적으로 한잔 마시죠 오늘은 아버지가 오시기로 해서요"

애자는 슈퍼에서 구입한 것들이 든 비닐봉지를 들고 일어섰다. 오전에 술을 마셔 본 적이 없어서 그런지 얼굴이 화끈거렸다.

"저녁에 한번 만나요 성찬이 아빠가 출장 가시고, 우리 그이가 숙직하는 날 저녁에 만나서 취하도록 마셔 보는 거예요"

박순자가 현관 앞까지 따라 나와서 속삭였다.

"기대하겠어요"

애자는 오랜 친구에게 대하듯 박순자의 손을 꼭 쥐어 주고 나서 아파트를 나갔다.

아파트 차임벨을 누르는 소리를 들은 것은 성찬이 막 집에 들어와서 책가방을 내려놓았을 때였다. 애자는 연이어 울리는 차임벨 소리에 물묻은 손을 앞치마에 닦으며 인터폰 앞으로 갔다.

"나여."

애자는 화면 가득 얼굴을 채우고 있는 이동하의 얼굴을 보고 문을 열어 주었다.

"할아부지!"

"오냐, 우리 성찬이 많이 컸구먼."

이동하는 소파에 앉아 있다가 반갑게 달려오는 성찬이를 보니까 모처럼 웃음이 나왔다.

"최 기사님은 아래 계셔요? 같이 올라오셔서 점심 드시지……."

"이 근방에서 머 하나 사 먹으라고 돈 줬구먼."

이동하는 바지 주머니에서 지갑을 꺼냈다.

"얼굴이 많이 안 좋아 보여요"

"얼굴이 좋아 보일 이유가 있냐? 돈은 돈대로 쓰고 선거에서는 먹국을 먹었는데……."

이동하는 지갑에서 만 원짜리 한 장을 꺼내 성찬이에게 내밀며 과자 사 먹으라고 말했다.

"성찬아, 만 원짜리는 너무 커. 엄마가 오백 원 줄 테니까, 그 돈은 저금통에 집어넣어. 알겠지?"

애자는 성찬이 머리를 쓰다듬어 주고 나서 싱크대 앞으로 갔다. 해물탕은 먹기 좋게 끓고 있었다.

"인제, 정치는 그만두실 거예요?"

성찬이는 만 원짜리를 저금통에 넣으려고 제 방으로 들어갔다. 애자가 식탁 위에 매운탕 냄비를 올려놓으며 물었다.

"제정신여?"

"저 같으면 정나미가 떨어져서라도 그만두겠어요. 정치를 안 해도 먹고사는 데 지장 없잖아요. 건설 회사와 정미소만 잘 운영해도 남부럽지 않게 살 수 있잖아요. 엄마하고 외국 여행도 다니고, 좀 멋지게 살아 보세요. 요즘 웬만큼 사는 집에서는 해마다 해외여행을 간대요."

"국회의원들은 지가 해외에 나가고 싶을 때 은제든지 나갈 수 있지만,

일반인들은 아직 하늘에 별 따기여."

이동하는 식탁 앞으로 가서 앉았다.

"사업 목적이면 얼마든지 갈 수 있대요. 올 이월부터는 신원 조회 기간도 십오 일이면 된대요. 아버지는 회사 있겠다, 돈 있겠다 얼마든지 즐기며 살 수 있잖아요. 할머니하고 엄마 모시고 세 분이 해외여행도 하시고, 어디 제주도 같은 곳에 가서서 삼박사일 동안 여행이나 하시면서 사시면 얼마나 멋져요."

애자는 냉장고 안에서 반찬을 주섬주섬 꺼내서 식탁에 올려놓으면서도 입은 쉬지 않았다.

"내가 선거를 두 번 치르면서 얼매를 썼는지 아냐? 아니, 넌 알 턱이 읎지. 자그만치 일 억이 훨씬 넘는 돈을 처발랐단 말여. 그래, 좋아. 그까짓 돈이야 또 벌믄 되니께 똥 밟았다 처. 이동하의 명성이 땅바닥에 떨어진 건 워티게 복구한댜? 방법이 있으믄 야기해 봐, 우리 큰딸이 시키는 대로 할 모양잉께."

애자가 밥을 퍼서 이동하 앞에 내려놓았다. 이동하가 수저를 들면서 한심하다는 얼굴로 애자를 바라봤다.

"저한테 좋은 방법이 있어요. 학교를 설립하세요. 학교를 설립해서 장학 사업을 하시면, 국회의원을 하는 것보다 백 배 이상 존경받으시면서 사실 수 있어요."

"너 술 마셨냐?"

이동하가 코를 킁킁거리며 물었다.

"어제저녁에 좀 과하게 마셨더니 아직 냄새가 나는 모양이네요."

"여자가 어지 술을 얼매나 마셨길래 안직까지 술 냄새가 나는 거여?

고 서방하고 같이 마셨냐?"

이동하가 걱정된다는 얼굴로 물었다.

"어제, 고 서방 안 들어왔어요. 바쁜 일이 있다나……"

"술은 혼자 마시는 것이 더 나쁜 거여. 시집간 여자가 술 생각이 나면 남편하고 마실 일이지, 좌우지간 너는 클 때부텀 니 맘대로 사는 승질이 있어서 큰일여. 시방은 니 혼자 몸이 아니고, 고 서방도 있고 성찬이도 있잖여. 술을 마시고 싶을 때가 있어도 참을 줄 알아야 한단 말여."

이동하는 문득 들례가 떠올랐다. 춘임이를 시켜서 막걸리를 사 오다가 들킨 날 초주검이 되도록 두들겨 팼던 기억이 씁쓰름하게 생각나서 고개를 돌렸다.

"제 일은 제가 알아서 해요. 아버지는 혈압도 안 좋으신데 정치 그만두시고 제 말대로 학교나 설립해서 남은 인생은 장학 사업이나 하시면서 보람 있게 살아 보세요."

"혈압은 걱정 안 해도 돼. 혈압에 좋다는 약을 많이 먹고 있으니까. 그라고 학교를 설립한다는 것이 말처름 쉬운 일이 아녀. 골치는 골치대로 아프고 빛이 안 나는 일이, 바로 학교를 설립하는 일여. 그래서 교육 사업은 국가에서 관장하고 있는 거여. 누가 머라고 해도 난 담 선거에 또 나갈 거여. 그기 니 할아부지 뜻을 받드는 길이기도 항께. 매운탕을 봉께 술 생각이 난다. 고 서방 마시던 술 읎냐?"

"아부지 고집을 우리 집안에서 누가 말려. 엄마가 그러는데, 그 장시 훈인가 하는 그 모산 사람도 통일주체국민회의 대의원 선거에 나갔다가 떨어졌다면서요?"

애자는 고현수가 가끔 마시는 양주를 들고 와서 이동하에게 따라 주었다. 성찬이 제 방에서 뒤늦게 나와 의자에 앉았다.

"우리 성찬이는 할아부지가 선물 좀 해 주고 싶구먼. 뭣 좀 사줄까?"

이동하는 시훈은 생각도 하기 싫어서 말없이 양주를 몇 모금 마시고 나서 수저를 들며 성찬이를 바라봤다.

"할아버지, 저 책 사 주세요. 동화책 정말 재미있거든요."

성찬이가 이동하의 말에 기다렸다는 듯이 대답했다.

"어이구, 우리 손자. 아부지를 닮아서 공부를 잘하겠구먼. 그려, 너라도 공부 열심히 해서 난중에 사법 고시에 꼭 합격햐. 그기 아부지 평생한을 푸능 겨."

이동하가 귀여워 견딜 수 없다는 얼굴로 지갑을 꺼냈다. 만 원짜리 세 장을 성찬이 앞으로 내밀었다.

"엄마, 사법 고시가 뭐야?"

"응, 그런 것이 있어. 나중에 말해 줄 테니 어서 밥이나 먹자. 엄마가 그러데요. 아버지는 그나마 재산이 있어서 그럭저럭 견뎌 나가는데, 날망집 큰아들은 제 동생이며, 처갓집 돈까지 끌어다 선거운동을 하는 통에 온 집안이 겁나게 힘들게 됐다고요. 쌀집은 완전히 쫄딱 망했다고 소문이 어디까지 났다고 그러던데……."

"시훈이 그놈은 내 말을 안 들어서 떨어진 겨."

이동하는 시훈이를 생각하지 않으려고 해도 자꾸 생각이 났다. 술잔을 비우고 나서 스스로 잔을 채웠다.

"아버지가 그 사람 선거운동 해 줬어요?"

"팔은 안으로 굽는다고 모산 사람인데 모른 척할 수 읎는 거 아니냐. 그래서 내 조직을 빌려 줬지. 내가 시키는 대로 계속 끌고 갔으믄 당선이 되고도 남을 일인데, 막판에 그놈이 몸을 사리는 바람에 떨어지고 말았잖여. 당선만 되믄 얼마든지 복구할 수 있응께, 은행에 집을 저당 잽혀서라도 돈을 투자하라고 했잖여. 내가 그 말을 했을 때가 바로 한창 돈이 들어갈 때거든. 그때 돈을 찔렀으면 지금쯤 대의원 뻬찌를 달고 댕기지. 근데 이리 재 보고 저리 재 보다가 선거 사흘 앞두고 저당을 잡혔는데 되겠냐? 그때는 이미 영동 바닥에 장시훈 실탄이 떨어졌다고 소문이 파다할 땐데? 결국 집은 집대로 날아가고, 망신은 망신대로 당해서 개망신을 당한 거지."

"선거하는 데 돈이 왜 필요해요?"

애자는 성찬이 먹을 수 있는 반찬을 챙겨 주고 나서 이동하 앞에 앉았다가 다시 일어섰다. 빈 잔을 들고 와서 양주를 조금 따라 들고 앉아서 물었다.

"철부지 같은 말만 골라서 하고 있구먼. 정치를 지대로 할라믄 돈이 있어야 햐. 돈이 읎으믄 정치를 못 하능 겨. 소금 먹은 놈이 물 찾는다는 말도 못 들어 본 겨? 통일주체국민회의 대의원 정도를 할라믄 저 사람 돈이 있구나 하는 소문이 나야 표가 들어오는 뱁여. 지가 아무리 똑똑해도 상대방 후보가 막 돈을 풀면, 양심에 걸려서라도 돈 쥐어준 쪽에 표를 주게 되어 있는 법여, 그것이 인지상정이라는 거여."

이동하는 시훈은 둘째 문제로 치고 작년 12월 12일에 있었던 국회의원 선거에서 떨어진 것을 생각하면 요즘두 너무 분해서 잠이 안 올 지경이다. 모처럼 딸이 끓여준 매운탕에 양주를 마시니까 불과 오백여 표 차이로 떨어졌던 억울함이 잠시 가시는 것 같았다. 매운탕을 맛있게 먹으면서 강 건너 불구경하는 목소리로 말했다.

"아버지는 둘 다 가지고 계신데 왜 떨어지셨어요?"

"나는 운이 없었지. 아니, 운이 없었던 것이 아니고 선거 막판에 여론이 너무 좋응께 선거운동을 슬슬 해도 당선될 줄 알았잖여. 초지일관 밀고 나갔다믄 지금쯤 국회의원 사무실에 있을 내가 아니냐."

"몇 표 차이로 떨어지셨는데요?"

"한 오백 표 된다. 그것도 옥천이나 보은에서 졌으믄 원통하지나 않지. 영동 놈들이 배신을 했응께 내 속이 편하겄냐. 나는 그래도 내 고향이라고 장학금을 일 년에 못 줘도 오백만 원씩 내놓고 있지 않냐. 그것뿐여? 어디 무슨 단체에서 놀러 간다고 하믄, 최소한 소주 및 박스에 사이다나 콜라 한 박스씩은 내놓잖여. 무슨 동문 체육대회 한다고 찾아오믄, 나하고 아무런 상관이 읎는 학교라도 다문 멫만 원씩이라도 찬조했잖여. 하지만 옥천 사람이 영동을 위해서 일 원짜리 하나라도 내놓은 것이 있냐? 있다면 억울하지나 않지. 에이, 이래서 또 술맛 나는구먼."

이동하는 영동 사람들이 자신을 외면한 것을 생각하면 억울하고 원통해서 견딜 수가 없었다. 술잔을 비워 버리고 다시 스스로 술을 따랐다.

"정치를 계속하지 않을 것이라면 표를 주지 않은 영동 사람들을 원망해도 괜찮지만, 그 반대라면 지금부터라도 그 사람들 마음을 사로잡을 만한 일을 하셔야 하잖아요. 그게 세상 살아가는 순리라고 생각해요."

"우리 애자 다 컸구먼. 애비한테 세상 살아가는 순리를 설명하는 걸 봉께, 하지만 이후라도 애비 앞에서 세상을 워티게 살아야 한다는 훈계는 하지 마라. 난 나한테 표를 찍어주지 않은 사람들하고 타협 안 할 거여. 암, 절대로 안 할 겨."

이동하는 회심의 미소를 지으며 술을 한 모금 마셨다. 성찬이 바라본다. 손을 뻗어서 성찬의 턱을 어루만지며 환하게 웃었다.

"선거를 해서 표를 많이 얻은 쪽이 당선되는 걸로 알고 있는데……."

애자도 취기가 밀려왔다. 밥을 먹기가 싫었다. 술만 계속 마시면서 빈정거리는 목소리로 말했다.

"안양이나 성남 그런 데 사는 사람 표 얻기가 더 쉽다는 걸 알았구면."

이동하가 애자 너는 뛰어 봤자 내 손바닥 안에서 논다는 표정으로 바라보며 웃었다.

"안양이나 성남에서 출마할 예정이에요? 아무런 연고도 없는 데서? 하다못해 목욕탕이 어디 있고, 동사무소가 어디 있고, 슈퍼가 어디 있는지도 모르는 생판 모르는 데 사람 표 얻기가 더 쉽다는 거예요?"

애자가 두 눈을 동그랗게 뜨고 물었다.

"딴 사람이 그려 놓은 그림을 새로 고치는 건 심든 벱여. 하지만 새 도화지에 그림을 그리는 것은 쉬운 거여. 먼 말인고 하믄, 안양이나 성남 같은 데 지역구를 새로 정해서 활동하믄, 그 사람들한테는 내 좋은 점만 눈에 띈단 말이지. 영동에다 돈을 풀면, 이동하가 또 돈을 푸는구나, 라고 생각하지만, 새로운 개척지에 돈을 풀면, 저 사람은 착한 사람이고 지역을 위해서 헌신할 줄 아는 사람이구나, 라고 받아들인단 말이지."

"아버지, 그거 검증된 철학이세요?"

애자가 놀랐다는 얼굴로 물었다.

"어제저녁에 내 오랜 정치적 스승님을 만나서 확실하게 전수받은 비법여. 그분도 그런 식으로 정치를 하고 계신 분여. 원래 서대문이 지역

구였는데 시방은 서대문하고 아무런 상관도 없는 성동구에서 의원 간판을 내걸고 계신 분여. 한마디로 선지자적인 혜안을 가지신 분이지."

"아버지는 그래서 어디로 옮기실 생각이세요?"

"올해 안에 결정을 해야지. 원갑룡 의원님이 충고해 주시는데 나는 도시보다 농촌 사람들이 많이 모여 사는 안양이나 성남 같은 데로 욍기는 것이 좋다고 하시드라. 그래서 하 상무를 보내 민심을 살펴본 담에 결정할 생각여. 성찬아, 할아부지 또 국회의원에 출마할란다. 요번에는 꼭 당선돼서 우리 성찬이한테 비싼 장난감 사 줄 겨. 알겠지?"

"할아부지 또 국회의원 나갈 거야?"

성찬이 밥을 먹다 말고 물었다.

"그려, 우리 성찬이도 박수 쳐 줘야 햐. 그래야 할아부지가 힘내서 선거운동 하지. 승우는 자주 오냐?"

이동하는 어린 손자가 보면 볼수록 귀여워서 견딜 수가 없었다. 성찬의 뺨을 살짝 쥐고 흔들어 주고 나서 흐뭇하게 웃었다.

"낮에는 구청에서 방위로 근무하고 밤에는 공부하고, 여기 올 틈이 어딨어요?"

"구청에서도, 구청 도서관에서 근무하기 땜시 하루 종일 고시 공부만 하고 있다고 하든데?"

"즈 매형이 있는데 어련하겠요?"

애자는 사지 멀쩡하고 건강한 승우가 방위로 빠진 것도 불만이지만, 방위로 근무하면서도 하루 종일 공부만 하고 있다는 것도 못마땅해서 자신도 모르게 목소리가 퉁명스럽게 흘러나왔다.

"너는 니 동생이 편하게 군 생활 하는 것이 그렇게 불만이냐?"

"불만이 있을 수 있겠어요? 요즘은 자식 군대를 보냈느냐, 안 보냈느냐로 괜찮은 집안인지, 졸부인지 판단한다는데……."

"틀린 말은 아녀. 조선 시대에도 양반집 자제들은 열에 여덟 명은 군역을 피했잖여."

이동하는 승우를 방위로 뺀 것은 백번 잘했다고 생각했다. 하지만 승철이를 군대에 보내지 않은 것이 천추의 한으로 남았다. 놈이 군대 가서 고생을 좀 했다면 어항 속처럼 편한 집을 나갈 생각은 안 했을 것이라는 판단 때문이다.

김춘섭의 집 옆 텃밭에 새마을 회관이 지어졌다. 대지 오십여 평에 건평 이십오 평짜리 단층 슬래브 건물이다. 회관 안에는 마을 사람들이 모여서 회의할 수 있도록 창고처럼 넓은 공간뿐이다. 창고와 다른 점이 있다면 방바닥에 기름보일러를 설치했고, 요즘 한창 유행하는 싱크대가 아파트처럼 집 안에 있다는 점이다. 구장 집에 있던 앰프 시설도 방구석을 차지했다. 앰프 시설 옆에는 구장이 사무를 볼 수 있도록 책상과 의자도 갖추어 졌다.

"세상 참말로 편하구먼. 여기는 겨울에도 정지에 나가서 밥할 일이 읎겄구먼."

"서울 아파트는 옛날부텀 정지며, 벤소까지 집 안에 있다잖여. 웬만큼 사는 십도 징지하고 벤소가 집 안에 있어서 비 오는 날이나, 한밤중에도 바깥에 나갈 일 읎이 그냥 집에서 다 해결한다능 겨."

"세상 참 살기 좋아졌구먼. 수도만 틀면 물이 쫙쫙 나와, 설거지할 때도 한데로 나갈 필요 읎이, 바로 여기서 설거지하면 되잖여."

"좌우지간 여자들만 살판났어. 옛날처름 불 때서 밥을 하나, 즌기만 누르면 즌기밥통이 다 해 줘. 숯불 맨들어서 다리미질을 하나, 아침에 보온 물통에 물을 넣어 두믄 진종일 뜨거운 물 써. 인제 아주 정지에 나갈 필요도 읎이 집에서 수도꼭지만 틀면 물이 좔좔 쏟아징께, 아주 살판이 났구먼."

아낙네들이 싱크대 주변에 모여서 수도꼭지를 틀어보고 개수대를 만져 봤다. 웅성거리며 한마디씩 하는 광경을 지켜보던 황인술이 큰 소리로 말했다.

"자, 자! 싱크대가 워디로 도망가는 것도 아니고, 날이면 뜯어 가는 것도 아녀. 싱크대는 주야장천 거기 있을 껭게, 만져 보고 싶으믄 언제든지 와서 만지고 어서 준공식 준비 서둘러. 열 시 정각에 군수님하고 면장님이 오셔서 준공식 하기로 했잖여. 딴 동리 새마을지도자들도 많이 참석할 껭게, 돼지괴기도 쌂고, 적도 부치고, 어지 장 봐 온 과일도 깎고 하란 말여."

"그라고, 태수 워디 갔나? 아까 눈에 뵈던데?"

"집에 잠깐 갔다 온다고 했는데유."

황인술이 묻는 말에 물걸레로 창틀에 묻은 먼지를 닦아내고 있던 김춘섭이 시선을 돌리지 않고 대답했다.

"돼지괴기는 가스레인지로 안 되잖유. 마당에 화덕을 갖다 놓고 장작을 때야 할 거 같은데?"

윤길동이 회관 문을 삐죽이 열고 황인술에게 물었다.

"그려, 화덕 워디 있는지 알지? 우리 집 헛간에 있구먼. 화덕 갖고 오는 김에 멍석도 좀 지고 와. 가만있어 봐. 벌써 여덟 시구먼. 탁주는 아침에 배달을 시켰고, 학산 떡집에 맞춘 떡은 아홉 시까지 갖고 오기로 했고, 먼가 까먹은 기 있는 거 같은데 영 생각이 안 나는구먼……."

황인술은 새마을 모자를 벗었다 쓰며 책상 앞 의자에 앉았다. 오늘 준 공식을 치르기 위해 메모해 둔 노트를 펼쳐서 하나씩 체크해 나가기 시작했다.

둥구나무 가지를 천천히 흔드는 바람은 시원했고, 들판의 모들은 땅에 뿌리를 내려서 팽팽하게 서 있다. 방천길 허리에 이리저리 늘어져 있는 호박 줄기에 붙어 있는 노란색 호박꽃은 이슬을 머금어 진노란색을 띠고 있다. 해룡이는 박태수네 집 텃밭의 배추밭에서 나비를 잡으려고 엄지와 검지를 집게처럼 만들어 내밀고 살금살금 걸어가고 있다.

"저, 저런! 또 놓쳤구먼. 해룡이 저러다 종일 허탕만 치겠구먼."

순배 영감은 해가 갈수록 기력이 약해져 가는 걸 몸으로 느낄 수 있었다. 요즘은 지팡이 없이는 둥구나무거리까지 걸어 나오기도 힘이 든다. 너럭바위에 앉아서 두 손으로 지팡이를 움켜잡고 혀를 찼다.

"그래도 해룡이는 낙이 있어."

"해룡이가 언지는 낙이 읎었나? 내가 이날 이때까지 살면서 해룡이 눈에서 눈물 쏟는 꼴을 못 봤구먼."

"팔봉이 아부지는 해룡이 아들 야기를 하고 있구먼."

변쌍출과 박평래가 주고받는 말을 가만히 듣고 있던 순배 영감이 끼어들었다.

"해룡이 아들이 왜유?"

집에서 나오던 박태수가 박평래를 향해 반문했다. 박태수는 작년에 정미소에서 사고를 당한 후 왼쪽 팔이 어깨 밑에서부터 사라졌다. 게다가 허리까지 다쳐서 지팡이가 없으면 거동이 불편하다. 덩치나 작나, 덩치가 산만 한 녀석이 지팡이를 짚고 한발 한발 걸어오는 모습을 보고 있으니까 가슴이 저려서 박평래는 이내 시선을 돌렸다.

"가가, 공부믄 공부, 달리기믄 달리기, 웅변이믄 웅변 못 하는 것이 없잖여. 해룡이 방에 가 봐. 일 학년 때부텀 타 오기 시작한 상장으로 도배를 했잖여."

"공부만 잘하는 것이 아뉴. 즈 집에 오는 무슨 전기세며, 세금 고지서라든지 그런 것도 다 해룡이 아들이 챙긴다잖유. 그래서 해룡네는 아주 해룡이 아들한테 돈 관리를 맥겨 버렸다잖유. 인제 열한 살짜리 치고는 우리 같은 늙은이 뺨친다니께유."

변쌍출도 해룡이를 바라보던 시선을 박태수에게 옮겼다. 무슨 종이를 입에 물고 새마을 회관 쪽으로 걸어가는 모습이 안쓰러워서 마주 볼 수가 없어 슬그머니 시선을 돌린다.

"구장님, 집사람은 죽어도 연설하기 싫대유. 꼭 연설을 해야 한다믄 구장님이 대신 해 주믄 워떻겠냐며 여기 적어 주데유."

박태수는 지난 2월에 퇴원한 이후 처음에는 집 밖 출입을 못 할 정도로 마음고생이 심했다. 그러나 상규네가 억지로 과수원으로 데리고 다니고, 일부러 학산장에 끌고 가는 통에 지금은 남의 눈을 의식하지 않는 편이다. 상규네가 적어준 편지를 황인술에게 내밀었다.

"참, 내동 및 번이나 말했는데도 자꾸 딴소리를 하고 있구먼. 내가 시키는 것이 아녀. 면사무소 강 계장이 그라는데 군청에서 지시가 내려왔다능 겨. 딴 동리 새마을지도자들 앞에서, 나는 이렇게 열심히 해서 성공했다는 연설 좀 간단하게 하라고 말여."

황인술은 상규네가 뭘 생각하고 있는지 아무리 재 봐도 알 수가 없었다. 만약 자신이 도지사 표창을 받았다면 돼지가 아니라 소를 잡았을 것이다. 그러나 상규네는 이동하가 돼지와 막걸리를 내지 않았다면, 박태수가 사 가지고 오기로 한 돼지고기 몇십 근으로 끝냈을 것이다. 이번에도 그렇다. 회관을 짓는 데 거금 삼백만 원을 구장 수곡 내듯이 기부하고도 나하고는 아무런 관련이 없는 것처럼 내색하지 않는 점은 도무지 이해가 되지 않았다.

　"사람 환장하겠구먼. 나도 및 번이나 말했슈. 구장님이 시키는 것이 아니고 군청에서 직접 지시가 내려왔다고 말여유. 그랑께, 면장님도 있고 군수님도 있는데 내가 머 잘난 것이 있냐며 절대로 못 하겠다고 우겨쌌는데 워틱해유."

　"그람, 이렇게 하믄 되겠네. 일단 내가 알아서 할 모양잉께 이따 준공식에 참석이나 하라고 햐. 내 말 무슨 뜻인지 알겠지?"

　"군수님도 계신데 시키믄 울며 겨자 먹기로 안 할 수가 읎다 이 말인가유?"

　"좌우지간 내가 알아서 할 모양잉께, 연설 문제는 고민하지 말고 이따 준공식에나 참석하라고 햐. 온 동리 사람 한 명도 빠지지 않고 죄다 참석하는 자리니께 참석 안 할 리야 읎겠지만 말여."

　황인술은 박태수의 어깨를 쳐 주고 나서 아낙네들이 있는 곳으로 바쁘게 걸어갔다.

　"술 배달 왔슈. 워디다 내리믄 돼유?"

　1톤 트럭이 새마을 회관 앞에서 멈췄다. 술 배달을 하는 40대 남자가 소매가 없는 흰색 러닝셔츠 차림으로 박태수에게 물었다.

"술 얼매나 왔슈?"

회관 안에서 걸레를 들고 나온 김춘섭이 물었다.

"닷 말인데유."

"회관 뒤 그늘에 갖다 두면 돼유. 해장 한잔할 텨?"

김춘섭이 뒤늦게 박태수를 발견하고 물었다.

"이따, 군수님하고 면장님이 오신다며. 얼굴 시뻘겋게 해서 서 있으믄 그것도 그렇잖여."

"한 잔씩인데 어뗘. 따라와. 딱 한 잔씩 하자고"

김춘섭이 회관 안으로 들어가서 분홍색 플라스틱 바가지를 들고 나왔다.

"그람, 한 잔 해 볼까?"

박태수는 너럭바위에 앉아 있는 노인들을 흘끔 바라보고 나서 김춘섭을 따라 회관 뒤로 갔다.

회관 뒤에는 동네 행사가 있을 때 사용하는 그릇이며 상이나 천막 등 잡동사니를 넣어 두는 헛간 비슷한 창고와 공중변소가 있다. 공중변소는 새마을 식으로 냄새가 나지 않게 양변기에 뚜껑까지 있는 구조다.

"닷 말 맞쥬?"

술 배달꾼이 한 말짜리 통 다섯 개를 회관 뒷벽에 붙여 놓고 나서 김춘섭에게 확인시켰다.

"그려, 이따 또 주문하믄 빨리 좀 갖다 줘유."

김춘섭은 한 말짜리 통 한 개의 뚜껑을 열었다. 공기가 들어가게 한 다음에 손바닥으로 뚜껑을 막고 통을 흔들었다.

옛날에는 암것도 아녔는데……

박태수는 김춘섭이 양손으로 한 말짜리 통을 가볍게 흔드는 모습이 부러워서 저절로 한숨이 나왔다.

"왜 그랴?"

김춘섭이 플라스틱 바가지에 막걸리를 가득 따랐다. 박태수에게 먼저 마시라고 권하며 물었다.

"암것도 아녀."

박태수는 막걸리를 받아서 배가 불룩할 때까지 마시고 입을 뗐다. 그래도 술이 절반이나 남아 있었다. 그걸 김춘섭에게 건네주고 손바닥으로 입을 닦았다.

"담배 필 텨?"

김춘섭이 막걸리를 비운 플라스틱 바가지를 술통 위에 엎어놓고 나서 담배를 권했다.

"하나 줘 봐."

박태수는 김춘섭이 불을 붙여 주는 담배를 받아서 길게 연기를 내뿜으며 벽에 기대어 섰다.

"의원님하고는 합의가 아주 끝난 겨?"

바람에 박태수의 빈 소매가 흔들거렸다. 김춘섭은 철용을 보는 것 같아서 가슴이 아렸다. 먼 하늘을 바라보며 담배를 피우다가 갑자기 돌아서서 물었다.

"합의서에 도장까지 찍어 주고 합의금까지 받았는데 또 먼 합의를 본다능 겨?"

"그람, 참말로 돈 삼백만 원에 끝낸 거여?"

"아부지하고 상규어머가 그 돈도 많다고 하잖여."

박태수는 쓸쓸하게 웃으며 담배 연기를 길게 날렸다.

"니가 한두 살 먹은 어린아여? 아부지하고 마누라가 제우 돈 삼백도 많다고 하니께 도장을 찍어주게?"

"그렇지 않아도 진규하고 인숙이가 소송을 하겠다고 난리도 아녔구 먼. 그런데도 상규 어머가, 돈 천만 원을 받는다고 해서 팔이 원래대로 돌아오는 것도 아니고, 목숨이 붙어 있는 것만 해도 다행이라고 입에 거품을 물고 고집을 피웅께 워쩌겄어. 원래 그 사람은 한번 결정한 것은 안 물리는 승질이잖여."

"그래도 진규하고 인숙이 승질도 즈 어머를 닮아서 보통은 넘을 텐데?"

"딴 집에는 자식이기는 부모 읎다고 하는데, 우리 집에서는 안 통햐. 자식들이 암만 잘나도 즈 에미 말을 거역하는 것들은 자식이 아니라고 버티는 데야 도리가 읎지."

"하긴, 나는 철용이 사고 났을 때 돈 천 원 받고 아야 소리도 못 했구 먼. 화폐개혁 하고 나서는 그 돈이 백 원벆에 안 되잖여."

김춘섭은 괜한 말을 꺼냈다는 얼굴로 태수의 등을 쳐 주고 나서 담배를 껐다.

"다 워디 갔어? 천막을 쳐야 하는디!"

앞마당에서 황인술이 부르는 소리가 들려왔다.

"사람이 우리벆에 읎나? 요새 농사일이 바쁜 것도 읎는데 죄다 집구석에서 뭐하는 거여."

김춘섭이 혼잣말로 투덜거리며 앞마당 쪽으로 걸어갔다. 박태수는 벽에 기댄 채 구름 한 점 없는 하늘을 바라보며 천천히 담배를 피웠다.

"아버지, 어머니한테 머라고 말 좀 해 봐유. 뭣 때문에 말을 못 하는 거유. 아버지가 정미소에서 놀다가 그렇게 다친 거는 아니잖유. 이건 엄연히 근무 중에 일어난 산업재해란 말유. 근무 중에 다쳐서 장애를 입으면 고용주가 당연히 합당한 보상을 해 줘야 하는 거유. 아버지는 손톱만큼도 잘못이 없단 말유. 근데 우리가 그 집에 먼 잘못을 했길래, 겨우 돈 삼백만 원에 합의를 해유?"

이동하와 합의서를 작성하기로 한 전날 인숙이 눈물을 흘리면서 따지던 말이 생각났다. 인숙이 말은 무슨 말인지 어려워서 정확히 알아들을 수 없었다. 그러나 일을 하다 다쳤으니까 합당한 보상을 받아야 한다는 말은 맞는 거 같았다.

"사람은 달면 삼키고 쓰면 뱉으믄 안 되능 겨. 우리가 또랑가에 과수원을 맨든 것도 따지고 보믄, 느 아부지가 방앗간에서 매달 쌀가마니라도 타 와서 가능했던 겨. 느 아부지는 그날 운이 읎어서 다친 거여. 왜 해필 그날따라 느 아부지가 피댓줄을 갈겄다고 나섰냐? 그건 느 아부지가 하는 일이 아니잖여. 그런데도 느 아부지가 다칠 운이라서 피댓줄을 걸다 그렇게 된 거여. 그렁게, 이 정도로 끝난 것도 삼신할미가 도와주신 걸로 생각하고 대충 합의를 하는 것이 좋아."

상규네의 목소리는 크지도 않았다. 시종일관 같은 목소리로 말을 하면서도 할 말은 다했다.

"난도 에미 말이 맞다고 본다. 요새 민주주의 세상이라서 세월이 좋아서 그릏지, 옛날 같으믄 감히 워다다 보상금이 짝다고 따지냐? 왜정 때는 일본 사람들하고 친한 사람들이 멀쩡한 놈 심심풀이로 발목을 끊어 놔도 말 한마디 못 하고 살려 준 것만 해도 고맙다고 손이 발이 되도록 빌었구먼. 그래도 의원님이고 함께 우리하고 남달리 지내는 사이를 봐서 삼백만 원이래도 내놓은 걸 고맙게 생각해야 햐. 의원님이 그라시는데 딴 사람 같았으믄 치료비만 물어주고 불쌍해서 몇십만 원 던져 주는 걸로 끝냈댜."

박평래는 한술 더 떠서 보상금으로 내놓은 삼백만 원도 감지덕지하다고 못을 박아 버렸다.

"아부지 한 가지만 물어볼께유. 돈 삼백만 원은 아부지가 야기하신 거유? 아니면 이동하 의원님이 제시한 금액유?"

"그야, 사장님이 주겠다는 금액이지……."

"그람 됐슈. 명색이 국회의원을 몇 번씩이나 해 먹은 작자가, 사람이 이 지경이 됐는데 제우 돈 삼백만 원을 내놓겠다고 말했다, 이거쥬? 그런 인간하고는 더 이상 상대할 필요가 읎슈. 세상 이치라는 것이 남의 가슴 아프게 하면 지 눈에서는 피눈물 나는 법유. 재산 삼 대 못 간다고, 그 집도 얼마나 더 크게 번성하는지 두고 볼 뀨. 아부지, 그냥 합의해유."

진규는 박평래며 상규네가 놀란 얼굴로 뒤로 물러나 앉든지 말든지 차갑게 웃으며 말하고는 입을 다물어 버렸다.

"넌 명색이 대학원에 다닌다는 아가 먼 말을 그릏게 독하게 한댜?"

박평래는 진규의 말에 질렸다는 얼굴로 대꾸를 못 하고 방문만 바라보며 마른입만 쩝쩝 다셨다. 상규네가 기가 막힌다는 얼굴로 말했다.

"어머니, 이건 돈이 문제가 아녀유. 그 사람이 우리를 얼매나 우습게 봤길래 제우 돈 삼백만 원만 던져 주고 합의를 보자고 했겠슈."

"작은오빠 말이 맞아유. 우리가 소송을 걸면 최소한 삼천만 원 이상 지불해야 한다는 것을 승우 아버지도 알고 있을 겨. 그런데도 십분의 일밖에 안 되는 돈으로 입막음하려는 처사는 우리 가족 모두를 인간 이하로 보고 있다는 증거라고 볼 수밖에 읎슈. 돈 문제를 떠나서 우리도 인간이라는 걸 보여 주기 위해서는 소송을 걸어야 해유."

진규의 말이 끝나자마자 인숙이 당찬 목소리로 상규네를 바라보며 말했다.

"소송이라믄 그 머여? 시방 재판을 해서 돈을 더 받아내자는 야기냐? 상규는 가만히 있는데 배웠다는 놈들이 더하구먼. 재판을 걸 때가 읎어서 의원님을 상대로 재판을 걸었다는 거여? 애비 니가 대답해 봐라. 너도 재판을 걸어서 돈을 더 받아내고 싶은 거여?"

박평래가 더 이상 참을 수 없다는 얼굴로 손바닥에 침을 뱉었다. 얼굴이 벌게지도록 인숙에게 쏘아붙이고 나서 박태수에게 물었다.

"저는 그냥 됐슈. 아부지 말씀대로 딴 직원들 같았으믄 돈 백만 원도 못 받았슈. 야들이 소송 운운하지만, 의원님이 지덜 말대로 재판을 걸어오믄 돈을 더 내야 한다는 걸 모르고 있겄슈? 명색이 삼선 의원인데 재판을 걸어와도 자신이 있응께 삼백만 원만 내줬을 거잖유."

"아부지 말씀 들었지? 이 문제에 대해서는 앞으로 더 이상 말하면 안 되는 거여. 좋은 야기도 아니고, 자꾸 말해 봤자, 아부지 가슴만 아픙께 이쯤에서 끝녀."

박태수의 체념 어린 말이 끝나자마자 상규네가 기다렸다는 얼굴로 결정을 내렸다. 그것으로 가족 모두가 삼백만 원에 합의를 본 셈이다.

그려, 마누라 말대로 팔자지. 이기 내 팔자여. 집구석에서 얌전하게 과수원 농사나 짓고 있었으믄 이런 일이 생길 리 읎지…….

마음을 편하게 먹지 않으면 단 하루도 살기 힘들 것이라는 상규네의 말처럼, 마음을 넓게 가지고 싶어도 뜻대로 되지 않았다. 오늘처럼 마음이 심란한 날은 모든 걸 벗어 버리고 산속으로 들어가거나, 훌쩍 집을 떠나서 아무도 모르는 곳에서 살고 싶은 생각이 울컥울컥 치밀어 올라서 푸른 하늘도 어둡게 보이기만 했다.

회관 앞에 천막이 쳐 지고, 군수를 비롯한 면장이며 기관장들이 앉을 의자와 책상이 면사무소에서 도착했다.

"최분순 씨는 워디 갔슈?"

군수가 도착하기 전에 면장과 강 계장이 먼저 왔다. 면장이 새마을 회관을 여기저기 점검하러 다니는 사이에 강 계장이 황인술에게 물었다.

"쪼꼼 있으믄 올 뀨."

"이따, 테이프 커팅을 할 거유. 그 때 이 동리서 나이가 젤 많은 분하고, 구장님하고 최분순 씨하고 테이프를 끊어야 해유."

강 계장이 손가락을 가위처럼 만들어서 끈을 끊는 흉내를 내 보이며 말했다.

"그, 그걸 할라믄 옷을 갈아입고 와야겠네유?"

"당연하쥬. 군수님도 오시는데 집에서 입던 옷을 입고 참석할 수는 읎쥬. 쪼꼼 있으면 군수님 도착 할 시간잉께 어여 그분들한테 옷 갈아입고 여기로 오시라고 하세유."

"알았슈."

황인술은 젠장 북 치고 장구 치려니까 증신이 읎구먼, 이라고 중얼거리며 둥구나무 밑으로 갔다.

"영감님, 이따 준공식 할 때 저 앞에서 행사를 할 规. 그랑께 어여 집에 가서서 새 옷으로 갈아입고 오셔유."

순배 영감은 황인술의 갑작스러운 말에 이해가 가지 않는다는 얼굴로 박평래를 바라봤다. 박평래가 순배 영감 대신 물었다.

"먼 행사를 하는데 옷을 갈아입고 오란 말여?"

"회관을 다 졌으니께, 오늘부터 회관을 사용하겄다는 준공식을 하잖유. 준공식 때 영감님하고, 태수 처하고 저하고 시 명이 참석해야 한대유. 그랑께 태수 아부지도 어여 빨리 태수 처 보고 옷 갈아입고 회관 앞으로 오라고 하셔유."

황인술은 순배 영감에게도 다시 한 번 부탁하고 강 계장이 있는 곳으로 향했다.

"구장은 옷 안 갈아입을 겨?"

"이런, 내 증신 좀 봐."

황인술은 변쌍출이 뒤에서 하는 말에 자신의 옷을 바라봤다. 감물이 들고 누렇게 변한 흰색 와이셔츠에다 무릎이 튀어나온 기성복 바지를 입었다. 변쌍출이 아니면 모산 구장 션찮다는 말을 들을 뻔했다고 생각하며 뛰는 걸음으로 언덕을 향했다.

"아버님, 지가 머 한 일이 있다고 옷을 갈아입고 오래유. 동리 사람들 보기 부끄럽기만 하지."

상규네는 아무리 생각해 봐도 이해할 수가 없었다. 준공식에서 빨갛고 노란 줄을 끊는 일이라면 오히려 새마을 부녀회장인 봉산댁이 해야 할 것이다. 회관을 짓는 데 삼백만 원을 기부한 것 때문에 마치 동네 유지라도 되는 것처럼 때 아니게 새 옷을 입고 앞으로 나선다는 것이 영마땅치 않아서 고개를 흔들었다.

"아녀, 구장이 그라는데 니가 꼭 참석을 해야 한다능 겨. 저기 서 있는 면사무소 직원이 단단히 부탁을 했댜. 만약 니가 안 나오믄 저 사람이 군수님한테 혼난댜. 에미 땜시 죄 읎는 저 사람이 군수님한테 혼나믄 좋겠어?"

박평래는 상규네의 고집을 꺾는 방법은 동정심을 유발시키는 것밖에 없다고 생각했다. 저 혼자 바쁘게 왔다 갔다 하는 강 계장을 손가락으로 가리키며 물었다.

"면 직원이 왜 혼나유?"

"원래, 이런 행사에는 기부를 한 사람이 반드시 참석하게 되어 있다능겨. 그기 규칙이랴. 정부의 녹을 먹는 사람이 규칙을 지키지 않았응께 혼나는 건 당연한 거잖여. 난 에미가 똑똑한 줄 알았드니 오늘은 왜 이라는지 모르겠구먼."

"알았슈. 저 땜시 면 직원이 혼난다믄 남부끄러운 것쯤 참아낼 수백에 읎겠네유."

박평래는 상규네가 체념한 얼굴로 방을 들어가는 모습을 보고 소리 없이 웃으며 뒤로 돌아섰다.

"오늘 회관 준공식 한다는 말 못 들었어? 아침에 방송을 시 번씩이나 했잖여. 어제도 하고 말여."

장기팔이 소매가 긴 점퍼를 입고 터덜터덜 내려오는 모습이 보였다. 박평래가 슬슬 걸어가서 장기팔의 앞을 가로막았다.

"시훈이가 오늘 서울로 이사를 가잖유. 그거 땜시 영동에 나가 봐야 해유."

"시훈이가 왜?"

"왜긴 왜유. 그놈이 지 분수도 모르고 통일주체국민회의 대의원인지에 출마했다가 사람 여럿 잡았잖유. 진천 즈 처남은 천만 원 물었고, 즈 동생도 및 백을 물었대유. 저는 말할 것도 읎고……."

"대의원 선거 끝난 지가 언지여? 작년 오월에 선거가 있었잖여. 시방까지 잘 버틴 걸 봉께 잘돼 가는 줄 알았드니 시방 먼 소리 하고 있는 거여."

박평래가 남 일이 아니라는 얼굴로 걱정스럽게 말했다.

"며느리가 하는 말이 시훈이가 통 바깥출입을 안 한대유. 쌀 배달도 며느리가 직접 한대유. 아무도 모르는 서울로 가믄 맘잡고 새로 일을 시작하겠다니께 워틱해유. 이사라도 가야지."

"시훈이 가가 원래 맘이 약하잖여. 선거에 떨어졌다고 남부끄러워서 바깥출입을 못 하는구먼. 선거에 나섰다가 떨어진 사람이 저 혼자뿐에 읎댜……."

박평래는 하마터면 이동하 의원님은 두 번이나 선거에서 떨어져 돈을 일 억 가까이 쓰고도 잘만 돌아다니신다는 말이 튀어나올 뻔했다.

"내 말이 그 말유. 선거라는 것이 당선될 때도 있고, 떨어질 때도 있는 거이지. 놈이 대가 약해서……."

"그람, 서울 워디로 이사를 간다?"

"만만헌 기이 미라고 즈 동상이 있는 봉천동으로 간대유. 가 봤자 즈 제수씨가 반겨 주지도 않을 건데 말여……. 태수 처는 워디 가는데 저리 차려입고 나오능 규?"

장기팔이 기운 없는 목소리로 말을 하다 상규네 쪽으로 시선을 돌렸다. 어디를 가는지 모르지만 누구 결혼식 때나 입는 한복에 흰 고무신을 신고 걸어오고 있다.

"이따, 회관 준공식 할 때 군수하고 머를 끊는댜. 동리에서는 순배 형님하고, 구장하고, 우리 며느리까지 시 명이 참석을 한다드만."

박평래는 내가 언제 시훈이 때문에 걱정했느냐는 듯 어깨를 반듯하게 펴고 자랑스럽게 말했다.

과거는 흘러갔다

나도 과거는 억만금이 아니라,
이 세상을 준다고 해도 되돌릴 수 없다는 것 정도는 알고 있어.
근데, 자꾸 그때가 생각나는 걸 워틱햐.
길거리 지나가기만 해도 '의원님 나오셨슈?'
무슨 행사에 가믄 '대의원님이 한 말씀 해 주세유.'

관음사 마당에서 내려다보면 1970년대만 해도 장례 행렬이 줄을 잇던 홍제동 화장터가 한눈에 보인다. 홍제동 화장터는 일제가 서울 시민이 40만 명일 때 주택지에서 멀리 떨어진 숲 한가운데에 세운 것이다. 서울시 인구가 급격하게 늘면서 숲은 엎어지고 무허가 판잣집들이 늘어가자 1970년 9월 1일 고양군 벽제면 대자리로 화장터를 옮겼다.

홍제동 화장터에 영구차가 하루 40대에서 1백여 대쯤 밀려들던 무렵 주변에 절이 3곳 있었다. 홍제 화장터에서 화장을 한 유족들의 발길이 뜸해지면서 스님들은 절을 팔고 벽제 쪽으로 가거나 다른 곳으로 갔다. 관음사를 지은 자리에도 원래 홍제사라는 절이 있었다.

여느 암자 크기의 대웅전에 번듯한 요사도 있었던 곳이다. 세월이 흘러 대웅전 안에는 부처님 얼굴하고 천장 사이에 거미줄이 쳐 지고 쥐가 새끼를 낳고, 사용한 지 꽤 된 소쿠리며, 나중에 쓸 목적으로 모아두는 사과상자며, 무슨 전기용품을 산 박스 같은 것들이 법당 구석에 하나 둘 쌓이기 시작해서 창고로 변해 버렸다.

요사는 살림집으로 변해서 거동이 불편한 늙은 보살이 혼자 살고 있었다. 보살은 봄부터 가을까지는 집 뒤에 일궈 놓은 이백 평 남짓한 텃밭에서 살았다. 봄에는 상추며 쑥갓에 골파 같은 것을 심어서 시장 상인들에게 내다 팔고, 여름에는 가지며 오이, 호박에 깻잎 같은 것을 심어서 상인들에게 넘겼다. 그 틈틈이 과거 대웅전이 번쩍번쩍 빛이 날 때부터 일 원짜리에서 십 원짜리 지폐를 불전함에 넣던 신도들이 간간히 먹을 것을 들고 찾아오기도 하고, 집에 갈 때는 몇백 원, 많게는 오백 원짜리 지폐가 든 봉투를 슬쩍 떨어트려 놓기도 했다.

팔봉과 김 법사는 시유지에 있는 요사와 대웅전을 백만 원에 매입했다. 대웅전을 깨끗하게 치우고, 바람구멍이 난 곳을 메우고 먼지에 절어 있는 부처님은 하이타이로 목욕을 시켰다. 제단을 만들어 놓고, 예전에 사용하던 제기며 촛대며 향로를 찾아서 제자리에 갖다 놓고, 만물상에서 사 온 탱화를 붙여야 할 곳에 붙여 놓으니까 제법 그럴듯한 대웅전으로 변했다.

"이만하면 해인사나 동학사 같은 데서 열심히 도를 닦던 스님처럼 보이는가?"

김 법사는 머리를 박박 밀고 평화시장에서 사 온 승복을 입었다. 내친 김에 황학동 골동품 시장을 뒤지고 다녀서 큰절의 종정이나 덕망 있는 대사들이 사용함 직한 떡갈나무 지팡이를 이천 원 주고 사서 니스를 발라 새것처럼 만든 지팡이를 턱 들고 팔봉을 바라봤다.

"이참에 아주 새로운 종파를 한 개 만드는 것이 어뜌? 조계종이나 천태종처럼 유명한 종파를 연상하게 하는 종파가 좋을 것 같은데……."

팔봉이 보기에도 모르는 사람이 김 법사를 거리에서 보면 산사에 파묻혀 정진만 하는 스님인 줄 알 것 같았다.

"그렇지 않아도 종파를 세울 셈이네. 대한불교 석가종이 내가 세울 종파네. 그리고 나는 더 이상 김 법사가 아니네. 나를 부를 때는……."

"잠깐, 잠깐만유. 서, 석가종이라믄 석가모니를 믿는 종파를 말하는 거유?"

"변 기사……. 아니지. 나도 김 법사가 아니고 관음사 주지 청운 스님이라고 불러야 하는 것처럼, 자네도 더 이상 철학관 기사가 아니네. 엄연히 관음사 사무장이라고 불러야겠지. 사무장, 다른 사람 주머니에 있는 돈을 내 돈으로 만들려면 제 일 원칙이 뭔지 아나?"

"그, 그기 뭔데유?"

"공부야. 최소한 내가 돈을 빼앗으려는 상대방보다 더 많이 알고 있어야 속여 넘길 수가 있다는 걸세. 명색이 관음사 주지라는 사람이 석가모니가 누구이며, 천수경에 금강경의 원리가 뭐다는 것 정도는 알고 있어야 되는 거 아닌가?"

"그, 그람 김 법사……. 아니지. 오늘부텀은 주지 스님이시지. 주지 스님은 그새 천수경을 외웠단 말이세유?"

"완전히 외우지는 못했지만 흉내는 낼 수 있지. 한번 해 볼까?"

청운은 정좌를 하고 앉았다. 목탁을 두들기면서 천수경 앞부분을 막히지 않고 유창하게 암송했다.

"어때? 머리가 좋은 사람은 가만히 앉아 있어도 돈이 들어오는 법이고, 머리가 나쁜 사람은 열심히 일을 해야 돈이 들어온다고 했지 않은가? 당장 내일부터 시작하자구. 아! 일단 오늘은 명함부터 만들어 오라구."

"저는 관음사 사무장 변팔봉이라고 하믄 돼유?"

"나는 관음사 주지 청운 스님이라고 만들게."

청운이 회심의 미소를 지으며 반짝반짝 빛이 나도록 닦인 부처상을 바라보던 때가 벌써 지난해 가을의 일이다.

수입은 천호동에서 철학관을 할 때처럼 재수가 좋으면 십만 원씩 내미는 손님은 없지만 꾸준하게 늘어가고 있는 추세이다. 겨울에는 팔봉이 들은 풍월이 있어서 신도회도 만들었다. 신도회는 모래내 시장 안에서 이불 장사를 하는 40대 초반의 수원 보살이 맡았다.

"우리가 하루라도 빨리 이 땅에다 현대식 요사채를 지을 수 있는 돈줄은 수원 보살이 쥐고 있네. 어떡하든 저 여자를 우리 수족처럼 만들어야 목돈을 뜯어낼 수 있다구."

수원 보살은 시장 안에서 돈이 많기로 소문이 난 과수댁이다. 그녀를 신도 회장으로 임명하기 전날 밤이다. 청운이 메모지를 펼쳐 놓고 신도 회장 박미숙이라고 써서 내밀며 회심의 미소를 지었다.

"딴 보살들이 그라는데 수원 보살 오빠가 서울 어디 있는 검찰청 검사라고 하든데, 괜찮을까유?"

"구더기 무서워서 장 못 담나?"

청운이 잘게 웃으며 반문했다.

"경찰이 아니고 검사라잖유. 검사!"

팔봉은 아무래도 검사라는 점이 마음에 걸렸다.

"검사 아니라 판사 오빠가 있더라도 상관없네. 왜 그런지 아나? 아, 내가 사기를 친 것도 아니고, 열심히 부처님을 믿으면 죽어서 다음 생에는 재벌가 딸로 태어날 수도 있다고 한 건데 뭔 죄가 되겠는가?"

"하긴, 틀린 말은 아니네유. 열심히 교회 댕기믄 천당 갈 수 있다는 말과 똑같은 말잉께."

수원 보살은 청운의 예상대로 오전에 절에 들러 불공을 드리는 것으로 하루 장사를 시작했다. 그 배경은 지극히 단순했다. 조금만 생각해 보면 누구나 알 수 있는 술수였지만, 정작 당사자인 수원 보살은 너무 절실해서 옳고 그름을 생각해 볼 겨를이 없었다.

"어허! 이 집에는 혹시 마당에 복숭아나무를 안 키우고 있는지 모르겠구먼."

청운은 박미숙의 이불 가게에 들어가기 전에 일부러 옆 가게 앞으로 갔다. 박미숙이 들을 수 있을 정도의 큰 목소리로 목탁을 두들기며 관세음보살을 염불했다. 이어서 곧바로 박미숙이 하는 이불 가게 안으로 들어가서 목탁을 두들기며 염불했다. 팔봉으로부터 박미숙의 신변이며, 재산 상황까지 모두 전해 들은 상황이라서 부드럽게 말이 나왔다.

"그걸 어떻게 알았데요?"

박미숙이 화들짝 놀라며 텔레비전을 끄고 청운을 향해 돌아앉았다.

"마당에 귀신을 키우고 있으니 남편이 일찍 저세상으로 가실 수밖에…… 나무아미타불 관세음보살, 원래 조모는 신을 모셨는데 모친께서 십자가를 목에 걸고 다니시니 딸이 그 업보를 등에 지고 다니는 팔자구먼. 나무아미타불 관세음보살. 시간 있으시면 부지런히 절에 다니셔야

업보를 씻어낼 수가 있습니다."

청운은 박미숙의 입이 딱 벌어지든 말든, 덜덜 떨며 뛰어나오든 말든 내 소임은 끝났다는 얼굴로 천천히 뒤돌아섰다.

"어, 어느 절에서 오신 스님이세요?"

"소승은 홍제동에 있는 관음사 주지 청운이라 합니다. 인연이 있으면 또 만나겠지요."

청운은 가볍게 합장을 해 보이고 다시 돌아섰다.

"과, 관음사가 어디 있는 절이에요?"

"옛날 화장터에서 보면 산 중턱에 있는 절입니다. 그럼."

청운은 박미숙의 얼굴이 하얗게 질리는 표정을 보고 회심의 미소를 지으며 뒤돌아섰다.

"스, 스님 계십니까?"

이튿날 이슬이 마르기도 전에 박미숙의 다급한 목소리가 대웅전까지 들려왔다. 청운은 박미숙이 달려올 것으로 믿고 다른 날과 다르게 대웅전에 앉아서 천수경을 읽으며 목탁을 두드리고 있었다.

"스님은 시방 기도 중이신데? 워티게 오셨슈?"

"스님은 언제쯤 만나 볼 수 있나요?"

"기도가 끝나시려면 쫌 기달려야 항께 잠깐 요사로 들어가시쥬."

팔봉은 가쁜 숨을 내쉬며 청운을 찾는 여자가 이불집 여자라고 짐작했다. 바쁠 것 없다는 얼굴로 요사로 안내했다.

"이 절이 언제 생겼데요? 그리고 스님은 어디서 오신 분이에요? 스님의 나이는? 스님이 정말 신통력이 있으시나요? 어제 우리 가게 오셔서 몇 마디 말씀하셨는데 마치 제 안에 들어오셨다가 나가신 것처럼 온몸에 소름이 돋더라니까요."

박미숙은 팔봉이 끓여 주는 차를 마실 생각도 안 했다. 팔봉이 미처 대답하기 전에 소나기처럼 질문을 퍼부었다.

"스님은 양산에 있는 통도사에서 꽤 높은 지위에 계셨던 분유. 우연히 이 근처를 지나가다가 바로 이 자리에서 광채가 나는 것을 보셨대유. 그런데 통도사로 돌아가서도 자꾸 꿈속에 이 자리에서 용이 꿈틀거리드라는 거유……."

"어머머! 어머머! 부처님이 현몽하셨구나. 현몽하셨어. 그럼 그렇지. 제가 처음 딱 뵈었을 때도 예사 분이 아니시드라구요. 스님한테 말씀 좀 들을 수 있나요? 스님은 인생 상담 같은 건 안 해 주시죠? 원래 유명한 스님은 그런 거 안 해 주신다고 하든데……."

"우리 주지 스님도 절대 안 해 주시는 분유. 하지만 신도 분들에게 어려움이 닥쳐올 것 같은 기미가 있으믄, 신도 분 집까지 찾아가셔서 예지력을 발휘하고 오시는 분유. 혹시, 스님이 보살님 댁에 가셨어유?"

"어머머! 어머머! 아까 말씀드렸잖아요. 어제 우리 가게에 오셨었다구요. 그럼, 우리 집에 안 좋은 일이 생길 거라는?"

박미숙이 하얗게 질린 얼굴로 팔봉의 손을 덥석 잡았다. 팔봉은 40대 초반의 여자가 손을 덥석 잡으니까 깜짝 놀라서 뒤로 물러섰다.

"제발, 스님 면담 좀 하게 주선 좀 해 주세요. 면담만 하게 해 주시면 제가 사례비는 드리겠어요."

"허어, 스님이 무슨 장사꾼입니까? 사례비를 받게. 대웅전에 있는 부처님 앞에 불전함이 있는데……."

팔봉이 바람을 잡고 있는 사이에 천수경을 읽고 있던 청운이 점잖게 대웅전을 나섰다. 일부러 요사 앞에서 헛기침을 했다. 팔봉이 깜짝 놀라는 척 문을 열고 맨발로 뛰어나와서 청운을 방으로 안내했다.

"스, 스님!"

팔봉은 박미숙이 울음을 터트릴 것 같은 표정으로 청운 앞에 합장하는 모습을 보며 요사의 문을 닫았다.

"사무장, 수원 보살님이 가시니까 안내해 드리게."

요사 안에서 무슨 말을 하는지 조용했다. 가끔 바람결에, '어머나! 어머나!' 하는 박미숙의 놀라는 목소리가 새어 나올 뿐이었다. 삼십 분 정도 시간이 지난 뒤였다. 이불 가게 주인 박미숙은 수원 보살이란 이름으로 요사를 나왔다.

버드나무꽃 같은 눈송이가 풀풀 날리는 거리는 을씨년스러웠다. 목도리를 두르거나, 털모자를 쓴, 외투에 달린 모자를 쓴 행인들이 고개를 푹 숙이고 걷는 도로의 폭은 좁았다. 아스팔트가 깨져 비스킷 조각처럼 널브러져 있거나 움푹 패인 곳에는 시커먼 물이 고여 있었다.

16구공탄 두 장을 넣게 되어 있는 난로 위에 노란색 양은 주전자가 김을 푹푹 뿜어내고 있는 쌀가게 안은 유리창 문을 닫아 놓아서 훈훈했다.

"형님은 배달 간 거유?"

경훈은 가랑이를 벌리고 있었더니 넓적다리가 뜨거웠다. 옆으로 돌려 앉으면서 가겟방에 앉아 있는 진천댁에게 물었다.

"저 위에 있는 포항식당에 쌀 한 가마니 배달하러 갔슈."

진천댁은 서울로 올라와서 쌀가게만 바라보고 있을 수가 없어서 부업을 시작했다. 큰 길가에 있는 한복집에서 초벌 바느질을 한 치마를 가져와 바느질을 해 주는 일이다. 치마의 재질에 따라서 가격이 다른데, 적게는 몇백 원부터 많게는 천 원이 넘는 것도 있어서 연탄 값 정도는 벌어들이고 있다. 바느질을 하느라 고개를 들지 않고 대답했다.

"아침부터 배달 나가는 걸 봉께 장사는 그런대로 되는개뷰?"

주전자에 있는 보리차가 끓기 시작하면서 주둥이로 물방울이 튀어 나왔다. 경훈이 반대편에 앉아 있던 철용이 주전자를 들어서 바닥에 내려놓았다.

"장사가 되믄, 내가 부업을 하고 있겠슈? 그 집은 영호 아부지 단골집이라서 우리 가게에 대 놓고 먹는 집유. 여즉 안 오는 걸 봉께, 참새가 방앗간 앞 그냥 못 지나간다는 말처럼 또 한잔하고 있는개벼……"

진천댁은 실매듭을 묶고 나서 치마를 넓게 폈다. 바느질을 시작할 부분을 앞으로 당겨 놓고 바늘에 실을 꿰며 가게 유리창 밖을 바라봤다. 11월인데도 송이송이 날리는 눈이 원망스럽기만 하다. 눈이 많이 내리면 길이 미끄럽다. 갑자기 주문이 들어오면 언덕길이라서 자전거로 배달이 힘들어 어깨에 지고 갈 수밖에 없다.

내가 뭘 덮어썼어. 귀신이 덮어쓰지 않으믄 친정 오빠한테 천만 원씩이나 빌려 달라고, 그릏게 큰 소리치지는 않았을 겨.

영동에서 쌀장사를 할 때는 언덕길을 올라갈 일이 별로 없었다. 대부분 평지라서 눈이 무릎까지 쌓이는 날도 배달하는 데는 아무런 지장이 없었다. 봉천동에서 쌀가게를 내고 나서는 눈이 많이 와도 걱정, 비가 많이 와도 걱정이다. 영동에서는 생각지도 않았던 날씨까지 걱정할 때마다 시훈을 통일주체국민회의 대의원으로 출마시킨 것이 뼈저리게 후회됐다.

"오전부텀 먼 술이랴?"

"일이 대근항게 한 잔씩 하는 것도 괜찮지 머."

경훈이 마땅치 않다는 목소리로 하는 말에 철용이 대수롭지 않다는 얼굴로 대꾸했다.

"쌀 배달하는 일이 암만 힘들어도 정신 바짝 차리고 일을 해도 부족할 판에, 대낮부터 술을 마신다는 것이 말이나 되능 겨. 가게에 들어오면 내가 한마디 해야겄구면."

경훈이 말을 하고 나서 진천댁에게 보리차 마시게 컵을 달라고 했다.

"영호 수업료도 안직 못 냈슈. 수업료를 못 내면 졸업장도 안 준다고 하든데, 저 양반은 천하태평잉게 내가 누굴 믿고 살겄슈."

부엌은 가겟방 뒤쪽에 있다. 진천댁이 밖으로 나가서 컵 두 개를 들고와 가게 안에 있는 책상에 올려놓았다. 주전자를 들어서 보리차를 따라 철용에게 먼저 내밀었다. 경훈에게 주고 나서 다시 가겟방으로 들어가며 말했다.

"수업료가 얼만데유?"

경훈이 보리차를 입으로 후후 불며 물었다.

"십삼만 이천칠백이십 원유. 영호 밑에 선미 꺼까지 합치면 이십칠만 원 돈유. 거기다 영호 졸업 앨범비며, 졸업 기념품이며, 선생 선물비니 머니 해서 삼만 원이 있어야 한다니게 삼십만 원 돈이 있어야 하는데, 이 양반은 술타령이나 하고 있으니……."

"돈 구할 방도는 읎슈?"

"봉천동에서 아는 사람이라고는 삼춘네하고 철용이 삼춘네벆에 더 있슈? 이럴 줄 알았으믄 영동에서 영호 고등학교나 졸업시키고 오는 건데……. 돈 빌릴 데라고는 만져만 보고 준다고 해도 빌릴 데가 읎으니, 내 속이 속이겠슈? 시커멓게 탄 숯검댕이지……."

진천댁은 마침 잘됐다는 생각에 방바닥이 꺼져라 한숨을 내쉬며 바늘귀에 실을 꿰려고 실에 침을 발랐다.

"이렇게 해유. 일단 내가 삼십만 원을 빌려 줄 모양잉께, 그걸로 조카들 수업료를 내유. 그 대신 형님한테는 일절 비밀로 해유. 당장 영호가 졸업식을 못 하게 생겼응께, 어디 가서 도둑질을 해 오든, 돈을 구해 오라고 바가지를 긁어유. 그람 별수 읎이 또 저한테 올 거 아뉴. 그람 그때는 지가 따끔하게 한마디 해 줄 모양잉께."

"어이구, 이렇게 고마울 데가. 사람 죽으라는 법은 읎다고 하드니, 꼭 맞는 말이구먼. 여브가 있슈. 그 양반한테는 죽는 소리를 할 팅께 제발 돈 좀 빌려 줘유. 이 양반이 대의원 선거 나간다고 집 질 돈까지 날려 버리고 무슨 염치로 돈을 빌리러 갈란지는 모르겠지만, 이 넓은 서울 바닥에서 돈 빌릴 데가 삼춘뿍에 읎응께 도리가 읎겠쥬."

진천댁은 한시름 놓았다는 생각이 들면서 맥이 빠졌다. 바느질할 힘도 없어서 팔을 내리고 마른침을 삼키며 유리창 밖을 바라봤다. 눈이 제법 많이 내리기 시작한다. 자전거를 끌고 간 시훈은 뭘 하는지 소식이 없다. 포항식당에 전화를 해 볼까 생각하고 있는데 시훈이 유리 창문 앞으로 불쑥 다가온다.

"형수님, 내가 돈 빌려 준다는 말 형님한테 하지 마유."

경훈이 문 앞에 서 있는 시훈을 보고 진천댁에게 빠르게 말했다.

"알았슈."

진천댁은 치마를 꿰매다 내려놓고 시훈이 들어오기를 기다렸다.

"언지 왔댜?"

경훈은 시훈의 입에서 술 냄새가 나서 인상을 쓰느라 대답을 하지 않았다.

"날도 꾸무리하고 해서 형님하고 즘심이나 같이 먹을라고 왔구먼."

철용이 의자를 시훈에게 내밀고 자신은 가겟방 앞의 쪽마루에 걸터앉았다.

"머 존 일 있다고 오전부터 술타령여?"

경훈이 한심하다는 표정으로 시훈을 바라보며 말했다.

"오늘이 삼우제잖여. 그래서 기분도 울적하고 포항식당 쥔하고 애도의 술을 한잔 했구먼."

"누구 삼우제여?"

철용이 뜬금없다는 얼굴로 물었다.

"야, 어짜믄 그렇게 나라에 대한 관심이 읎냐. 아! 오늘이 지난 시월 이십육일 비통하게 운명하신 박정희 대통령 각하 삼우제잖여."

"대통령이 총 맞아서 운명한 거하고, 형님하고 먼 상관이 있는디?"

철용이 재미있다는 표정으로 물었다.

"국민의 한 사람으로서 비통한 일이잖여. 옛날 육영수 여사님처름 이북이 보낸 첩자한테 돌아가신 것도 아니고, 중앙정보부장 손에 죽었다는 것이 말이나 되는 야기냐? 여보 안 그려?"

시훈이 술 마시고 온 것이 미안하다는 표정으로 진천댁에게 아양을 떠는 목소리로 물었다.

"즘심은 나가서 드실 튜?"

진천댁이 상대하기 싫다는 표정으로 물었다.

"오늘 같은 날은 얼큰한 짬뽕도 괜찮고, 꼬치가루 잔뜩 뿌린 매운탕도 좋지. 형수님도 같이 가유."

철용이 한 팔로 길게 기지개를 하고 나서 진천댁에게 시선을 돌렸다.

"요새는 경기가 안 좋아서 그른지 즘심때도 보리쌀 사러 오는 사람이 있슈. 다믄 보리쌀 한 되라도 팔아야, 자식들 수업료 내는 데 보탤 수가 있지……."

진천댁은 말을 하고 나서 시훈의 눈치를 살폈다. 시훈은 짐짓 못 들은 척 연탄난로 아궁이를 막고 있다.

"요새 경기도 안 좋은데 짬뽕이나 한 그릇씩 하지 머. 배달 들어오믄 요 옆에 있는 중앙루로 연락햐. 금방 달려올 팅께."

시훈은 진천댁에게 넉살 좋게 말하고 나서 앞장섰다.

쌀가게에서 십여 미터 떨어진 거리에 있는 중앙루는 점심시간 전이라 손님들이 없었다. 홀 가운데는 시훈네 쌀가게와 다르게 32공탄을 때는 연탄난로가 차지하고 있다. 시훈은 난로 옆자리에 앉았다.

"대관절 사건이 워티게 흘러가고 있는 거여? 중앙정보부장인 김재규가 쏜 거는 맞댜?"

철용이 종업원이 따라 준 보리차를 한 모금 마시고 나서 시훈을 바라봤다.

"야 좀 봐, 신문이나 방송에서 맨날 떠들고 있는데 딴 나라에서 살다 온 사람처름 묻네?"

시훈이 한심하다는 표정으로 경훈을 바라보며 말했다.

"내 말은 왜 쐈냐 이거여?"

철용이 경훈을 바라보며 물었다.

"내가 김재규여? 나한테 묻게?"

경훈은 시훈이 때문에 마음이 편치 않아서 목소리가 붉어져 나왔다.

"평소에 김재규가 건의하는 사항에는 맨날 혼만 내고, 모든 건의 사항이나 보고는 차지철 경호실장이 제동을 걸고 함께 스트레스를 받은 모양여. 그러다 봉께 대통령한테 무능하다는 말도 여러 차례 들었다. 그러던 중에 울컥해서 총으로 쐈다고 하드만."

"동네에서 아들끼리 총쌈하는 걸로 착각하고 있었나 부지?"

"그건 또 무슨 말여?"

"아! 대통령한테 혼났다고 총질을 해대면 그기 정신병자지. 사람여?"

철용이 기가 막힌다는 표정으로 말하고 단무지를 젓가락으로 쿡 찍어서 잘근잘근 씹었다.

"나도 그렇게 생각햐. 동네 건달들끼리 싸워도 명분이 있는 법이잖여. 철용이 너도 시방까지 나를 봐 왔지만 말여. 내가 은지 명분 읎는 주먹질하는 거 봤냐?"

제삼자처럼 앉아 있던 경훈이 끼어들었다.

"형이 건달여?"

"내가 왜 건달여, 엄연히 고물상 사장인데?"

"동네 건달들찌리 싸워도 명분이 있어야 한담서?"

"말이 그렇다는 거지. 머릿속에 든 것이 똥밖에 읎는 건달들도 지 멋대로 주먹질 안 한다 이거여……."

주문한 짬뽕이 왔다. 경훈이 나무젓가락을 손바닥으로 비비면서 시훈을 바라본다. 시훈이 술 한잔이 생각나는지 입술을 냠냠거리고 있다. 어떻게 보면 불쌍하기도 하고, 어떻게 보면 한심하기도 하다.

"형 술 한잔 할 텨?"

"여기, 쇠주 한 병 갖고 와."

시훈은 경훈의 말이 떨어지기 무섭게 주방을 향해 소리쳤다.

"내가 볼 때, 세월이 지나야 정확한 원인이 나올 거 가텨. 안직은 누구 말이 옳은지 몰라. 검사, 판사들이 조사하는 것도 아니고, 똑같은 군인인 전두환 소장이 조사하고 있잖여. 그래서 세월이 지나 봐야 안다능 겨."

주인 아내가 소주를 가져왔다. 경훈은 시훈에게 먼저 술을 따라 주고 철용을 바라보며 술 마실 것이냐고 눈짓으로 물었다.

"눈도 오는데 한잔해 볼까?"

"그려, 대통령도 믿고 있었던 오른팔한테 총 맞아 죽는 세상에 낮술 한잔이 대술까."

"경훈이 너는 먼 말을 그렇게 햐. 내가 명색이 통일주체국민회의 대의원 출신여. 내 손으로 뽑아 줬던 대통령 각하가 승하하신 걸 그런 식으로 말하는 거 아녀."

시훈이 빈 술잔을 내려놓으며 점잖게 말했다.

"대의원 선거 땜시, 형이 서울로 이사 온 걸 생각해 봐."

"짬뽕이나 먹어. 식으믄 다 불어 터져서 맛도 읎어."

시훈은 괜한 말을 했다는 생각으로 짬뽕 그릇에 고개를 박았다

세 명이 모두 짬뽕을 먹고 국물만 남았다. 소주도 한 병 더 시켜서 안주 삼아 마실 생각으로 이런저런 이야기를 하고 있을 때 문이 열리고 사장이 배달 통을 들고 들어왔다. 문 앞에 서서 어깨와 머리카락에 쌓인

눈을 털어냈다.

"장 사장 시월 말일 자 신문 봤남?"

중앙루 사장이 배달 통을 주방 안에 갖다 놓고 나와서 시훈에게 물었다.

"먼 신문?"

"아! 박 대통령이 대구 사범을 졸업하고 첫 발령을 받은 경북 문경읍 상리에 문경국민학교가 있다능 겨. 그 정문 앞에 있는 하숙집에서 박 대통령이 하숙을 했댜. 그런데 말여, 오십 년 묵은 살구나무하고 사과나무에서 꽃이 폈다능 겨."

"에이, 이 추운 겨울에 워티게 꽃이 핀댜?"

"나도 안 믿었지. 하지만 지물포가 내가 안 믿응께 신문을 갖고 와서 뵈 주드만. 그 신문에서 봉께 참말로 박대통령 서거 소식이 전국에 퍼진 지난 이십칠 일 날 살구나무에서 세 송이가 피고, 사과나무에서는 열 송이가 폈댜."

"참말로 희한한 일도 다 있구먼."

"그건 약과여."

"머 또 귀신이 곡할 일이 있남?"

시훈이 소주잔을 기울이다 말고 물었다.

"지난 칠십사 년 팔월 십오 일 날 육영수 여사가 문세광한테 총을 맞았잖여. 그 날은 뜰에 서 있던 목련꽃이 활짝 폈다능 겨. 그 동리 사람들이 그 목련꽃을 보고 얼매나 울었댜. 식물도 변고를 아는 모양이라고 말여."

"허, 말 못 하고 걸어 댕기지도 못 하는 식물도 변고를 아는데 우리가 이렇게 팔자 좋게 난로 옆에 앉아서 술이나 마시고 있어도 되는지 모르겠구먼."

시훈은 말과 다르게 소주를 달게 비우고 철용에게 권했다.

"참말로 답답하구먼. 형은 언지까지 그렇게 팔자 좋게 살 겨? 내가 철용이도 있고 해서 및 번이나 참으라고 했지만 당최 못 참겄구먼."

경훈이 목소리는 작지만 화가 난 얼굴로 말했다.

"먼 말을 하고 싶은 겨?"

"형이 시방도 통일주체국민회의 대의원여?"

"시방은 출신이지……."

"그람, 형 발등에 떨어진 불이나 끌 생각혀. 집안은 워티게 돌아가는지 알지도 못하면서 팔자 좋게 대통령 삼우제 지내는 날이라고 오전부터 술이나 마시고 댕기면 대관절 워틱하겄다는 거여?"

"야 좀 봐. 대통령은 나라의 가장여. 나라의 가장이 큰일을 당하셨는데 너는 니 걱정만 하고 있단 말여?"

"아! 이가 읎으믄 잇몸으로 씹는다고, 시방은 최규하 대통령이 대통령이잖여. 형이 국무총리로 나설 것도 아니고, 중앙정보부장이 될 거도 아니잖여. 형은 쌀장수여. 쌀을 많이 팔아야 자식들 공부도 갈키고, 먹고살 수 있는 거여. 당장, 내년이믄 영호 대학 갈 거잖여. 형, 영호 대학 보낼 준비 해 났어?"

"경훈이 형, 설마 그 정도 준비도 안 해 났었어? 그람께 일절만 햐"

경훈의 목소리가 조금씩 커지는 것을 느낀 철용이 말렸다.

"경훈아, 니가 나 땜시 제수씨한테 많이 당하고 사는 거 다 알고 있구먼. 내가 대의원 선거에서 떨어졌다고 해서 그런 것도 모르는 등신은 아녀. 하지만 입장을 서로 바꿔 놓고 생각해 봐. 난도 대의원을 해 먹지 않았으면 서울 올라와서 비탈길에 올라 댕김서 쌀 배달 안 하고 살아도 잘 살았어. 하지만 워틱햐. 난도 잘하고 싶었구넌. 잘 살아 볼라고 하다가 이렇게 된 거잖여."

"내가 그것 땜시 형한테 이라는 거 아닌 줄 잘 알고 있잖여. 과거는 과거란 말여. 아무리 돈이 많고 빽이 좋아도 과거를 다시 오늘로 돌릴 수는 읎잖여. 그랑께 시방부텀이라도 정신 바짝 차리고 장사하란 말여. 그래야 형수님도 눈알이 빠지도록 삯바느질 안 하고, 영호랑 선미도 학비 걱정 안 하고 공부에만 전념할 수 있잖여."

"내가 돈은 돈대로 쓰고, 선거에는 떨어져서 개망신당했다고 해서 현재와 과거도 모르는 등신인 줄 아냐? 나도 과거는 억만금이 아니라, 이 세상을 준다고 해도 되돌릴 수 읎다는 것 정도는 알고 있어. 근데, 자꾸 그때가 생각나는 걸 워틱햐. 길거리 지나가기만 해도 '의원님 나오셨슈.' 무슨 행사에 가믄 '대의원님이 한 말씀 해 주세유.', 군청에 가믄 과장급들이 지 사무실로 모시고 가서 커피 대접햐, 명절 때믄 여기저기서 들어오는 선물이 주체할 수 읎을 정도로 들어오던 과거를 잊어 뻐리고 싶어도 자꾸 생각낭께 환장하는 거잖여……."

시훈은 포항식당에서 마신 소주에 경훈과 마신 소주의 취기가 더해진 데다가, 난로 옆에 앉아 있어서인지 얼굴이 화끈거리면서도 눈물이 났다.

"시훈이 형, 진정햐. 경훈이 형 말은 시훈이 형이 나쁘다는 게 아니잖여. 형이 맨날 술만 마시고 배달하다, 얼음판에 미끄러지기라도 하믄 큰일 낭께 걱정이 돼서 하는 말이잖여."

철용이 휴지 갑에 있는 휴지를 빼서 시훈의 손에 쥐어주며 부드럽게 말했다.

"내가 너무 심하게 했구먼. 내가 잘못했응께 그만햐."

경훈은 시훈이 울고 있는 모습을 보니까 마음이 짠해졌다. 말을 너무 심하게 한 것 같아서 시훈의 옆자리로 가서 손을 잡고 용서를 빌었다.

"나도 과거를 잊고 싶단 말여. 하지만…… 자꾸 생각나는 걸 워틱햐. 어쩔 때는 자다가도 잠이 깼을 때 그 생각만 하믄 그담부터는 잠이 오지 않는단 말여. 영호 엄마 모르게 밖에 나가서 술이라도 한잔 하고 와야 새로 잠이 들 정도란 말여……"

시훈은 처음에는 울컥하는 기분에 눈물이 났다. 그러나 철용과 경훈이 번갈아 위로하니까 슬픔이 걷잡을 수 없이 밀려와서 눈물을 멈출 수가 없었다.

"철용아, 어여 계산하고 나가자. 여기 앉아 있다가는 저녁때까지 울겄다."

경훈이 철용에게 눈짓을 하고 시훈의 팔을 부축하며 일어섰다.

밖에는 어느 틈에 발목이 빠질 정도로 눈이 내렸다. 계속 눈이 내리고 있는 언덕 아래로 시훈네 쌀가게가 보였다. 쌀가게 앞에서 진천댁이 눈을 맞으면서 눈을 쓸어내고 있었다. 시훈이 눈물을 닦고 나서 독백하는 목소리로 말했다.

"미안하구먼. 참말로, 너한테는 할 말이 읎어. 한 치 앞도 모르고 깨춤을 추던 나 때문에 너도 제수 씨 앞에서 기도 못 펴고 살고, 참말로 미안햐. 나 진짜로 과거를 잊고 새 출발 할라고 일월 달에 강원도 사북으로 내려갈 겨."

259

"강원도 사북이 어디 있는 동리여?"

경훈은 시훈이 눈길에 미끄러질까 봐 손을 잡으며 물었다.

"워디긴 워디여 정선아리랑으로 유명한 정선군에 있는 면 소재지지."

"거긴 뭐하러 가는 겨?"

"거기 '동원탄좌'라는 회사가 있구먼. 아는 사람 소개로 이력서를 냈더니 일월부터 출근하라고 하드라."

시훈은 쌀가게에만 목을 매고 있다가는 빚만 늘어난다는 생각에 예전처럼 외국으로 나가서 돈을 벌어 볼까도 생각해 봤다. 하지만 처음에는 멋모르고 견뎌냈지만 너무 힘들어서 상황을 알고는 갈 수가 없었다. 그래서 직업소개소에 5만 원을 주고 사북에 있는 동원탄좌에 취직됐지만, 대놓고 말을 할 수가 없어서 숨겼다.

"동원탄좌라믄 석탄을 캐는 광부로 취직했단 말여?"

"그려, 쌀가게는 느 형수 혼자 해도 되잖어. 단골이 많다믄 몰라도 쌀가게 하는 걸로 먹고살고, 광부로 버는 돈은 빚 갚어 나갈 생각여."

"형은 말아먹으믄 탄 캐러 가는구먼. 왕십리에서 여관 한다고 설치다가 사기당하고 나서 독일로 탄 캐러 가더니. 요번에는 사북으로 탄 캐러 가는구먼. 혼자 방 은어서 자취하믄, 맨날 술이나 먹고 그럴라고 그러는 거 아녀?"

"거기, 독신자 기숙사가 있다. 우선 혼자 가서 일을 해 보고 월급이 괜찮으믄 그쪽으로 이사를 가야지."

"월급을 얼매나 받는데?"

"저만 열심히 하믄 이십팔만 원까지 받을 수 있다드라."

"시훈이 형 시방 먼 야기 하고 있는 거여?"

뒤늦게 나온 철용이 경훈에게 물었다.

"몰라, 내 귀에 이상이 읎다믄 형이 광부질 할라고 강원도 사북이라는데 간다능 겨."

"에이, 아무나 광부 하는 줄 아능구먼. 시훈이 형, 인생 막장이라는 말 못 들어 봤어? 막장이라는 말이 어디서 나왔냐믄 석탄을 캐는 굴 맨 끄트머리가 막장이랴. 막장에서 탄을 캐는 것이 그만큼 힘들다는 데서 생긴 말이라는 거여."

철용이 어림도 없다는 표정을 지으며 시훈을 바라봤다.

"내가 기술이라고는 탄 캐는 기술벆에 읎잖여. 그라고 이미 결심했구먼. 시방으로서는 딴 방법이 읎단 말여."

"형수님한테는 말했어?"

"느 형수는 내가 글로 가서 한 달에 최하 이십만 원씩 부쳐 준다믄 얼씨구 좋구나 찬성할 겨."

시훈은 눈을 쓸고 있는 진천댁과 시선이 마주치는 순간 얼른 돌아서서 눈물을 흘렸던 흔적을 닦았다. 경훈을 향해 돌아서서 내 얼굴에 운 흔적이 있느냐고 물었다.

"형 안 울었잖여. 형이 어린아야? 대낮부터 길바닥에서 울고 있게."

경훈은 마음속으로 길게 한숨을 내쉬었다. 시훈이 광부 일을 해낼 수 있을 것 같지 않았다. 하지만 시훈을 말릴 방법이 있는 것도 아니다. 시훈이 사북에 가지 않고도 마음을 잡으려면 하루라도 빨리 쌀가게가 번성하는 길밖에 없다. 하지만 그 방법이 요원하기만 해서 한숨밖에 나오지 않았다.

제25장

1
9
8
0
년

떠나는 자와 남는 자

창문 밖으로 보이는 거리에는 모든 것이 얼어 있었다.
길바닥에 떨어진 휴지 조각도 얼어붙어 있고,
싸롱 여직원을 모집한다는 전봇대의 광고, 전깃줄에도 고드름이 매달려 있었다.
청와대에서 근무한다는 것은 일단
이 나라 최고의 심장부에 근무한다는 점에서 환영할 일이다.

창문 밖에는 싸리나무로 얼굴을 후려갈기는 것 같은 바람이 쉬지 않고 불고 있었다. 유리창에는 밖에 보이지 않을 정도로 뿌옇게 성에가 끼어 있지만 사무실 안은 늦봄처럼 따뜻했다. 여기저기 주인 없는 책상에는 날짜 지난 신문이라든지, 신문지 사이에 끼어 온 전단지며, 규정집 같은 것이 널려 있었다.

고현수는 길게 기지개를 하고 할 일 없이 사무실을 돌아다본다. 직원들 중 절반이 송별회도 하지 않고 짐을 꾸려 나갔다. 이 층의 박광원 사무실도 진작 비어 버렸지만 후임자가 오지 않아 비어 있다. 지신도 모르게 하품이 나왔다. 입술을 닦으며 책상 위에 있는 서류철을 끌어당긴다. 서류철 안에는 작년 10월 22일 강원도 강릉 시내에 있는 안보 회관에서 열린 강원 지역 안보정세 보고회를 요약한 것이다. 보고회에서는 10월 16일부터 20일까지 있었던 부산 및 마산 사태에 대한 설명이 있었다.

▸부산과 마산에 위수령이 발동되게 만든 사건은 10월 15일 '독재 타도', '유신 철폐'를 골자로 한 민주 선언문이 부산대학교에 배포되는 것으로 시작됨.

▸16일엔 이에 동조한 부산대생 오천여 명이 경찰의 저지선을 뚫고 가두시위를 시작하게 되고 이어 동아대생 천여 명과 시민들까지 가세하여 시위대는 순식간에 도심을 장악.

▸그날 밤 시위 인파는 5만여 명으로 불어났고, 폭발한 민심은 파출소와 공화당 지부 사무실 등 공공건물에 방화하며 파괴를 함. 이튿날인 17일까지 반정부 시위가 계속 이어짐.

▸18일 새벽 0시를 기해 부산 지역에 비상계엄을 선포 1공수 여단과 3공수 여단, 해병대 1사단 7연대를 투입.

▸마산에는 20일 정오를 기해 위수령을 선포 시청과 역 등 주요 시설을 공수부대가 점령. 탱크와 장갑차를 배치. 공수부대는 총기에 착검을 하고 트럭을 이용해 부산대와 동아대를 하루 종일 오가며 학생들과 시민들을 위협하면서 시위를 진압.

▸이상과 같이 부산과 마산의 사태를 설명한 후에, 북괴 동향과 한반도 주변 정세 등을 설명하고 정부 방침을 밝힘.

▸참석 인원 도내 기관장 1백 48명

▸최규하 총리는 부산·마산지역에서 학생 시위대가 난동하고 불순분자가 이에 합세. 사회질서를 교란하고 공공질서를 파괴한 행위는 어떻든 북괴의 대남적화전략을 돕는 결과가 되었다고 볼 수 있음. 이후 공

공질서 파괴 행위는 국가 안보 차원에서 다스려 나가겠다고 강조함.'

고현수는 자신이 작성한 보고서이면서 다른 요원이 올린 것을 읽는 기분으로 읽다가 쓴웃음을 지었다. 최규하 총리는 강릉에서 설명회를 하고 나서 불과 45일 만인 12월 6일 이 나라의 십 대 대통령이 됐다. 강릉설명회에서 보고할 때는 부산과 마산 사태를 반국가적인 행위로 규정지으며 열변을 토하던 총리가 이 나라 국정을 책임져야 하는 대통령이 될 줄은 꿈에도 몰랐을 것이다.

나하고는 상관없는 일들이지.

고현수는 역사라는 것이 한 치 앞을 모르게 흘러간다고 생각하며 길게 하품했다. 보고서는 이미 쓸모없어진 것이다. 습관처럼 볼펜을 들고 무언가 쓰려고 하다가, 이내 볼펜을 책상 위에 던져 버리고 의자에 비스듬하게 누웠다.

세월 참 빠르군.

바로 어제 격동의 70년대가 지나고 80년대에 돌입한 것 같은데 벽에 걸려 있는 일력은 2월 11일을 알리고 있다. 구정은 16일이니까 5일 남았다.

"아버지가 어제 서울 올라오셨다가 오늘 오후에 내려가신대요. 그 차 타고 모산 집에 갔다가 십삼 일쯤에 영동 어머님댁에 가 있을게요."

어제 오전의 일이다. 애자가 어디론가 전화를 하고 나서 지나가는 말처럼 말했다.

"당신은 그런 말을 아무렇지도 않게 해?"

성찬이는 비디오로 재생되고 있는 반공 영화 '똘이장군'에 빠져 있었다. 그 옆에 앉아서 건성으로 텔레비전 화면을 바라보다가 물었다.

"무슨 말을 아무렇지도 않게 해요?"

애자가 사과와 접시를 들고 소파에 앉으며 퉁명스럽게 반문했다.

"나 혼자 일주일 동안 밥을 해 먹고 다녀야 하는 상황이잖아."

"직장 근처에 밥을 대 놓고 드시는 식당이 있다고 하지 않았어요?"

"그때는 일이 바쁠 때지만 지금은 당신이 잘 알고 있는 것처럼 바쁜 일이 없잖아. 나 혼자 거기 가서 먹는 것도 모양새가 안 좋다구."

"결국 당신은 나보다 밥이 중요하다는 말이군요."

애자가 마른 웃음을 지으며 깎은 사과 한 조각을 성찬이 손에 쥐어주었다. 그 말을 듣는 순간 얼른 반박할 말이 생각나지 않았다.

"미안해, 내가 실언한 거 같네."

"중요한 것은 우리가 결혼한 이후에 당신은 내가 집에서 무엇을 하며 지내는지 단 한 번도 물어본 적이 없다는 점이에요. 다른 여자들처럼 가족끼리 외식을 원하는 것도 아니에요. 옷을 사 달라고 한 적도 없었잖아요."

잠시 머뭇거리다가 사과하니까 애자가 기다렸다는 듯이 가슴속에 담아두었던 말들을 토해 놓았다.

"여보, 내가 나 자신을 위해서 성공하려는 것은 아니잖아. 우리 가족 모두를 위해 열심히 일하고 있는데 격려는 못 해 줄망정 무슨 말을 그렇게 해?"

"당신이 한 말을 뒤집어 보면, 당신이 성공하는 그날까지 저는 집 안에서 인형처럼 살아야 한다는 말인가요?"

"그래서 혼자 집에서 소주나 마시고 있나?"

"술을 마신 것은 사실이에요. 하지만 혼자 마시지는 않아요. 이백삼

호 은영이 엄마 남편이 은행에 다니는데, 그 집 남편도 당신처럼 성공주의자예요. 둘이 만나 가끔 마실 뿐이라구요. 그 점에 대해서는 더 이상 뭐라고 하지 마세요."

"날 좀 이해해 주면 안 되겠나?"

애자가 소주를 마시는 점에 대해서는 더 이상 뭐라고 말을 할 수가 없었다. 다투고 싶지도 않아서 목소리를 낮추고 부드럽게 물었다.

"다른 직장을 잡으면 안 돼요? 야근 안 하고 주말이면 우리 성찬이와 같이 야외도 나가고, 성찬이한테 아빠 노릇을 할 수 있는 그런 직장에 다닐 수 있잖아요. 누가 그러는데 공무원들은 전직도 가능하다고 하데요. 시청이나 구청 같은 곳으로 옮기면 좀 더 편하게 살 수 있잖아요"

"생각 좀 해 볼게."

애자의 소망은 들어 볼 가치도 없는 말이었다. 하지만 그럴 수 없다고 하면 또다시 신경전이 이어질 것이라는 생각에 여운을 남기는 말로 끝내고 말았지만 맘은 편하지 않았다.

"김 과장, 커피 한잔 할까?"

고현수는 최 차장이 등을 툭 치며 하는 말에 다시 한 번 길게 기지개를 하고 일어섰다.

최 차장이 커피를 타기 위해 다용도실로 들어갔다. 고현수도 뒤따라 들어가서 커피를 탔다. 최 차장이 말없이 바깥으로 나가서 회의실로 들어갔다. 고현수가 따라 들어가서 물었다.

"저한테 뭐 하실 말씀 있으세요?"

"어떻게 될 거 같아?"

최 차장은 회의용 탁자 앞에 있는 의자를 끌고 창문 앞으로 갔다. 창

유리를 파고드는 햇살이 역삼각형으로 최 차장을 비췄다.

"뭐가요?"

고현수가 커피 한 모금을 마시고 나서 반문했다.

"내 생각에는 정보부가 깨지지는 않을 거 같아. 하지만 인원을 빼 가는 걸 보면 축소돼도, 엄청나게 축소될 거 같아. 어쩌면 다른 정보 업무는 모두 보안사로 넘어가고 대공 업무만 하는 정도까지 축소될지도 모르겠어."

"저도 같은 생각입니다. 제 정보에 의하면 전두환 씨가 정보부까지 맡을 가능성이 있다고 합니다."

"나도 같은 정보를 입수했어. 지금은 계엄사까지 맡고 있는 상황에서 발표를 미루고 있지만, 실질적으로 모든 실권을 장악하고 있잖아. 한마디로 우린 개털 신세가 될 수밖에 없는 거지."

"차장님은 청와대로 가시는 걸로 알고 있는데요."

창문 밖에는 거인의 휘파람 소리를 내며 쉴 새 없이 바람이 불고 있었지만, 옷소매 안으로 파고드는 바람은 뜨거울 정도로 따뜻했다. 고현수는 최 차장이 와이셔츠 단추를 여는 모습을 바라보며 소리 없이 웃었다.

"정보 라인이 누구야?"

"학교 선배가 이번에 청와대로 들어갔습니다. 정무 쪽이라서 요즘 정신없이 바쁜 모양입니다."

"그 바쁜 와중에 내 이야기도 한 모양이지? 난 청와대 관심 없어. 내가 무슨 정치를 할 것도 아니고…… 난, 여기가 좋아."

최 차장은 의자에서 일어섰다. 고현수를 향해 어깨를 으쓱거려 보이고 나서 빈 일회용 컵을 탁자 위에 올려놓고 다시 의자에 가서 앉았다.

"여긴 불안하잖아요. 정치에 관심이 없다고 해도 나중에 퇴직 후를 생각해서라도 여기보다는 청와대가 나을 것 같은데……."

고현수는 빈 일회용 컵을 착착 접으면서 최 차장의 표정을 살폈다.

"그렇게 생각하나?"

"차장님은 그렇게 생각하지 않습니까?"

"김 과장, 청와대로 들어가고 싶은 생각 없나?"

"제가요?"

고현수가 종이컵 접은 것을 쓰레기통에 버리려고 겨냥하고 있다가 놀란 얼굴로 반문했다.

"자네, 야망이 크다는 거 알고 있어. 학벌도 좋고 하니까 여기 있는 것보다 빨리 클 수 있지. 나는 여기가 좋아. 여긴 내 작은 세상이거든. 내가 원하는 것은 모두 얻을 수 있지. 돈도 노후 걱정을 안 할 만큼 모았어. 한마디로 모험을 하고 싶지 않다는 거지."

최 차장이 일어섰다. 역광으로 햇빛을 받으면서 팔짱을 끼고 고현수를 바라봤다.

"왜 접니까?"

고현수는 좀 편한 곳으로 직장을 옮겼으면 좋겠다는 애자의 말이 떠올랐다. 청와대는 이곳보다 더 바쁘면 바빴지, 한가하지는 않을 것이라는 생각이 들었다.

"나는 자네를 잘 알아. 자네는 이 바닥에 안 어울려. 원래 이 바닥으로 들어올 사람이 아니라는 거지."

"인간은 환경의 동물입니다. 어떤 환경이든지 적응을 하면, 그 환경에 맞게 진화하게 되어 있습니다. 저는 이 일에 만족합니다."

"마냥 미룰 수는 없어. 빨리 가부를 결정해야 한다구."

최 차장은 고현수 앞으로 갔다. 그의 손을 끌어당겨 악수를 했다. 고현수가 얼떨결에 손에 힘을 주자, 어깨를 툭 쳐 주고 밖으로 나갔다.

청와대……

고현수는 최 차장이 앉았던 의자로 갔다. 의자를 창문 쪽으로 놓고 앉아서 창문 밖을 바라봤다. 창문 밖으로 보이는 거리에는 모든 것이 얼어 있었다. 길바닥에 떨어진 휴지 조각도 얼어붙어 있고, 싸롱 여직원을 모집한다는 전봇대의 광고, 전깃줄에도 고드름이 매달려 있었다. 청와대에서 근무한다는 것은 일단 이 나라 최고의 심장부에 근무한다는 점에서 환영할 일이다. 하지만 권력의 정점에 있는 만큼 바람도 많이 타는 직장이 될 수도 있다는 생각이 들었다.

"그러니까, 내가 보험에 드는 거지. 자네는 나한테 보험에 드는 것이고"

"무슨 보험을 드는 겁니까?"

고현수는 누군가 들어오는 소리에 고개를 돌렸다. 최 차장이 다시 들어와서 팔짱을 끼고 고현수를 바라보며 웃었다.

"자네가 내 뒤를 봐 주는 거지. 나는 자네 뒤를 봐 주고"

"공생공사 하자는 말씀입니까?"

"뭉치면 살고, 흩어지면 죽는다는 말이 있잖은가. 자네가 청와대로 가는 걸로 알고, 전화를 해 놓겠네. 지금 막 전화가 왔었거든. 빨리 결정을 하라고 말이야. 그래서 내가 나보다 더 믿을 만한 친구를 소개시켜 준다고 했지."

최 차장은 고현수의 대답을 기다리지 않고 밖으로 나갔다.

그래, 성공을 하려면 모험을 할 수밖에 없어.

고현수는 결심을 굳히고 회의용 탁자 앞으로 갔다. 탁자 중앙에는 회의할 때 급하게 걸려 오는 전화를 받는 전화기가 있었다.

고현수는 마음을 굳혔지만 이동하의 의중도 중요하다는 생각에 이동하 사무실로 전화했다. 이동하는 사무실에 있지 않고 건설 회사에 있었다. 다시 건설 회사로 전화해서 직원에게 이동하를 바꿔 달라고 했다.

"저, 고 서방입니다."

"여! 우리 고 서방이 웬일로 즌화를 다 하능 겨? 언제 내려오나? 애자는 시방 모산에 있구먼."

이동하가 반가운 목소리로 연거푸 질문했다.

"장인어른도 건강하시죠? 장모님하고, 할머님도 편안하시구요?"

"그려, 우리 집이야 별일 있겠어? 자네가 혼자 밥해 먹느라 애먹지?"

"아닙니다. 다름이 아니고, 제가 청와대로 갈 것 같습니다."

"자, 자네가 멀 잘못했길래 청와대로 간다능 겨!"

"잘못해서 가는 것이 아니고, 근무처를 청와대로 옮길 것 같습니다. 그래서 전화를 드렸습니다."

"여! 다시 한 번 말해 보게. 내가 듣기루는 자네가 청와대로 욍긴다는 말처름 들렸는데?"

이동하가 흥분한 목소리로 빠르게 물었다.

"옳게 들으셨습니다. 조만간 청와대로 출근하게 될 겁니다."

"누구 빽여? 누구 빽으로 청와대로 가게 되능 겨?"

이동하는 너무 기뻐서 당장이라도 뛰어 올라오겠다는 기세였다.

"누구 빽이 아니라, 여기 직원의 소개로 들어가게 된 겁니다."

"자네, 직원 빽이 통했구면. 청와대라믄 대통령을 모시는 데 아녀. 자네가 청와대로 들어간다믄 우리 집안의 경사지. 경사도 이런 경사가 읎구면. 가만있어 보자. 시방 이라고 있을 때가 아녀. 안사돈한테는 연락했는가? 아녀. 이런 기분 좋은 소식을 즌화로 할 수는 읎지. 내가 당장 안사돈한테 가서 이 소식을 알려야겄구면. 허허! 우리 사위가 청와대에 들어갔다는 말을 들응게 이기 꿈인지 생신지 모르겄구면. 자네 참말로 청와대로 들어가는 거이 맞는 말이지."

"네, 맞습니다. 그리고 어머님한테는 제가 전화를 드리겠습니다."

"아녀, 아녀. 여기서 사돈댁까지 십 리가 되는 것도 아니고, 백 리 길도 아니잖여. 엎드리믄 코 닿을 거링게 내가 시방 가서 말씀을 드리겄네. 그라고, 언지 내려오능 겨? 자네 내려오믄 돼지라도 잡아야겄구면……."

이동하는 연신 터져 나오는 웃음을 참지 못하고 요란한 웃음소리와 함께 전화를 끊었다. 고현수는 칼바람이 부는 창문 밖을 바라봤다. 전깃줄이 팽팽하게 몸을 떨면서 고드름이 창처럼 수직으로 떨어져서 양옥집 옥상에서 박살나는 모습이 보였다.

"차장님, 언제쯤 가게 됩니까? 그리고 제가 가야 하는 부서는 어딥니까?"

고현수가 최 차장 옆에 보조 의자를 갖다 놓고 앉으며 속삭였다.

"삼월 일 일은 공휴일이니까 삼월 이 일부터 그쪽으로 출근하게 될 거야. 근무 부서야 정보통이 어디로 가겠어? 민정 수석실에서 근무하게 될 거야. 자네가 갈 거라고 연락해 뒀으니까. 자네가 다른 부서나 민간 기업 출신이었다면 오늘부터 뒷조사가 시작되겠지만 정보부에서 이미 신원 조사를 마쳤기 때문에 뒷조사는 없을 거야. 오늘부터 슬슬 업무 인계 준비나 해 놓게."

"저녁에 시간이 어떻게 됩니까? 가볍게 한잔하시겠습니까?"

"그렇지 않아도 자네를 추천한 민정 수석실의 간부와 같이 만나기로 약속이 되어 있네. 충정로에 있는 일식집에서 만나기로 했으니까 퇴근한 후에 거기로 가자구."

고현수는 이미 자신의 거취가 확정되고 있다는 것을 감지했으면서도 실감이 나지 않았다. 이런저런 일로 청와대 출입을 해 보지 않은 것은 아니다. 그때는 업무적으로 출입했지만, 그곳이 직장이 된다고 생각하니까 설레기도 하면서 일면 긴장이 돼서 그냥 앉아 있을 수가 없었다. 찬 바람을 맞으며 심호흡을 해야겠다고 생각하며 일어섰다.

후회를 경험 삼아 반성하지 않으면 더 큰 후회를 낳는다. 시훈은 청량리에서 태백선 기차를 탈 때만 해도 자신만만했었다. 까짓것 이억 만 리 독일에서 말도 통하지 않는 독일인들과도 막장에서 일했는데, 같은 말을 사용하고, 김치에 고추장을 즐겨 먹는 한국 사람들과 못 할 것이 뭐가 있겠냐는 생각에서였다.

하지만 막상 동원탄좌에 첫 출근을 해서 간단하게 안전 교육을 받고 갱으로 들어가자마자 후회했다. 갱 입구에는 '아빠 오늘도 무사히'라는 간판이 붙어 있었다. 그 옆에는 기도하는 소녀의 모습이 그려져 있다. 얼마나 사고가 잦으면 '오늘도 무사히'라는 간절한 문구가 갱 입구에 붙어 있겠냐는 말을 이해하기까지는 한 시간도 걸리지 않았다.

"여기 들어갈 때는 산사람만 들어가지만, 나올 때는 죽은 사람도 같이 나오지."

시훈을 데리고 갱구로 들어가는 선산부가 시훈이 들으라는 목소리로 말했다. 시훈은 순간 온몸에 소름이 쫙 돋는 것을 느꼈으나 내색은 하지 않았다.

독일 광산처럼 수평으로 들어가는 갱은 오십 미터가 되지 않았다. 여기는 수직으로 몇 백 미터를 내려간다. 철로를 따라서 털커덕거리며 앞으로 나가던 탄차가 '사갱'이라 부르는 경사진 갱도를 내려가니 지상하고는 완전히 다른 딴 세상이 펼쳐졌다.

시훈은 감옥에 들어가는 기분으로 눈앞에 보이는 캄캄한 어둠을 노려보았다. 드문드문 켜져 있는 전등 불빛은 주변이 온통 까만색이라 음산하게 빛을 발하고 있었다. 경사로로 내려갈수록 호흡하기 곤란할 정도로 탄 분진이 날리고 작업환경이 독일과는 비교할 수 없을 정도로 열악했다.

처음에는 딱 일주일만 견뎌 보고 힘들면 서울로 올라가겠다고 생각했다. 어찌어찌 일주일을 견디고 나니까 명색이 남잔데 칼을 뺐으면 무라도 잘라야 한다는 생각이 들었다. 적어도 한 달 월급은 타고 올라가겠다는 생각으로 죽기 살기로 일했다. 한 달이 지나고 첫 월급을 타고 나서는 눈물 젖은 빵이 아니라, 눈물 젖은 소주를 마시며 후회했다.

그는 첫 월급 163,972원을 탔다. 일요일만 쉬고 꼬박 25일을 일한 결과물이었다. 25일 동안 만근했으니 하루에 6,560원 꼴로 쳐서 받은 금액이다. 그중에서 각종 세금이며 이런저런 공제액이 16,309원, 광업소 합숙료 15,000원을 공제한 132,660원을 탔다. 그중에서 직업소개소에 선불로 준 금액 50,000원을 공제하면 82,660원을 탄 셈이다.

서울에 있는 직업소개소에서 소개를 받을 때만 해도 28만 원은 너끈히 탈 수 있다고 했다. 하지만 그 정도를 타려면 경력이 10년은 넘어야 한다는 걸 첫 월급을 타고 알았다. 그중에서 10만 원은 두 눈 딱 감고 서울 집으로 송금했다.

송금해 주고 나서 진천댁에게 전화했다. 진천댁은 다소 실망한 목소리로 전화를 받았지만, 그나마 십만 원이라도 송금해 주니까 다행이라는 목소리였다. 그 목소리를 듣고 여기는 사람 살 데가 못 되는 연옥 같은 곳이라고 말할 수가 없었다.

"삼 개월 동안은 수습 기간이라 얼매 못 탄다. 하지만 삼 개월이 지나믄 이십만 원은 넘는다고 하드만. 그렇게 알고 심들드라도 참고 있어."

"너무 심들믄 당장 날이라도 올라와유. 그렇지 않아도 선미 수업료 때문에 위태게 하나 걱정하던 중이라서 돈을 받기는 잘 받았지만, 당신이 고생할 것을 생각하믄 맘이 편치 않네유. 하지만 워틱해유. 어떡하든 여물게 해서 빨리 빚 갚을 때까지는 고생하는 수벾에……."

"하여튼, 내가 빚 다 갚은 담에야 올라갈 모양잉게. 그쯤만 알고 애들이나 잘 키워."

결국은 한 달 더 근무하다 보면 탄광 일도 몸에 배서 할 만하겠지, 하는 생각에 사표 내는 것은 포기했다. 하지만 인간 장시훈이 막장에서 일을 하고 겨우 하루에 6,560원짜리밖에 안 되느냐는 자괴감에 젖어서 그날 꼭지가 돌도록 술을 마셨다.

시훈은 후회하면서 한 달을 보내고, 또 후회하겠지, 라며 새로운 달을 맞았다. 그러다 보니 3개월이 지났다. 탄광에서는 하루 3교대 8시간씩 근무한다. 갑방, 을방, 병방으로 구분하여 갑방은 오전 8시부터 오후 4시까지, 을방은 오후 4시부터 자정까지, 병방은 자정부터 오전 8시까지 일한다. 그러다 보니 광부들에게는 통행금지가 적용되지 않았다. 한밤중에도 통근 버스를 기다리는 행렬이 길가에 줄지어 서 있는 광경이나, 출퇴근하는 광부들의 걸음 소리가 골목을 소란스럽게 만드는 건 예사이다.

그중에서 그나마 사람답게 살 수 있는 근무 조가 갑방 근무 조다. 갑방은 아침 7시까지 출근해서 8시부터 작업에 들어간다. 오후 4시면 퇴근하기 때문에 시간적으로 여유가 많다. 합숙소에서 딱히 할 일은 없고 동료와 고향에 대한 얘기를 주고받으며 늦은 밤까지 깨어 있는 날이 많았다.

"장 씨, 내 말 똑똑히 새겨들어. 하루라도 빨리 여길 떠나는 것이 살길여."

고향이 충북 청원인 박 씨는 나이도 비슷하고 같은 충북이라 자주 어울리는 동료다. 그는 광부 경력 8년 만인 지난 75년에 규소폐증 1기 진단을 받았다. 광부를 그만두면 먹고살 길이 막막해서 사북을 떠나지 못하고 있는 박 씨는 40대 후반인데도 조로(早老) 현상 때문에 60대처럼 피골이 상접했다.

"내 걱정은 하지 말고 진폐증 치료부텀 해유. 사람 나고 돈 났지, 돈 나고 사람 난 거 아니잖유."

시훈은 박 씨를 볼 때마다 자신의 미래를 보는 것 같아서 안타깝기만 했다. 없는 돈에 술이라도 한잔 나누고 싶지만 박 씨는 진폐증 때문에 술을 마시지 않아서 만나면 음료수나 마시는 것이 고작이다. 사이다 한모금을 마시고 나서 동정 어린 시선으로 바라봤다.

"나도 살고 싶구먼. 칠십육 년도부터 해마다 회사에서 진폐증 검진을 했잖여. 하지만 치료나 보상은 둘째 치고 결과를 안 알려 주는 거여. 그래서 도저히 참을 수가 없드라고 할 수 없이 지난달에 서울 성모병원에서 진찰을 받았잖여. 그 진단서를 회사에 내고 산재 결정을 받아서 영월 노동청에 제출했는데 여즉까지 함흥차사여. 인사과에서도 내가 빨리 퇴직했으면 하는 눈치라고 이거야말로 개죽음당하는 거하고 머가 달라. 그랑께, 장씨는 내 꼴 되지 않으려면 기회고 뭐고 찾을 필요 없이, 이번 달 월급만 타면 여길 떠나."

박 씨는 숨이 막혀서 그르릉, 그르릉 가래 끓는 소리를 내고 나서 숨을 몰아쉬었다.

"사월에 노조하고 임금 인상이 있다고 하데유. 그 때 봐서 시방보다 별로 좋아지는 기미가 안 보이믄 참말로 서울로 올라갈 튜."

"두고 봐. 요번에도 월급을 어느 정도는 올려 줄 거여. 하지만 사무원이 A급을 B급이나 C급으로 매겨 버리면 암만 월급이 올라도 또 마찬가지여. 이삼만 원 올라 봤자, 적자여. 장 씨는 사정이 어떤지 모르지만 우리 집에는 중학교와 고등학교 다니는 학생 두 명이 있는데 가들 학비 오르는 것보다 짝거든."

"서울에 사는 집사람이 쌀가게를 하고 있거든유. 그래서 한번 버텨 보는 거유."

시훈은 우울한 표정으로 대꾸하며 사이다 컵을 들었다.

"아까 내동 말할 때는 딴생각하고 있었구면. 두고 봐. 암만 월급이 많이 올라도 두세 달 뒤에는 원위치로 돌아오게 돼 있응게. 오죽하면 인생 등급을 매길 때 문둥이가 구십구 등급이라믄 광부가 백 등급이라는 말이 생겨났을까."

박 씨는 말하는 것도 힘든 얼굴로 색색거리며 숨을 내쉬다가 사이다

한 컵을 비워 내지 못하고 누워서 모포를 목까지 끌어당겨 덮었다.

"잘못 왔어. 암, 백번 잘못 왔고말고 직업소개소 놈한테 속아서 끌려온 거야. 한번 상상해 봐. 집채만 한 산디미를 뚫고 들어가는 성냥개비만 한 벌레가 바로 광부여. 재수 없게 갱이 무너지면 흔적도 없이 사라져 버릴 수도 있는 것이 광부여."

시훈은 잠을 쉽게 이룰 수가 없었다. 잠이 오지 않아서 이쪽으로 누웠다가 저쪽으로 누우며 뒤척이는 사이에 한숨만 터져 나왔다. 통일주체국민회의 대의원 재선에 도전하지만 않았다면 낯설고 물설은, 하늘만 빼꼼한 이곳에 올 일은 없었을 것이다. 교장 출신은 퇴직해도 죽을 때까지 교장 선생님이라 불리고, 면장 출신은 모산의 이병호처럼 죽어서도 면장이다. 대의원만 됐어도 쌀장사할망정 의원님이라 불리며 양곡협회 지부며, 의용소방대라든지, 학교 운영위원회 같은 단체에서 감투를 쓰고 사람답게 살고 있었을 것이다. 선거에 떨어지고 돈 떨어지고, 고향까지 등진 채 탄광까지 내려왔다. 의원님이라는 존칭은 혼자만 알고 있는 비밀이 되어 버렸고, 장 씨가 이름이 되어 버린 것을 생각하면 가슴이 답답해서 자다가도 벌떡벌떡 일어나진다. 내일 근무만 아니라면 소주라도 한 병 사다 마시고 싶지만, 그럴 수가 없어서 옆에서 자는 동료들 모르게 방바닥이 꺼져라 한숨만 내쉬었다.

"하여튼 이번에는 그냥 안 넘어갈 텨. 노조 지부장 그 새끼가 죽든지, 우리가 죽든지 막장까지 가 볼 생각잉께."

"내 말이 바로 그 말여. 인생 막장까지 와서 십 년 동안 는 것이라고는 병뿐이여. 규소폐증 일급 판정받고, 몸이 약해지니까 선산부에서 난장부로 옮겨서 월급이 옛날 삼분의 일도 안 된다고"

문이 열리면서 같은 방에서 합숙을 하는 최 씨와, 하 씨가 거칠게 말을 주고받으며 들어왔다.

"나하고 같은 반에 근무하던 이병환 씨라는 사람은 작년 구월에 규소 폐증 판정받고 짤렸잖아. 병이 걸리도록 일한 대가로 보상도 안 해 주고 짜른다는 것이 말이나 되능 겨?"

"우리 반 대의원이 그라는데 우리나라 산재보험 이익금이 얼마나 되는 줄 알아? 젠장, 성질이 나니까 술이 맹물 같구면."

"얼마나 되는데?"

"이백삼십억 원이랴. 이병환 씨 같은 사람한테 줘야 할 돈을 한 푼도 주지 않고 모아서, 저희끼리만 돈 잔치 하는 거지, 뭐."

"젠장, 우리가 곰인가. 재주는 우리가 부리고 돈 잔치는 즈덜이 하게. 삼 년 전에 들어온 오 씨 마누라는 남편이 광부인 게 챙피해서 삼 년 동안 친정집을 못 갔다는데, 사람 돌게 만드는 소식만 들려오는구면."

"장 씨, 잠 안 자면 여기 와서 쇠주 한잔 할 텨?"

시훈은 최 씨가 부르는 말에, 옆으로 돌아누우며 잠을 자는 척했다.

"신참 끌어들일 필요 없어. 신참들은 우리가 하는 대로 구경만 하고 있으면 되니까."

"젠장, 월급에서 노조 회비는 꼬박꼬박 떼가면서 평소에 우리한테 밥 한 끼 사 줬나? 노동절에 겨우 수건 한 장 돌리는 대가로 월급에서 이 프로씩 착착 떼 가잖여. 지부장이라는 새끼는 지가 무슨 군수나 경찰서 장이라도 되는 것처럼 노조 돈으로 육 기통짜리 찌프차나 몰고 댕김서, 돈을 물 쓰듯 쓰고 말어."

"그래서 지부장 삼 년 해서 갑부가 못 되면 등신이라는 소리를 듣는다잖아."

"내 생각에는 노동청 놈들이 더 나빠. 그놈들이 개처럼 부려 먹을 수 있는 이재기 같은 어용 지부장을 뒤에서 밀어주니까 십 년 동안이나 지부장을 해 처먹고 있는 거잖여. 술 한 잔 따라 봐."

시훈은 술을 따르는 소리에 벌떡 일어나서 합류하고 싶었다. 하지만 술자리에 끼어 봤자, 그들과 대화가 통하지 않을 것이라는 생각에 자는 척하고 있었지만 귀는 활짝 열어두었다.

"아무래도 내일 일이 터져도 크게 터질 거 같네. 지난 십팔 일부터 이원갑 지지자 삼십 명이 노동조합 사무실로 몰려가서 지부장한테 물러가라고 요구하고 있잖여. 그런데도 이재기 패거리들은 이원갑이 첩이 있느니, 조합 돈을 횡령했느니, 대의원들을 돈으로 매수해서 당선됐느니 별 놈의 해괴한 소문이 다 돌잖여."

"지랄하고 자빠졌네. 남 똥 드러운 줄은 알고, 지 똥 드러운 줄은 모른다고 하드니. 지가 대의원들을 제주도로 끌고 가서 온갖 추태를 다 떨어서 이십 대 이로 재당선된 거, 이 바닥에서 모르는 사람이 누가 있다고. 젠장, 오늘 참말로 술 받네. 암만해도 사 홉들이 한 병 가지고는 부족할 거 같은데."

"적당히 마시고 한숨 자 둬. 솔직히 말해서 이재기 그놈이 회사한테 지원받아 엄청난 선거 자금을 써서 당선됐다고 해도 말여. 광산 노조에서 요구하는 임금 인상율 사십이 점 칠팔 프로만 인상해 줬으면 우린 상관없었어. 안 그려?"

"술은 내가 더 많이 마시고 취하기는 엉뚱한 사람이 취했구먼. 아, 회사에서 지부장 시킬라고 돈 대줄 때야 임금 인상 안 시킬라고 이재기

밀어준 거잖여. 까놓고 말해서 작년하고 같은 삼십일 프로 정도라도 이해하겠어. 근데 이십 프로가 뭐야. 이십 프로가.”

“우릴 화투판의 흑싸리 껍데기로 알고 있으니까 이십 프로라는 말이 나왔지.

“이래 죽거나, 저래 죽거나 죽는 것은 마찬가지여. 인생 막장까지 온 놈이 뭐가 무섭겄어……”

시훈은 잠이 올 듯 올 듯 하다가도 그들의 말투가 거칠어지면 귀를 기울였다. 하지만 그것이 반복되는 사이에 시나브로 잠이 들고 말았다.

출근 한 시간 전에 합숙소의 사이렌이 요란스럽게 울었다. 따르릉거리는 사이렌 소리는, 술에 취해 아무리 깊숙이 잠들어도 잠이 번쩍 깰 정도로 요란스럽게 울린다. 시훈은 사이렌이 울릴 때마다 습관적으로 이불을 얼굴까지 뒤집어쓰고 양쪽 귀를 막은 채 벨소리가 끝나기를 기다렸다.

탄광촌에는 유난히 금기가 많다. 삶과 죽음이 순간적으로 갈리는 직업이다 보니 꿈자리만 사나워도 결근을 한다. 그럴 수밖에 없는 것은 꿈 때문에 목숨을 건졌다는 소문이 심심찮게 들려오기 때문이다. 다른 직장인들에게는 우스갯소리로 들리겠지만 광업소에서는 결근 사유 중에 집안의 대소사나 질병 이외에 ‘꿈자리가 나빠서’도 인정해 준다.

또, 남존여비 사상이 엄격하게 지켜진다. 광부가 출근하기 전에 이웃집 여자가 방문하면, 재수 없다고 생각해서 출근을 안 한다. 특히 출근하는데 여자가 앞에서 지나가면, 도시락을 내팽개치고 집으로 돌아간다. 심한 경우는 여자한테 갖은 욕설을 다 퍼붓고 술집으로 직행하기도 한다. 사택에서 출근하는 광부 앞에서 구정물을 버렸다가는 주먹이 날아

올 수도 있고, 설거지 소리도 크게 내서는 안 되고, 그릇을 깨트리면 재수 없다고 출근을 안 하는 경우가 많다.

출근하다 여자가 앞에서 걸어가는 모습을 봐도 그 자리에서 뒤로 돌아 집으로 가 버린다. 도시락에 새우젓이나 소금기가 많은 것도 금기다. 땀을 많이 흘리게 되면 소금을 먹는데, 짠 반찬이 든 도시락을 가지고 가면 갱도가 무너져서 땀을 많이 흘리게 된다는 설에서 비롯된 것이다. 광부들의 아내는 도시락을 쌀 때 항상 청색과 홍색의 보자기만 사용하고, 무사히 집으로 돌아오라는 뜻에서 남편의 신발 코를 항상 집 안쪽으로 돌려놓는다.

시훈은 언제나처럼 동원탄좌로 출근했다. 작업복으로 갈아입고 번호가 적힌 표찰을 갱구 옆 게시판에 꽂아 넣었다. 사무원들은 그 표찰을 보고 현재 누가 갱 안에서 일하고 있는지 확인할 수 있다. 교대 시간이 돼서 나올 때는 그 표찰을 빼내 온다. 다음 근무자가 왔을 때까지도 누군가 빼내 가야 할 표찰이 꽂혀 있으면 갱내 어디선가 사고가 났다고 판단할 수 있다. 그 때는 현장의 근무 조원들이 다시 갱 안으로 들어가서 표찰의 주인을 찾아 샅샅이 뒤지는 작업이 시작된다.

"오늘 결판을 낸다드만."

시훈이하고 같은 탄차에 탄 박 씨가 시훈이 들으라는 목소리로 말했다.

"뭐를 결판 낸대유?"

"대의원들이 데모하는 거 못 봤어?"

"아! 그 사람들이 데모하는 거유? 저는 신체검사 받으러 갈라고 모인 사람들인 줄 알았쥬."

시훈은 서울에 살 때 대학생들이 데모하는 모습을 자주 봤었다. '독재 타도' 같은 글씨를 쓴 현수막을 들었거나, 깃발 같은 것을 휘날리기도 했다. 그러나 사무실 앞에 서 있는 백여 명의 광부들은 아무런 구호도 외치지 않았다. 석탄 분진을 품고 있는 4월의 바람만 일렁거리고 있을 뿐이었다.

갱 안에 들어가면, 다시 나올 때까지 바깥이 어떻게 돌아가는지 깜깜 소식이다. 가스 때문에 갱내 안에서는 무조건 금연이라, 담배까지 안 피우니까 갱 안에서 8시간 동안 있다가 밖으로 나오면, 잠시 세상을 떠났다가 다시 돌아온 기분이 든다.

오늘은 다른 날보다 특히 더했다.

시훈이 보기에 사무실 앞마당을 가득 메우고 있는 광부들은 몇 천 명은 될 것 같았다. 낮에 무슨 일이 있었던지, 광부들의 가족으로 보이는 여자들 수백 명도 섞여 있었다.

"내 이런 날이 올 줄 알았지."

박 씨가 숨을 색색 몰아쉬고 있다가 흥분한 얼굴로 말했다.

"뭐하고 있어? 빨리 씻고 나와서 합류하지 않고"

자신이 병방 근무 조인데도 임금 인상과 지부장 교체가 받아들여지지 않으면 오늘부터 일하지 않겠다고 말한 광부가 시훈을 노려보았다.

"어서, 가세."

시훈은 솔직한 심정으로 데모대에 합류하고 싶지 않았다. 그러나 박 씨가 채근하는 통에 자신도 모르게 일단 중앙 목욕탕으로 갔다. 한꺼번에 백여 명이 목욕할 수 있는 탕 안에는 근무를 끝낸 광부들이 검은 탄 가루를 씻어내고 있었다.

"광부들이 데모하는 건 이해하는데, 집사람들은 왜 나왔대유?"

탄가루는 눈과 귓속에도 들어간다. 시훈이 물로 눈두덩을 까뒤집어 탄가루를 씻어내고 나서 옆 사람에게 물었다.

"소식이 깡통이구먼. 낮에 경찰 찌프차가 광부 네 명을 치고 그대로 도망가다 광부들한테 붙잡혔잖아."

"참말여?"

"이 사람 보게. 여기 들어올 때 마당에 모여 있는 사람들 인상 못 봤구먼. 전부 악만 남았어. 찌프차에 광부 네 명이 매달려 있는데 그대로 도망가다가 떨어져서 다리 뿌러진 사람, 갈비뼈가 나간 사람, 머리가 터진 사람도 있단 말여. 그래서 세 번이나 방송했잖아. 경찰 찌프차에 네 명이 다쳤다는 방송을 듣고 너도나도 뛰어나온 거란 말여. 우리도 빨리 씻고 나가 봐야 햐. 경찰들이 얼마나 몰려올지 모른다구. 그놈들하고 싸울라면 준비를 해 놔야 할 거 아녀."

"알았구먼."

객지 벗은 십 년 먹는다는 말이 있다. 광산에 목숨을 내놓고 하는 일이라서 위아래로 십 년 먹는다. 시훈은 50대 후반으로 보이는 남자의 말이 왠지 무섭게 들려서 일부러 천천히 씻었다.

시훈은 데모대에 합류하고 싶지 않았다. 그냥 숙소에 가서 다리 쭉 뻗고 쉬고 싶었다. 느긋하게 목욕하고 천천히 옷을 입고 있는데 박 씨가 들어와서 손짓했다.

"여기 있었구먼. 어여 가자구."

"어딜 가유?"

"밤새울라믄 밥부터 먹어야 할 거 아녀. 시방 마당에 솥 걸어놓고 돼지 고깃국에 밥을 말아 주고 있응께 어여 한술 뜨자고."

"밤을 새워유?"

"그람 캄캄해졌다고 퇴근했다가 내일 다시 데모할라고 그랬남? 언지까지 곰처럼 재주만 부리고, 돈은 광업소에서 챙기게 할 거여. 인간답게 살라믄 이 기회에 모든 걸 뜯어고쳐야 한다구."

박 씨가 야윈 얼굴에 눈빛을 세워서 시훈을 노려봤다.

"나, 나도 그렇게 생각해유……."

시훈은 말꼬리를 흐리며 박 씨를 따라나섰다. 광업소 마당에는 목욕하러 들어갈 때보다 거의 두 배 이상의 사람들이 4월의 쌀쌀한 밤공기를 뜨겁게 녹이고 있었다. 밖으로 나갈 수 있는 출구 쪽은 경찰들이 들어올 것을 대비해 갱에서 사용하는 통나무며, 드럼통이나 상자 같은 것을 이용해서 바리케이드를 쳐 놓았다. 들어오는 광부나 가족들은 있어도 나가는 광부들은 없었다.

"자! 밥 먹을 사람들은 이쪽으로 와요!"

마당 한쪽에는 가마솥 몇 개가 걸려 있었다. 아낙네들이 국을 끓이고, 밥을 하면서 몰려오는 광부들에게 국밥을 나누어 주었다. 아낙네들이 사 가지고 온 소주를 반주로 국밥을 먹는 무리도 있었다.

"우리도 어여 밥부터 먹자구."

시훈은 박 씨를 따라서 가마솥이 있는 곳으로 갔다. 수십 명의 아낙네들이 마치 사전에 연습이라도 했던 것처럼 일사불란하게 움직이고 있었다. 한쪽에서는 연신 국밥을 말아 주고, 다른 쪽에서는 설거지하고, 또다른 조는 파와 고기를 썰고, 마늘을 까고 있었다.

"영빈관에, 경찰 놈들이 있습니다. 그놈들을 족칩시다."

술에 취한 광부 한 명이 고함을 질렀다. 그 말에 백여 명의 광부들이 몽둥이와 쇠파이프 등을 들고 영빈관 쪽으로 뛰어갔다. 영빈관은 광업소에 온 손님들을 머물게 하거나, 접대하는 장소다.

영빈관에 도착한 광부들은 더 이상 소처럼 순하게 일만 하는 순진한 광부들이 아니었다. 하나같이 눈에 붉은 핏발이 서 있고 분노와 절망으로 얼룩져 있는 얼굴에서는 살의가 번들거렸다. 영빈관 안에는 전 장성 경찰서장 등 7명이 대책 회의를 하고 있었다.

"족쳐!"

경찰들이 놀라서 벌떡 일어서는 순간이었다. 누가 먼저라고 할 것도 없었다. 방 안으로 뛰어 들어간 광부들이 몽둥이며 쇠파이프를 휘두르기 시작했다. 경찰들은 속수무책으로 당할 수밖에 없었다. 그들은 가능한 상처를 덜 입으려고 몸을 잔뜩 웅크린 채 성난 광부들의 분노를 고스란히 받아들였다.

밤이 깊어지자 분노한 광부들이 사북지서로 달려갔다. 그들은 지서 안으로 뛰어 들어가서 몽둥이로 유리창을 모두 박살 내 버렸다. 책상을 뒤엎고, 집기 등을 마당으로 던져 버리고 나서 노조 지부장 이재기 집으로 달려갔다. 하지만 이재기는 물론이고 아내도 집에 없었다. 다른 간부들의 집을 찾아갔으나 역시 모두 도피해 버린 뒤였다.

이튿날 오십 시쯤에 다시 이재기의 수색이 시작됐다. 이재기는 찾지 못했으나 이웃집에 숨어 있던 그의 아내를 찾아냈다.

"광업소로 끌고 가자!"

"우리들을 착취해서 배에 기름기가 낀 것을 보여 주자."

광부들은 이재기의 아내를 광업소까지 끌고 갔다. 옷을 모두 벗겨서 정문 게시판에 묶어두고 갖은 욕설을 퍼부었다.

"경찰이 몰려온다. 돌멩이를 준비해라!"

완전 무방비 지역이 된 광업소의 스피커에서 방송이 흘러나왔다. 강원도 경찰국장의 지휘로 경찰 350여 명이 광업소 앞 안경다리에서 진을 치고 있었다.

"모든 요구를 들어줄 테니, 일단 해산하시오. 해산하지 않으면 부득이 우리가 제지할 수밖에 없습니다."

경찰 병력 앞에 선 경찰국장이 마이크를 들고 해산을 종용했다. 그의 말이 끝나자마자 일천여 명의 광부들이 일제히 돌멩이를 던지기 시작했다.

"진격!"

경찰국장이 고함을 질렀다.

"물리쳐라!"

광부들은 더 거칠게 돌멩이며 나뭇조각이며 쇠뭉치 등을 손에 닿는 대로 집어서 경찰들을 향해 던졌다. 돌멩이가 떨어지자 안경다리 양쪽 입구의 석축을 헐었다. 석축을 쌓은 돌을 잘게 쪼개서 맹렬하게 공격하자 경찰들이 후퇴하기 시작했다. 그중 80여 명은 뒤로 물러난다는 것이 갱 안으로 들어갔다. 광부들은 그들을 향해 다시 돌을 던지기 시작했다.

광부들의 투석전이 끝난 것은 부상당한 경찰 40여 명이 동료들의 부축을 받으며 퇴각할 때였다. 광부들은 퇴각하는 경찰들을 따라서 사북 시내로 들어갔다. 경찰 병력이 8km 떨어진 사북읍 고한리로 철수하고 나서, 사북 일대는 치안이 부재하면서 무질서와 무법이 판치는 무법천지가 되어 버렸다.

고시 패스

장차 이 나라의 훌륭한 판사나 검사가 될 놈이,
촌사람들 앞에서 부끄러워하믄 안 되는 거여.
시방부텀이라도 배짱을 키우는 것이 좋아.
저 사람들은 죄다 니 말 한마디에 죽고 살 사람들이란 말여.
니가 약하게 굴믄 저 사람들이 널 우습게 보고 올라타는 벱여.

보문산으로 올라가는 길에는 상춘객들이 행렬을 이루고 있었다. 파랗고 노랗거나 빨간 원색의 등산복 차림도 많았지만 한복을 입은 여자들의 단체도 삼삼오오로 짝을 지어서 언덕길을 올라가고 있었다.

"요 근방이라고 안 했냐?"

보문산으로 올라가는 길에서 대사동으로 들어선 장기팔이 걸음을 멈추고 경훈을 바라봤다.

"이 길이 맞는 거 가튜. 저기 구멍가게가 있네유. 저기 가서 물어봐야겠네유."

5월 중순이지만 한여름 못지않게 더웠다. 경훈은 모산에 볼일을 보러 간 길이라서 양복에 넥타이까지 맨 차림이다. 넥타이만 풀어도 땀이 덜

날 것 같았다. 하지만 같은 고향 사람인 향숙이를 만난다는, 어쩌면 진 규나 인숙이도 만날지 모른다는 생각에 넥타이를 풀 수가 없었다. 손수 건이 축축해지도록 목덜미의 땀을 닦으며 구멍가게 쪽으로 향했다.

"아부지, 시원한 사이다 한 병 사 드릴까유?"

"난 사이다보다 션한 박카스나 한 병 먹고 싶다. 도시는 가게에서도 박카스를 판다는데 여긴 없나?"

장기팔은 구멍가게 앞에 있는 평상에 앉았다. 손으로 부채질을 하며 동네를 둘러보았다. 길옆에 있는 집은 단층이거나 이층집들이다. 골목 안으로 보이는 집은 거의 기와집들이다. 감나무나 대추나무가 있는 집 들도 드문드문 보였다. 하지만 오방기를 매단 대나무를 세워 둔 집은 보 이지가 않았다.

"박카스 있슈?"

경훈이 가게 안으로 들어서며 물었다.

"박카스가 있기는 한데 약방보다 비싸유. 우리도 약방에서 사다가 파 는 것이라서……."

가게 주인이 가겟방 안에서 등 뒤로 선풍기 바람을 맞으며 대답했다.

"얼만데유?"

"이백 원."

"약방에서 한 병에 백이십 원씩 하는 걸 백오십 원 받는다믄 몰라도, 팔십 원씩이나 비싸게 받나유?"

"요새 약방에서 박카스 안 사 잡숫나 보네. 백이십 원이 아니라 백삼 십 원이라도 내가 천 병이라도 살 테니 갖고 와 봐. 지난 이월 하순부터 백오십 원으로 올랐구먼."

"박카스 한 병하고 사이다 하나 주슈. 그라고 요 근처에 '선녀보살'이라는 점집이 있다는데, 혹시 알고 계슈?"

경훈은 가게 주인이 거짓말하지는 않을 것이라고 생각하며 주머니에서 지갑을 꺼내며 물었다.

"저 짝 골목으로 가면 파란 대문 있는 집이, 점 보는 집이라고 하데. 거긴 예약해야 손님을 받는 집인데, 예약하고 오셨나?"

"즌화 걸고 오는 길유."

경훈은 가게 주인이 말한 골목을 확인하고 나서 돈을 내밀었다.

"이거 얼매씩이냐?"

박카스는 차가웠다. 주인에게 박카스 가격을 듣지 못한 장기팔이 뚜껑을 열며 경훈에게 물었다.

"이백 원씩이래유."

"머? 요거 한 병이, 다방에서 마시는 코피 한 잔 값이란 말여? 나 안 마실란다. 물러와라."

"아부지 다방도 출입하시나봐유. 뚜껑을 딴 걸 워티게 물러와유. 그냥 잡숴유."

"학산에 다방이 두 개나 생겼구먼. 어쩌다 한 번씩 가지, 자주 가는 편은 아녀."

경훈은 사이다를 다 마셔 버리고 장기팔을 바라봤다. 박카스가 아까운지 찔끔찔끔 마시고 있다.

"마실 것도 읂는데. 입만 베렸구먼. 어구구! 이놈의 다리가 작년 겨울에 멀쩡한 질에서 미끄러져서 부러진 후로 비만 올라믄 쑤시고 아프구먼."

장기팔이 잔뜩 인상을 쓰면서 일어섰다.

"치료비가 을매나 들었슈?"

"몰라, 못 들었어도 돈 십만 원은 들었을 겨. 구장만 아녔어도……."

장기팔은 황인술이 막걸리만 안 사 줬어도 안 미끄러졌을 것이라고 믿고 있다. 그날따라 황인술이 어디서 돈을 주웠는지 해룡네 집에서 한잔하자고 하길래, 마시고 집으로 올라가다가 미끄러져서 다리가 부러졌다.

"술 잘 은어 잡수고, 왜 금순이 아부지 타박을 해유?"

경훈은 가게 주인이 말한 골목 어귀를 향해 걸었다.

"야가 시방 먼 야기를 하고 있는 거여. 구장이 술 마시자는 말만 안 했어도 안 자빠졌어. 집에 바루 들어갔으믄 날이 훤했응께 자빠질 이유가 읎었잖여."

장기팔은 어림없는 소리 하지 말라는 표정으로 말하며 부지런히 경훈을 따라 걸었다.

구장 바꿀 때도 됐지. 대관절 은제부터 구장을 한 거여. 동리에 인물이 읎으믄 말이나 안 하지.

황인술이 치료비를 물어 준 것도 아니다. 얼매나 술을 많이 자셨으믄 하루에도 몇 번씩 오가는 길에서 자빠졌냐고 비웃기만 했다.

올가실에는 어뜬 일이 있드래도 구장을 갈아 치워야지. 아니믄 모산을 뜨고 말아야지. 드러워서 못 살겄구먼.

부러진 다리의 깁스는 풀었지만 지팡이를 의지하지 않고는 걷기 힘들었다. 같은 동네에 살고 있으면서도 저만큼 앞서서 성큼성큼 걸어가고 있는 황인술의 뒷모습을 노려보고 있노라면 저절로 가래침이 나왔다.

"저 집인개뷰."

경훈이 파란대문집을 손가락으로 가리켰다.

"워티게 된 것이 점집에 대나무도 안 세워 놨댜."

장기팔은 마른침을 꿀꺽 삼키고 나서 부지런히 걸었다.

경훈은 대문 앞에서 차임벨을 찾아 두리번거렸다. 나무로 만든 문패에는 윤향숙이라는 한글로 된 글씨가 붙어 있다. 문패 밑에 있는 차임벨을 눌렀다.

"모산서 왔슈."

"보살님, 모산서 오신다든 손님 오셨능개뷰. 지가 나가 볼게유."

차임벨 밑에 있는 스피커에서 여자의 목소리가 흘러나온다. 경훈은 그때서야 아무리 점을 보러 오는 길이라고 하지만, 명색이 동네 동생뻘 되는 향숙의 집에 오면서 빈손으로 왔다는 것을 알았다. 구멍가게서 성냥이나 하이타이라도 사야겠다는 생각으로 장기팔을 남겨 두고 뛰었다.

"어서 오셔유."

장기팔은 대문이 열리는 소리에 잠깐 뒤로 물러섰다가 안으로 들어갔다. 한복을 곱게 차려입은 향숙이 거실에서 서둘러 내려와서 활짝 웃는 얼굴로 인사했다.

"오셨네유."

장기팔은 향숙을 보는 순간 하늘에서 내려온 선녀도 저처럼은 예쁘지 않을 것이라는 생각이 들어서 할 말을 잃어버렸다. 머뭇거리고 있는 사이에 진규가 빠르게 마당으로 내려와서 인사했다.

"으, 응."

장기팔은 진규야 모산에서 자주 봐 왔던 사이라 건성으로 바라봤다.

다시 인숙을 바라보며 엉거주춤 고개를 끄덕거려 보였다.

"경훈이 형하고 같이 오신다고 안 했슈?"

진규가 장기팔의 손을 잡고 거실로 올라서면서 물었다.

"대, 대문 앞에까지 왔다가, 츰 오는 집에 빈손으로 왔다고 머라도 사야 한다며 가게에 갔구먼."

장기팔은 마른침을 삼키며 거실을 둘러보았다. 점을 치는 집이라고는 도저히 믿을 수 없을 정도로, 장식장이며 그림 액자며 냉장고 등을 배치해 놓은 것이, 여느 잘사는 집에 들어와 앉아 있는 기분이 들었다.

"모르는 사이도 아니고 그냥 와도 되는데……. 날이 엄청 덥쥬? 선한 오렌지 주스 좀 드릴까유?"

향숙이 장기팔의 건너편에 얌전히 앉아서 물었다.

"아녀, 아녀. 기냥 찬물이나 한 잔 줘."

"주스가 괜찮을 뀨."

진규가 영순이에게 눈짓을 보내며 말했다.

"아부지하고 어머가 장 걱정을 하고 있는데, 인제 얼굴을 봉께 신수가 훤하구먼. 걱정 안 해도 되겠어."

"자식이 둘인 것도 아니잖유. 달랑 딸자식 하나뿐인데 왜 걱정이 안 되겠슈. 밤에도 잠 안 들믄 제 걱정을 하겠쥬."

"허긴, 사람이 잘 먹고 잘사는 것이 전부는 아니겠지……."

장기팔은 향숙의 말을 이해하겠다는 얼굴로 고개를 끄덕거렸다.

"집 좋구먼."

경훈이 하이타이를 들고 거실로 올라서면서 말했다.

"형, 지난 슬에 보고 첨 보는구먼."

진규가 일어서서 경훈이 내미는 하이타이를 받았다.

"오늘 학교 안 가는 날여?"

"우리 오월 십팔 일부터 휴교잖여."

"대학교는 오월부텀 방학인가? 휴교를 하게."

"아녀. 오월 십칠 일부터 전국에 비상계엄령이 떨어졌잖여. 학생들이 데모할께비 교문을 닫아 버린 거지. 누나는 경훈이 형 얼굴 기억나?"

진규가 일어서 있는 향숙 앞에 경훈을 데리고 가서 물었다.

"어렸을 때 봐서 잘 모르겠구먼. 오빠는 내가 누군지 알었어?"

"모르겠는데? 하늘에서 내려온 선녀를 나 같은 놈이 워티게 알었어."

"오빠도 별말을 다 하는구먼. 덥지? 오렌지 주스 좀 마셔 봐."

영순이 오렌지 주스를 들고 왔다. 향숙이 장기팔 앞으로 잔을 내밀고 나서 경훈에게도 권했다.

"너 어릴 때도 이쁘다고 소문났었잖여……."

"너가 아니고 보살님이라고 불러야 해유. 암만 나이가 드신 분도 보살님이라고 안 부르시면 점괘가 안 나와유."

영순이 빈 쟁반을 들고 서 있다가 입술을 삐죽거리고 나서 말했다.

"내가, 보살님 앞에서 실언을 했구먼."

경훈이 뒷머리를 긁적거리면서 얼른 사과했다.

"아녀, 그냥 편하게 불러."

"아니다. 내가 볼 때도 보살님이라고 부르는 것이 맞는 거 같구먼. 그기 원칙이여."

영순이 하는 말을 귀담아듣고 있던 장기팔이 점잖게 말했다.

"그럼 좋으실 대로 하세유. 들어가실까유?"

향숙은 장기팔이 오렌지 주스를 서둘러 마시는 것을 보고 한가하게 앉아 있을 때가 아니라고 생각하며 일어섰다.

신당으로 들어간 향숙은 먼저 제기의 정화수를 새것으로 갈았다. 촛불에 불을 붙이고 향불을 살랐다. 선녀보살 앞에서 반배를 세 번 하고 인사를 드린 다음에 앉은뱅이책상 앞에 앉았다. 다른 무당처럼 부채를 흔들거나 방울을 딸랑거리지도 않았다. 원래 방울과 부채를 사용하지 않는 무당은 큰무당이라 부른다.

"그, 머여. 학산 꼬막네를 봉께. 꽹과리도 치고, 징도 치고 하든데……"

"원래 신을 받으믄 신어머니를 모시고 삼 년을 살아야 한대유. 신부모한테 굿하는 법도 배우고, 조상 불러오는 법도 배우고, 북 치고 꽹과리 치고 춤추는 법도 배우고, 음식 장만하는 거라든지, 손님 받는 법이라든지 그런 걸 배워야 한다고 하데유. 그걸 문서라고 하는데. 저는 지 몸이 문서유. 일체 그런 거 안 해유."

장기팔이 어렵게 꺼낸 말에 향숙이 미소를 띤 얼굴로 차분하게 말했다.

"똑똑한 무당은 지 몸이 문서라고 하드니, 바로 그런 뜻이구면."

"제가 똑똑한 것이 아니고, 제가 모시는 천상의 선녀대신님이 영험해유. 저는 좁쌀만큼도 사심 없이 선녀대신님이 일러 주는 대로 전해 주믄 되는 거유. 그랄라믄 열심히 기도도 해야 하고, 몸가짐도 항시 깨끗하게 해야 하고, 먹는 음식도 가려 먹음서 정진해야 되는 거유. 경훈이 오빠 땜시 오셨슈?"

"경훈이도 경훈이지만 말여. 작년부텀 우리 집 전부가 죽을 쑤고 있구면. 시훈이는 돈은 돈대로 처바르고 대의원 선거에서 떨어져서, 타락한 놈처름 술만 먹고 댕기다가 강원도 사북이라는 데 탄 캐러 갔었잖여. 지난달에는 보안대원들한테 워디를 어떻게 은어맞았는지 모르겠지만, 시방은 방안통수여."

"사북에 탄 캐러 가서 은어맞았다믄 데모한 거유."

향숙이 알 만하다는 얼굴로 말했다.

"데모를 하다 은어맞았으믄 억울하지나 않지. 우리 시훈이는 뱁이 읊어도 살아갈 사람여. 또 심성이 약해서 남 앞에 나가서 데모 같은 거는 못 하는 승질여. 그런데도 데모가 끝나고 낭께, 보안대에서 정선경찰서에 수사본부를 설치했다고 하드만. 광부들 중에서 데모를 주동했을 만한 광부들은 무조건 글로 끌고 갔댜. 거기서 한 평 반 정도 크기의 독방을 만들어 놓고, 별의별 고문을 다 했다능 겨. 사람을 거꾸로 매달아 놓고, 코에다 꼬춧가루 탄 물을 주전자로 늫기도 하고, 고무 호스로 때리고, 연필을 손가락 사이에 늫고 비틀고, 무릎 사이에 각목을 집어넣고 비틀기도 한대. 시훈이가 볼 때 일정 때 일본 순사들이 한국 사람 고문하는 방법을 소문으로 들었는데 그건 아무것도 아닐 정도로 고문을 당했다드만."

"저런, 그래도 용케 풀려났네유?"

장기팔은 향숙이 갑자기 묻는 말에 할 말이 없어서 경훈을 바라봤다.

"아, 쥐어짤 기 있어야쥬. 계속 쥐어짜다가는 사람이 죽을 거 같응께 그냥 풀어졌대유."

경훈은 시훈이 옛날에 도둑으로 몰려 억울한 옥살이를 할 때처럼, 거짓 자백을 했다가는 옥살이가 아니라 사형을 당할지도 모른다는 공포감 때문에 끝까지 버텼다는 말은 할 수가 없었다. 천연덕스럽게 거짓말을 하고 나서도 향숙이 알아차릴지도 모른다는 생각에 마음을 졸였다.

"시훈이가 그라는데 죽은 사람도 몇 봤다고 하드만. 불구가 된 사람은 한두 사람이 아니랴. 한 이십 일 동안은 정선경찰서가 지옥이 따로 없었다고 하드만. 그 안에서 살아 나온 건 조상이 돌본 덕이기는 한데, 기냥 넘길 일이 아녀. 나는 멀쩡히 장 다니는 길에서 자빠져서 다리가 뿌러지지 않나. 서울에서 미용실 댕기는 둘째 며느리는 광주 친정에 볼일 보러 간 지 벌써 닷새가 넘었는데, 정부에서 일절 출입을 못하게 하고 있응게 즌화를 할 수가 있나, 내려가 볼 수가 있나 함흥차사여. 대관절 우리 집안에 머가 잘못됐길래 남자들이 모두 이 사단이 났는지 모르겄구먼."

장기팔이 말하는 동안 향숙은 정좌한 채 눈을 감았다. 참선이라도 하는 것처럼 양쪽 손가락으로 계란 한 개 정도 들어갈 수 있을 정도로 공간을 만들어 쥐고 길게 심호흡했다.

"경훈이 오빠, 손에 피 묻힌 적 있슈?"

향숙이 눈을 지그시 감고 있다가 번쩍 뜨고 경훈을 노려봤다.

"아, 아녀……. 어, 없어유……."

양반다리를 하고 편하게 앉아 있던 경훈은 향숙의 느닷없는 말이 가슴을 날카롭게 찌르는 것을 느꼈다. 자신도 모르게 무릎을 꿇고 앉으면서 순식간에 벌겋게 달아오른 얼굴로 더듬거렸다.

"피를 묻혔다고 해서 반드시 사람의 몸에서 나오는 피만 야기하는 게 아뉴. 살아 있는 사람은 피가 있어야 하잖아유. 피는 사람을 움직이게 만드는 윤활유나 마찬가지유. 상대방 가슴을 아프게 해도 내 손에 피를 묻힌 것이나 마찬가지고, 이유 없이 재산을 뺏어도 피를 묻힌 거나 마찬 가지고, 불쌍한 거지를 도와주지 않아도 피를 묻힌 거나 마찬가지라고 봐유. 선녀대신님이 그라시는데 피 묻은 돈은 금방 썩어 버려서 오래가지 못한대유."

"우, 우리 경훈이나 시훈이는 뱁이 없어도 살아갈 아들유. 절대로 그런 일이 없을 뀨."

시훈은 향숙의 말이 가슴을 콕콕 찌르는 것 같아서 말을 잃어버렸다. 장기팔은 문득 시훈이와 경훈이가 양담배며 미군 부대에서 나오는 물건을 팔아서 재산을 모았던 것이 떠올랐다. 그렇다고 한동네 사람이나 마찬가지인 향숙 앞에 털어놓을 수는 없었다. 도둑질하다 들킨 사람처럼 가슴이 콩닥콩닥 뛰었지만 마른침을 연신 삼키며 변명을 했다.

"선녀대신님이 그라시는데 시방부텀이라도 남 가슴 아프게 하는 일 하지 말고 착하게 살아야 내 가슴 찢어지는 일이 없다고 하시느만유. 원래 내 손이 힘들어야 밥맛이 있는 법이고, 그냥 은어먹는 밥은 체하기 쉬운 법유. 큰아들 이름이 시훈이라고 했남유? 선녀대신님이 그라시는데 큰아들은 귀가 약하다고 하느만유. 귀가 약하믄 재물이 쌓일 틈이 없슈. 재물이 쌓일 만하믄 바람이 불어서 날아가 버리기 쉬웅께유. 이런 사람이 정치를 했다는 것이 참말로 신기하네유. 정치를 할라믄 배짱도 있어야 하고, 배짱이 있을라믄 기본적으로 기가 쎄야 하는 건데. 귀가 약한 사람이 정치를 하게 되믄 백이면 백, 망신은 망신대로 당하고, 재물은 재물대로 축나고 그런 법유."

"그려, 우짜믄 이렇게 기가 맥히게도 알아맞힐까. 하긴 국회의원이 인정해 줄 정동께. 더 이상 말이 필요 없겄지. 그람, 평생 재물을 모을 팔자가 못 되는 거여?"

장기팔이 벌린 입을 다물지 못하고 있다가 혀를 찼다.

"시방, 머 하고 있슈?"

향숙이 장기팔을 바라보던 시선을 경훈에게 옮겼다.

"나, 나는 고물 장사를 하고 있고 혀, 형은 쌀장사를 하고 있슈……"

경훈이 장기팔의 눈치를 살피며 더듬거리는 목소리로 말했다.

"동생은 승질이 강해서 쐬를 이겨 낼 수가 있구먼. 하지만 형은 귀도 약한데 장사를 하고 있응께 밑 빠진 소쿠리에 돈을 담는 팔자유. 장사보담은 기술을 배우는 것이 먹고사는 데 지장이 읎을 규."

"가, 가 나이가 및 살인데 인제 기술을 배운댜. 기술이라믄 어릴 때 광목 염색하는 기술을 약간 배웠는데. 그건 다 쓸모읎는 기술이고……"

"운전도 기술이고, 빵 맨드는 것도 기술이고, 가축을 기르는 것도 요새는 기술이 있어야 되잖아유."

"시방 시훈이 보고 짐승을 치란 말여?"

장기팔이 어림없다는 얼굴로 반문했다.

"소는 모르지만 돼지를 키우는 것도 나쁘지는 않을 거유. 하지만 기술을 배우면 최소한 시방보담은 잘 살 거유."

경훈이 장기팔을 바라보며 말했다.

"허! 돼지를 키우는 것도 방바닥에 키우는 건 아니잖여. 가축을 키울라면 돈이 있어야 하고, 땅이 있어야 하잖여. 땅을 살라믄 돈이 있어야 하는 건데. 재산이라고는 달랑 방 두 칸짜리에 가게 하나 딸린 거밖에 읎는데 이 일을 워짜면 좋다냐?"

"아부지, 택시 운전도 열심히만 하믄 괜찮대유. 택시 운전을 할라믄 술도 못 마실 거 아뉴. 운전 학원 댕겨서 면허증 따설랑 택시 운전이나 뻐스 운전을 하는 것도 좋은 방법 가튜."

"면허증만 딴다고 죄다 운전사가 될 수 있는 것이 아니잖여. 지 차라믄 몰라도 남의 생명을 담보로 하는 영업용 차를 몰라믄 최소한 삼사 년 경력이 있어야 하잖여."

"지 생각에는 빵 장사를 하면 잘 풀릴 거 같아유. 요새 제빵 학원 많잖아유. 제빵 학원에서 자격증 하나 따 갖고 바로 장사를 시작하면, 잘 풀릴 거 같네유."

경훈과 장기팔이 주고받는 말을 조용히 듣고 있던 향숙이 결정을 내렸다는 표정으로 말했다.

"그려, 그기 좋겄구먼. 요새 제과점을 하믄 돈 잘 번다고 하데. 영동에도 제과점이 다섯 군데나 생겼어. 경훈이 니 생각은 어뗘?"

"그라는 기 좋겄네유. 빵 기술도 배우고 돈도 벌믄 일거양득이쥬. 그런데 우리 영철이 엄마는 워티게 된 거유? 광주 친정에 갔는데 소식이 읎슈. 신문에서는 폭도들이 날뛰고 있다는데. 가 보고 싶어도 차가 안 댕깅께 가 볼 수도 읎슈."

경훈이 향숙을 향해 돌아앉으며 물었다.

"가만있어 봐유. 선녀대신님이 머라고 하시는지 쫌 들어 봐야겄네유."

향숙이 다시 눈을 감고 손가락을 모아서 참선하는 자세를 취했다. 경훈은 버선을 신은 향숙의 발이 그림에서 보았던 선녀의 발보다 예쁘다고 생각하며 그녀가 눈을 뜨기를 기다렸다.

"피가 보이네유……."

"피? 사람 몸에서 나는 피를 말씀하시는 거유?"

"경훈이 오빠 안사람은 괜찮대유. 가족 중에 피를 묻힌 사람이 보인대유. 형제들이 많은가유?"

"처남들이 네 명유. 위로 둘은 안양에서 공장에 댕기고 있고, 아래로 둘은 광주에서 학교를 댕기고 있는데……. 그람 광주에서 학교 댕기는 가들이 다쳤다는 말유? 시방 광주에는 빨갱이들이 판치고 있다는데, 그 빨갱이들한테……."

경훈이 놀란 표정으로 장기팔을 바라봤다.

"제가 듣기루는 빨갱이들 천지가 아니고, 광주 사람들이 데모하는 걸로 알고 있슈."

"그것도 선녀대신님이 하시는 말씀여?"

"아뉴. 진규가 하는 말유. 거실로 나갈까유?"

향숙은 더 이상 볼 필요가 없다는 얼굴로 일어섰다. 촛불을 끄고 나서 장기팔과 경훈을 바라봤다.

"광주에 대관절 먼 일이 생긴 겨. 즌화도 할 수 없고, 차도 광주 쪽으로는 못 들어간다고 항께. 사람 미치고 팔짝 뛰고 돌기 일 분 전이랑께."

진규는 거실에서 경훈과 장기팔이 나오기를 기다리며 앉아 있었다. 경훈이 진규 옆에 앉으며 바쁘게 물었다.

"형, 참말로 모르고 하는 말여? 아니믄 너무 답답해서 그냥 해 보는 말여?"

진규가 경훈에게 시선을 돌리고 물었다.

"신문 봉께, 간첩 같은 불순분자들이 선동해서 데모하고 그런다드만. 데모야 서울에서도 자주 하는 거잖여. 불순분자들이 데모대에 얼매나 섞여 있는지는 모르겠지만 말여. 광주가 이북도 아니고, 바다 건너 일본

도 아닌데 즌화도 끊어 놓고, 들어가고 나오지도 못하게 항께. 사람 안
돌겄냐?"

"어허! 경훈이 너는 내가 내동 말할 때는 딴생각하고 있었구먼. 너는
명색이 서울 산다는 아가, 워티게 돼먹은 것이 모산 같은 깡촌에 사는
나보담 세상 돌아가는 소식이 깡통이여? 광주는 시방 빨갱이 천지라잖
여. 그래서 빨갱이들을 죄다 소탕하기 전에는 일체 출입을 금지시키고
있는 거라."

장기팔이 어이없다는 얼굴로 경훈이 하는 말을 듣고 있다가 혀를 차
며 말했다.

"그기 아뉴."

장기팔이 말하는 동안 침묵을 지키고 있던 진규가 고개를 흔들었다.

"진규 너는 아까부텀 이상한 말만 하고 있는데, 그기 아니면 뭐여?"

"형, 광주는 시방 시민군하고 계엄군이 대치하고 있는 상황유."

"계엄군이라믄 군인들을 말하는 거 아녀? 근데 시민군은 무슨 군인여?
예비군도 아니고, 민방위도 아니고 시민군이라는 말은 첨 들어 보는구
먼."

경훈이 장기팔과 향숙을 번갈아 바라보다 진규 앞에서 시선을 멈추고
물었다.

"그기 워티게 됐냐 하믄, 지난 오월 십팔 일부터 전국에 있는 대학이
휴교 조치 되었잖유. 근데 전남대학교 학생 삼백 명이 데모를 함서 계엄
군하고 대치하는 상황이 벌어졌대유. 거기서 그냥 조용히 끝날 수도 있
었는데, 공수부대 군인들이 데모하는 대학생들을 무자비하게 뚜들겨 팼
다는 거유. 길을 가던 시민들이, 왜 힘없는 학생들을 개 패듯 패냐고 항

의앟게, 불문곡절하고 그 시민들도 한통속으로 밀어붙이면서 곤봉으로 때리니까, 마빡이 터지고, 다리가 부러지고, 갈비뼈가 나가는 등 아수라장이 돼 버렸다는 거유. 공수부대가 대학생들과 시민들을 무자비하게 팼다는 소문이 퍼지자 그담날인 오월 십구 일에는 고등학생들까지 거리로 뛰쳐나오고, 회사에 출근하던 시민들도 데모대에 합류항게 금방 삼천 명이 넘었고, 이십 일에는 이십만 명이 데모했대유……."

"진규야, 참말로 이십만 명이 데모를 했단 말여?"

경훈은 대한반공청년단원의 신분으로 4·19 때 고려대학교 학생들에게 폭력을 가한 적이 있었다. 이십만 명이라는 숫자가 광화문에서 종로는 물론이고, 예전 서울대학교가 있던 동숭동까지 가득 채울 어마어마한 인원이라는 생각에 진규의 말을 끊으며 물었다.

"나라도 광주에 있었으면, 아니 시방이라도 광주에 갈 수 있었으면 차를 타고 달려갔을 겨. 나라를 지켜야 하는 군인들이 개머리판으로 시민들 얼굴을 찍어 버리고, 총에 대검을 꽂아서 찌르고, 사람을 개처럼 죽여 버리는데 누가 구경만 하고 있겄어."

"진규야, 그 말 참말이냐? 난 통 이해할 수가 읎다. 니 말대로 삼팔선을 지켜야 할 군인들이, 죄 읎는 국민들한테 총칼을 들이댄다는 거이 말이나 되는 거냐? 방송에서 말하는 것처름 빨갱이들잉게 칼로 찌르고, 개머리판으로 찍어댔겄지."

장기팔이 도무지 이해할 수 없다는 얼굴로 말했다.

"저하고 같은 대학원에 댕기는 원우 중에 광주 사는 사람이 있슈. 시방 석사 공부는 끝나고 논문 쓰는 친군데, 그 친구가 직접 눈으로 봤대유. 그 친구가 뭣 땜시 그짓말을 했겄슈?"

"그람, 그 친구는 광주가 공수 부대원들한테 박살 나고 있는데 도망쳐 왔다는 거여?"

"그 친구도 데모를 하다가 공수 부대원들한테 개머리판으로 머리를 맞아서 서른 바늘이나 꿰맸댜. 그것도 광주에는 병실이 읎어서 미국인 신부 차를 타고 대전에 와서 꿰맸댜."

경훈이 묻는 말에 진규가 고개를 흔들며 진지하게 말했다.

"혹시, 그 친구 빨갱이 아녀? 요새 대학교에 간첩들이 많다고 하든데."

장기팔은 아무래도 진규의 말이 믿어지지 않았다. 진규가 원래 어릴 때부터 똑똑하고 당차기로 소문났었다. 6·25 전에도 대학물이나 먹고, 일본서 공부깨나 했다는 인텔리들은 거의 빨갱이 물이 들었다. 진규도 박사가 되기 위해 장가도 안 가고 공부를 하고 있다고 하드니 빨갱이 물을 먹은 것은 아닌지 의심이 갈 정도였다.

"빨갱이 아뉴. 온 가족이 천주교에 댕기는 가톨릭 가정이래유. 그 친구 아부지는 광주에서 크게 택시 회사를 한대유. 원래가 할아부지 때부터 광주에서 소문난 부잣집이었다고 하드만유."

"그람, 참말로 광주에서 시방 일어나고 있는 일이 빨갱이들 선동이 아니란 말여? 나도 영철이 엄마 소식이 궁금해서 안 보든 신문도 보고 방송도 듣고 그랬구먼. 신문에서 봉께 국무총리가 하는 말이 광주에는 광주 사람들이 아닌 자들이 내려가서 관공서를 습격하고, 막 불도 지르고, 무기고를 때려 뿌숴 빼낸 무기를 들고 군인들한테 막 쏘고 그란다고 하든데?"

"경훈이 형이 신문을 옳게 보기는 봤구먼. 신문에는 그릏게 나왔지. 하지만 상식적으로 생각해 봐. 외지 사람들이 광주에 내려가서 관공서에 불을 지르고, 무기고를 때려 뿌숴서 무기를 탈취해서 군인들에게 총을 쐈다고 쳐. 그람 광주 사람들은 맨 등신들밲에 읎다는 말이잖여. 군인들을 출동시켜서 당장 잡아 달라고 부탁할 거 아녀. 쉽게 말해서 형같으믄, 딴 동리 사람이 형이 사는 동네에 와서 깽판을 치면 가만있었어?"

"왜, 내가 가만있어? 내 동생들을 데리고 가서 묵사발을 만들어 놓고 말지……"

"나는 진규 니가 시방 먼 말을 하고 있는지 모르겠다……. 내가 이날 이때까지 살아오면서 신문이 그짓말한다는 말은 못 들어 봤구먼. 그리고 경훈이 말 들어 봉께 국무총리가 직접 말했다는데, 우리가 국무총리 말을 안 들으믄 누구 말을 든다. 이북에 있는 빨갱이들이 하는 말을 들을 수는 읎는 거 아녀."

"신문이 그짓말하고 있응께 문제유. 하지만 신문이 독자를 속일 수는 있지만 역사를 속일 수는 없어유."

"허! 신문이 그짓말한다는 말은 당최 믿지 못하겄구먼."

장기팔은 진규의 말을 상식적으로 생각해 보면 이해할 수 있었다. 당장 타지 사람들이 모산에 와서 행패를 부리면 김춘섭이며 황인술이나 윤길동이 가만히 있지 않을 것이다. 하지만 신문에서 하는 말은 못 믿는다면 세상에 믿을 것이 하나도 없다는 생각에 마른입을 다시며 고개를 돌렸다.

승우가 탄 기차는 제시간에 대전역에 도착했다. 인숙은 대합실에서 기차가 제시간에 도착했다는 안내 방송을 들으며 승객들이 나오는 곳으로 천천히 걸어갔다. 승객들이 나오는 곳은 대합실 바깥에 있었다.

처음에는 한두 명의 승객이 빠른 걸음으로 나와서 역무원에게 표를 내밀었다. 역무원은 표정 없는 얼굴로 승객이 내미는 표를 받고 다음 승객의 표를 받기 위해 역사 쪽으로 시선을 돌렸다. 한 떼의 승객들이 우르르 걸어와 역무원 앞에서 자연스럽게 줄을 서서 한 명씩 표를 내밀고 밖으로 나갔다.

"오래 기다렸어?"

승우는 대학생들이 들고 다니는 책가방에 청바지를 입고 운동화를 신은 차림이었다. 개찰구 밖으로 나온 승우가 활짝 웃는 얼굴로 손을 내밀었다.

"아녀, 얼매 안 기다렸구먼. 많이 건강해졌다. 서울 물이 좋기는 좋은 모양여?"

인숙이 마중 나온 사람들 틈에 섞여 있다가 승우가 내미는 손을 잡고 가볍게 악수했다.

"나 뭐가 좀 달라 보이지 않아?"

승우가 인숙이 앞에 턱 버티고 서서 옆구리에 손을 얹고 장난스럽게 말했다.

"내 눈에는 사법 고시 이차 합격자처럼은 안 보이는데? 축하햐. 공부하느라 고생 많았구먼."

"공부하기 힘들 때마다 내가 워티게 이겨 냈는지 알아?"

승우가 신호등이 있는 곳으로 걸어가면서 물었다.

"음...... 이승우는 분명히 해낼 수 있다. 이승우는 사법 고시에 합격할 수 있다. 머, 그런 자기 최면이라도 한 겨?"

"아녀. 니 생각했구먼. 인숙이하고 약속을 지키기 위해서는 아무리 힘들어도 공부를 해야 한다. 그런 생각을 하면 힘이 생기드라고"

승우는 역 광장을 바라봤다. 땅거미가 지고 있는 역 광장에 드문드문 서 있는 수은등의 불빛이 노랗게 불을 밝히고 있었다. 그 밑으로 수많은 사람들이 바쁘게 오가고 있었다.

"참말여?"

승우와 어깨를 마주하고 걷던 인숙이 걸음을 멈추고 놀란 얼굴로 반문했다.

"내가 너한테 언제 거짓말하는 거 봤어?"

"야, 영광인데?"

"영광으로 생각 안 하면 내가 서운하지. 뭣 좀 먹어야지?"

"왜? 배고파?"

인숙이 다시 승우를 따라 걸으면서 물었다.

"오늘 합격자 발표 난 거 보고, 한 시간이라도 빨리 너를 보고 싶다는 생각밖에 안 들었어. 점심도 안 먹었더니 배가 고프네."

"우리 예비 법조인이 배고프면 안 되지. 뭐 먹고 싶어? 오늘은 내가 한턱낼 텨."

"술도 한잔 하고 싶은데?"

"그려, 그동안 공부만 했응께 술 생각도 나겠지. 술 사 줄게 길 건너로 가자. 길 건너가면 식당 많잖아. 거기 가서 밥 시켜 놓고 한잔하자."

"너도 술 마실 줄 아냐?"

"너만 대학 졸업한 거 아녀. 나도 대학 졸업한 엄연한 성인여."

"그래도 인숙이가 술 마시는 모습은 얼른 상상이 안 되는구먼."

"넌 원래 혼자 상상하는 데 뭐 있잖여."

인숙은 걸으면서 승우의 옆모습을 바라봤다. 어른 티가 물씬 풍긴다. 사법 고시에 합격했다는 신입관이 들어서 그런지 훨씬 나이 들어 보이는 모습이 왠지 낯설어 보였다.

"요새도 야학하냐?"

승우는 횡단보도 앞에서 걸음을 멈췄다. 건너편 신호등이 바뀌기를 기다리며 인숙을 바라봤다. 가게에서 빠져나오는 불빛을 등으로 받고 있는 인숙의 얼굴이 조금 야윈 것처럼 보였다.

"오늘도 가야 햐."

"머여, 내 일생에 단 한 번뿐인 오늘처럼 뜻깊은 날도 나 혼자 영동으로 내려가는 걸로 끝나는 거여?"

"그래서, 내가 널 만나자고 그랬잖여."

"딴 선생한테 하루쯤 바꾸면 안 돼?"

신호등이 푸른색으로 바뀌었다. 승우가 도로 안으로 걸어가며 물었다.

"개인 사정 때문에 강의 시간을 바꾸거나, 다른 선생님한테 대신 수업을 맡기기 시작하믄 질서가 무너져서 안 되아. 그래서 특별하게 집에 무슨 일이 있지 않는 한 반드시 본인이 수업을 이끌어 가기로 규칙이 정해졌구먼. 미안햐. 그 대신 오늘 내가 비싼 거 사 줄게. 맘 풀어, 응?"

인숙이 그녀답지 않게 코맹맹이 소리로 말하며 승우의 팔짱을 끼고 횡단보도를 건넜다.

"이럴 줄 알았으믄 니 말대로 내일 내려올걸……."

승우는 아쉽기는 하지만 인숙이 미안해하는 모습을 보고 더 이상 뭐라고 할 수가 없었다.

"감자탕 먹을래?"

인숙이 감자탕 집 앞에서 걸음을 멈추고 물었다.

"암거나 먹지 머."

승우는 입맛을 잃었다는 얼굴로 간판을 쓱 쳐다보고 나서 감자탕 집 안으로 들어갔다.

방바닥에 앉아서 먹게 되어 있는 실내에는 손님들이 많지 않았다. 40대로 보이는 남자 여섯 명이 초저녁부터 마시기 시작했는지 소주병을 수북하게 세우고 떠들며 감자탕을 먹고 있었다. 다른 한쪽 구석에는 승우와 인숙이처럼 기차에서 내린 것으로 보이는 남녀가 자근자근 말을 주고받으며 감자탕을 먹고 있다.

"공부하기 참말로 힘들었지?"

인숙이 젓가락과 수저를 승우 앞으로 내밀며 입을 열었다.

"옛날 조선 시대 선비들도 과거에 급제하려고 밤을 새워 가며 공부했을까, 하는 생각이 들더라. 나는 그래도 집에서 보약이니 머니 챙겨 주는 덕분에 몸까지 힘들지는 않았거든. 내 동기생들 중에는 몸이 따라 주지 않아서 포기한 사람도 있어."

승우도 젓가락과 수저를 인숙이 앞으로 내밀며 씁쓰름하게 웃었다.

"참말로?"

인숙은 승우가 서로 딴 세상에 사는 사람처럼 느껴져서 놀란 얼굴로 물었다.

"그려, 학교 다닐 때는 다섯 명이 스터디 그룹을 만들어서 일주일에 삼 일씩 만나서 공부했잖아. 졸업 후에는 혼자 공부하니까 보통 힘든 것이 아녀."

종업원이 주문을 받으러 왔다. 승우는 인숙의 의견을 물어보지 않고 감자탕 작은 것과 소주 한 병을 주문했다. 물수건으로 손을 닦으면서 은근한 목소리로 말했다.

"그래도 합격하고 봉께, 그때 고생한 것이 즐거운 추억으로 살아나는 것 같지 않냐?"

"인내는 쓰나, 그 열매는 달다는 말이 저절로 생각나드라."

"매형한테는 전화했어?"

"이따 대전역에 가서 전화해야지. 솔직히 집에도 전화 안 했구먼."

"내 생각에는 집에서도 알고 있을 거 가텨. 오늘 발표하는 날이라는 것은 알 거 아녀?"

인숙은 승우가 합격한 사실을 자신에게 제일 먼저 알렸다는 점이 고마우면서도, 다른 한편으로는 부담으로 다가와서 좋다는 내색을 하지 않았다.

"아직은 뭐가 뭔지 몰라. 그냥 덤덤햐. 어쩔 때는 내가 참말로 합격한 건가 하는 생각이 들기도 하고 하지만 니가 내 얼굴을 꼬집어서 아프면 참말로 믿을 수 있을 거 가텨. 한번 꼬집어 볼 텨?"

"부탁이라면……."

승우가 장난삼아서 눈을 감으며 얼굴을 내밀었다. 인숙이 웃음을 참으며 아프도록 승우의 얼굴을 꼬집어 살짝 비틀었다.

"아야!"

승우는 아무 생각 없이 얼굴을 내밀었다가 깜짝 놀라서 짤막하게 비명을 질렀다. 옆 손님들의 시선이 한 몸으로 와 닿는 것을 느끼며 이내 시선을 돌리고 얼굴을 문질렀다.

"안직도 꿈 가텨?"

인숙이 웃음을 간신히 참는 얼굴로 고개를 앞으로 내밀며 물었다.

"아, 아냐. 분명 꿈은 아녀. 진짜로 내가 고시에 합격했구먼. 진짜 합격했어."

"축하햐. 진심으로 축하햐. 아까 대전역에서도 말했지만 난 니가 반드시 합격할 줄 알고 있었어."

"너도 야학하는 것도 좋지만, 졸업했으니까 미래에 대한 준비도 해야 하는 거 아녀?"

"미래에 대한 준비?"

"국문과니까 작가나 시인이 된다거나 아니면 신문사나 방송국 같은 데 취직해야 할 거 아녀."

"아직 확신은 서지 않지만 억압받고 착취당하는 여공들을 위해 무슨 일인가 하고 싶어. 그것이 결정되면 너한테 말해 줄게."

"여공들을 위해 일한다면 혹시 작년 팔월에 벌어진 와이에이치 무역 여공들이 신민당 당사에 들어간 사건 같은 걸 말하는 거여?"

승우는 인숙의 성격으로 볼 때 야학은 할 수 있다고 생각했다. 하지만 노동운동에 관심을 가질 정도의 강성인 면은 보지 못했다. 야학을 하더니 사람이 변했나 하는 생각이 들어서 놀란 얼굴로 물었다.

"작년 팔월 구 일에 여공들이 신민당 당사에 들어간 와이에이치 사건은 빙산의 일각에 불과하다고 봐. 인천에 동일방직이라는 회사가 있어. 내가 대학교 2학년 때인 칠십칠 년에 그 회사 여공들은 단순히 자신들이 원하는 노동조합 지부장을 뽑게 해 달라는 문제 땜시, 알몸으로 시위를 벌였어. 그런데도 경찰들이 물러서기는커녕 무자비하게 폭력을 휘둘

렸댜. 칠십팔 년 이월 이십 일 새벽에는 대의원 대회를 하는데, 회사 사주를 받은 남자들이 똥물을 뿌리고, 고무장갑을 낀 손으로 비명을 지르는 여성 조합원들의 얼굴에 똥을 처바르고 옷에 집어넣고 하는 사건이 벌어졌어. 더 기가 막힌 것은 그 자리에 경찰들이 대기하고 있었다는 거여. 그게 바로 우리나라 노동 현장의 현실여."

인숙은 자신도 모르게 울분을 참는 목소리로 속삭였다.

"그 사람들하고 너하고 뭔 관계가 있어? 막말로 니 동생이나, 우리 동리 사람들 중에 누가 동일방직이나 와이에이치 무역에 다니고 있는 것은 아니잖아. 그렇다고 대학을 졸업한 니가 방직공장에 취직할 이유가 있는 것도 아니잖아. 너는 너대로 할 일이 따로 있다고 봐."

승우는 '인숙이 너 이상하게 변했구면.'이라는 말은 입안으로 삼키면서 이해할 수 없다는 표정을 지었다.

"나는 대학을 졸업했으니까, 대학 졸업자가 해야 할 일이 따로 있겠지. 하지만 못 배워서 억압받고, 피해 받는 여공들의 권익을 위해서 노력하는 것도 대학생들이 해야 할 몫이라고 생각햐."

"그래도 난, 딴 사람은 몰라도 인숙이 너는 그런 데 깊숙이 개입 안 했으면 좋겠어. 집안은 모두들 편하시지?"

승우는 막연하게 인숙이 취직하지 않는 이유가 노동운동 때문일 거라는 생각이 들었다. 서로의 사상이 달라서 다툼으로 변할 소지가 다분하다는 판단에 슬쩍 화제를 돌렸다.

"편할 턱이 있남? 아부지 작년 이월에 병원에서 퇴원하셨잖여. 바깥출입을 안 하고 계속 집에만 계시다가 엄마가 계속 과수원에도 델고 가시고, 일부러 학산장에도 같이 가시고 함께 요새는 영동까지 댕기셔."

"지난 이월에 퇴원하셨다믄 어디가 편찮으셨나 보네. 얼마나 편찮으셨는데?"

종업원이 감자탕 냄비를 들고 왔다. 테이블에 설치된 가스레인지 위에 냄비를 올려놓고 다른 곳으로 갔다. 승우가 걱정스러운 얼굴로 물었다.

"우리 아부지 다치신 거 몰라?"

"니가 언제 나한테 야기했었어?"

"야 좀 봐. 난 니가 알고 있는 줄 알고 그동안 일부러 야기를 안 했구먼."

"얼마나 다치셨는데?"

승우가 국자로 국물을 퍼서 감자탕 위에 얹혀 있는 생깻잎이며 파와 미나리 등 채소 위에 뿌리며 물었다.

"참말로 몰랐어?"

"야 좀 봐. 모르니까 물어보는 거잖여."

승우가 국자를 내려놓으며 답답하다는 얼굴로 인숙의 눈을 바라보며 말했다.

"모산 사모님이 야기 안 하셨어?"

"엄마가 니덜 아부지 다치신 걸 나한테 야기해 줄 리가 있었어? 원래 엄마는 이런저런 말씀을 잘 안 하시는 분이잖여."

승우는 인숙의 이해할 수 없는 말에 막연한 불안감이 밀려오는 것을 느끼며 소주 뚜껑을 땄다.

"참말로 너무하시는구먼."

박태수는 왼쪽 팔이 통째로 날아간 것에 그치지 않고 허리도 제대로 사용하지 못할 정도로 장애를 입었다. 인숙은 그렇게 큰 사고를 당했는데도 옥천댁이 승우에게 말을 안 했다는 점을 이해할 수가 없었다. 수저를 들었다가 내려놓으며 승우를 바라봤다.

"시방 먼 말을 하는지 모르겠네. 내가 알았으면 병문안이라도 왔을 거 아녀. 엄마도 말씀을 안 해 주시고, 너도 야기를 안 해 줬는데 서울에서 고시 공부만 하고 있던 내가 어떻게 알았겠어?"

"정미소에서 일하다 다치셨응께, 난 당연히 사모님이 너한테 말해 준 줄 알았지. 그라고, 좋은 일도 아니고 내 입으로 워티게 말을 햐. 니가 당연히 알고 있으면서 나한테 미안해서 말을 안 하고 있는 줄 알았잖여."

"뭐라고? 정미소에서 다치셨다고?"

"그려, 딴 데서 다치셨으믄 너한테 내가 야기했지 안 했겠어……"

인숙이는 너무 속상해서 눈물이 쏟아졌다. 고개를 숙이고 눈물을 닦으면서 핸드백에서 손수건을 꺼냈다.

"그런 일이 있었구먼. 근데 엄마는 왜 나한테 말씀을 안 하셨지……"

"그걸, 내가 워티게 알아? 정미소에서 사고가 한두 번 나는 것도 아니고 잊을 만하면 한 번씩 난다고 하드라. 그랑께 사모님도 직원 팔 한쪽쯤 읊어지는 정도는 대수롭지 않게 생각하고 계셨는지 모르지……"

인숙은 그동안 알게 모르게 쌓여 있던 옥천댁에 대한 신뢰가 한순간에 와르르 무너지는 것을 느끼며 눈물을 흘렸다.

"넌, 무슨 말을 그렇게 햐?"

감자탕은 보글보글 끓기 시작했다. 인숙이는 감자탕 냄비를 바라보지도 않고 눈물을 닦고 있었다. 승우도 감자탕이 눈에 보이지 않았다. 울고 있는 인숙이를 어떻게 위로할까 전전긍긍하고 있던 중이었다. 그런 맘도 몰라주고 인숙이 울면서 말하니까 너무 서운해서 화가 났다.

"허어! 이런 데까지 와서 사랑싸움 하면 안 돼지."

"하여튼 요즘 젊은이들은 때와 장소를 안 가린당께."

가운데 앉아서 술을 마시던 중년들이 울고 있는 인숙이를 바라보고 한마디씩 했다. 인숙은 손수건으로 눈물을 닦고 소주병을 끌어당겼다. 승우의 잔에는 따르지 않고 자신의 잔에 따랐다.

"하여튼 우리 정미소에서 일하시다가 다치셨으니까, 내가 아버지하고 엄마를 대신해서 사과할 테니, 그만 진정햐."

승우가 인숙이 앞에 있는 소주병을 가져와 자기 잔에 따르면서 화가 풀리지 않은 목소리로 말했다.

"한 가지만 묻겠어."

인숙이 내가 언제 숨죽여 울었냐는 얼굴로 차갑게 물었다.

"열 마디를 물어봐도 대답할 준비가 되어 있구먼."

"니 생각대로 대답해 줬으믄 좋겠구먼."

"말해 봐."

"니가 판사라고 생각하고 공정하게 판결을 내려 줬으믄 좋겠구먼. 근무 시간에 방앗간 피댓줄에 소매가 끌려가서 팔 한쪽을 잃어버리고, 허리를 다쳐서 거동이 불편할 정도로 장애를 당했다면 보상금을 어느 정도 줘야 한다고 생각하니?"

"그야, 나이와 직업, 소득에 따라서 달라지겠지. 느덜 아버지는 방앗간을 책임지고 있던 소장인 데다 십 년 이상 현직에서 근무하셨잖어. 정확한 금액은 라이프니츠 계수로 계산해 봐야 알겠지만⋯⋯."

승우는 인숙이 묻는 대로 아무 생각 없이 대답하다가 말을 멈췄다. 이동하와 관련된 대답이 될 것이라는 생각에서였다.

"정확한 대답을 원하고 있는 것이 아녀. 상식선에서 대충 얼마 정도 보상금을 지불해야 된다고 판단하는지 장래 판사 입장에서 말해 봐."

"팔 한쪽이 없으면 장애 등급이 몇 급으로 나오는지 정확히 모르겠지만 최소한 몇 천만 원 정도는 보상해 줘야 한다고 봐."

승우는 점심을 안 먹었는데도 배가 고프지 않았다. 감자탕이 보글보글 끓고 있는 가스레인지를 끄고 술을 마셨다.

"내 말 오해하지 말고 들어 줬으면 좋겠구먼. 나는 보상금이 많고 적고를 떠나서 아부지 문제는 인격적인 문제라고 봐. 팔 한쪽이 아니라 더 큰 장애를 입었더래도 의원님이 가진 돈이 없으시면 최대한 성의를 보이는 것으로 최선을 다했다고 봐. 하지만 그 반대로 상식적으로 합당할 정도의 돈을 지불할 능력이 충분히 있음에도 불구하고……."

"그만, 시방 우리 아부지 야기를 하고 있는 것 같은데, 대관절 보상금으로 얼마를 드렸길래 그래?"

"삼백만 원이라면 믿겠어?"

"뭐라고? 그 말이 참말여?"

승우는 삼백만 원이라는 말에 가슴이 철렁 내려앉았다. 요즘 서울에서 15평짜리 아파트 전세 가격도 오백만 원이 넘는다. 막말로 삼백만 원이면 전세로 아파트 한 채도 얻을 수 없는 돈이다. 이동하가 삼백만 원밖에 주지 않았다는 말이 믿어지지 않아서 두 눈을 동그랗게 뜨고 반문했다.

"내 말이 믿어지지 않으면 집에 가서 사모님이나 의원님에게 물어 봐.

아니 물어보지 않았으면 좋겠어. 이미 아부지하고 의원님하고 합의서에 도장까지 다 찍은 상황에서 거론하는 것도 우습잖여. 우리가 시방까지 합의금 짝게 받았다는 걸로 꽁해 있다고 생각하실 거잖여."

"미안햐. 참말로 내가 니 앞에서 고개를 들 수가 없구먼. 하지만 내가 집에 가서 다시 한 번 말씀드려 볼게."

"승우야, 더 이상 나를 비참하게 만들지 마. 그렇게 되면 내가 너한테 아부지 합의금을 더 달라고 고자질한 꼴밖에 안 되잖여. 너무 늦었다. 그만 일어서자. 야학 나가 봐야 할 시간 됐구먼."

인숙은 이동하는 물론이고 옥천댁도 자신을 한낱 과거 소작인의 딸로밖에 생각하지 않는다는 것을 깨달았다. 옥천댁에 대한 신뢰감이 무너지면서 승우와의 사이에 보이지 않는 벽이 생기는 것 같아서 더 이상 앉아 있고 싶지가 않았다. 야학에 가려면 아직 시간적 여유가 있는데도 핸드백을 챙겼다.

"좋은 뜻으로 받아들일 수도 있잖여. 아버지가 잘 모르고 계실 수도 있고……."

승우는 인숙이와 이대로 헤어지고 싶지 않았다. 하지만 인숙이가 일어서는데 혼자 앉아 있을 수가 없어서 따라서 일어났다.

"왜유? 맛이 없슈?"

인숙이 카운터 앞으로 가서 돈을 내밀었다. 주인이 그대로 있는 감자탕 냄비를 바라보며 의아한 표정을 지었다.

"아뉴."

인숙은 억지웃음을 지어 보이고 나서 밖으로 나갔다. 밖은 캄캄했다. 식당이며 가게에서 빠져나오는 불빛이 거리를 희미하게 비추고 있었다.

"어디 가서 커피라도 한잔 할까?"

승우가 인숙의 앞을 가로막고 물었다.

"승우야. 오늘은 그냥 여기서 헤어지자. 딤에 만나서 오늘보다 가벼운 맘으로 야기하는 것이 좋을 거 가텨."

"한 가지만 물어봐도 돼?"

승우가 옆으로 돌아서서 차도를 바라보며 무겁게 물었다.

"담에 봐. 대전 집으로 전화할게."

승우가 앞장서 가면서 말했다. 인숙은 대답하지 않고 걸었다. 횡단보도 앞에서 승우가 멈췄다.

"조심해서 내려가."

인숙은 횡단보도를 건너지 않고 버스를 타야 했다. 승우의 등 뒤에서 작은 목소리로 말하고 버스 정류장이 있는 쪽으로 걸었다. 몇 걸음 걷다가 뒤를 돌아다보고 싶은 충동이 밀려왔다. 하지만 의식적으로 걸음을 멈추거나 뒤돌아보지 않고 빠르게 걸었다.

승우는 인숙이와 헤어져서 곧장 대전역으로 갔다. 기차를 타고 영동역에 내리니까 최광수가 대합실에서 기다리고 있었다.

"우리의 영웅, 인제 도착하는구면."

최광수가 먼저 승우에게 손을 내밀었다.

"어떻게 알았어요?"

승우는 술 냄새를 풍기며 최광수가 내민 손을 두 손으로 잡았다.

"여기, 이분이 누군지 알아유? 요번에 사법 고시에 합격한 이승우 검사유."

대합실에는 기차를 타려는 사람들이 수십 명 있었다. 최광수가 걸음을 멈추고 흥분한 얼굴로 소리쳤다.

"참말로?"

"저 사람이 이승우여? 머리만 좋은 것이 아니고 엄청 잘생겼구먼."

"어떤 집에서 사위를 삼을지 모르겠지만, 그 집은 너무 좋아서 뒤로 벌렁 나자빠지겠구먼."

"그 아부지에 그 아들이라고, 저 사람이 전에 국회의원을 하던 이동한가 그 사람 둘째 아들이랴."

최광수의 말이 끝나자마자 사람들이 우르르 몰려들었다. 승우는 자신을 에워싼 신기한 동물을 바라보는 것 같은 눈빛을 제치고 밖으로 나갔다.

"아저씨는, 이런 데서 그런 말을 하믄 어떡해요?"

승우가 대합실 밖으로 나가자마자 화가 난 얼굴로 말했다.

"의원님이 시키신 거여. 승우를 만나자마자 큰 소리로 말하라고 말여."

최광수가 승용차가 있는 곳으로 걸어가며 자랑스럽게 대답했다.

"아부지가?"

"그려, 차 안에서 기다리고 계싱께. 따질라믄 의원님한테 따져. 사실은 의원님이 시키시지 않아도 막 자랑하고 싶었거든. 영동군에서 사법고시에 합격한 사람은 승우가 츰이잖여 말이 사법 고시지. 사법 고시에 합격하는 것은 황소가 바늘구멍에 들어가기보담 심들다고 하잖여."

최광수는 이동하가 타고 있는 승용차 앞에 도착했다. 이동하가 앉아 있는 의자 반대편으로 가서 문을 열어 주었다.

"아부지, 사법 고시에 저 혼자 합격한 것도 아니잖아요. 이번에는 백 사십일 명이나 합격했어요. 그렇다고 수석으로 합격한 것도 아니잖아요."

"왜 챙피햐?"

"고개를 들 수가 없드라구요."

"장차 이 나라의 판사나 검사가 될 사람이 그까짓 거 갖고 챙피해하믄 워틱햐. 아부지는 외려 용두봉에 올라가서 영동 사람들 죄다 들으라고 마이크로 떠들고 싶은디. 느 짝은누나도 시방은 대학 강사지만 몇 년 안에 교수가 될 수 있을 거여. 영자도 박사 학위를 땄응께 강사 자리를 얻게 될 거여. 또, 느 매형은 중앙정보부 댕기고 있잖여. 서울에도 우리 집만큼 잘나가는 집은 드물 겨. 암 드물고말고……."

이동하는 차에 올라타는 승우의 손을 잡아서 옆으로 바짝 붙여 앉혔다. 그것도 부족해서 승우의 양쪽 어깨를 잡고 감격에 찬 눈빛으로 바라봤다.

"모산으로 모실께유."

최광수가 운전석에 앉아서 시동을 걸기 전에 말했다.

"그려, 최대한 빨리 가. 시방 할머가 눈이 빠지게 기다리고 계실 겨. 일 초라도 빨리 가서 우리 승우가 장차 판검사가 될 사람이라고 자랑해야 하잖여. 근데 너 술 마셨냐?"

최광수는 영동 읍내를 빠져나가자마자 본격적으로 속도를 올리기 시작했다.

"술 마셨냐?"

이동하가 승우의 얼굴을 바라보며 다시 물었다.

"대전서 인숙이 만나 축하주 한잔했어요"

라이트 불빛이 어둠을 직선으로 녹이는 것을 바라보고 있던 승우가 이동하에게 시선을 돌리며 대답했다.

"너는 사법 고시 합격했으면 아부지한테 먼저 즌화할 생각은 안 하고 인숙이부텀 생각났냐?"

이동하가 다 된 밥에 인숙이 재를 뿌린다는 생각에 화가 난 목소리로 물었다.

"집에는 제가 직접 말씀드리고 싶었어요"

"집에 직접 말할 작정이었으믄, 새마을을 타고 곧장 집으로 내려올 일이지. 대전에는 왜 내링 겨?"

이동하는 슬그머니 승우가 인숙을 좋아하고 있을지 모른다는 생각이 들었다. 인숙이 보잘것없는 박태수의 딸이기는 하지만 충남대학교를 졸업했다. 어렸을 때부터 똑똑하다는 말을 자주 들었을 정도로 머리가 좋다. 머리만 좋은 것이 아니다. 중학교 다닐 때부터 인물이 피기 시작하더니 도시 사는 학생들처럼 예쁘다. 순진한 승우가 빠져들었는지도 모른다는 생각이 불쑥 들어서 눈을 가늘게 뜨고 바라봤다.

"내려오는 길에 잠깐 들렀어요"

승우는 박태수에 대해서 묻고 싶었다. 하지만 최광수가 있어서 묻지 못하고 정면을 바라봤다.

"앞으로는 인숙이 만나지 말아라. 너는 니가 갈 길이 있고, 인숙이는 인숙이가 갈 길이 있는 거여. 내 말 무슨 뜻인지 알겠지?"

"인숙이 착해요. 대학 다닐 때 공부도 잘했고 또 딴 애들과 다르게 중학교 다닐 때까지 한집에서 공부했잖아요."

"이따 집에 가서 췬히 말 좀 해 보자."

이동하도 운전사가 보는 앞에서 박태수 집안을 운운하며 말할 수 없다는 생각에 입을 다물었다. 하지만 마음은 편치 않았다. 이 모든 근원을 제공한 사람이 옥천댁이라는 생각이 들었다. 집에 가면 두 번 다시는 승우가 인숙을 만나지 않도록 옥천댁을 단단히 다그쳐야겠다고 생각했다.

둥구나무거리에는 장대 몇 개가 세워졌다. 장대 중간에는 새마을 회관에서 전기를 끌어와 설치한 전등불이 거리를 환하게 밝히고 있었다. 이동하의 집으로 올라가는 언덕 입구에는 <모산 이승우 제22회 사법고시 합격 축하>라는 붓글씨 밑에 '모산 주민 일동'이라는 작은 글씨가 있는 현수막이 걸려 있다.

둥구나무 밑에는 멍석이 깔려 있고 길게 두레상이 늘어져 있다. 상 위에는 돼지고기 삶은 것이며 떡이며 잡채, 김치, 새우젓 같은 안주가 늘어져 있다. 순배 영감이며 박평래와 변쌍출, 장기팔은 너럭바위 위에 차려 놓은 술상에 둘러앉아 있었다.

"내가 볼 때 앞으로 십 넌만 흘러도 이 동리서 성공한 사람들이 수없이 나올 거 가텨."

"암만유, 당장 여기 이 친구 둘째 손자가 박사 학위를 딸 거잖유. 게다가 그 밑의 손녀도 뭔가 하고 있잖유. 기팔이 자식 형제며 춘셉이 아들이며 이 동리를 떠나서 사는 아들 치고 못살고, 빌어먹는 아들이 읎잖유."

변쌍출이 돼지비계를 새우젓에 찍어 먹고 있다가 순배 영감의 말에

꼬리를 달았다.

"팔봉이도 서울에 집 한 채 샀잖여. 내가 알기루는 학산면 사람 치고 서울에 떡하니 지 이름으로 된 집을 갖고 있는 사람은 몇 명 안 된다고 봐. 서울 올라갈 때 달랑 채비만 갖고 갔잖여. 성냥 공장 불났을 때는 고생고생 하더니, 고생 끝에 낙이 온다는 말처름 인제 성공했지 머."

"에이, 안직 멀었슈. 우리 팔봉이가 하는 말이 모산에다 양옥집 한 채 떡하니 져 줄 때까지는 성공했다는 말 하지 말라고 하데유."

변쌍출은 순배 영감의 말을 기분 좋게 받아들이면서도 나이에 어울리지 않게 몸을 비틀며 부끄러운 듯 말했다.

"하여튼 의원님 집터가 명당은 명당인개뷰. 형님 생각은 어뗘유?"

"의원님 터야 두말할 거도 읎지. 뒤에는 산에다 앞에는 물이 흐르고 있잖여. 물도 그냥 흐르는 물이 아니고 궁터잖여. 내가 이 나이 되도록 의원님 집터 같은 배산임수에 사는 사람 치고 못사는 사람 못 봤어. 돼지괴기를 누가 쌂았는지 너무 푹 익히지도 않고 설익어서 찔기지도 않고 아주 내 입에 딱 맞게, 마치맞게 쌂았구먼."

"음식 솜씨야, 이 동리서 평래 이 사람 며느리하고 봉산댁 따라갈 사람 읎잖유. 지가 볼 때 이 솜씨는 태수 처 솜씨 같구먼유. 근데 형님 참말로 존 터가 있고, 나쁜 터가 있는 거유?"

변쌍출이 전등불이 마당을 환하게 밝히고 있는 이동하의 집을 올려다보고 있다가 물었다.

"암, 있고말고 우리 농리는 단지처럼 폭 파인 터라도 아주 존 터여."

"그람, 일정 때하고 그 머여, 면장님이 있을 때는 왜 지지리도 못살았슈?"

변쌍출이 순배 영감에게 묻는 말에 박평래가 기분 나쁘다는 얼굴로 변쌍출을 바라봤다.

"아무리 명당 터라고 해도 하늘의 천운과 땅에서 올라오는 지운이 맞아떨어지지 않으믄, 보통 땅하고 똑가텨. 내가 볼 때 이 동리는 천운이 내려오기 시작하는 거 가텨."

"저는 옛날부터 이 동리 터는 천운을 받고 있었다고 봐유. 아! 면장님은 물론이고 후지모토 그 양반이 세도를 부리든 왜정 시대에도 우리 동리 사람 치고 굶어 죽은 사람 읎잖유. 풀뿌리를 캐 먹든, 나물죽을 끓여 먹든 여하튼 굶어 죽은 사람이 읎응께, 오늘날 우리가 이런 야기를 하고 있을 수 있잖유. 형님 지 말이 틀렸슈?"

"그려, 태수 애비 말도 맞는 말이구먼. 다 먹고살자고 하는 짓인데 목숨을 연맹하는 것도 큰 운이라 할 수 있지……."

순배 영감은 자식 형제의 얼굴이 울컥 떠올랐으나 내색하지 않고 술잔을 들었다. 몇 모금 마시고 내려놓고 있는데 황인술이 다가왔다.

"자, 시방 의원님하고 승우가 금방 도착할 모양잉께, 어여 일어나서 줄 서유. 빨리 서둘러유."

모산 사람들은 승우의 사법 고시 합격을 대대적으로 환영하기 위해서 박수를 쳐 주기로 했다. 황인술의 말이 끝나자마자 두레상 앞에 앉아 있던 사람들이 일제히 일어섰다. 궁둥이를 털면서 황인술의 지시대로 언덕을 올라갔다.

"자! 양쪽 팔을 벌려서 옆 사람과 줄을 맞춰유. 거기, 때보 어머는 너무 앞으로 나왔잖여. 뒤로 두 발짝 들어가 봐."

동네 사람들은 현수막이 있는 지점부터 시작해서 솟을대문이 있는 곳까지 양쪽으로 늘어섰다.

"영감님하고, 태수 아부지는 거기 계시지 말고 이짝으로 오셔유. 팔봉이 아부지도 얼릉 일루 오세유."

순배 영감과 박평래는 황인술이 시키는 대로 현수막을 잡고 섰다. 변쌍출은 순배 영감 옆에서 멀리 방천길을 바라봤다. 자동차의 라이트 불빛이 방천길의 어둠을 헤집고 동네 쪽으로 다가오고 있었다.

"옛날 의원님 선거운동 갔을 때처럼 만세를 부르는 거유. 자! 따라해봐유. 모산의 자랑스러운 이승우 만세!"

"만세!"

"만만세!"

"만만세!"

"참 잘했슈. 연습을 안 해도 될 뻔했슈."

"그때는 억지로 시킨 거지만 시방은 다들 지가 좋아서 만세를 부르는 겅께 다르잖여."

박평래가 싱글벙글 웃는 얼굴로 말했다.

"그런 거 가튜. 자! 줄 맞차 서유. 저기 오고 있잖유."

황인술은 초저녁부터 마신 술에 시뻘겋게 달아오른 얼굴로 현수막 가운데서 이동하를 태운 레코드로얄이 가까이 다가오길 기다렸다.

"아버지, 동네에 먼 일이 생겼어요? 동네가 환하네?"

레코드로얄에 타고 있던 승우가 허리를 숙여서 앞 유리창을 바라보며 말했다. 둥구나무 서리에 불을 밝혀 놔서 대낮처럼 환하다.

"너를 축하해 줄라고 동리 사람들이 죄다 나와 있는 모양이구먼. 최기사, 둥구나무거리에서 차를 세워. 승우야, 조는 익을수록 고개를 숙이는 벱여. 동네 어른들이 죄다 나와 있는데 사법 고시에 합격했다고 해서 거만하게 차 타고 올라가면 안 되는 벱여. 그랑께 둥구나무거리부텀 내려서 걸어가자."

"부끄러워서……."

"장차 이 나라의 훌륭한 판사나 검사가 될 놈이, 촌사람들 앞에서 부끄러워하믄 안 되는 거여. 적어도 이 나라의 판사나 검사가 될 사람은 촌사람 앞에서는 옛날 대감님처럼 굴어야 하는 거여. 저 사람들은 죄다 니 말 한마디에 죽고 살 사람들이란 말여. 니가 약하게 굴면 저 사람들이 널 우습게 보고 올라타는 벱여. 그랑께 니가 자신 있고 당당하게 저 사람들을 대해야 하능 겨. 그게 처세술이라는 거여."

최광수가 둥구나무거리 초입에서 차를 세웠다. 이동하는 주머니에서 지갑을 꺼내며 승우에게 빠른 목소리로 속삭였다. 지갑에서 만 원짜리 열 장을 따로 챙겨서 바지 주머니에 넣으며 내렸다.

"승우야, 저 가운데를 걸어가면서 절대로 고개를 숙이믄 안 되는 거여. 양손을 흔들면서 당당하게 걸어가는 거여. 자, 같이 걸어가자."

이동하는 불빛을 환하게 밝히고 있는 언덕길을 바라봤다. 동네 사람들이 길 양쪽으로 늘어서서 박수 칠 준비를 하고 있다.

"자! 우리 모산 동리를 전국으로 빛내 준 이승우 군이 의원님하고 같이 오고 계시네유. 박수로 환영해 줍시다. 만세!"

박평래가 황인술보다 빠르게 고함을 질렀다.

"만만세!"

"만만세!"

동네 사람들이 갑자기 만세를 부르는 소리가 밤하늘로 넓게 퍼져 나갔다. 이동하는 승우에게 눈짓을 주고 주머니에서 돈을 꺼내 들었다.

"이 돈, 얼매 되지 않지만 오늘 잔치에 보태 써유."

"아이구! 아녀유. 오늘은 동리 사람들찌리 돈을 얼매씩 걷었슈."

박평래는 황송하다는 얼굴로 손사래를 치며 뒤로 물러섰다.

"아닙니다. 우리 승우 사법 고시에 합격한 기념으로 주는 돈잉께 그냥 받아 넣어유."

이동하는 박평래의 주머니에 돈을 집어넣어 주었다. 마치 자신이 사법 고시에 합격한 것처럼 양손을 흔들기 시작했다.

"의원님, 동리 사람들을 대표해서 참말로 축하드려유. 사법 고시에 합격했응께 가문의 영광이 되겠슈."

황인술은 이동하가 자신에게 돈을 주지 않으리라는 점은 어느 정도 예측하고 있었다. 그러나 박평래에게 돈을 주는 광경을 목격하고 나니까 속이 쓰렸다. 하지만 벙글벙글 웃는 얼굴로 손을 비비며 이동하를 따라갔다.

"승우야 진짜로 축하햐. 대단하구먼. 난 니가 큰일을 낼 줄 알았구먼."

승우는 이동하가 시킨 대로 어색하게 손을 흔들며 걸었다. 박태수가 한 손으로 흔들다가 승우에게 그 손을 내밀었다.

"아! 예. 고, 고맙습니다."

승우는 박태수가 입은 반팔 와이셔츠 자락이 바람에 펄럭이고 있는 것을 보는 순간 얼굴이 화끈거렸다. 도둑질을 하다 들킨 사람처럼 가슴이 두근거리기 시작했다. 동네 사람들이 만세를 부르거나 박수를 치는 소리가 갑자기 멎어 버린 것처럼 들리지 않았다. 술에 엉망으로 취했을 때처럼 흐릿하게 보이는 사람들을 똑바로 바라볼 수가 없었다. 건성으로 손을 흔들면서 걸었다.

"아이구, 승우야. 우리 승우가 법관이 된단 말여? 장하다. 장햐. 할아부지가 너를 봤으믄 얼매나 좋겄냐."

"승우 참말로 큰일 했구먼. 어여 들어가자 즈녁 안 먹었지, 땀 나는 것 좀 봐. 워디 아픈 겨?"

대문 앞에는 보은댁을 비롯하여 옥천댁, 영동에서 온 임상천 부부와 옥천에서 온 정영일 부부에 말자와 영자까지 축하해 주기 위해 나와 있었다. 보은댁이 눈물을 글썽이며 승우를 껴안았다.

"처남, 축하햐. 처남이 사법 고시에 합격했다고 하니까 동료 교수들이 한턱내야 한다고 너도나도 성화를 하는 통에 혼났다니까."

영자의 남편 최연섭이 뒤늦게 나와서 승우를 껴안고 등을 두들겼다.

"승우야! 우리 자랑스러운 승우야! 너 때문에 누나도 큰소리치며 시집가게 생겼다."

"언니는 시방 시집이 문제여. 우리 가문의 영광인데."

말자가 승우를 껴안으며 하는 말에, 영자가 승우의 손을 잡아당기며 말했다.

"예비 법조인 얼굴 좀 보자."

"승우야 장하구먼."

가족들은 한데 뭉쳐서 승우를 껴안고 그의 얼굴을 만지며 에워싸고 대문 안으로 들어섰다.

"승우야, 얼굴이 왜 이랴?"

옥천댁은 승우가 창백한 얼굴을 하고 진땀까지 흘리는 걸 보고 깜짝 놀랐다.

"괜, 괜찮아요."

승우는 힘없이 대답하며 가족들에게 둘러싸여서 마당으로 들어섰다.

"아녀, 머리 좀 만져 보자. 열이 있구먼. 즘심때 머 먹었냐?"

"점심 안 먹었어요."

승우는 모두로부터 벗어나 자신의 방으로 가서 편하게 쉬고 싶었다. 하지만 그럴 수 없어서 가슴이 답답했다.

"아이구, 우리 손자 즘심도 안 먹었댜. 어머가 상 차려 놨응께 어여 들어가자. 어여 들어가."

"옷 좀 갈아입어야겠어요."

"그려, 얼른 니 방으로 가 있어라. 어머가 입을 만한 옷 갖다 줄 모양 잉께."

옥천댁은 아무래도 승우의 상태가 안 좋아 보였다. 걱정스러운 얼굴로 바쁘게 안방으로 들어갔다.

"엄마한테 한 가지 묻고 싶은 것이 있구먼."

승우는 대청마루로 올라서서 동네를 내려다봤다. 언덕길에 일렬로 늘어서 있던 동네 사람들이 둥구나무거리로 내려가고 있었다. 박태수의 모습은 보이지 않았다. 벌써 내려가 있거나 동네 사람들 틈에 섞여서 힘들게 내려가고 있는 중일 것이다.

"어여 옷 갈아입고, 저녁 먹자."

옥천댁이 안방에서 나와 승우의 손을 잡았다.

"엄마한테 한 가지 묻고 싶은 것이 있구먼."

승우가 자기 방으로 들어가서 돌아서며 옥천댁을 바라봤다.

"엄마는 암만 생각해도 우리 승우가 자랑스러워 죽겠구먼. 승철이도 니가 사법 고시에 합격했다는 걸 알고 있을지 모르겄다. 만약 안다면 집에는 안 들어오드래도 즌화나, 축하 편지는 할 겨. 그지?"

옥천댁은 승우 방으로 들어가서 자연스럽게 방문을 닫았다.

"엄마, 인숙이 아버지가 우리 정미소에서 일하다 다쳤어요?"

"그걸 니가 워티게? 인숙이가 말해 줬남? 그려, 방앗간에서 피댓줄을 갈다가 팔이 빨려 들어가서 그 변을 당했다능 겨. 참말로 안됐구면, 안직 젊은 사람인데……."

옥천댁은 박태수가 다쳤다는 소식을 전해 듣자마자 소나기가 내리던 그날 밤이 생각났다. 죄를 받은 것인지도 모른다는, 미구에는 자신에게도 불행이 닥쳐올지 모른다는 생각에 몸을 떨었다.

"보상금을 삼백만 원밖에 안 드렸다는 것도 사실여?"

승우가 절망스러운 표정으로 물었다.

"아부지가 그러시드라. 삼백만 원에 법적인 모든 책임을 진 걸로 했다고……."

옥천댁은 승우의 표정이 심상치 않다는 것을 느끼는 순간 가슴이 덜렁 내려앉았다. 그럴 리야 없겠지만 핏줄은 서로 당긴다고 하더니, 이것이 그래서 걱정하고 있는 건가, 하는 생각이 들었다.

"엄마는 가만히 있었어요?"

"뭘 가만히 있었냐고 묻는 거여?"

문 밖에서 이동하가 호탕하게 웃는 소리가 들려왔다. 이동하를 축하하는 정영일과 임상천의 목소리가 사랑방으로 들어가며 꼬리를 감췄다. 옥천댁이 승우의 손을 잡고 창문 쪽으로 가며 긴장한 얼굴로 물었다.

"엄마 말대로 아직 젊으신 분이 팔 한쪽을 잃어버리고 겨우 돈 삼백만 원에 합의하는데도 가만히 있었냐고 묻잖아."

승우는 인숙이 얼굴을 더 이상 볼 수 없을 거 같았다. 갑자기 어둠의 심연으로 내동댕이쳐진 기분으로 절망스럽게 말했다.

"왜 그라? 인숙이가 돈이 짝다고 뭐라고 한 거여?"

"인숙이?"

승우가 금방이라도 울 것 같은 표정으로 반문했다.

"그건 아부지가 결정할 문제잖여. 내가 나서서 이래라저래라 할 일이 아니란 말여. 그라고 벌써 끝난 일여. 인제 와서 돈이 짝으니까 더 달라고 할 수 있는 문제가 아니잖여. 하지만 인숙이가 정 서운하다믄 어머가 인제라도 아부지한테 말씀을 드려서 다문 얼매라도 더 주라고 할 수도 있구먼."

"그려, 엄마도 인숙이네를 거러지로 보고 있구먼. 우리 집에 빌붙어 사는 소작인들에 불과하니까, 인숙이 아버지가 그렇게 크게 다쳤어도 나한테는 말해 줄 필요도 느끼지 못했구먼. 아침저녁으로 동냥이나 얻어먹는 거러지나 다름없으니까……."

"승우야. 넌 먼 말을 그렇게 하는 거여. 어머가 언제 인숙이네를 거러지 취급했다고……."

"거러지 취급했응께 우리 집에서 밥 먹고 학교도 댕기라고 한 거 아녀?"

승우가 옥천댁에게 눈물을 보이지 않으려고 창문 앞으로 가다가 홱 돌아서면서 쏘아보았다.

"너 참말로……."

옥천댁은 승우가 이처럼 화내는 모습은 처음이었다. 너무 당황해서 자신도 모르게 흠칫 뒤로 물러서며 승우를 바라봤다.

"엄마, 빨리 오시래. 승우 너도 빨리 와. 지금 모두 오늘의 주인공을 기다리고 있단……."

말자가 노크도 없이 방문을 열고 들어왔다. 방 안 분위기가 심상치 않다는 것을 알고 옥천댁과 승우를 번갈아 보며 말을 흐렸다.

"암것도 아녀. 난중에 야기하자. 어여 옷 갈아입고 사랑방으로 와라."

"엄마, 승우가 무슨 일 생겼대?"

말자가 옥천댁에게 등을 떠밀려 가면서 승우를 바라봤다. 승우는 잔뜩 일그러진 얼굴로 돌아서서 창문 앞으로 걸어가고 있었다.

— 11권에 계속 —

대하장편소설 **금강** 제10권

초판 1쇄 발행 2014년 9월 24일

지 은 이 한만수

펴 낸 이 최종숙
펴 낸 곳 글누림출판사

책임편집 이태곤
편   집 박주희 권분옥 이소희 박선주 오정대
디 자 인 이홍주 안혜진
마 케 팅 박태훈 안현진
관   리 구본준

주   소 서울시 서초구 동광로46길 6-6(반포4동 577-25) 문창빌딩 2층(우137-807)
전   화 02-3409-2055(대표), 2058(영업), 2060(편집)
팩   스 02-3409-2059
전자메일 nurim3888@hanmail.net
홈페이지 www.geulnurim.co.kr
등록번호 제303-2005-000038호(2005.10.5)

정   가 13,000원
ISBN 978-89-6327-247-4 04810
       978-89-6327-237-5(전15권)

표지 디자인 · 디자인밥 출력/인쇄 · 성환C&P 제책 · 동신제책사 용지 · 에스에이치페이퍼

* 이 도서의 국립중앙도서관 출판시도서목록(CIP)은 서지정보유통지원시스템 홈페이지(http://seoji.nl.go.kr)와
   국가자료공동목록시스템(http://www.nl.go.kr/kolisnet)에서 이용하실 수 있습니다.(CIP제어번호: CIP2014026069)